Totenmontag

© Catherine Sebastian

KATHY REICHS, geboren in Chicago, lebt in Charlotte und Montreal. Sie ist Professorin für Soziologie und Anthropologie und u. a. für das gerichtsmedizinische Institut der Provinz Quebec tätig. Zuletzt stürmte ihr Roman **Mit Haut und Haar** die Bestsellerlisten.

KATHY REICHS

TOTEN-MONTAG

Roman

Aus dem Amerikanischen von Klaus Berr

Weltbild

Die amerikanische Originalausgabe erschien unter dem Titel
Monday Mourning
bei Scribner, New York.

Besuchen Sie uns im Internet:
www.weltbild.de

Genehmigte Lizenzausgabe für
Verlagsgruppe Weltbild GmbH,
Steinerne Furt, 86167 Augsburg

Ein Unternehmen der
Verlagsgruppe Random House GmbH.
Übersetzung: Klaus Berr
Umschlaggestaltung:
Jarzina Kommunikations-Design, Köln
Umschlagmotiv: © Buddy Mays / Corbis, Düsseldorf
Gesamtherstellung:
Freiburger Graphische Betriebe GmbH & Co. KG,
Bebelstraße 11, 79108 Freiburg
Printed in Germany
ISBN 3-8289-7868-1

2009 2008 2007 2006
Die letzte Jahreszahl gibt
die aktuelle Lizenzausgabe an.

Für Deborah Miner,
meine kleine Schwester.
Meine Harry.

Danke, dass du immer für mich da bist.

Oh Monday mornin' you gave me no warnin'
of what was to be…

John Phillips,
The Mamas and the Papas

1

Monday, Monday ...
Can't trust that day ...

Diese Melodie spielte eben in meinem Kopf, als in dem engen unterirdischen Raum, in dem ich mich befand, ein Schuss knallte.

Mit weit aufgerissenen Augen sah ich, wie nur einen Meter von mir entfernt Muskeln, Knochen und Eingeweide gegen Fels klatschten.

Einen Augenblick lang wirkte der verstümmelte Körper wie festgeklebt und glitt dann, eine Spur aus Blut und Haaren hinter sich her ziehend, nach unten.

Obwohl ich noch immer kauerte, wirbelte ich herum.

»*Assez!*« Das reicht!

Sergeant-détective Luc Claudels Brauen zogen sich zu einem V zusammen. Er senkte seine Neun-Millimeter, steckte sie aber nicht in den Halfter.

»Ratten. Diese Teufelsbrut.« Claudels Französisch war abgehackt und nasal, was seine Herkunft aus einem Ort ein Stückchen flussaufwärts verriet.

»Werfen Sie Steine«, blaffte ich.

»Dieser Mistkerl war groß genug, um sie zurückzuwerfen.«

Das stundenlange Kauern in Kälte und Feuchtigkeit an einem Dezembermontag in Montreal forderte jetzt seinen Tribut. Meine Knie protestierten, als ich mich aufrichtete.

»Wo ist Charbonneau?«, fragte ich, während ich zuerst einen gestiefelten Fuß drehte und dann den anderen.

»Befragt den Besitzer. Ich wünsche ihm viel Glück. Der Trottel hat den IQ von Erbsensuppe.«

»Der Besitzer hat das hier entdeckt?« Ich deutete auf den Boden hinter mir.

»Non. Le plombier.«

»Was hatte der Klempner denn im Keller zu tun?«

»Das Genie hat neben der Kloschüssel eine Falltür entdeckt und beschlossen, eine Expedition in den Untergrund zu starten, um sich mit den Abwasserrohren vertraut zu machen.«

Ich dachte an meinen eigenen Abstieg über die wackelige Treppe und fragte mich, warum jemand dieses Risiko auf sich nehmen sollte.

»Die Knochen lagen auf der Erde?«

»Er sagte, er sei über etwas gestolpert, das aus dem Boden ragte. Dort.«

Claudel deutete mit dem Kinn auf eine flache Senke direkt vor der Südwand. »Hat es rausgezogen. Und dem Besitzer gezeigt. Und gemeinsam waren sie dann in der örtlichen Bücherei, um in der Anatomiesammlung nachzuschauen, ob der Knochen von einem Menschen stammen könnte. Haben sich ein Buch mit schönen bunten Bildern geholt, vermutlich weil sie nicht lesen können.«

Ich wollte eben weiter nachfragen, als über uns etwas klickte. Claudel und ich schauten hoch, weil wir seinen Partner erwarteten.

Anstelle von Charbonneau sahen wir eine Vogelscheuche von einem Mann in einem knielangen Pullover, ausgebeulten Jeans und schmutzig blauen Nikes. Ringelschwänzchen quollen unter einem roten Kopftuch hervor.

Der Mann kauerte in der Tür und zielte mit einer Wegwerf-Kodak auf mich.

Claudels V wurde noch tiefer und seine Papageiennase noch dunkelroter. *»Tabernac!«*

Es klickte noch zweimal, dann krabbelte der Mann mit dem Kopftuch zur Seite.

Claudel steckte seine Halbautomatik in den Halfter und legte die Hand auf das hölzerne Geländer. »Bis die SIJ kommt, werfen Sie Steine.«

SIJ – Section d'Identité Judiciaire. So nennt man in Quebec die Spurensicherung.

Ich sah zu, wie Claudels perfekt gewandeter Hintern durch die kleine rechteckige Öffnung verschwand. Obwohl es mich reizte, warf ich keinen einzigen Stein.

Oben gedämpfte Stimmen, das Poltern von Stiefeln. Hier unten nur das Summen des Generators für die Scheinwerfer.

Mit angehaltenem Atem lauschte ich den Schatten um mich herum.

Kein Quieken. Kein Scharren. Kein Pfotengetrippel.

Ich schaute mich schnell um.

Keine Knopfaugen. Keine nackten, schuppigen Schwänze.

Die kleinen Mistkerle formierten sich wahrscheinlich gerade für eine weitere Offensive.

Auch wenn ich Claudels Problemlösungsstrategie nicht guthieß, in einer Sache stimmte ich mit ihm überein. Ich konnte gut ohne die Nager auskommen.

Froh, dass ich für den Augenblick allein war, konzentrierte ich mich wieder auf die modrige Kiste zu meinen Füßen. *Dr. Energy's Power Tonic. Todmüde? Dr. Energy's bringt deine Knochen zum Tanzen.*

Diese Knochen nicht mehr, Doc.

Ich starrte den grausigen Inhalt der Kiste an.

Der Großteil des Skeletts war zwar noch mit Dreck verkrustet, doch einige Knochen waren bereits sauber gebürstet. Ihre Oberfläche wirkte im harten Licht der Strahler kastanienbraun. Ein Schlüsselbein. Rippen. Ein Becken.

Ein menschlicher Schädel.

Verdammt.

Auch wenn ich es schon ein halbes Dutzend Mal gesagt hatte, konnte eine Wiederholung nicht schaden. Ich war einen Tag früher von Charlotte nach Montreal gekommen, um mich auf eine Gerichtsverhandlung am Dienstag vorzubereiten. Ein Mann war angeklagt, seine Frau ermordet und zerstückelt zu haben. Ich sollte die Sägespurenanalyse erläutern, die ich an ihrem Skelett vorgenommen hatte. Die Materie war kompliziert, und ich hatte meine Unterlagen noch einmal durchgehen wollen. Stattdessen fror ich mir hier im Keller einer Pizzabäckerei den Arsch ab.

Schon früh an diesem Morgen hatte Pierre LaManche mich in meinem Büro besucht. Ich kannte diese Miene und wusste daher sofort, was auf mich zukam.

Im Keller eines Pizza-Straßenverkaufs habe man Knochen gefunden, sagte mein Chef. Der Besitzer habe die Polizei gerufen. Die Polizei habe den Coroner gerufen, den Leichenbeschauer also. Der Coroner habe das Gerichtsmedizinische Institut angerufen.

LaManche wollte, dass ich der Sache nachging.

»Heute?«

»S'il vous plaît.«

»Ich muss morgen in den Zeugenstand.«

»Der Pétit-Prozess?«

Ich nickte.

»Die Überreste sind wahrscheinlich die eines Tiers«, sagte LaManche in seinem präzisen Pariser Französisch. »Es sollte nicht lange dauern.«

»Wo?« Ich griff nach einem Notizblock.

LaManche las die Adresse von dem Zettel in seiner Hand ab. Rue Ste. Catherine, einige Blocks östlich des Centre-ville.

CUM-Revier.

Claudel.

Der Gedanke, mit Claudel arbeiten zu müssen, war der Grund für das erste »Verdammt« dieses Vormittags gewesen.

Es gibt einige kleinstädtische Dienststellen in der Umgebung der Inselstadt Montreal, aber die beiden Hauptakteure bei der Strafverfolgung sind die SQ und die CUM. La Sûreté du Québec ist die Provinzbehörde. Die SQ hat auf dem flachen Land das Sagen und in Orten, die keine eigene städtische Dienststelle haben. Die Police de la Communauté Urbaine de Montreal, oder CUM, ist die Großstadtpolizei. Die Insel gehört der CUM.

Luc Claudel und Michel Charbonneau sind Detectives bei der Abteilung Schwerverbrechen der CUM. Als forensische Anthropologin für die Provinz Quebec habe ich im Lauf der Jahre mit beiden gearbeitet. Mit Charbonneau war es immer ein Vergnügen. Luc Claudel ist zwar ein guter Polizist, hat aber die Geduld eines Knallfrosches, das Einfühlungsvermögen von Vlad dem Pfähler und eine beharrliche Skepsis, was den Wert der forensischen Anthropologie angeht.

Schicke Garderobe, zugegeben.

Dr. Energy's Kiste war bereits voller Knochen gewesen, als ich zwei Stunden zuvor hier im Keller angekommen war. Obwohl Claudel mir viele Details erst noch liefern musste, nahm ich an, dass der Besitzer der Knochensammler gewesen war, vielleicht mit der Unterstützung des glücklosen Klempners. Meine Aufgabe war es gewesen, zu bestimmen, ob die Überreste menschlichen Ursprungs waren.

Sie waren es.

Diese Feststellung hatte zum zweiten »Verdammt« dieses Morgens geführt.

Meine nächste Aufgabe war es gewesen, herauszufinden, ob in der Ruhestätte unter dem Kellerboden sonst noch jemand lag. Dazu hatte ich drei Erkundungstechniken benutzt.

Ein schräges Ableuchten des Kellerbodens mit einer Taschenlampe hatte Vertiefungen im Erdreich gezeigt. Behutsames Stochern mit einer Sonde hatte Widerstände unter jeder Vertiefung ergeben, was auf Objekte unter der Oberfläche hindeutete. Versuchsgrabungen hatten menschliche Knochen an den Tag gebracht.

Das hatte die Aussichten auf ein entspanntes Durchsehen der Pétit-Akten dramatisch verschlechtert.

Claudel und Charbonneau hatten mit »Verdammt« Nummer drei bis fünf reagiert, als sie meine Einschätzung hörten. Zur Verstärkung hatten sie noch ein paar Quebecer Flüche hinzugefügt.

Wir hatten die SIJ gerufen. Die Spurensicherungsroutine lief an. Scheinwerfer wurden aufgestellt. Fotos wurden geschossen. Während Claudel und Charbonneau den Besitzer und seinen Gehilfen befragten, wurde ein Bodendurchdringungsradar durch den Keller gezogen. Das BDR zeigte Störungen, die in etwa zehn Zentimeter Tiefe in jeder der beiden Senken begannen. Ansonsten war der Keller sauber.

Während Claudel mit seiner Halbautomatik den Rattenfänger spielte, machten die SIJ-Techniker Pause, und ich baute zwei simple, quadratische Gitternetze. Ich band eben die letzte Schnur an den letzten Pflock, als Claudel seine Rambo-Nummer mit den Ratten abzog.

Und jetzt? Warten, bis die Spurensicherung zurückkommt?

Bestimmt.

Mit der Foto- und Videoausrüstung der SIJ fotografierte und filmte ich. Dann rieb ich mir Durchblutung in die Hände, zog meine Handschuhe wieder an und begann, im Planquadrat 1-A mit einer Kelle Erde abzutragen.

Beim Graben überkam mich die gewohnte Tatortanspannung. Die geschärften Sinne. Die intensive Neugier. Was, wenn es nichts ist? Was, wenn es doch etwas ist?

Die Ängstlichkeit.

Was, wenn ich grundlegend wichtiges Material zu Krümeln trete?

Ich dachte an andere Ausgrabungen. Andere Tote. Ein Möchtegern-Heiliger in einer ausgebrannten Kirche. Ein kopfloser Teenager in einer Biker-Bude. Von Kugeln durchsiebte Junkies in einem Grab an einem Bachufer.

Ich weiß nicht, wie lange ich schon grub, als das Spurensicherungsteam zurückkehrte. Der Größere der beiden hatte einen Styroporbecher in der Hand. Ich versuchte, mich an seinen Namen zu erinnern.

Wurzel. *Racine.* Lang und dünn wie eine Wurzel. Meine Eselsbrücken funktionierten.

René Racine. Netter Kerl. Wir hatten schon eine Hand voll Tatorte miteinander bearbeitet. Sein kleinerer Partner war Pierre Gilbert. Ich kannte ihn schon ein Jahrzehnt.

Während ich an lauwarmem Kaffee nippte, erläuterte ich, was ich in ihrer Abwesenheit getan hatte. Dann bat ich Gilbert, zu filmen und den Abraum in Eimern wegzutragen, und Racine, zu sieben.

Zurück zum Gitternetz.

Nachdem ich in 1-A gut sieben Zentimeter abgetragen hatte, wandte ich mich 1-B zu. Dann 1-C und 1-D.

Nichts als Erde.

Okay. Das BDR zeigte eine Abweichung, die in zehn Zentimeter Tiefe begann.

Ich grub weiter.

Meine Finger und Zehen wurden taub. Ich fror bis ins Mark. Ich verlor jedes Zeitgefühl.

Gilbert trug Eimer mit Erde von meinem Gitternetz zum Sieb. Racine warf die Erde durch die Maschen. Hin und wieder machte Gilbert ein Foto. Als ich das gesamte erste Gitternetz etwa sieben Zentimeter tief abgetragen hatte, fing ich wieder bei Planquadrat 1-A an. Bei einer Tiefe von fünfzehn Zentimetern wechselte ich zum nächsten Planquadrat.

Ich hatte gerade zweimal in Planquadrat 1-B gekratzt, als

mir eine farbliche Veränderung des Erdreichs auffiel. Ich bat Gilbert, einen Scheinwerfer neu auszurichten.

Ein Blick, und mein Blutdruck schnellte in die Höhe.

»Bingo.«

Gilbert kauerte sich neben mich. Racine kam ebenfalls dazu.

»Quoi?«, fragte Gilbert. Was?

Ich fuhr mit der Spitze meiner Kelle um den Klecks, der in 1-B einsickerte.

»Die Erde ist dunkler«, bemerkte Racine.

»Verfärbung deutet auf Zersetzung hin«, erläuterte ich.

Beide Techniker starrten mich an.

Ich zeigte auf die Planquadrate 1-C und 1-D. »Irgendjemand oder irgendetwas geht dort unten den Weg alles Irdischen.«

»Soll ich Claudel Bescheid sagen?«, fragte Gilbert.

»Der freut sich bestimmt.«

Vier Stunden später waren meine Hände und Füße steif gefroren. Obwohl ich eine Zipfelmütze auf dem Kopf und einen Schal um den Hals hatte, zitterte ich in meinem superabsorbierenden, isolierbeschichteten Mikrofaser-Parka, für den Kanuk eigentlich Schutz bis zu einer Temperatur von minus vierzig Grad garantierte.

Gilbert ging im Keller herum und fotografierte und filmte aus verschiedenen Blickwinkeln. Racine schaute zu, die behandschuhten Hände unter die Achseln geklemmt. Beide schienen sich in ihren arktistauglichen Overalls ziemlich behaglich zu fühlen.

Die beiden Detectives, Claudel und Charbonneau, standen nebeneinander, die Füße gespreizt, die Hände vor den Genitalien gefaltet. Beide trugen schwarze Wollmäntel und schwarze Lederhandschuhe. Aber keiner machte ein fröhliches Gesicht.

Acht tote Ratten zierten die Wände.

Die Grube des Klempners und die beiden Vertiefungen waren bis zu einer Tiefe von sechzig Zentimetern abgegraben. Erstere hatte noch einige verstreute Knochen preisgegeben, die der Klempner und der Besitzer übersehen hatten. Die beiden anderen Löcher erzählten eine ganz andere Geschichte.

Das Skelett unter Gitternetz eins lag in Fötalhaltung da. Es war unbekleidet, im Sieb war kein einziges Artefakt aufgetaucht.

Die Person unter Gitternetz zwei war vor dem Vergraben eingewickelt und verschnürt worden. Die Teile, die wir sehen konnten, wirkten ebenfalls völlig skelettiert.

Nachdem ich die letzten Erdpartikel von dem Bündel gebürstet hatte, legte ich meinen Pinsel weg, stand auf und stampfte mit den Füßen, um sie aufzutauen.

»Ist das eine Decke?« Charbonneaus Stimme klang heiser vor Kälte.

»Sieht eher aus wie Leder«, sagte ich.

Er deutete mit dem Daumen auf Dr. Energy's Patienten.

»Ist das der Rest von dem Kerl in der Kiste?«

Sergeant-détective Michel Charbonneau stammte aus Chicoutimi, einer Stadt sechs Stunden den St. Lawrence flussaufwärts in einer Region, die als Saguenay bekannt war. Bevor er zur CUM kam, hatte er mehrere Jahre auf den Ölfeldern im westlichen Texas gearbeitet. Stolz auf seine Cowboy-Jugend, sprach Charbonneau mit mir immer in meiner Muttersprache. Sein Englisch war gut, auch wenn er manchmal die falschen Silben betonte und seine Formulierungen so mit Slang durchsetzt waren, dass man einen Zehn-Gallonen-Stetson damit hätte füllen können.

»Wollen wir's hoffen.«

»Sie hoffen es?« Eine kleine Atemwolke wehte aus Claudels Mund.

»Ja, Monsieur Claudel. Ich hoffe es.«

Claudel kniff die Lippen zusammen, blieb aber stumm.

Als Gilbert genügend Fotos von den verpackten Überresten

geschossen hatte, kniete ich mich hin und zupfte an einer Ecke des Leders. Es riss.

Ich ersetzte meine warmen Wollfäustlinge durch Gummihandschuhe, beugte mich wieder über das Bündel und machte mich daran, eine Ecke abzulösen, dann behutsam die Schichten zu trennen, anzuheben und aufzurollen.

Nachdem ich die obere Schicht komplett nach links abgewickelt hatte, machte ich mich an die untere. An einigen Stellen hafteten Fasern am Knochen. Vor Kälte und Nervosität zitternd, löste ich mit dem Skalpell verfaultes Leder vom darunter liegenden Knochen.

»Was ist das weiße Zeug?«, fragte Racine.

»Adipocire.«

»Adipocire?«, wiederholte er.

»Leichenwachs«, antwortete ich, obwohl ich nicht in der Stimmung für eine Chemiestunde war. »Fettsäuren und Kalziumseifen aus Muskel- oder Fettgewebe, die eine chemische Veränderung durchmachen, normalerweise nach einer langen Verweildauer in der Erde oder im Wasser.«

»Warum ist das nicht auch auf dem anderen Skelett?«

»Weiß ich nicht.«

Ich hörte, wie Claudel Luft durch die Lippen blies. Ich ignorierte ihn.

Fünfzehn Minuten später hatte ich die untere Schicht vollständig abgelöst und ausgebreitet, und das Skelett lag nun frei vor uns.

Der Schädel war zwar beschädigt, aber unübersehbar vorhanden.

»Drei Köpfe, drei Personen.« Charbonneau stellte das Offensichtliche fest.

»Tabernouche«, sagte Claudel.

»Verdammt«, sagte ich.

Gilbert und Racine blieben stumm.

»Irgendeine Idee, was wir hier haben, Doc?«, fragte Charbonneau.

Ich richtete mich ächzend auf. Acht Augen folgten mir zu Dr. Energy's Kiste.

Nacheinander holte ich die beiden Beckenhälften und den Schädel heraus und untersuchte sie.

Dann ging ich zum ersten Loch, kniete mich hin und entnahm und untersuchte dieselben Skelettteile.

O Gott.

Ich legte diese Knochen wieder zurück, kroch zum zweiten Loch, kniete mich darüber und betrachtete die Schädelfragmente.

Nein. Nicht schon wieder. Die universellen Opfer.

Behutsam löste ich die rechte Beckenhälfte.

Atemwolken blähten sich vor fünf Gesichtern.

Ich ging in die Hocke und bürstete Erde von der Schambeinfuge.

Und spürte, wie es kalt wurde in meiner Brust.

Drei Frauen. Fast noch Mädchen.

2

Als ich am Dienstagmorgen zum Wetterbericht aufwachte, wusste ich, dass mich eine mörderische Kälte erwartete. Nicht die feucht-kühlen zehn Grad plus, über die wir in North Carolina im Januar gelegentlich jammern. Ich meine arktische Kälte im zweistelligen Minusbereich. Kälte nach dem Motto: Hör auf, dich zu bewegen, und du stirbst und wirst von Wölfen gefressen.

Ich liebe Montreal. Ich liebe den gut zweihundertfünfzig Meter hohen Berg, den alten Hafen, Little Italy, Chinatown, das Schwulenviertel, die Stahl- und Glaswolkenkratzer des Centreville, die verwinkelten Viertel mit ihren Gassen und Steinhäusern und unmöglichen Treppen.

Montreal ist ein schizoider Raufbold, der beständig mit sich selbst über Kreuz ist. Anglophon gegen frankophon. Separatistisch gegen föderalistisch. Katholisch gegen protestantisch. Alt gegen neu. Ich genieße den kulinarischen Multikulturalismus der Stadt: Empanada, Falafel, Poutin, Kong Pao. Hurley's Irish Pub, Katsura, L'Express, Fairmont Bagel, Trattoria Trastevere.

Ich nehme teil an der endlosen Reihe von Festivals in dieser Stadt, Le Festival International de Jazz, Les Fêtes Gourmandes Internationales, Le Festival des Films du Monde, das Käferkosten-Festival im Insektarium. Ich kaufe ein in den Läden an der Ste. Catherine, auf den Freiluftmärkten an der Jean-Talon und der Atwater, in den Antiquitätenläden an der Notre-Dame. Ich besuche Museen, mache Picknicks in den Parks, fahre auf den Wegen am Canal Lachine Fahrrad. Ich genieße das alles.

Was ich nicht genieße, ist das Klima von November bis Mai.

Eins muss ich zugeben. Ich habe zu lange im Süden gelebt. Ich friere nicht gern. Ich habe keine Geduld mit Eis und Schnee. Behaltet eure Stiefel und euer Labello und die Eishotels. Was ich brauche, sind Shorts und Sandalen und Lichtschutzfaktor dreißig.

Mein Kater, Birdie, teilt diese Meinung. Als ich mich aufsetzte, stand auch er auf, machte einen Buckel und vergrub sich dann wieder unter der Decke. Mit einem Lächeln sah ich, wie sein Körper sich zu einer dichten, runden Masse zusammenrollte. Birdie, mein einziger und treuer Zimmergenosse.

»Ich kann dich gut verstehen, Bird«, sagte ich und schaltete den Radiowecker aus.

Der Kater rollte sich noch enger zusammen.

Ich schaute mir die Ziffern an. Halb sechs.

Ich schaute zum Fenster. Pechschwarz.

Ich rannte ins Bad.

Zwanzig Minuten später saß ich am Küchentisch, die Kaffeetasse am Ellbogen, die Pétit-Akte vor mir.

Marie-Reine Pétit war eine zweiundvierzig Jahre alte Mutter von drei Kindern, die in einer *boulangerie* als Brotverkäuferin arbeitete. Vor zwei Jahren war sie verschwunden. Vier Monate später fand man Marie-Reines verwesten Torso in einer Eishockey-Tasche in einem Lagerschuppen hinter dem Haus der Pétits. Marie-Reines Gliedmaßen und der Kopf waren in dazu passenden Gepäckstücken verstaut.

Bei einer Durchsuchung wurden in Pétits Keller eine Laub-, eine Bügelsäge und ein Fuchsschwanz gefunden. Ich hatte die Sägespuren auf Marie-Reines Knochen untersucht, um festzustellen, ob eine Säge ähnlich einer der des Gatten diese Spuren verursacht hatte. Volltreffer bei der Bügelsäge. Rejean Pétit stand jetzt vor Gericht wegen des Mordes an seiner Gattin.

Zwei Stunden und drei Kaffees später schob ich meine Fotos zusammen und las mir noch einmal die Vorladung durch.

De comparaître personnellement devant la Cour du Québec,
chambre criminelle et pénale, au Palais de Justice de Montréal,
à 09:00 heures, le 3 décembre …

O Mann. Ich werde persönlich zur Aussage vorgeladen. Das ist ungefähr so persönlich wie eine Vorladung zur Steuerprüfung. U.A.w.g. erübrigt sich.

Ich notierte mir den Gerichtssaal.

Dann zog ich Stiefel und Parka an, nahm Handschuhe, Mütze und Schal, schaltete die Alarmanlage ein und fuhr in die Garage hinunter. Birdie musste sich erst noch entrollen. Offensichtlich hatte meine Katze schon vor Morgengrauen ein Frühstück genossen.

Mein alter Mazda sprang gleich beim ersten Mal an. Ein gutes Omen.

Oben auf der Rampe der Tiefgarage bremste ich zu heftig und schlitterte quer auf die Straße wie ein Kind auf einer Wasserrutsche. Schlechtes Omen.

Stoßzeit. Die Straßen waren verstopft, jedes Fahrzeug schleuderte Schneematsch hoch. Die frühmorgendliche Sonne machte Milchglas aus meiner mit Salz verkrusteten Windschutzscheibe. Obwohl ich immerzu spritzte und die Wischer betätigte, fuhr ich streckenweise blind. Schon nach wenigen Blocks bereute ich, dass ich kein Taxi genommen hatte.

Im späten sechzehnten Jahrhundert lebte eine Gruppe Lawrence-Irokesen in einem Dorf, das sie Hochelaga nannten und das zwischen einem kleinen Berg und einem großen Strom, knapp unterhalb einer Reihe mächtiger Wasserfälle, lag. 1642 kamen dort französische Missionare und Abenteurer an und blieben auch. Die Franzosen nannten ihren Außenposten Ville-Marie.

Im Lauf der Jahre kamen die Bewohner von Ville-Marie zu Wohlstand, sie bauten und pflasterten. Das Dorf nahm den Namen des Berges hinter ihm an, Mont Réal. Der Fluss wurde St. Laurent getauft.

Hallo, Europäer. Tschüs, einheimische Völker.

Heute ist die Gegend des ehemaligen Hochelaga-Ville-Marie als Vieux-Montréal bekannt. Touristen lieben das Viertel.

Das alte Montreal, das sich vom Fluss aus den Hügel hoch erstreckt, verströmt Heimeligkeit. Gaslaternen. Pferdekutschen. Straßenverkäufer und -cafés. Die soliden Steinhäuser, in denen einst die Kolonisten wohnten, die Pferdeställe, Werkstätten und Lagerhäuser sind heute Museen, Boutiquen, Galerien und Restaurants. Die Straßen sind schmal und gepflastert.

Und bieten einem keine Möglichkeit zum Parken.

Ich verfluchte mich noch einmal, weil ich kein Taxi genommen hatte, stellte mein Auto auf einem gebührenpflichtigen Parkplatz ab und ging den Boulevard St. Laurent zum Palais de Justice hoch. Der Justizpalast, mit der Adresse 1 Rue Notre-Dame est, liegt am nördlichen Rand des historischen Viertels. Salz knirschte unter meinen Sohlen. Der Atem gefror auf meinem Schal. Tauben blieben eng zusammengedrängt sitzen, wenn ich vorbeiging, die kollektive Körperwärme war ihnen wichtiger als die Sicherheit einer Flucht.

Unterwegs dachte ich an die Skelette im Pizzakeller. Würden sich die Knochen wirklich als die von toten Mädchen erweisen? Ich hoffte nicht, aber tief drinnen wusste ich bereits Bescheid.

Ich dachte auch an Marie-Reine Pétit und trauerte um ein Leben, das durch unaussprechliche Bosheit beendet wurde. Ich fragte mich, wie es den Pétit-Kindern wohl ging. Der Vater im Gefängnis, weil er die Mutter ermordet hatte. Würden diese Kinder sich je wieder erholen, oder hatte das Grauen, das sie überfallen hatte, sie irreparabel geschädigt?

Im Vorübergehen schaute ich mir kurz die McDonald's-Filiale auf der anderen Seite des St. Laurent an, die dem Palais de Justice direkt gegenüber lag. Die Besitzer hatten einen Versuch mit dem Kolonialstil gewagt. Die Torbögen hatten sie entfernt, dafür aber blaue Markisen aufgespannt. Eigentlich funktionierte es nicht, aber sie hatten sich wenigstens bemüht.

Die Erbauer des Montrealer Gerichtsgebäudes hatten sich mit architektonischer Harmonisierung nicht lange aufgehalten. Die mittleren Stockwerke waren ein rechteckiger Kasten mit vertikalen schwarzen Stangen über einem kleineren Kasten mit Glasfront. Die oberen Stockwerke ragten als gesichtloser Monolith in den Himmel. Das Gebäude passte in seine Umgebung wie ein Humvee, der in einer Amish-Kolonie parkt.

Das Palais war gesteckt voll, als ich es betrat. Alte Damen in knöchellangen Pelzmänteln. Gangsta-Teens in Klamotten, die groß genug für ganze Armeen waren. Männer in Anzügen. Anwälte und Richter in schwarzen Roben. Die einen warteten. Die anderen eilten hin und her. Ein Dazwischen schien es nicht zu geben.

Mich zwischen großen Topfpflanzen und Säulen mit vielfarbigen Strahlern hindurchschlängelnd, ging ich zu den Aufzügen am hinteren Ende der Eingangshalle. Kaffeeduft wehte aus dem Café Vienne herüber. Ich überlegte kurz, doch da ich bereits aufgedreht genug war, verzichtete ich auf eine vierte Tasse.

Oben präsentierte sich ein ähnliches Bild, allerdings überwogen hier die Wartenden. Die Leute saßen auf Bänken aus rotem Lochblech, lehnten an den Wänden oder standen in Gruppen zusammen und unterhielten sich leise. Einige berieten sich mit Anwälten in kleinen Befragungszimmern entlang des Korridors. Keiner sah besonders glücklich aus.

Ich suchte mir einen Platz vor 4.01 und zog die Pétit-Akte aus meiner Mappe. Zehn Minuten später kam Louise Cloutier aus dem Gerichtssaal. Mit den langen blonden Haaren und der übergroßen Brille wirkte die Staatsanwältin wie eine Siebzehnjährige.

»Sie sind meine erste Zeugin.« Cloutiers Gesicht war angespannt.

»Ich bin bereit«, sagte ich.

»Ihre Aussage wird entscheidend sein.«

Cloutiers Finger malträtierten eine Büroklammer. Sie hatte sich eigentlich tags zuvor mit mir treffen wollen, aber die Geschichte im Pizzakeller hatte das verhindert. Unser spätabendliches Telefongespräch hatte ihr dann nicht den Grad an Vorbereitung gebracht, den sie sich gewünscht hätte. Ich versuchte, sie zu beruhigen.

»Ich kann die Spuren an den Knochen nicht eindeutig mit Pétits spezieller Bügelsäge in Verbindung bringen, aber ich kann sehr entschieden sagen, dass sie mit einem identischen Werkzeug beigebracht wurden.«

Cloutier nickte. »Vereinbar mit.«

»Vereinbar mit«, pflichtete ich ihr bei.

»Ihre Aussage wird der Schlüssel sein, weil Pétit in seiner ursprünglichen Aussage behauptete, er hätte diese Säge nie gesehen.

Eine Analytikerin aus Ihrem Labor wird aussagen, dass sie den Griff der Säge entfernt und am Schraubgewinde winzige Blutspuren entdeckt hat.« Das alles wusste ich schon aus unserem Gespräch vom letzten Abend. Cloutier rekapitulierte den Fall ebenso sehr für sich wie für mich.

»Ein DNS-Experte wird aussagen, dass das Blut von Pétit stammt. Das bringt ihn mit der Säge in Verbindung.«

»Und ich bringe die Säge mit dem Opfer in Verbindung.«

Cloutier nickte. »Der Richter ist ein richtiger Korinthenkacker, was Expertengutachter angeht.«

»Sind sie das nicht alle?«

Cloutier warf mir ein nervöses Lächeln zu. »Der Gerichtsdiener wird Sie in ungefähr fünf Minuten aufrufen.«

Es wurden dann eher zwanzig.

Der Gerichtssaal war ein nichts sagender, modern gehaltener Raum. Graue Strukturtapete an den Wänden. Grau strukturierter Teppichboden. Grau strukturierte Sitzbezüge auf langen, an den Boden geschraubten Bänken. Die einzigen Farbakzente befanden sich in der Saalmitte, innerhalb der Schranken, die die Zuschauer von den offiziellen Prozessbeteiligten trennten. Die roten, gelben und braunen Bezüge der Sessel der Anwälte. Das Blau, Rot und Weiß der Quebecer und der kanadischen Flagge.

Ungefähr ein Dutzend Leute saß auf den Zuschauerbänken. Augen folgten mir, als ich den Mittelgang entlangging und im Zeugenstand Platz nahm. Der Richter saß ein Stückchen links vor mir, die Jury mir direkt gegenüber. Monsieur Pétit war rechts von mir.

Ich habe schon oft vor Gericht ausgesagt. Ich habe mich Männern und Frauen gegenübergesehen, denen monströse Verbrechen vorgeworfen wurden. Mord. Vergewaltigung. Folter. Zerstückelung. Und bis jetzt war ich immer ein bisschen enttäuscht von den Angeklagten.

Auch dieser war keine Ausnahme. Rejean Pétit sah gewöhnlich aus. Er wirkte beinahe schüchtern. Der Mann hätte mein Onkel Frank sein können.

Der Gerichtsdiener nahm mir den Eid ab. Cloutier erhob sich und fing an, mich vom Tisch der Staatsanwaltschaft aus zu befragen.

»Bitte nennen Sie Ihren vollen Namen.«

»Temperance Deasee Brennan.«

Wir sprachen in Mikrofone, die von der Decke hingen, und unsere Stimmen waren die einzigen Geräusche im Saal.

»Was sind Sie von Beruf?«

»Ich bin forensische Anthropologin.«

»Wie lange üben Sie diesen Beruf schon aus?«

»Ungefähr zwanzig Jahre.«

»Wo üben Sie diesen Beruf aus?«

»Ich bin ordentliche Professorin an der University of North Carolina in Charlotte. Ich bin forensische Anthropologin der Provinz Quebec beim Laboratoire de Sciences Judiciaires et de Médecine Légale in Montreal und des Staates North Carolina beim Office of the Chief Medical Examiner in Chapel Hill.«

»Sie sind amerikanische Staatsbürgerin?«

»Ja. Ich habe eine kanadische Arbeitserlaubnis. Ich pendle zwischen Montreal und Charlotte.«

»Wie kommt es, dass eine Amerikanerin als forensische Anthropologin für eine kanadische Provinz arbeitet?«

»Es gibt keinen kanadischen Staatsbürger, der in diesem Bereich eine staatliche Zulassung besitzt und fließend Französisch spricht.«

»Zur Frage der staatlichen Zulassung kommen wir noch. Bitte sagen Sie uns, was Sie als berufliche Qualifikationen vorweisen können.«

»Ich besitze einen Bachelor of Arts in Anthropologie der

American University in Washington, D. C. Ich besitze einen MA und einen Doktortitel in Biologischer Anthropologie der Northwestern University in Evanston, Illinois.«

Nun folgte eine endlose Reihe von Fragen über mein Aufbaustudium, die Themen meiner Diplom- und Doktorarbeiten, meine Forschungen, meine Stipendien, meine Veröffentlichungen. Wo? Wann? Mit wem? In welchen Fachzeitschriften? Ich dachte, sie würde mich noch nach der Farbe meines Slips am Tag meiner Promotion fragen.

»Haben Sie irgendwelche Bücher veröffentlicht, Dr. Brennan?«

Ich zählte sie auf.

»Gehören Sie irgendwelchen Berufsverbänden an?«

Ich zählte sie auf.

»Haben Sie in diesen Verbänden irgendwelche Ämter bekleidet?«

Ich zählte sie auf.

»Besitzen Sie Zulassungen von irgendwelchen Regulierungsbehörden?«

»Ich besitze die Zulassung des American Board of Forensic Anthropologists.«

»Bitte erklären Sie dem Gericht, was das bedeutet.«

Ich erläuterte den Prozess der Bewerbung, der Prüfung, der Begutachtung durch die Ethikkommission und erklärte die Bedeutung von Zulassungsbehörden für die Feststellung der Kompetenz derjenigen, die sich als Experten anbieten.

»Gibt es, neben den Gerichtsmedizinischen Instituten in Quebec und North Carolina, noch andere Kontexte, in denen Sie Ihren Beruf ausüben?«

»Ich habe für die Vereinten Nationen gearbeitet, für das United States Military Central Identification Laboratory in Honolulu, Hawaii, als Ausbilderin in der FBI Academy in Quantico, Virginia, und als Ausbilderin in der Royal Canadian Mounted Police Training Academy in Ottawa, Ontario. Ich bin Mitglied des United States National Disaster Mortuary Response Team. Gelegentlich berate ich auch private Klienten.«

Die Jury saß bewegungslos da, war entweder fasziniert oder komatös. Pétits Anwalt machte sich keine Notizen.

»Bitte erklären Sie uns, Dr. Brennan: Was macht ein forensischer Anthropologe?«

Ich sprach direkt zur Jury.

»Forensische Anthropologen sind Spezialisten für das menschliche Skelett. Für gewöhnlich, allerdings nicht immer, werden wir von Pathologen zu Fällen hinzugezogen. Unser Fachwissen ist gefragt, wenn eine normale Autopsie, die sich auf die Organe und das Bindegewebe konzentriert, entweder nicht möglich oder sehr eingeschränkt ist und die Knochen untersucht werden müssen, um Antworten auf grundlegende Fragen zu erhalten.«

»Was für Arten von Fragen?«

»Die Fragen betreffen meistens die Identität des Opfers, die Todesart und postmortale Verstümmelungen oder Schädigungen.«

»Wie können Sie bei Fragen der Identität helfen?«

»Durch die Untersuchung des Skeletts kann ich ein biologisches Profil erstellen, das Daten über das Alter, das Geschlecht, die Rasse und die Größe des Verstorbenen enthält. In bestimmten Fällen kann ich anatomische Merkpunkte, die ich an einer unbekannten Person feststelle, mit ähnlichen Merkpunkten vergleichen, die auf prämortalen Röntgenaufnahmen einer bekannten Person zu sehen sind.«

»Werden die meisten Identifikationen denn nicht mit Hilfe von Fingerabdrücken, Zahnstatus oder DNS erreicht?«

»Ja. Aber um medizinische oder dentale Informationen verwenden zu können, ist es zuerst nötig, den Kreis der in Frage kommenden Personen so weit wie möglich einzuschränken. Mit einem anthropologischen Profil kann ein Ermittlungsbeamter Vermisstenlisten durchgehen, Namen herausfiltern und sich dann deren individuelle Unterlagen beschaffen, um sie mit den

Daten der geborgenen Überreste zu vergleichen. Oft liefern wir die erste Stufe der Analyse völlig unbekannter Überreste.«

»Wie können Sie bei Fragen bezüglich der Todesart helfen?«

»Durch die Analyse von Bruchmustern kann ein forensischer Anthropologe Ereignisse rekonstruieren, die zu diesen speziellen Verletzungen geführt haben.«

»Welche Arten von Verletzungen untersuchen Sie normalerweise, Dr. Brennan?«

»Verletzungen durch Schüsse. Scharfe Gegenstände. Stumpfe Gegenstände. Strangulation. Aber lassen Sie mich noch einmal darauf hinweisen, dass solche Untersuchungen nur in Fällen angefordert werden, in denen die Leiche so beschädigt ist, dass diese Fragen mit der Untersuchung von Bindegewebe und Organen alleine nicht zu beantworten sind.«

»Was meinen Sie mit beschädigt?«

»Eine Leiche, die verwest, verbrannt, mumifiziert oder skelettiert …«

»Verstümmelt ist?«

»Ja.«

»Vielen Dank.«

Die Jury war sichtlich munterer geworden. Drei Geschworene starrten mich mit weit aufgerissenen Augen an. Eine Frau in der hinteren Reihe hielt sich die Hand vor den Mund.

»Wurden Sie schon früher von den Gerichten der Provinz Quebec als Expertengutachterin zugelassen?«

»Ja. Schon viele Male.«

»Euer Ehren, wir bieten Dr. Temperance Brennan als Expertengutachterin im Bereich der forensischen Anthropologie auf.«

Die Verteidigung erhob keinen Einspruch.

Wir hatten es geschafft.

Gegen Mitte des Nachmittags war Cloutier mit mir fertig. Als der Verteidiger sich erhob, spürte ich, wie mein Magen sich zusammenzog.

Jetzt kommt's dicke, dachte ich. Tatsachenverdrehungen, Skepsis, generelle Widerlichkeit.

Pétits Anwalt ging methodisch vor und blieb immer höflich.

Und war um fünf fertig.

Wie sich zeigen sollte, war sein Kreuzverhör nichts im Vergleich zu der Widerlichkeit, die ich bei der Beschäftigung mit den Knochen aus dem Pizzakeller noch erleben sollte.

3

Es war dunkel, als ich das Gerichtsgebäude verließ. Weiße Lämpchen funkelten in den Bäumen an der Rue Notre-Dame. Eine Kalesche rumpelte vorbei, die Pferde trugen rote Ohrschützer mit Troddeln und einen Fichtenzweig. Flocken trieben im Licht der falschen Gaslaternen.

Bonne fête! Weihnachten in Quebec.

Auf den Straßen fuhren die Autos wieder Stoßstange an Stoßstange. Ich fädelte mich in den Verkehr ein und schlich auf dem St. Laurent nach Norden, während das Adrenalin des Auftritts vor Gericht noch immer durch meine Adern rauschte.

Ich trommelte mit den Fingern aufs Lenkrad. Meine Gedanken sprangen von einem Thema zum nächsten. Meine Aussage. Die Skelette aus dem Pizzakeller. Meine Tochter. Der Abend, der vor mir lag.

Hätte ich den Geschworenen noch mehr sagen können? Hätten meine Erklärungen deutlicher sein können? Hatten sie mich verstanden? Würden sie den schuldigen Mistkerl verurteilen?

Was würde ich morgen im Labor herausfinden? Würden sich die Skelette als das erweisen, was ich stark befürchtete? Würde Claudel so unausstehlich sein wie immer?

Was machte Katy so unglücklich? Als wir das letzte Mal telefoniert hatten, hatte sie angedeutet, dass die Zeiten in Charlottesville nicht gerade rosig seien. Würde meine Tochter ihr Abschlussjahr an der Universität beenden, oder würde sie an Weihnachten verkünden, dass sie die UVA ohne Diplom verlassen wolle?

Was würde ich heute beim Abendessen erfahren? War meine Liebe, die ich mir erst vor wenigen Monaten eingestanden hatte, kurz davor, in sich selbst zusammenzufallen? War es überhaupt Liebe?

An der de la Gauchetière fuhr ich durch das Drachentor hindurch nach Chinatown hinein. Die Läden schlossen eben, die letzten Fußgänger eilten mit hochgezogenen Schultern und vermummten Gesichtern nach Hause.

An Sonntagen verströmt Chinatown eine Basar-Atmosphäre. Restaurants bieten Dim Sum an, und bei mildem Wetter stellen die Lebensmittelhändler draußen ihre Stände voller exotischer Produkte auf, eingelegte Eier, getrockneten Fisch, chinesische Kräuter. An Feiertagen gibt es Drachentänze, Kampfsport-Demonstrationen, Feuerwerke. Die Montage jedoch gehören den Alltagsgeschäften.

Meine Gedanken kehrten zu meiner Tochter zurück. Katy liebt dieses Viertel. Immer wenn sie nach Montreal kommt, ist ein Ausflug nach Chinatown das absolute Muss.

Bevor ich links in den René-Lévesque einbog, schaute ich kurz quer über die Kreuzung und den Boulevard St. Laurent hoch. Wie die Rue Notre-Dame war auch die Hauptstraße weihnachtlich herausgeputzt.

Der St. Lawrence Boulevard. Die Hauptstraße. Vor hundert Jahren eine wichtige Handelsarterie und ein Zwischenstopp für viele Immigrantengruppen. Iren. Portugiesen. Italiener. Juden. Gleichgültig aus welchem Land sie stammten oder zu welcher ethnischen Gruppe sie gehörten, die meisten Neuankömmlinge verbrachten einige Zeit auf den Straßen und Avenues um den St. Laurent herum.

Als ich vor der Ampel an der Peel warten musste, lief ein Mann durchs Licht meiner Scheinwerfer, eine große Gestalt, das Gesicht gerötet, die Haare sandfarben und vom Wind verstrubbelt.

Ein mentaler Querschläger.

Andrew Ryan, Lieutenant-détective, Section de Crimes contre la Personne, Sûreté du Québec. Mein erstes romantisches Abenteuer nach dem Zusammenbruch meiner zwanzigjährigen Ehe.

Mein Partner in der kürzesten Liebesaffäre der Geschichte?

Meine Finger trommelten noch schneller.

Da Ryan im Morddezernat arbeitet und ich im Leichenschauhaus, kreuzen sich unsere beruflichen Wege häufig. Ich identifiziere die Opfer, Ryan schnappt sich die Übeltäter. Seit zehn Jahren ermitteln wir gemeinsam gegen Vergewaltiger, Sektenanhänger, Biker, Psychopathen und Leute, die eine tiefe Abneigung gegen ihre Lebensgefährten hegen.

Im Lauf der Jahre hatte ich Geschichten über Ryans Vergangenheit gehört. Die wilde Jugend. Der Seitenwechsel zu den guten Jungs. Ryans Aufstieg innerhalb der Provinzpolizei.

Ich hatte auch Geschichten über Ryans Gegenwart gehört. Das Thema war immer dasselbe. Der Kerl war ein Spieler.

Oft zeigte er großes Interesse daran, mit mir zu spielen.

Ich habe eine eiserne Grundregel: Keine Liebeleien am Arbeitsplatz.

Aber Ryans Denken läuft dem meinen oft zuwider. Und er liebt Herausforderungen.

Er blieb beharrlich, und ich standhaft. Treibende Kraft. Und ein Objekt, das Widerstand bietet. Ich lebte seit zwei Jahren getrennt und wusste, dass ich zu meinem Gatten Pete nicht wieder zurückkehren würde. Ich mochte Ryan. Er war intelligent, einfühlsam und verdammt sexy.

Vier Monate zuvor. Guatemala. Für uns beide eine emotional

sehr belastende Zeit. Ich beschloss, mir die Sache noch einmal durch den Kopf gehen zu lassen.

Ich lud Ryan nach North Carolina ein. Ich deckte mich mit Dessous ein. Und einem männermordenden schwarzen Kleid. Ich wagte den Sprung.

Ryan und ich verbrachten eine Woche am Strand und sahen das Meer kaum. Oder das schwarze Kleid.

Mein Bauch machte das, was er immer macht, wenn ich an Ryan denke. Und an diese Woche am Strand.

Setz noch einen Punkt auf seine Positivliste. Der Kerl mag Kanadier sein, aber im Bett ist er Captain America.

Seit August sind wir, wenn schon kein »Paar«, so doch zumindest ein »Thema«. Ein geheimes Thema. Wir haben es für uns behalten.

Unsere gemeinsamen Zeiten waren die reinsten Klischee-Szenen aus romantischen Komödien. Hand in Hand spazieren gehen. Am offenen Kamin kuscheln. Schmusen auf Laub. Schmusen im Bett.

Warum dann das Gefühl, dass irgendetwas nicht stimmt?

Als ich rechts in die Guy einbog, dachte ich über diese Frage nach.

Nach Ryans Rückkehr aus North Carolina hatte es lange nächtliche Telefongespräche gegeben. In letzter Zeit waren diese Anrufe jedoch immer seltener geworden.

Na und? Du bist doch jeden Monat in Montreal.

Stimmt. Aber bei meinem letzten Aufenthalt hier war Ryan kaum verfügbar gewesen. Zu viel Arbeit, behauptete er. Ich wunderte mich.

Ich war so glücklich gewesen. Hatte ich etwas verpasst oder gewisse Signale falsch interpretiert? Distanzierte sich Ryan von mir?

Bildete ich mir nur etwas ein und schmachtete wie die Heldin in einem Groschenroman?

Zur Ablenkung schaltete ich das Radio ein.

Daniel Bélanger sang: »*Sèche tes pleurs.*« »Trockne deine Tränen.«

Ein guter Rat, Daniel.

Der Schnee fiel jetzt immer dichter. Ich schaltete die Scheibenwischer ein und konzentrierte mich aufs Fahren.

Ob wir bei ihm essen oder bei mir, normalerweise ist es Ryan, der kocht. Heute Abend wollte ich das übernehmen.

Als ich um sechs zu Hause war, nahm ich mir zuerst einige Minuten Zeit, um Birdie von meinem Tag zu erzählen, und griff dann nach dem Ordner, in dem ich die aus der *Gazette* ausgeschnittenen Rezepte aufbewahre.

Nach fünf Minuten hatte ich meinen Favoriten. Gegrillte Hähnchenbrust mit Melonensauce. Wilder Reis. Tortilla und Rucola-Salat.

Die Liste der Zutaten war relativ kurz. Das konnte doch nicht so schwer sein.

Ich zog meinen Parka an und ging zum Le Faubourg Ste. Catherine.

Geflügel, Obst und Gemüse, Reis. Kein Problem.

Haben Sie schon mal versucht, im Dezember in der Arktis eine Crenshaw-Melone zu bekommen?

Eine Unterhaltung mit dem Lagerjungen löste das Problem. Ich nahm stattdessen eine Warzenmelone.

Um Viertel nach sieben marinierte die Soße, der Reis kochte, die Hähnchenbrüste lagen im Ofen, und der Salat war angemacht. Sinatra säuselte auf einer CD, und ich roch nach Chanel No. 5.

Ich war bereit. Bauchkneifend enge weihnachtsrote Jeans. Die Haare hinter die Ohren gesteckt und am Hinterkopf zerstrubbelt à la Meg Ryan. Locker-fransiger Pony. Orchideen- und Lavendeltöne auf den Lidern. Katys Idee. Haselnussbraune Augen und lavendelfarbener Lidschatten. Wunderbar!

Um halb acht kam Ryan mit einem Sechserpack Moosehead, einem Baguette und einer kleinen weißen Schachtel aus einer Konditorei. Sein Gesicht war von der Kälte gerötet, auf Haaren und Schultern glitzerte frischer Schnee.

Er beugte sich vor, küsste mich auf den Mund und nahm mich dann in die Arme.

»Du siehst gut aus«, sagte er und drückte mich an sich. Ich roch Irish Spring und Aftershave vermischt mit Leder.

»Danke.«

Ryan ließ mich los, zog seine Bomberjacke aus und warf sie aufs Sofa.

Birdie sprang auf den Teppich und schoss den Gang hinunter.

»'tschuldigung. Hab den kleinen Kerl nicht gesehen.«

»Er wird's überleben.«

»Du siehst *wirklich* gut aus.« Ryan strich mir mit den Fingerknöcheln über die Wange. Mein Magen hüpfte.

»Bist selber auch nicht schlecht, Detective.«

Das stimmt. Ryan ist groß und drahtig, hat sandfarbene Haare und unmöglich blaue Augen. An diesem Abend trug er Jeans und einen Galway-Pullover.

Ich stamme von Generationen irischer Farmer und Fischer ab. Müssen also die Gene sein. Bei blauen Augen und Zopfmuster bin ich verloren.

»Was ist in der Schachtel?«

»Überraschung für die Köchin.«

Ryan zog ein Bier aus der Plastikhalterung und stellte den Rest in den Kühlschrank.

»Irgendwas riecht gut.« Er hob den Deckel von der Saucenschüssel.

»Melonensauce. Crenshaws sind im Dezember kaum zu kriegen.« Ich beließ es dabei.

»Willste 'n Bier oder 'nen Cocktail, Schätzchen?« Ryan zog die Brauen hoch und schnippte eine imaginäre Zigarre.

»Wie üblich.«

Ich sah nach dem Reis. Ryan holte ein Diet Coke aus dem Kühlschrank. Seine Mundwinkel zuckten, als er mir die Dose gab.

»Wer ruft häufiger an?«

»Wie bitte?« Ich hatte keine Ahnung, was er meinte.

»Agenten oder Talentscouts?«

Meine Hand erstarrte mitten in der Bewegung. Ich wusste, was jetzt kam.

»Wo?«

»Le Journal de Montréal.«

»Heute?«

Ryan nickte. »Über dem Falz.«

»Titelseite?« Ich war empört.

»Vierzehn. Farbfoto. Der Blickwinkel dürfte dir gefallen.«

»Bilder?«

Ich erinnerte mich. Ein dürrer schwarzer Mann in einem knielangen Pullover. Eine Falltür. Eine Kamera.

Der kleine Scheißer in der Pizzabude hatte seine Schnappschüsse verkauft.

Wenn ich an einem Fall arbeitete, weigere ich mich strikt, mit der Presse zu reden. Viele Journalisten halten mich für unhöflich. Andere haben mich mit noch blumigeren Attributen bedacht. Mir ist es egal. Im Lauf der Jahre habe ich gelernt, dass öffentliche Aussagen unweigerlich zu falschen Zitaten führen. Und falsche Zitate führen unweigerlich zu Problemen.

Und auf Fotos sehe ich nie gut aus.

»Darf ich dir das aufmachen?« Ryan nahm sich die Dose wieder, zog an der Lasche und gab mir die Coke zurück.

»Du hast doch sicher ein Exemplar mitgebracht«, sagte ich, stellte die Dose auf die Anrichte und riss die Ofentür auf.

»Um die Sicherheit der Speisenden zu gewährleisten, findet die Betrachtung erst statt, wenn das Besteck abgeräumt ist.«

Während des Essens erzählte ich Ryan von meinem Tag im Gericht.

»Die Kritiken klingen gut.«

Ryan hat ein Spionagenetz, das die CIA aussehen lässt wie einen Haufen Pfadfinder. Normalerweise weiß er schon, was ich treibe, bevor ich es ihm erzähle. Es macht mich wahnsinnig.

Und Ryans Amüsement über den *Journal*-Artikel senkte meine Irritationsschwelle noch weiter ab.

Krieg dich wieder ein, Brennan. Nimm dich nicht so wichtig.

»Wirklich?«

»Die Kritiker haben dir vier Sterne verliehen.«

Nur vier?

»Verstehe.«

»Wie's heißt, wird Pétit verurteilt.«

Ich sagte nichts.

»Erzähl mir von dem Pizzabudenfall.« Ryan legte einen höheren Gang ein.

»Steht das nicht schon alles im *Journal*?« Ich nahm mir eine zweite Portion Salat.

»Die Berichterstattung ist ein bisschen vage. Darf ich auch?«

Ich gab ihm die Schüssel.

Volle drei Minuten lang aßen wir Rucola-Salat. Ryan brach das Schweigen.

»Erzählst du mir von deinen Knochen?«

Ich schaute ihm in die Augen. Sein Interesse schien aufrichtig zu sein.

Ich ließ mich erweichen, hielt meinen Bericht aber knapp. Danach stand Ryan auf und holte einen Zeitungsausschnitt aus seiner Jackentasche.

Beide Fotos waren von rechts oben aufgenommen. Im ersten redete ich mit Claudel, mit wütendem Blick und drohend erhobenem Zeigefinger. Die Unterschrift hätte »Angriff der Widerspenstigen« lauten können.

Das zweite zeigte die Widerspenstige auf allen vieren, den Hintern in der Luft.

»Hast du eine Ahnung, woher das *Journal* die hat?«, fragte Ryan.

»Von diesem schleimigen Assistenten des Besitzers.«

»Claudel bearbeitet den Fall?«

»Ja.« Ich pickte Brotbrösel vom Tischtuch.

Ryan legte seine Hand auf meine. »Claudel macht sich nicht schlecht.«

Ich sagte nichts.

Ryan wollte eben weiterreden, als sein Handy klingelte.

Er drückte meine Hand, nahm das Gerät vom Gürtel und schaute auf die Anruferkennung. Dann verdrehte er die Augen. Vor Frustration. Oder Verärgerung. Oder etwas, das ich nicht deuten konnte.

»Ich muss da dran«, sagte er.

Er schob seinen Stuhl vom Tisch zurück und ging in den Korridor.

Während ich den Tisch abräumte, hörte ich den Rhythmus der Unterhaltung. Der Wortlaut war unverständlich, aber der Tonfall deutete auf Erregung hin.

Kurz darauf war er wieder zurück.

»Tut mir Leid, Babe. Ich muss los.«

»Du gehst?« Ich war sprachlos.

»Es ist ein undankbares Gewerbe.«

»Wir haben deinen Kuchen noch gar nicht gegessen.«

Die Irischblauen schauten mich nicht an.

»Tut mir Leid.«

Ein Küsschen auf die Wange.

Die Köchin war allein mit der ungegessenen Konditorei-Überraschung.

4

Als ich aufwachte, war ich deprimiert und wusste nicht, warum.

Weil ich allein war? Weil mein einziger Bettgenosse ein großer weißer Kater war? So hatte ich mein Leben nicht geplant. Pete und ich hatten vorgehabt, miteinander alt zu werden. Verheiratet ins Jenseits zu segeln.

Dann teilte mein Ehemann für alle Zeiten das Laken mit einer Immobilienmaklerin.

Und ich hatte meine eigene kleine Affäre mit der Flasche.

Was soll's, wie Katy sagen würde. Das Leben geht weiter.

Das Wetter vor dem Fenster war grau, stürmisch und wenig einladend. Der Wecker zeigte sieben Uhr zehn. Birdie war nirgends zu sehen.

Ich zog mein Nachthemd aus, nahm eine heiße Dusche und föhnte mir dann die Haare. Birdie schlenderte herein, als ich eben die Zähne putzte. Ich begrüßte ihn und lächelte dann den Spiegel an, um zu sehen, ob es ein Tag für Wimperntusche war.

Und dann fiel es mir wieder ein.

Ryans überstürzter Aufbruch. Der Blick in seinen Augen.

Ich steckte die Zahnbürste wieder aufs Ladegerät, ging zurück ins Schlafzimmer und starrte das vereiste Fenster an. Kristalline Spiralen und Schneeflockengeometrie. So zart. So zerbrechlich.

Wie das Hirngespinst eines Lebens mit Ryan, das ich mir zurechtgestrickt hatte?

Wieder fragte ich mich, was eigentlich los war.

Und warum ich mich aufführte wie Doris Day in einer ihrer Schmonzetten.

»Doris, du blöde Kuh«, sagte ich laut.

Birdie hob den Kopf, verkniff sich aber einen Kommentar.

»Und Andrew Ryan, du Blödmann.«

Ich kehrte ins Bad zurück und legte das Revlon auf.

Das Laboratoire de Sciences Judiciaires et de Médecine Légale belegt die beiden oberen Stockwerke des Édifice Wilfrid-Derome, ein T-förmiges Gebäude im Bezirk Hochelaga-Maisonneuve, knapp östlich des Centre-ville. Das Bureau du Coroner, das Büro des Leichenbeschauers, befindet sich im elften Stock, die Leichenhalle ist im Keller. Die übrigen Etagen gehören der SQ.

Um acht Uhr fünfzehn füllte sich der zwölfte Stock eben mit Männern und Frauen in weißen Kitteln. Einige grüßten mich, als ich meine Kennkarte ins Lesegerät steckte, zuerst im Foyer, dann an der Glastür, die den gerichtsmedizinischen Flügel vom Rest des T trennt. Ich erwiderte ihre *»Bonjours«,* ging aber direkt weiter zu meinem Büro, da ich keine Lust auf eine Unterhaltung hatte. Ich war noch immer durcheinander wegen der abendlichen Begegnung mit Ryan. Oder besser Nichtbegegnung.

Wie in fast allen gerichtsmedizinischen Instituten beginnt jeder Arbeitstag im LSJML mit einer Besprechung des wissenschaftlichen Personals. Ich hatte kaum den Mantel ausgezogen, als das Telefon klingelte. Pierre LaManche. In der Nacht war ziemlich viel los gewesen. Der Chef wollte so schnell wie möglich anfangen.

Als ich das Konferenzzimmer betrat, saßen nur LaManche und Jean Pelletier am Tisch. Beide richteten sich halb auf, wie ältere Männer es tun, wenn eine Frau den Raum betritt.

LaManche erkundigte sich nach dem Pétit-Prozess. Ich sagte ihm, dass meine Zeugenaussage gut gelaufen sei.

»Und die Bergung vom Montag?«

»Bis auf eine leichte Unterkühlung und die Tatsache, dass Ihre Tierknochen sich als drei Personen erwiesen, lief auch die gut.«

»Fangen Sie mit Ihrer Untersuchung heute an?«, fragte LaManche in seinem Sorbonne-Französisch.

»Ja.« Ich erwähnte nicht, was ich ausgehend von meiner flüchtigen Untersuchung im Keller bereits befürchtete. Ich wollte erst sicher sein.

»Detective Claudel hat mich gebeten, Ihnen zu sagen, dass er heute um halb zwei vorbeikommt.«

»Da wird Detective Claudel sich aber lange gedulden müssen. Zu der Zeit habe ich ja gerade einmal angefangen.«

Als ich Pelletier etwas brummen hörte, schaute ich in seine Richtung.

Pelletier war LaManche zwar unterstellt, aber ein ganzes Jahrzehnt länger im Institut als sein Chef. Er war ein kleiner, stämmiger Mann mit dünnen grauen Haaren und Tränensäcken so groß wie Makrelen.

Pelletier war ein eifriger Leser des *Journal*. Ich wusste, was jetzt kam.

»Oui.« Pelletiers Finger waren von einem halben Jahrhundert Gauloises Rauchen gelb verfärbt. Einer davon deutete auf mich. *»Oui.* Dieser Blickwinkel ist schmeichelhafter. Betont Ihre wunderschönen braunen Augen.«

Zur Antwort verdrehte ich meine wunderschönen braunen Augen.

Als ich mich setzte, kamen Nathalie Ayers, Marcel Morin und Emily Santangelo dazu. *»Bonjours«* und *»Comment-ça-vas«* wurden ausgetauscht. Pelletier machte Santangelo ein Kompliment zu ihrer Frisur. Ihre Miene deutete darauf hin, dass dieses Thema besser nicht angeschnitten werden sollte. Sie hatte Recht.

Nachdem LaManche die Liste mit der Tagesordnung verteilt hatte, begann er mit der Diskussion und der Zuweisung der Fälle.

Ein Siebenundvierzigjähriger war erhängt an einem Querträger in seiner Garage in Laval gefunden worden.

Ein Vierundfünfzigjähriger war nach einem Streit um übrig gebliebene Würste von seinem Sohn erstochen worden. Mama hatte die Polizei von St. Hyacinthe gerufen.

Ein Einwohner von Longueuil war mit seinem Geländewagen auf einer Landstraße im Gatineau in eine Schneeverwehung gefahren. Alkohol war im Spiel.

Ein getrennt lebendes Ehepaar war erschossen in einem Haus in St. Léonard gefunden worden. Zwei Kugeln für sie, eine für ihn. Der Ex in spe verließ diese Welt mit einer Neun-Millimeter Glock im Mund.

»Wenn ich dich nicht haben kann, kriegt dich auch kein anderer.« Pelletiers Gebiss klapperte beim Sprechen.

»Typisch.« Ayers' Stimme klang verbittert.

Sie hatte Recht. Wir hatten dergleichen schon zu oft gesehen.

Hinter einer Karaoke-Bar in der Rue Jean-Talon hatte man eine junge Frau gefunden. Vermutet wurde eine Kombination aus Überdosis und Unterkühlung.

Die Skelette aus dem Pizzakeller hatten die LSJML-Nummern 38 426, 38 427 und 38 428 erhalten.

»Detective Claudel ist der Ansicht, dass diese Skelette alt und wahrscheinlich von geringem forensischem Interesse sind?«, sagte LaManche, eher fragend denn feststellend.

»Und woher will Monsieur Claudel das wissen?« Obwohl es möglich war, dass sich das als richtig herausstellte, ärgerte es mich, das Claudel Hypothesen in einem Gebiet aufstellte, von dem er absolut keine Ahnung hatte.

»Monsieur Claudel ist ein Mann vieler Talente.« Obwohl Pelletiers Miene völlig ausdruckslos war, ließ ich mich nicht täuschen. Der alte Pathologe wusste von den Reibungen zwischen Claudel und mir, und er neckte gern.

»Claudel hat Archäologie studiert?«, fragte ich.

Pelletier hob die Augenbrauen. »Monsieur Claudel bringt Stunden damit zu, uralte Relikte zu untersuchen.«

Die anderen schwiegen, weil sie auf die Pointe warteten.

»Wirklich?« Warum lässt du dich so bitten?

»*Bien sûr*. Schaut sich jeden Morgen seinen Pimmel an.«

»Vielen Dank, Dr. Pelletier«, erwiderte LaManche ebenso trocken. »Um im Bild zu bleiben, würden Sie bitte den Hängenden übernehmen?«

Ayers bekam den Erstochenen. Der Geländewagenunfall ging an Santangelo, der Mord/Selbstmord an Morin. Bei der Zuteilung setzte LaManche auf seiner Liste die Initialen hinter die jeweiligen Fälle. Pe. Ay. Sa. Mo.

Br. kam hinter die Dossiers 38 426, 38 427 und 38 428, die Knochen aus dem Pizzakeller.

Da LaManche eine längere Besprechung mit der Kommission vor sich hatte, die sich mit Kindstod in der Provinz beschäftigte, wies er sich selbst keine Autopsie zu.

Die Besprechung war zu Ende, und ich kehrte in mein Büro zurück. Augenblicke später erschien LaManches Kopf in der Tür. Einer der Autopsie-Techniker war wegen einer Bronchitis ausgefallen. Bei fünf Fällen war so die Lage etwas schwierig. Ob ich etwas dagegen hätte, allein zu arbeiten?

Klasse.

Während ich drei Fallformulare auf ein Klemmbrett steckte, fiel mir auf, dass das rote Licht an meinem Telefon blinkte.

Ein winziger Schmetterling im Bauch. Ryan.

Krieg dich wieder ein, Doris.

Ich gab meine Codenummer ein und hörte die Mailbox ab.

Ein Journalist von *Allô Police.*

Ein Journalist von der *Gazette.*

Ein Journalist von den CTV-Abendnachrichten.

Enttäuscht löschte ich die Nachrichten und eilte in den Umkleideraum der Damen. Nachdem ich mir Chirurgenkluft angezogen hatte, ging ich einen Seitengang entlang zu einem einzelnen Aufzug zwischen dem Büro der Sekretärin und der Bibliothek. Zugang zu diesem Aufzug hatten nur Personen mit Sondergenehmigung, und es gab Knöpfe nur für drei Stopps. LSJML. Coroner. Leichenhalle. Ich drückte auf den Knopf für die Leichenhalle, und die Türen schlossen sich.

Unten noch einmal durch eine Sicherheitstür und einen langen, schmalen Korridor hinunter, der den gesamten Querbalken des T entlangführt. Links ein Röntgenraum und vier Autopsiesäle, drei mit nur einem Tisch, einer mit einem Paar. Rechts Trockengestelle, Computer, Bahren und Wannen auf Rädern für den Transport von Prüfstücken in die Histologie-, Toxikologie-, DNS-, Odontologie- und Anthropologie-Labore im Stockwerk darüber.

Durch kleine Glasfenster in den Türen sah ich, dass Ayers und Morin in den Räumen eins und zwei eben mit der äußerlichen Untersuchung begannen. Beide arbeiteten mit einem Polizeifotografen und einem Autopsie-Techniker.

Ein weiterer Techniker ordnete eben Instrumente in Raum drei. Er würde Santangelo assistieren.

Und ich war auf mich allein gestellt.

Und Claudel würde in weniger als vier Stunden hier sein.

Ich hatte den Tag schon deprimiert begonnen, und meine Stimmung wurde mit jedem Augenblick noch schlechter.

Ich ging weiter zu Raum vier. Meinem Raum. Mit einer speziellen Lüftungsanlage für die Arbeit an Verwesten, Mumifizierten, Wasserleichen und anderen Stinkern.

Wie alle anderen hat auch dieser Raum eine Flügeltür, die zu einer Verwahrbucht der Leichenhalle führt. Die Bucht ist gesäumt von Kühlfächern, von denen jedes eine Doppeldecker-Bahre enthält.

Ich warf mein Klemmbrett auf die Anrichte, nahm eine Plastikschürze aus einer Schublade, Handschuhe und Maske aus einer anderen, zog alles an, holte mir einen kleinen Karren vom Korridor und schob mich rückwärts durch die Flügeltür.

Bettenzählung.

Sechs weiße Kärtchen. Ein roter Aufkleber.

Sechs Belegungen. Eine davon HIV-positiv.

Ich fand die Kärtchen mit meinen Kürzeln. LSJML 38 426. LSJML 38 427. LSJML 38 428. *Ossements. Inconnu.* Knochen. Unbekannt.

Normalerweise hätte ich die Fälle der Reihenfolge nach bearbeitet und eine Analyse komplett abgeschlossen, bevor ich mich der nächsten zuwendete. Aber Detective Charmebolzen hatte sich für halb zwei angekündigt. Und da ich Claudels Ungeduld kannte, beschloss ich, die übliche Verfahrensweise zu umgehen und für jedes der Skelette eine schnelle Altersschätzung anzustellen.

Das war ein Fehler, den ich später noch bereuen sollte.

Aus drei Edelstahltüren holte ich die Knochen, die ich bereits im Keller dieser Pizzabude vor Augen gehabt hatte, und schob sie in Autopsieraum vier.

Nachdem ich die relevanten Informationen in ein Fallformular eingetragen hatte, fing ich mit 38 426 an, den Knochen aus Dr. Energy's Kiste.

Zuerst der Schädel.

Grazile Muskelansätze. Gerundeter Hinterkopf. Kleine Warzenfortsätze. Glatte supraorbitale Wülste, die in scharfen Augenhöhlenrändern endeten.

Ich wandte mich dem Beckenknochen zu.

Breite, ausgestellte Hüftschaufeln. Verlängerter Schambeinanteil mit einem winzigen, erhöhten Grat auf der Bauchseite. Stumpfer subpubischer Winkel. Breite Incisura ischiadica, die Einbuchtung der hinteren Sitz- und Darmbeinkante.

Ich kreuzte diese Merkmale auf der Seite »Geschlechtsbestimmung« an und notierte meine Schlussfolgerung.

Weiblich.

Ich wandte mich dem Abschnitt »Altersbestimmung« zu. Mir fiel auf, dass die Basilarnaht, die Trennlinie zwischen dem Hinterhauptsbein und dem Keilbein an der Schädelbasis, erst vor kurzem verschmolzen war. Das zeigte mir, dass es sich um ein Mädchen von etwa fünfzehn bis neunzehn Jahren handelte.

Zurück zum Becken.

In der Kindheit ist jede Beckenhälfte zusammengesetzt aus drei voneinander getrennten Elementen, dem Darmbein, dem Sitzbein und dem Schambein. In der frühen Pubertät verschmelzen diese Knochen zur Hüftpfanne.

Dieses Becken hatte die Pubertät bereits hinter sich.

Ich bemerkte Furchen auf der Schambeinfuge, der Stelle, wo die beiden Beckenhälften in der Mitte aufeinander treffen. Ich drehte den Knochen um.

Der obere Rand der Hüftschaufel zeigte Wellenlinien, was darauf hindeutete, dass die Ausformung des Knochenabschlusses noch nicht vollendet war. Wellenlinien waren ebenfalls auf dem Sitzbein zu erkennen, in der Nähe der Stelle, auf die der Körper sich beim Sitzen stützt.

Ich spürte eine mir nur allzu vertraute Kälte im Bauch. Ich würde noch die Zähne und die Röhrenknochen untersuchen, aber alle Indikatoren stützten meine ursprüngliche Vermutung.

Die Knochen aus der Kiste hatten einem Mädchen gehört, das bei seinem Tod zwischen fünfzehn und neunzehn Jahren alt gewesen war.

Ich legte 38 426 auf den Karren zurück und wandte mich den Knochen zu, die ich von 38 427 herausgesucht hatte. Dann 38 428.

Die Welt zog sich in eine andere Dimension zurück. Telefone. Drucker. Stimmen. Karren. Das alles verschwand. Nichts existierte mehr außer den zerbrechlichen Überresten auf meinem Tisch.

Ich arbeitete die Mittagspause durch, und mit jeder neuen Entdeckung wurde meine Traurigkeit größer.

Man wirft mir oft vor, dass ich den Toten mehr Herzlichkeit entgegenbringe als den Lebenden. Doch dieser Vorwurf trifft nicht zu. Ja, ich trauere um diejenigen, die auf meinem Tisch landen. Ich bin mir aber auch sehr schmerzlich des Kummers bewusst, der ihre Hinterbliebenen befällt. Dieser Fall war keine Ausnahme. Ich hatte großes Mitgefühl für die Familien, die diese Mädchen geliebt und verloren hatten.

Exakt um halb zwei klingelte das Telefon. Ich zog die Maske ab und ging zum Schreibtisch.

»Dr. Brennan.«

»Sind Sie fertig?« Obwohl er seinen Namen nicht nannte, erkannte ich seine Stimme.

»Ich habe einige vorläufige Informationen. Autopsieraum vier.«

»Ich warte in Ihrem Büro.«

Sicher doch, Claudel. Ich habe nichts dagegen. Fühlen Sie sich ganz wie zu Hause.

»Möchten Sie sich ansehen, was ich gefunden habe?«

»Das ist nicht nötig.«

Claudels Aversion gegen Autopsien ist legendär. Früher spielte ich damit, dachte mir Ausflüchte aus, um ihn unter Deck zu locken. Inzwischen langweilte mich das.

»Ich brauch noch ein paar Minuten zum Aufräumen«, sagte ich.

»Das Ganze ist wahrscheinlich sowieso sinnlos.«

»Das hoffe ich sehr.« Ich legte auf.

Bleib locker. Es ist Claudel. Der Mann ist ein Atavismus.

Ich breitete ein Laken über den Tisch, streifte die Handschuhe ab, wusch mir die Hände und fuhr nach oben. Eine wachsende Furcht lastete schwer auf meiner Seele.

Trotz seiner scheinheiligen Ignoranz hoffte ich inständig, dass Claudel doch Recht hatte.

5

Claudel saß vor meinem Schreibtisch, seine Stirn, seine Nase und sein Mund deuteten nach Süden. Weder stand er auf, noch grüßte er mich, als ich eintrat. Ich erwiderte seine Herzlichkeit.

»Sind Sie fertig?«

»Nein, Monsieur Claudel. Ich bin noch nicht fertig. Ich habe gerade erst angefangen.« Ich setzte mich. »Aber ich habe einige beunruhigende Beobachtungen gemacht.«

Sein wiederholtes Zeigefingerkrümmen bedeutete: »Erzählen Sie.«

»Ausgehend von Merkmalen des Schädels und des Beckens, kann ich Ihnen sagen, dass Skelett 38 426 das einer Frau ist, die bei ihrem Tod etwa zwischen fünfzehn und neunzehn Jahren alt war. Nach einer Untersuchung der Röhrenknochen werde ich diese Altersschätzung noch präzisieren können, aber es ist offensichtlich, dass die Basilarnaht erst vor kurzem verschmolzen ist, der Darmbeinkamm ...«

»Ich brauche keine Anatomiestunde.«

Wie wär's mit meiner Schuhspitze in deinen Arsch?

»Das Opfer ist jung.« Unterkühlt.

»Weiter.«

»Sie sind alle jung.«

Claudel hob fragend die Augenbrauen.

»Alle weiblich. Unter oder knapp über zwanzig.«

»Todesursache?«

»Dazu ist eine detaillierte Untersuchung jedes Skeletts nötig.«

»Leute sterben eben.«

»Aber normalerweise nicht als Jugendliche.«

»Rasse?«

»Im Augenblick noch unklar.« Obwohl ich die Abstammung erst noch verifizieren musste, deuteten Merkmale der Gesichts- und Schädelarchitektur darauf hin, dass sie alle weiß waren.

»Es ist also möglich, dass wir Pocahontas und ihre Hofdamen ausgegraben haben.«

Ich hielt mich mit einer Antwort zurück. Ich würde mich von Claudel nicht zu einer verfrühten Aussage verleiten lassen.

»Den Knochen aus der Kiste und denen aus der nordöstlichen Senke haftet kein weiches Gewebe mehr an, die aus dem Bündel zeigen jedoch noch Spuren von Adipocire. Leichenwachs.

Ich bin nicht überzeugt davon, dass diese Überreste aus einer fernen Vergangenheit stammen.«

Claudel hob die Hände und zeigte mir die Innenflächen. »Fünf Jahre, zehn, ein Jahrhundert?«

»Eine Bestimmung der seit dem Todeseintritt vergangenen Zeit erfordert weitere Untersuchungen. Im Augenblick würde ich diese Überreste nicht als historisch oder prähistorisch abschreiben.«

»Ich brauche keine Anweisungen, wie ich meine Berichte zu schreiben habe. Was genau wollen Sie mir damit sagen?«

»Ich will Ihnen damit sagen, dass wir kürzlich drei tote Mädchen aus dem Keller einer Pizzabude geborgen haben. Beim augenblicklichen Stand der Untersuchung ist die Schlussfolgerung, dass es sich um sehr alte Überreste handelt, nicht angemessen.«

Einige Sekunden lang starrten wir uns schweigend an. Dann griff er in seine Brusttasche, zog einen Ziploc-Beutel heraus und warf ihn auf den Tisch.

Langsam senkte ich den Blick.

Die Tüte enthielt drei runde Objekte.

»Sie können sie ruhig herausnehmen.«

Ich zog die Tüte auf und schüttete mir die Objekte auf die Handfläche. Es waren drei flache Metallscheiben, jede mit einem Durchmesser von knapp drei Zentimetern. Obwohl sie korrodiert waren, erkannte ich auf der Vorderseite jeder Scheibe eine weibliche Silhouette und auf der Rückseite eine Öse. Neben jeder Öse waren die Initialen ST eingraviert.

Ich schaute Claudel fragend an.

»Nach einiger Überzeugungsarbeit gab der Prinz der Pizza zu, gewisse Gegenstände an sich genommen zu haben, als er die Knochen in die Kiste packte.«

»Knöpfe?«

Claudel nickte.

»Sie waren mit dem Skelett vergraben?«

»Der Herr bleibt etwas vage, was ihre Herkunft angeht. Aber ja, es sind Knöpfe. Und offensichtlich sind sie alt.«

»Wie können Sie so sicher sein, dass sie alt sind?«

»Ich kann es nicht. Dr. Antoinette Legault vom McCord schon.«

Das McCord Museum of Canadian History beherbergt über eine Million Artefakte, wobei mehr als sechzehntausend davon zur Kleidungs- und Schmucksammlung gehören.

»Legault ist eine Knopfexpertin?«

Claudel ignorierte die Frage. »Die Knöpfe wurden im neunzehnten Jahrhundert hergestellt.«

Bevor ich etwas erwidern konnte, klingelte Claudels Handy. Ohne sich zu entschuldigen, stand er auf und trat auf den Gang.

Mein Blick kehrte zu den Knöpfen zurück. Bedeuteten sie, dass die Skelette mehr als ein Jahrhundert in der Erde gelegen hatten?

In weniger als einer Minute war Claudel zurück.

»Etwas Wichtiges liegt an.«

Meine Befürchtungen wurden also als Hirngespinste abgetan.

Ich habe einen ziemlich dünnen Geduldsfaden, das gebe ich zu. Und manchmal reißt er. Claudels herablassende Art trieb mich genau auf diesen Punkt zu. Ich hatte mich, um seinem Terminplan zu entsprechen, zu einer vorläufigen Einschätzung hinreißen lassen, weil ich davon ausging, dass diese Untersuchung eine hohe Priorität hatte, und jetzt tat er meine Vermutungen nach einigen oberflächlichen Fragen als irrelevant ab.

»Soll das heißen, dass dieser Fall *nicht* wichtig ist?«

Claudel senkte das Kinn und schaute mich an, die Verkörperung unendlich strapazierter Geduld.

»Ich bin Polizist, kein Historiker.«

»Ich bin Wissenschaftlerin, keine Zauberin.«

»Diese Artefakte« – er deutete auf die Knöpfe – »gehören in ein anderes Jahrhundert.«

»Aber drei tote Mädchen gehören jetzt in dieses.« Ich stand abrupt auf.

Claudel versteifte sich und kniff die Augen zusammen.

»Im L'Hôpital de Notre-Dame ist eben eine Prostituierte mit einem Schädelbruch und einem Messer im Bauch eingeliefert worden. Ihre Kollegin hatte weniger Glück. Sie ist tot. Mein Partner und ich werden jetzt gleich einen gewissen Zuhälter verhaften, um die Überlebenschancen anderer Damen zu erhöhen.«

Claudel stieß den Zeigefinger in meine Richtung.

»Das, Madame, ist wichtig.«

Und damit stolzierte er zur Tür hinaus.

Einen Augenblick lang stand ich nur da, und mein Gesicht brannte vor Zorn. Ich hasse es, dass Claudel die Macht hat, mich zur Weißglut zu treiben, manchmal sogar mit Belanglosigkeiten. Aber so war es eben. Er hatte es mal wieder geschafft.

Ich ließ mich auf meinen Stuhl fallen, drehte ihn, legte die Füße aufs Fensterbrett und lehnte den Kopf seitlich an die Wand. Zwölf Stockwerke unter mir erstreckte sich die Stadt in Richtung Fluss. Winzige PKW und Lastwagen flossen über die Jacques-Cartier-Brücke auf ihrem Weg auf die Île Ste-Hélène, in die südlichen Vorstädte, in den New York State.

Ich schloss die Augen und machte einige Yoga-Atemübungen. Langsam verflog meine Wut. Als ich sie wieder öffnete, fühlte ich mich – wie?

Entmutigt.

Verwirrt.

Todesermittlungen sind kompliziert genug. Warum war es mit Claudel immer doppelt so schwierig? Warum konnten er und ich nicht diesen ungezwungenen Informationsaustausch genießen, der meine beruflichen Beziehungen zu anderen Mordermittlern kennzeichnete? Zu Ryan?

Ryan.

Doris meldete sich mit ein paar Szenen aus *Bettgeflüster.*

Einiges war klar. Claudel hatte eine Entscheidung getroffen. Er mochte keine Ratten. Er mochte die Pizzabude nicht. Er glaubte nicht, dass diese Knochen seine Aufmerksamkeit wert waren. Wenn ich investigative Unterstützung benötigte, musste ich mich an andere Quellen wenden.

Okay, du hochnäsiger verbohrter Skeptiker. Rümpf nur die Nase über meine Analyse, ohne auch nur den Versuch zu machen, sie zu verstehen. Dann machen wir's eben ohne dich.

Ich schnappte mir mein Klemmbrett und fuhr wieder nach unten.

Drei Stunden später hatte ich das Skelett-Inventar für LSJML-38 426 abgeschlossen. Die Überreste waren komplett bis auf das Zungenbein, ein winziger, im Bindegewebe des Kehlkopfes eingebetteter U-förmiger Knochen, und ein paar kleinere Hand- und Fußknochen.

Röhrenknochen wachsen, solange ihre Epiphysen, die Gelenkstücke an jedem Ende, vom Knochen selbst getrennt sind. Das Wachstum hört auf, wenn die Epiphysen mit dem Schaft verschmelzen. Zum Glück für Anthropologen marschiert jedes Epiphysenpaar nach seiner eigenen Uhr.

Durch Betrachtung des Entwicklungszustandes der Arm- und Beinknochen und des Schlüsselbeins konnte ich meine Altersschätzung präzisieren. Ich hatte Röntgenaufnahmen der Zähne angefordert, um mir auch die Wurzelentwicklung der Backenzähne ansehen zu können, aber schon jetzt hatte ich keinen Zweifel mehr. Das Mädchen in der Kiste war im Alter zwischen sechzehn und achtzehn Jahren ums Leben gekommen.

Mein Fallformular zeigte ein Dutzend Häkchen in der Spalte »Europäische Abstammung«. Kleine Nasenöffnung. Scharf vorspringender unterer Nasenrand. Spitzwinkliger Nasenrücken. Vorstehender Nasendorn. Wangenknochen eng am Gesicht. Jedes Merkmal und jede Maßangabe platzierte den Schädel eindeutig in die kaukasoide Kategorie. Ich war mir sicher, dass das Mädchen weiß gewesen war.

Und winzig. Die Maße der Beinknochen deuteten darauf hin, dass sie nur gut einen Meter fünfzig groß gewesen war.

Obwohl ich jeden Knochen und jedes Knochenfragment untersucht hatte, konnte ich keinen Hinweis auf Gewalteinwirkung entdecken. Ein paar Kratzer in der Nähe des rechten Gehörgangs wirkten oberflächlich und unter dem Mikroskop v-förmig. Ich vermutete, dass es sich bei diesen Spuren um postmortale Artefakte handelte, verursacht durch den Kontakt mit dem Erdreich oder durch Achtlosigkeit bei der Umbettung in die Kiste.

Die Zähne zeigten Hinweise auf nachlässige Pflege, jedoch keinen einzigen auf eine zahnärztliche Behandlung.

Nun wandte ich mich dem postmortalen Intervall zu. Wie lange war das Mädchen schon tot? Wenn man nur trockene Knochen zur Verfügung hat, ist die Bestimmung des PMI eine harte Nuss.

Der menschliche Körper ist ein kopernikanischer Mikrokosmos, der aus Kohlenstoff, Wasserstoff, Stickstoff und Sauerstoff besteht. Das Herz ist die Sonne, der Lebensquell für jedes Stoffwechselsystem in der Galaxie.

Wenn das Herz aufhört zu pumpen, kommt es zum zytoplasmischen Chaos. Zellenzyme machen sich wie Kannibalen über die körpereigenen Kohlenwasserstoffe und Proteine her. Zellmembranen platzen auf und geben so Nahrung frei für Armeen von Mikroorganismen. Bakterien im Darm fressen sich nach außen. Umgebungsbakterien, Aas fressende Insekten und andere Tiere fressen sich nach innen.

Lagerung in Erdreich oder Wasser oder Einbalsamierung verlangsamt den Verwesungsprozess. Gewisse mechanische oder chemische Agenzien beschleunigen ihn.

Wie lange dauert es also, bis Staub wieder zu Staub wird?

Bei extremer Hitze und Feuchtigkeit tritt der Bindegewebsverlust schon binnen drei Tagen ein. Aber das ist ein absoluter Rekord. Unter normalen Bedingungen, in einem flachen Grab etwa, braucht eine Leiche sechs Monate bis ein Jahr, um zum Skelett zu werden.

Das Eingeschlossensein in einem Keller kann dies verlangsamen. Das Eingeschlossensein in einem Keller in der Subarktis kann dies sehr deutlich verlangsamen.

Welche Fakten hatte ich?

Die Leichen wurden in flachen Gräbern gefunden. War das die ursprüngliche Begräbnisstelle? Wie bald nach dem Tod waren sie dort vergraben worden?

Mindestens zwei waren gekrümmt worden, man hatte ihnen die Knie an die Brust gerückt. Mindestens eine war in eine Umhüllung aus Leder eingewickelt worden. Darüber hinaus wusste ich rein gar nichts. Feuchtigkeit. Säuregehalt des Erdreichs. Temperaturschwankungen.

Was *konnte* ich also sagen?

Die Knochen waren trocken, unverbunden und ohne Fleisch oder Geruch. Fleckenbildung war vorhanden, in einige Schädel- und Markhöhlen war Erde eingedrungen. Die Mädchen waren nackt und anonym und ohne Artefakte verscharrt worden, es sei denn, Claudels Knöpfe gehörten tatsächlich zu dem Fund.

Die beste Schätzung: mehr als ein Jahr und weniger als ein Jahrtausend. Ein gefundenes Fressen für Claudel.

Frustriert packte ich LSJML-38 426 zusammen, war jedoch fest entschlossen, noch eine ganze Menge Fragen zu stellen.

Ich breitete eben LSJML-38 427 auf meinem Tisch aus, als hinter mir das Telefon klingelte. Verärgert über die Unterbrechung, nicht zuletzt deshalb, weil ich eine Neuauflage von Claudels arrogantem Zynismus erwartete, riss ich mir die Maske herunter und packte den Hörer.

»Brennan.«

»Dr. Temperance Brennan?« Eine weibliche Stimme, zitternd und unsicher.

»Oui.«

Ich schaute auf die Uhr. In fünf Minuten hätte die Telefonzentrale auf Nachtdienst umgeschaltet.

»Ich hätte gar nicht erwartet, dass ich wirklich Sie persönlich dranbekomme. Ich meine, ich dachte, dass sich noch eine Sekretärin meldet. In der Telefonzentr...«

»Wie kann ich Ihnen helfen?« Da sie Englisch sprach, tat ich es auch.

Eine Pause entstand, als würde die Anruferin tatsächlich über diese Frage nachdenken. Im Hintergrund konnte ich etwas hören, das wie Vogelgezwitscher klang.

»Nun, ich weiß auch nicht. Ich dachte mir, dass ich vielleicht *Ihnen* helfen könnte.«

Toll. Da will sich mal wieder jemand wichtig machen.

Die Angehörigen der Spurensicherungsteams sind normalerweise keine Wissenschaftler. Sie sind Techniker. Sie sammeln Haare, Fasern, Glasfragmente, Farbsplitter, Blut, Sperma, Speichel und andere materielle Indizien. Sie nehmen Fingerabdrücke. Sie fotografieren. Wenn die Sachen verpackt, beschriftet und in Listen vermerkt sind, ist die Arbeit der Spurensicherung beendet. Keine High-Tech-Zauberei. Keine von Adrenalin befeuerte Beschattung. Keine bleisatten Schießereien. Spezialisten mit Universitätsabschlüssen kümmern sich um die wissenschaftlichen Aspekte. Polizisten jagen die bösen Jungs.

Aber Hollywood hat mal wieder ein Märchen in die Welt gesetzt, und jetzt glauben die Leute, dass Spurensicherungstechniker Wissenschaftler und Detectives sind, und jede Woche werde ich von blauäugigen Fernsehzuschauern angerufen, die meinen, etwas entdeckt zu haben. Ich versuche, höflich zu sein, aber diesem neuesten Kinomythos sollte man eigentlich einen Tritt in den Hintern geben.

»Es tut mir Leid, Ma'am, aber um in diesem Institut zu arbeiten, müssen Sie erst Ihre Referenzen einschicken und ein formelles Bewerbungsverfahren durchlaufen.«

»Oh.« Ich hörte sie scharf einatmen.

»Wenn Sie im Personalbüro vorbeischauen, wird man Ihnen sicher Unterlagen mit den Tätigkeitsprofilen ...«

»Nein, nein. Sie missverstehen mich. Ich habe Ihr Foto im *Journal* gesehen. Ich habe in Ihrem Büro angerufen.«

Noch schlimmer als ein Krimifreak. Eine neugierige Nachbarin mit dem Tipp des Jahrhunderts. Oder irgendeine gierige Tussi, die auf eine Belohnung aus ist.

Ich warf den Kuli auf die Schreibunterlage und ließ mich in den Sessel fallen. Der Anruf würde sich wahrscheinlich als Schuss ins Blaue herausstellen, aber man konnte ja nie wissen.

»Das klingt jetzt vielleicht verrückt.« Nervöses Räuspern. »Und ich weiß, dass Sie sehr beschäftigt sind.«

»Um ehrlich zu sein, ich bin gerade mitten in einem Projekt, Mrs. ...?«

Der Name kam nur verzerrt durch die Leitung. Gallant? Ballant? Talent?

»... Knochen, die Sie ausgegraben haben.«

Noch eine Pause. Im Hintergrund wieder Pfeifen und Kreischen.

»Was ist damit?«

Die Stimme wurde kräftiger.

»Ich dachte, es ist meine moralische Pflicht.«

Ich sagte nichts, starrte die Knochen auf der Bahre an und dachte an moralische Pflicht.

»Meine moralische Pflicht, mich zu melden. Wenigstens mit einem Telefonanruf. Bevor ich wegfahre. Das ist das Mindeste, was ich tun kann. Die Leute nehmen sich einfach nicht mehr die Zeit. Keiner kümmert sich um irgendwas. Keiner will in irgendwas hineingezogen werden.«

Im Gang hörte ich Stimmen und Türenknallen, dann wieder Stille. Die Autopsie-Techniker hatten Feierabend. Ich lehnte mich zurück, müde zwar, aber doch erpicht, diese Unterhaltung abzuschließen und mich wieder an die Arbeit zu machen.

»Was wollen Sie mir denn sagen?«

»Ich lebe schon lange in Montreal. Ich weiß, was in diesem Gebäude los war.«

»In welchem Gebäude?«

»In dem die Knochen vergraben waren.«

Jetzt hatte die Frau meine volle Aufmerksamkeit.

»In der Pizzabude?«

»Das ist es jetzt.«

In diesem Augenblick schrillte eine Glocke, es klang fast so wie in einer alten Schule.

Die Leitung war tot.

6

Hektisch drückte ich auf den Knopf, versuchte, zur Telefonzentrale durchzukommen.

Niemand meldete sich.

Verdammt.

Ich knallte den Hörer auf die Gabel und rannte zum Aufzug.

Susanne, die Rezeptionistin des LSJML, lebt in einer kleinen Stadt auf halbem Weg zwischen Montreal und der Grenze zu Ontario. Zu ihrem täglichen Weg zur und von der Arbeit gehören die Metro, ein Zug und ein Timing, das komplizierter ist als das eines Weltraumrendezvous. Gleich bei Schichtende startet Susanne durch wie eine Rakete. Ich hoffte, sie durch ein Wunder noch bei den Startvorbereitungen anzutreffen.

Das Display zeigte mir, dass der Aufzug im dreizehnten Stock war.

Na komm. Mach schon.

Die Kabine brauchte einen Monat, um zu mir nach unten zu kommen, und dann noch mal einen für die Fahrt nach oben. Im zwölften stürzte ich durch die aufgehenden Türen.

Ich hoffte, dass die Informantin noch einmal angerufen hatte und der automatische Nachtdienst den Anruf in meine Mailbox umgeleitet hatte, und rannte deshalb in mein Büro.

Das rote Licht blinkte.

Ja!

Eine mechanische Stimme kündigte fünf Nachrichten an.

Meine Freundin Anne aus South Carolina.

Allô Police. Schon wieder.

The Gazette. Schon wieder.

Ein Neuer von den *CFCF News.*

Ryan.

Gemischte Gefühle. Neugier, weil Anne angerufen hatte. Erleichterung, weil Ryan versucht hatte, sich mit mir in Verbindung zu setzen. Enttäuschung, weil meine geheimnisvolle Tippgeberin es nicht getan hatte. Angst, dass ich die Frau für immer verloren hatte.

Wie hatte der Name gelautet? Gallant? Ballant? Talent? Warum hatte ich sie nicht gebeten, ihn zu buchstabieren?

Ich ließ mich in meinen Sessel fallen, starrte das Telefon an und hoffte inständig, dass das kleine Quadrat aufleuchten und mir sagen würde, dass ein Anruf hereinkam. Ich trommelte mit den Fingern auf den Schreibtisch. Zog an der Telefonschnur. Ließ die Spiralen wieder zurückschnellen.

Warum meldete die Frau sich nicht noch einmal? Sie hatte die Nummer. Moment mal. Hatte sie nicht einen früheren Anruf erwähnt? Hatte sie das Gefühl, dass ich sie abwimmeln wollte? Dass ich einfach aufgelegt hatte? Hatte sie es aufgegeben?

Ich zog die Schreibtischschublade auf. Suchte nach einem Stift. Schloss die Schublade wieder.

Hatte die Anruferin nicht erwähnt, dass sie wegfahren wollte? Von zu Hause? Aus der Stadt? Aus der Provinz? Nur für einen Tag? Für immer?

Ich unterteilte Dreiecke in kleinere Dreiecke und schalt mich wegen meiner Nachlässigkeit, als mein Handy klingelte. Ich stürzte zu meiner Handtasche und zog es heraus.

»Mrs. Gallant?«

»Galant hat man mich schon öfters genannt, aber noch nie Mrs.«

Ryan.

»Ich dachte, du bist jemand anders.«

Schon als ich es sagte, merkte ich, wie dumm es war. Mrs. Gallant/Ballant/Talent hatte über die Telefonzentrale angerufen. Meine private Handynummer konnte sie unmöglich kennen.

»Es macht mich fertig, so viel Enttäuschung in deiner Stimme zu hören.«

Ich setzte mich wieder und lächelte zum ersten Mal an diesem Tag. »Du bist bezaubernd, Ryan. Meine Enttäuschung hat mit einem Fall zu tun.«

»Mit was für einem Fall?«

»Die Skelette aus dem Pizzakeller.«

Während ich redete, behielt ich immer das Signallämpchen meines Festnetzanschlusses im Auge. Ein Blinken, und ich würde mich in meine Mailbox einschalten.

»Hat der heutige Tag dir das Vergnügen von Claudels Gesellschaft beschert?«

»Er war hier.«

»Allein?«

»Der Rest der Matrix-Agenten hatte keine Zeit.«

»Claudel kann ein bisschen halsstarrig sein.«

»Claudel ist ein Neandertaler. Nein. Ich tue dem Paläolithikum Unrecht. Der Neandertaler hatte bereits ein voll entwickeltes Homo-sapiens-Hirn.«

»Mit Claudels Hirn ist alles in Ordnung. Er legt nur zu viel Wert auf frühere Erfahrungen und althergebrachte Vorgehensweisen. Wo war Charbonneau?«

»Zwei Prostituierte wurden angegriffen. Eine ist tot. Die andere liegt schwer verletzt im Notre-Dame-Krankenhaus.«

»Davon habe ich gehört.«

Natürlich. Irritation keimte auf.

»Ich glaube, der Manager der beiden Damen wurde zu einer Befragung geladen.«

»Du musst es ja wissen.«

Entweder ignorierte Ryan die Verärgerung in meiner Stimme, oder er hatte sie gar nicht gehört.

»Was will Claudel mit deinen Knochen anstellen?«

»Leider sehr wenig.«

»Ich wüsste schon, was ich mit deinen Knochen anstellen möchte.«

»Gestern Abend hatte das für dich aber keine Top-Priorität.« Doris mischte sich ein, bevor ich sie daran hindern konnte.

Ryan erwiderte nichts.

»Alle drei Skelette sind Überreste von jungen Mädchen.« Ich ruderte zurück.

»Frisch?«

»Claudel hat dem Besitzer der Pizzabude ein paar Knöpfe abgenommen, die der angeblich bei einem der Skelette gefunden hatte. Eine Expertin des McCord beurteilte sie als neunzehntes Jahrhundert.«

»Lass mich raten. Claudel hat kein Interesse an etwas, das er als prähistorisch betrachtet?«

»Komisch, wo er doch den Kopf seit dem Neolithikum in seinem Arsch stecken hat.«

»Haste einen schlechten Tag, Sonnenschein?« Die Belustigung in Ryans Stimme ärgerte mich. Dass er keine Anstalten machte, den überstürzten Aufbruch am vergangenen Abend zu erklären, ärgerte mich. Mein Verlangen nach einer Erklärung ärgerte mich.

Wie lautete Annes Philosophie? Nie erklären, nie beschweren.

Recht hast du, Anne.

»Diese Woche war nicht gerade ein Picknick«, sagte ich und starrte weiter das Telefon auf meinem Schreibtisch an. Das kleine Quadrat blieb frustrierend dunkel.

»Claudel ist ein guter Polizist«, sagte Ryan. »Manchmal braucht er einfach mehr Überredung als wir intuitiv helleren Köpfe.«

»Er hat eine Entscheidung getroffen.«

»Beweise ihm das Gegenteil.«

»Daran habe ich noch gar nicht gedacht.«

Ein kurzes Schweigen. Ryan brach es.

»Was meinst du, wie alt diese Knochen sind?«

»Ich bin mir nicht sicher. Ich bin mir nicht einmal sicher, ob die Mädchen alle zur selben Zeit gestorben sind.«

»Zahnbehandlungen?«

»Ich konnte nichts feststellen.«

Wieder Schweigen.

»Was sagt dir dein Bauch?«

»Diese Knochen waren noch nicht allzu lange in dem Keller.«

»Soll heißen?«

»Wir sollten sie ernst nehmen.«

Wieder ignorierte Ryan meinen mürrischen Ton.

»Auf was stützt du dein Bauchgefühl?«

Diese Frage stellte ich mir schon drei Tage lang.

»Erfahrung.«

Von der mysteriösen Informantin sagte ich nichts. Auch nichts von der hirnlosen Gleichgültigkeit, mit der ich sie behandelt hatte.

»Na ja, Sonnenschein.«

»Ja, Schätzchen?« Ich fiel ihm ins Wort.

Pause.

»Du musst Beweise finden, um Claudel davon zu überzeugen, dass er sich irrt.«

Eine lange Pause, erfüllt von meinem gereizten Atmen.

»Ich nehme mal an, heute Abend ist nicht gut für dich.«

»Was soll das heißen?«

»Ich merke ja, wie müde und frustriert du bist. Geh heim und nimm eins deiner berühmten Schaumbäder. Morgen früh sieht dann alles schon besser aus.«

Nachdem ich aufgelegt hatte, saß ich da und lauschte dem Brummen des leeren Gebäudes.

Es war nicht zu leugnen. Drei ganze Tage war ich jetzt schon in Montreal. Und Nächte. Ryan war so liebenswürdig und charmant wie immer.

Und so gut wie nie verfügbar.

Ich brauchte keinen brennenden Dornbusch. Detective Strahlender Ritter schwang sich wieder in den Sattel.

Und ich musste mich mit Detective Holzkopf herumschlagen.

Ich kämpfte mit den Tränen, behielt die Oberhand.

Ich hatte ohne Ryan gelebt. Ich konnte es auch wieder tun.

Ich hatte mich mit Claudel abgefunden. Ich konnte es auch wieder tun.

Aber war ich vielleicht selbst schuld an dem Problem mit Ryan? Warum war ich eben so kurz angebunden gewesen?

Draußen blies ein böiger Wind. Unten lagen drei junge Frauen stumm auf rostfreiem Stahl.

Ich schaute noch einmal aufs Telefon. Mrs. Gallant/Ballant/Talent drückte nicht auf den Wahlwiederholungsknopf.

»Leck mich, Schaumbad«, sagte ich und sprang aus dem Sessel.

»Und du mich auch, Andrew Ryan. Wo immer du bist.«

Um neun hatte ich LSJML-38 427, das Skelett aus der ersten Senke, abgeschlossen.

Weiblich. Weiß. Fünfzehn bis siebzehn Jahre alt. Einhundertvierundsechzig bis einhundertsiebzig Zentimeter groß. Kein Geruch, keine Haare, kein Fitzelchen Bindegewebe. Knochen gut erhalten, aber trocken und entfärbt, mit gewisser Erdinfiltration. Postmortale Schädelverletzungen, darunter Fragmentierung des rechten Schläfenbereichs, der rechten Gesichtsknochen und des rechten Unterkieferastes. Keine perimortalen Skelettverletzungen, also kein Hinweis auf Verletzungen, die Aufschluss über die Todesursache geben konnten. Keine Zahnbehandlungen. Keine Kleidungsstücke oder Habseligkeiten. 38 427 war eine fast exakte Kopie von 38 426.

Mit einem Unterschied. Ich hatte diese junge Dame *in situ* gesehen und wusste etwas über den Begräbniskontext. LSJML-38 427 war nackt und in Fötalhaltung in eine Grube gelegt worden.

Wir von der jüdisch-christlichen Sorte schicken unsere Toten im Sonntagsstaat auf die Reise. Wir legen sie flach auf den Rücken, die Beine ausgestreckt, die Hände auf dem Bauch gefaltet oder gerade an den Flanken. Die zusammengerollte Schlafhaltung war eher typisch für unsere eingeborenen Brüder, bevor sie mit uns in Kontakt kamen.

Und? Stützte diese Haltung Claudels Hypothese von der Historizität?

So einfach war das nicht.

Eine gekrümmte Leiche erfordert ein kleineres Loch. Weniger Graben. Weniger Zeit und weniger Energieaufwand. Ein solches Verscharren ist auch beliebt bei jenen, die es eilig haben.

Wie Mörder zum Beispiel.

Erschöpft schaffte ich die Knochen wieder in ihr Kühlfach, kehrte in mein Büro zurück und schaute aufs Telefon.

Keine Nachrichten.

Als ich auscheckte, war es nach zehn. Wind pfiff ums Eck des Wilfrid-Derome und stach wie ein Messer durch meine Kleidung. Der Atem flog mir in weißen Wölkchen um den Mund, als ich zu meinem Auto eilte.

Während der ganzen Fahrt konnte ich an nichts anderes als an die Mädchen in der Leichenhalle denken.

Waren sie an einer Krankheit gestorben? Waren sie auf eine Art getötet worden, die an ihren Knochen keine Spuren hinterlassen hatte? Waren sie vergiftet worden? Erstickt?

Waren sie an Unterkühlung gestorben?

An der Ampel der Viger tauchten zwei Teenager aus dem Schatten der Jacques-Cartier-Brücke auf. Tätowiert, gepierct und mit Stachelfrisur schwenkten sie Fensterwischer mit angespannter Nonchalance. Ich nickte ihnen aufmunternd zu, zog einen Dollar aus der Handtasche und sah zu, wie sie schmutziges Wasser über meine Windschutzscheibe zogen.

Waren die Mädchen aus dem Pizzakeller junge Rebellen wie diese beiden gewesen, die auf vorgeschriebenen Pfaden in Richtung Nonkonformismus marschierten? Waren sie Einzelgänger, misshandelt von Familientyrannen? Ausreißer, die versuchten, auf der Straße zu überleben?

Ich hatte keinen einzigen Hinweis auf Kleidung gefunden. Zugegeben, Naturfasern wie Baumwolle, Leinen oder Wolle zerfallen sehr schnell. Aber warum nicht einmal den Zahn eines Reißverschlusses? Eine Öse? Einen Druckknopf? Ein BH-Häkchen? Diese Mädchen waren ausgezogen worden, bevor man sie in anonyme Gräber legte.

Waren sie zusammen gestorben? Oder in einem Zeitraum von Monaten? Jahren?

Und wie immer die zentrale Frage: Wann? Vor einem Jahrzehnt? Einem Jahrhundert?

Als ich zu Hause ankam, legte mein Kopfweh einen Zahn zu, und ich war hungrig genug, um ganz Litauen aufzufressen. Bis auf Müsliriegel und Diät-Limos hatte ich den ganzen Tag nichts zu mir genommen.

Nach dem Duschen wärmte ich mir ein mexikanisches Fertiggericht in der Mikrowelle auf. Beim Essen mit Letterman dachte ich an Anne. Anne würde mich verstehen. Mir die Möglichkeit geben, Dampf abzulassen. Tröstende Sachen sagen. Ich griff eben zum Schnurlosen, als es in meiner Hand klingelte.

»Wie geht's Birdie?« Anne.

»Du rufst wegen meiner Katze an?«

»Ich glaube, der kleine Kerl kriegt nicht genug Aufmerksamkeit.«

Der kleine Kerl saß neben mir auf der Couch und starrte den Sauerrahm an, der aus den Resten meines Burrito sickerte.

»Birdie würde dir sicher zustimmen.«

Ich stellte das Tablett auf den Couchtisch, wischte ein wenig Sauerrahm mit dem Finger auf und hielt ihn dem Kater hin. Birdie leckte ihn ab und starrte dann wieder den Teller an.

»Was ist mit dir?«

»Was soll mit mir sein?«

»Kriegst du genug Aufmerksamkeit?«

Obwohl Anne die Instinkte eines Navigationssatelliten hat, konnte sie von meinen Problemen mit Ryan unmöglich etwas wissen.

»Ich wollte dich eben anrufen«, sagte ich.

»Ich nämlich nicht«, fuhr sie fort, ohne auf meine Antwort einzugehen.

»Von was redest du?«

»Tom-Ted.«

Anne ist mit einem Anwalt namens Tom Turnip verheiratet. Als Tom im zweiten Jahr Juniorpartner in seiner Kanzlei war, sprach ihn ein Seniorpartner einen ganzen Monat lag mit Ted an. Seitdem hieß er Tom-Ted.

»Was ist mit T-T?«

»Rate mal.«

Ich wollte zwar mitfühlend klingen, war aber viel zu erschöpft für Ratespiele.

»Bitte erzähl's mir einfach.«

»Gute Idee. Ich bin morgen bei dir.«

7

Acht Stunden später ging es mir sehr viel besser. Das Kopfweh war verschwunden. Die Sonne schien. Meine beste Freundin kam mich besuchen.

Vielleicht. Anne ist berüchtigt für plötzliche Sinneswandel.

Was übrigens Sinneswandel anging, hatte Ryan Recht. Indizien bezüglich des postmortalen Intervalls, also des PMI oder auch der Leichenliegezeit, waren der Dreh- und Angelpunkt der Debatte mit Claudel.

Während ich Cornflakes zerkaute, dachte ich über das Problem nach.

Im Augenblick wusste ich, dass 38 426 und 38 427 aus flachen Gräbern in einem trockenen Keller stammten. Die Skelette waren völlig fleischlos, aber gut erhalten, ohne oberflächliche Risse oder Abschilferungen.

Mentale Checkliste. Welche anderen Daten sind hilfreich für die Bestimmung des PMI bei trockenen Knochen?

Zerfall von dazugehörigem Material. Ich hatte keines.

Analyse von Insekteneinschlüssen? Ich hatte keine.

Bird kroch auf meine Cornflakes zu; er war scharf auf die Milch. Ich setzte ihn auf einen Stuhl.

Sollte ich mich 38 428 zuwenden, oder sollte ich mich auf die PMI-Bestimmung konzentrieren?

Birdie schlich sich wieder auf den Tisch. Ich hob ihn noch einmal herunter.

Falls ich Beweise dafür fand, dass die Knochen alt waren, konnte ich mich entspannen und die Archäologen informieren. Falls ich andererseits Beweise dafür fand, dass die Überreste jüngeren Datums waren, wie ich vermutete, würde der Coroner auf einer Untersuchung bestehen, und Claudel hätte dann keine andere Wahl. Er und Charbonneau konnten die Ermittlungen aufnehmen, während ich das dritte Skelett untersuchte.

Als ich mir Kaffee einschenkte, startete Birdie einen dritten Angriff. Ziemlich unsanft scheuchte ich ihn noch einmal vom Tisch.

Okay. Ich hatte weder Artefakte noch Insekten. Welche Möglichkeiten gab es sonst noch?

Ich wusste, dass die elementare Zusammensetzung von Knochen sich mit der Zeit ändert. Der Stickstoffanteil nimmt ab, der Fluoridanteil nimmt zu. Aber diese Veränderungen laufen zu langsam ab, um damit das Alter von modernen Überresten schätzen zu können.

Ich hatte Studien gelesen, die sich mit Radiographie, Histologie, chemischen Reaktionen und Isotopengehalt beschäftigten. Ich kannte Forschungen, die Aminosäuren als nützlich für die Unterscheidung von neuen und alten Knochen darstellten.

Aber biochemische und physikalische Prozesse werden von unzähligen Faktoren beeinflusst. Temperatur. Bodenfeuchtigkeit. Sauerstoffspannung. Mikrobenaktivität. pH-Wert des Erdreichs. Keine Technik liefert verlässlich präzise Ergebnisse. Sind Fleisch und Käfer erst einmal verschwunden, wird die PMI-Bestimmung zum Bermudadreieck der forensischen Anthropologie.

Mir fiel nur ein Test ein, der eindeutige Ergebnisse liefern konnte. Aber der würde Zeit und Geld kosten, und nur eine Hand voll Institute führte ihn durch. Bei dem augenblicklichen finanziellen Klima würde ich ihn LaManche nur schwer verkaufen können.

Aber einen Versuch war es wert.

Ich stellte meine Schüssel auf den Boden, schnappte mir Handtasche und Laptop und machte mich auf den Weg.

In meinem Büro sah ich, dass das Lämpchen am Telefon sich stur weigerte zu leuchten.

Die Morgenbesprechung war Routine. Ein Mann, der an den Rauchgasen eines defekten Heizgerätes gestorben war. Ein Verkehrstoter durch Alkohol am Steuer. Ein Autoerotiker mit einem Knoten in seiner Schlinge, den er nicht mehr rechtzeitig aufziehen konnte. Eine verkohlte Leiche in einem ausgebrannten Wohnwagen.

Pelletier bekam das Feueropfer. Obwohl man davon ausging, dass die Überreste die des Wohnwagenbesitzers waren, bat er mich, ich solle mich zur Verfügung halten, falls es kniffelig wurde.

Während die anderen das Besprechungszimmer verließen, wandte ich mich an LaManche.

»Kann ich kurz mit Ihnen sprechen?«

»Mais, oui.« LaManche setzte sich wieder.

»Ich habe zwei der Skelette aus dem Keller der Pizzabude untersucht.«

Als LaManche die Brauen hob, verlängerten und vertieften sich die Falten in seinem Gesicht. Er wirkte plötzlich älter, erschöpfter, als ich ihn in Erinnerung hatte. War es das kalte Morgenlicht vom Fenster hinter mir? Ging es LaManche nicht gut? Hatte ich es bis jetzt einfach noch nicht bemerkt?

»Die beiden Opfer, die ich untersucht habe, sind jung und weiblich«, sagte ich. »Ich bin mir sicher, dass das dritte ebenfalls eine junge Frau ist.«

»Sie benutzen das Wort Opfer.«

»Sie sind Jugendliche, und sie sind tot.«

LaManches melancholische Augen zeigten keine Reaktion auf meine Schärfe.

»Aber ich habe keine Hinweise auf Gewalteinwirkung gefunden«, gab ich zu.

»Monsieur Claudel hat den Eindruck, dass diese Überreste wahrscheinlich nicht jüngeren Datums sind.«

»Der Restaurantbesitzer hat Knöpfe gefunden, die aus dem neunzehnten Jahrhundert stammen könnten.«

»Könnten?« Wieder hoben sich die Brauen.

»Claudel brachte sie ins McCord.«

»Sie sind nicht überzeugt?«

»Auch wenn die Knöpfe echt sind, ist nicht klar, ob sie wirklich mit einem der Skelette in Verbindung stehen. Ihr Vorhandensein im Keller könnte eine Vielzahl von Gründen haben.«

LaManche seufzte und zupfte sich am Ohrläppchen. »Monsieur Claudel hat mir außerdem gesagt, dass das Gebäude mehr als hundert Jahre alt ist.«

»Claudel hat das Anwesen recherchiert?« Ich spürte, wie mir Hitze ins Gesicht stieg. »Mir hat er das nicht mitgeteilt.«

»Erbaut wurde es vor über einem Jahrhundert.«

Ich habe ein sehr hitziges Temperament. Das Temperament meines Vaters. Manchmal, wenn Alkohol hinzukam, wurde er von Wut beherrscht. In meiner Jugend bekam ich diese Ausbrüche zu spüren.

Wie Daddy erlag ich den Verlockungen der Flasche. Im Gegensatz zu ihm konnte ich mich aus den Klauen des Alkohols wieder befreien. Ebenfalls im Gegensatz zu ihm lernte ich, mein Temperament zu zügeln. Wenn in mir das Feuer glüht, werde ich nach außen hin tödlich kalt.

»Ist Monsieur Claudel denn nicht bewusst, dass solche Informationen für meine Arbeit wesentlich sind?«, fragte ich mit Gletscherstimme.

»Ich bin mir sicher, dass er Sie noch in allen Einzelheiten informieren wird.«

»Zu meinen Lebzeiten?«

»Gegen mich brauchen Sie sich nicht zu wehren. Ich greife Sie nicht an.«

Ich atmete tief durch.

»Es gibt einen Test, der das Problem lösen könnte.«

»Erzählen Sie.«

»Haben Sie schon von der C-14-Datierung gehört?«

»Ich weiß, dass sie zur Altersbestimmung von organischem Material benutzt wird, auch von menschlichen Knochen. Ich weiß nicht, wie sie funktioniert.«

»Radiokarbon oder C-14 ist ein instabiles Isotop. Wie alle radioaktiven Substanzen zerfällt es, indem es in gleich bleibender Rate subatomare Partikel freisetzt.«

LaManches Blick ruhte schwer auf mir.

»In ungefähr 5730 Jahren verwandelt sich die Hälfte eines Bestandes an Radiokarbon-Atomen zu Stickstoff zurück.«

»Das ist die Halbwertszeit.«

Ich nickte. »Nach 11460 Jahren ist nur noch ein Viertel der ursprünglichen Radiokarbon-Menge übrig. Nach weiteren 5730 Jahren nur noch ein Achtel und so weiter.«

LaManche unterbrach mich nicht.

»Die Menge an Radiokarbon in der Atmosphäre ist wirklich winzig. Auf jede Billion stabiler Karbon-, also Kohlenstoffatome kommt nur ungefähr ein Radiokarbon-Atom. In der oberen Atmosphäre wird beständig Radiokarbon durch das kosmische Bombardement mit Stickstoff produziert. Ein Teil des Stickstoffs verwandelt sich in Radiokarbon, das aber sofort zu CO_2 oxidiert. Dieses CO_2 sinkt ab in die Biosphäre, wo es von den Pflanzen aufgenommen wird. Da Menschen, Tiere und Pflanzen zur selben Nahrungskette gehören, haben sie, solange sie leben, eine konstante Menge an Radiokarbon in sich. Die jeweilige Ist-Menge nimmt wegen des radioaktiven Zerfalls allmählich ab, wird aber durch Nahrungsaufnahme – oder bei den Pflanzen durch die Photosynthese – wieder aufgefüllt. Dieses Gleichgewicht besteht, solange der Organismus lebt. Wenn er stirbt, wird der Zerfall zum einzig aktiven Prozess. Die Radiokarbon-Datierung ist eine Methode, die den Zeitpunkt bestimmt, an dem dieses Ungleichgewicht seinen Anfang nahm.«

LaManche hob skeptisch beide Hände. »Mehr als fünftausend Jahre. Wie kann ein so langsamer Prozess bei jungen Überresten von Nutzen sein?«

»Ein berechtigte Frage. Es stimmt, dass die C-14-Datierung hauptsächlich von Archäologen benutzt wird und dass sie sich dort als ziemlich zuverlässig erwiesen hat. Aber diese Technik basiert auf einer Reihe von Annahmen, und eine davon lautet, dass der Radiokarbon-Pegel in der Atmosphäre im Lauf der Zeit konstant geblieben ist. Tatsächlich können gewisse Daten, die mit dieser Annahme nicht vereinbar sind, dazu benutzt werden, dieser Methode breitere Anwendungsbereiche zu erschließen.«

»Inwiefern?«

»An dem Punkt wird es interessant. In Studien sind für gewisse Zeitspannen signifikante Anomalien in den Radiokarbon-Daten dokumentiert. In den letzten achtzig Jahren gab es zwei Störungen, die beide vom Menschen verursacht wurden.«

LaManche lehnte sich zurück, schob die Finger ineinander und legte sich die Hände auf die Brust. Eine Aufforderung, es kurz zu machen? Ich fasste im Geist zusammen.

»Die Zeit von etwa 1910 bis 1950 ist charakterisiert durch eine Verringerung des atmosphärischen Radiokarbons, wahrscheinlich verursacht durch die Freisetzung der Verbrennungsprodukte von fossilen Brennstoffen wie Öl, Kohle und Erdgas.«

»Warum?«

»Wegen ihres hohen Alters enthalten fossile Brennstoffe kein nachweisbares Radiokarbon. Man bezeichnet sie als tot. Da die Verbrennung dieser Stoffe Kohlendioxid ohne Radiokarbon-Anteil freisetzt, nimmt der relative Gehalt von C-14 in der Atmosphäre ab.«

»Oui.«

»Aber ab etwa 1950 kehrten die atmosphärischen Tests thermonuklearer Waffen diesen Abwärtstrend um.«

»Das Radiokarbon in Lebewesen nahm wieder zu.«

»Dramatisch. Von 1950 bis 1963 stieg der Wert um etwa fünfundachtzig Prozent über die zeitgenössischen Vergleichsdaten. 1983 stoppte ein internationales Abkommen die atmosphärischen Atomtests fast aller Nationen, und die biosphärischen Radiokarbon-Pegel pendelten sich auf ein neues Gleichgewicht ein.«

»Dieser ganze Irrsinn.« LaManche schüttelte traurig den Kopf.

»Diese Störungen nennt man die Fossilbrennstoff- und Atombombeneffekte.«

LaManche schaute verstohlen auf seine Uhr.

»Im Wesentlichen geht's darum, dass das künstliche oder ›Bomben‹-C-14 benutzt werden kann, um zu bestimmen, ob jemand vor oder nach der Periode der Atomtests starb.«

»Wie wird dieser Test durchgeführt?«

»Genau genommen gibt es zwei Methoden. Bei der normalen radiometrischen Technik werden Materialien analysiert, indem man die Kohlenstoffproben zu Benzol synthetisiert und dann den C-14-Gehalt in einem Szintillationsspektrometer misst.«

»Und die andere Methode?«

»Bei der anderen Methode erhält man die Resultate aus der Reduktion der Kohlenstoffprobe zu Graphit. Das Graphit wird dann in einem Beschleunigungsmassenspektrometer auf seinen C-14-Gehalt untersucht.«

Einige Sekunden lang sagte LaManche gar nichts. »Wie viel Knochenmaterial braucht man dazu?«

»Für die konventionelle Zerfallszählung zweihundertfünfzig Gramm. Für die Beschleunigungsmassenspektrometrie, auch AMS genannt, nur ein Gramm oder weniger.«

»Der AMS-Test kostet mehr?«

»Ja.«

»Wie viel?«

Ich sagte es ihm.

LaManche nahm die Brille ab und massierte sich mit Daumen und Zeigefinger den Nasenrücken.

»Gibt es keinen Zwischenschritt, mit dem man bestimmen kann, ob eine solche Ausgabe gerechtfertigt ist?«

»Eine Sache gibt es, die ich versuchen könnte. Die Technik ist nicht besonders verlässlich, aber sie ist einfach und könnte uns zeigen, ob der Tod vor mehr oder weniger als hundert Jahren eintrat.«

LaManche wollte etwas sagen.

»Und umsonst«, ergänzte ich. »Ich kann den Test selber machen. Aber noch einmal, wir erhalten dadurch nur einen sehr unpräzisen Hinweis darauf, ob die Knochen mehr oder weniger als hundert Jahre alt sind.«

»Bitte.« LaManche setzte sich die Brille wieder auf die Nase. »Und unterdessen spreche ich mit Dr. Authier über Ihren Vorschlag.«

Jean-François Authier, der Chief Coroner, entschied über alle Anträge für zusätzlichen Ausgaben. Die meisten wurden abgelehnt.

Ich holte mir einen Labormantel aus meinem Büro und fuhr in die Leichenhalle. Morin und Ayers setzten in Raum zwei bereits Y-Schnitte. Ich forderte eine UV-Lampe an und wartete, bis der Techniker sie besorgt hatte. Dann lief ich in die entsprechende Verwahrbucht und holte die linken Oberschenkelknochen der Skelette 38 426, 38 427 und 38 428.

In Autopsieraum vier schrieb ich die jeweiligen Fallnummern auf die proximalen und distalen Enden der Beinknochen und legte sie auf den Autopsietisch. Jeder schickte ein leises Klacken in die Stille.

Nachdem ich mir die Schutzmaske aufgesetzt hatte, steckte ich eine Stryker-Säge ein und brachte sie auf Touren. Weißes Pulver rieselte auf den Edelstahl, als ich die drei Femurschäfte durchtrennte. Ein heißer, beißender Geruch erfüllte die Luft.

Wieder einmal dachte ich über die jungen Frauen nach, deren Knochen ich hier durchsägte. Waren sie im Kreis der Familie gestorben? Wahrscheinlich nicht. Allein und verängstigt? Eher wahrscheinlich. Voller Hoffnung auf Rettung? Verzweifelt? Wütend? Erleichtert? Alles war möglich. Sie konnten es mir nicht mehr sagen.

Nach dem Sägen nahm ich die Knochensegmente und die UV-Lampe und trug alles in eine winzige Kammer am Ende des Korridors.

Mach schon. Lass es funktionieren.

Ich betrat die Kammer, suchte mir eine Steckdose und stöpselte die UV-Lampe ein. Dann legte ich die Knochenhälften mit den frischen Sägeflächen nach außen auf ein Regal.

Nachdem ich die Tür geschlossen hatte, war es pechschwarz in der Kammer.

Mit angehaltenem Atem schaltete ich die Lampe ein und richtete sie auf die Knochen.

8

»Ja!« Meine freie Faust schnellte in die Luft.

Röhrenknochen, die bis zu einem Jahrhundert alt sind, können unter UV-Licht fluoreszieren. Im Lauf der Zeit nimmt die Fluoreszenz ab, wobei sich die tote Zone von der Markhöhle nach außen und von der Außenhaut nach innen ausbreitet. Nach einem postmortalen Jahrhundert ist das gelblich grüne Leuchten völlig verschwunden.

Diese Dinger dampften wie Neon-Donuts.

Okay, Claudel. Das war der erste Schritt.

Ich brachte die Oberschenkelknochen zu ihren jeweiligen

Leichensäcken zurück und machte mich auf die Suche nach meinem Chef.

LaManche sezierte im Histologie-Labor eben ein Gehirn. Als ich eintrat, drehte er sich um, das Skalpell in der Hand, die Plastikschürze im Nacken und im Kreuz verknotet. Ich berichtete ihm, was ich getan hatte.

»Und?«

»Die Schnittflächen leuchten auf wie Novas.«

»Bedeutet?«

»Vorhandensein von organischen Bestandteilen.«

LaManche legte das Skalpell auf die Korkunterlage. »Das sind also keine Grabstätten von Ureinwohnern.«

»Die Mädchen starben nach 1900.«

»Eindeutig?«

»Wahrscheinlich.« Mit weniger Nachdruck.

»Das Gebäude wurde um die Jahrhundertwende herum errichtet.«

Ich erwiderte nichts.

»Erinnern Sie sich noch an die Überreste, die wir in der Nähe der Cathédrale Marie-Reine-du-Monde gefunden haben?«

LaManche meinte einen Fall, bei dem er mich in die Innenstadt geschickt hatte, um »Leichen« zu untersuchen, die ein Bautrupp der Wasserversorgung entdeckt hatte. Als ich dort ankam, sah ich Schaufelbagger, Kipper und ein riesiges Loch im Boulevard René-Lévesque. Einige Schädel-, Rippen- und Knochenstücke lagen auf dem Pflaster ausgebreitet und auf dem Grund des frisch ausgehobenen Grabens. Zwischen den menschlichen Überresten erkannte ich Holzsplitter und verrostete Nägel.

Das war nicht schwer. Hier waren Leichen in Särgen beigesetzt worden.

Später bestätigten Archäologen mein Urteil. Bis eine Cholera-Epidemie Mitte des achtzehnten Jahrhunderts die Schließung erzwang, hatte sich an der Stelle, wo jetzt die Kathedrale auf den

Verkehr auf dem René-Lévesque-Boulevard herabschaut, ein Friedhof befunden. Der Bautrupp war über ein paar Verblichene gestolpert, die man bei der Verlegung des Friedhofs übersehen hatte.

»Sie glauben, dass dieses verdammte Gebäude über unmarkierten Gräbern errichtet wurde?«, fragte ich. »Ich habe keine Hinweise auf Särge gefunden.«

Frankokanadier sind Meister des Achselzuckens, wobei sie subtile Zusatzgesten der Hände, der Augen, der Schultern und der Lippen benutzen, um unzählige Bedeutungsnuancen auszudrücken. Ich bin Ihrer Meinung. Ich bin nicht Ihrer Meinung. Das ist mir gleichgültig. Was kann ich denn tun? Wer weiß? Sie sind ein Narr. Wie Sie wollen.

LaManche hob eine Schulter und beide Brauen. Ein »Vielleicht, vielleicht nicht«-Achselzucken.

»Haben Sie mit Authier über die Radiokarbon-Datierung gesprochen?«, fragte ich.

»Dr. Authier hat im Augenblick Gäste vom marokkanischen Gerichtsmedizinischen Institut. Ich habe ihm die Nachricht hinterlassen, dass er mich zurückrufen soll.«

»Dieser Test braucht Zeit.« Ich verbarg meine Verstimmung nicht.

»Temperance.« LaManche war der einzige Mensch auf dem Planeten, der mich so nannte. Aus seinem Mund klang der Name beinahe wie eine kleine Melodie. »Sie nehmen sich diese Sache viel zu sehr zu Herzen.«

»Ich glaube einfach nicht, dass diese Knochen alt sind. Sie fühlen sich nicht so an, sehen nicht so aus. Der Kontext stimmt nicht. Ich …«

»Sind diese Mädchen letzte Woche gestorben?« Das Hundegesicht wurde schlaff vor Geduld.

»Nein.«

»Ist es sehr dringend?«

Ich sagte nichts.

LaManche sah mich so lange an, dass ich schon glaubte, seine Gedanken wären ganz woanders. »Schicken Sie Ihre Proben weg. Ich kümmere mich um Dr. Authier.«

»Vielen Dank.« Am liebsten hätte ich ihn umarmt.

»Unterdessen wird das dritte Skelett uns wichtige Informationen liefern.« Mit diesem nicht so subtilen Hinweis wandte LaManche sich wieder seinem Gehirn zu.

In Hochstimmung fuhr ich nach unten und zog mir Chirurgenkluft an.

Lisa hielt mich auf meinem Weg zum Autopsieraum vier auf. Das Brandopfer aus dem Wohnwagen hatte keine Zähne, kein künstliches Gebiss und keine Fingerkuppen mehr. Die Identifikation war problematisch, und Dr. Pelletier wollte meine Meinung.

Ich sagte Lisa, dass ich in einer halben Stunde zu Dr. Pelletier kommen würde.

Schnell schnitt ich ein etwa zweieinhalb Zentimeter langes Stück aus der Schaftmitte jedes Oberschenkelknochens, fuhr nach oben, loggte mich ins Web ein und ging auf die Seite des Labors in Florida, das die Analyse durchführen würde. Ich klickte das Probendatenblatt an, gab die verlangten Informationen ein und forderte einen Beschleunigungsmassenspektrometer-Test an.

Beim Abschnitt Lieferung zögerte ich. Der normale Service dauerte zwei bis vier Wochen. Express-Service bedeutete, dass ich die Ergebnisse schon in sechs Tagen bekommen konnte.

Zu einem deutlich höheren Preis.

Was soll's. Wenn Authier sich quer stellte, würde ich es selbst bezahlen.

Ich kreuzte das zweite Kästchen an und klickte auf Senden.

Nachdem ich die Beweismitteltransfer-Formulare ausgefüllt hatte, gab ich Denis die Adresse und bat ihn, die Proben zu verpacken und sofort mit FedEx loszuschicken.

Wieder nach unten.

Ich musste Pelletier zustimmen. Der Besitzer des Wohnwagens war ein vierundsechzigjähriger weißer Mann. Die Leiche auf dem Tisch trug die verkohlten Reste eines BHs und Handschellen.

Okay. Der Kerl war also verkorkst.

Von wegen. Röntgenaufnahmen zeigten ein Diaphragma in der Mitte des Beckens.

Es war später Nachmittag, als wir das Problem endlich gelöst hatten.

Das Opfer war weiblich, weiß und zahnlos, mit verheilten Frakturen der rechten Speiche und beider Nasenknochen. Die Frau war zwischen fünfunddreißig und fünfzig Jahre alt.

Wo war Mr. Wohnwagen? Das war nun ein Problem für die Polizei.

Um 15 Uhr 40 war ich gewaschen, umgezogen und im Aufzug nach oben. Auf dem Weg zu meinem Büro holte ich mir ein Diet Coke und zwei Donuts mit Puderzucker.

Das Telefon blinkte hektisch wie ein Krankenwagen auf einer Notfallfahrt. Ich eilte durchs Zimmer und packte den Hörer.

Anne. Ihr Flug kam um 17 Uhr 25 an.

Arthur Holliday, der Mann, der den C-14-Test durchführen würde. Er bat mich, ihn anzurufen, bevor ich die Proben wegschickte.

Ich rannte ins Sekretariat und wühlte in dem Stapel der ausgehenden Post. FedEx hatte mein Päckchen noch nicht abgeholt. Ich zog es heraus, kehrte in mein Büro zurück und wählte, etwas verwundert darüber, was das Problem sein könnte, die Nummer des Labors in Florida.

»Tempe, gut, gut. Ich habe sofort angerufen, als ich Ihre Mail bekommen habe. Haben Sie die Knochenproben schon losgeschickt?«

»Sie sind versandfertig, aber noch hier. Gibt's ein Problem?«

»Nein, nein. Überhaupt keins. Alles bestens. Gut. Hören Sie, haben Ihre Unbekannten Zähne?«

»Ja.«

»Gut, gut. Hören Sie, wir haben hier ein kleines Forschungsprojekt laufen, und ich habe mich gefragt, ob der Geburtsort in Ihrem Fall vielleicht von Interesse sein könnte?«

»Über diesen Aspekt habe ich noch gar nicht nachgedacht, aber ja, diese Information könnte nützlich sein. Können Sie so was wirklich herausfinden?«

»Hat dieser Keller viel Grundwasser?«

»Nein, er ist ziemlich trocken.«

»Ich kann nichts versprechen, aber wir bekommen bei unseren Strontiumisotopen-Analysen ziemlich gute Ergebnisse. Wenn Sie uns gestatten, die Ergebnisse in unsere Datenbank einzugeben, dann melden Sie sich bei uns, wenn Sie Ihre Unbekannten identifiziert haben, und mir wäre es ein Vergnügen, diesen experimentellen Test gratis für Sie durchzuführen.«

»Gratis?«

»Wir müssen unsere Referenz-Datenbank erweitern.«

»Was soll ich schicken?«

Er sagte es mir und setzte dann zu einer Erklärung an, warum er sowohl Knochen- wie Zahnproben benötigte. Die Uhr zeigte 15 Uhr 50. Ich unterbrach ihn.

»Art, könnten Sie mir das erklären, wenn wir die Ergebnisse besprechen? Wenn ich diese Proben noch heute dem FedEx-Kurier mitgeben will, dann muss ich jetzt zu den Skeletten zurück und in dreißig Minuten die Zähne gezogen haben.«

»Ja, ja. Natürlich. Wir reden dann. Tempe, das führt vielleicht zu nichts, aber na ja, man kann nie wissen.«

Ich legte auf, fuhr wieder in die Leichenhalle hinunter, schnitt noch eine weitere Probe aus dem Oberschenkelknochen jedes Skeletts, legte die Knochen zurück, nahm mir die Unterkiefer, ging in mein Labor, fotografierte die Unterkiefer, zog aus jedem den rechten Backenzahn, verpackte alles und legte das Päckchen auf den Haufen noch nicht abgeholter Post. Dabei war ich froh, dass ich bereits dentale Röntgenaufnahmen hatte machen lassen.

Um halb fünf saß ich wieder in meinem Büro.

Ich legte die Füße aufs Fensterbrett, nippte an meiner Diet Coke, aß den ersten Donut und zwang mich, an anderes zu denken als an die Mädchen aus dem Pizzakeller.

Katy.

Was war mit Katy? Ich hatte keine Ahnung, was meine Tochter im Augenblick tat. Oder wo genau sie war. Anrufen? Ich schaute auf die Uhr. Wahrscheinlich war sie nicht zu Hause, saß in der Bibliothek oder in einem Seminar. Gut.

Vermutlich studierte Katy eifrig und plante ihre Zukunft nach der Universität. Ich wurde nicht auf dem Laufenden gehalten. Hatte mein kleines Mädchen mir nichts, dir nichts ein Erwachsenenleben begonnen, in dem ich nur eine unbedeutende Rolle spielen sollte?

Ich musste lächeln bei dem Gedanken, doch er brachte mich auch zurück zu den Mädchen, die jetzt nur noch Skelette waren.

Warum kein einziger Fetzen Kleidung? Hatte ich etwas übersehen? Hätte ich ein feineres Sieb benutzen sollen? Hatte der Besitzer mehr als die Knöpfe an sich genommen? Was konnte eine Erklärung sein für drei nackte, in einem Keller vergrabene Mädchen?

Diet Coke. Ein gedanklicher Schwenk nach rechts.

Anne.

Warum der unerwartete Besuch? Was steckte hinter dem komischen Klang ihrer Stimme?

Beim zweiten Donut wandte ich mich noch einmal den Skeletten zu.

Wenn alle drei Mädchen zur selben Zeit gestorben waren, warum dann Adipocire nur bei dem dritten Skelett? Okay. Es war eingewickelt. Aber warum nur dieses eine?

Nichts. Neues Thema.

Ein Pullover, den ich in Ogilvys Schaufenster gesehen hatte. Ein Knirschen im Motor meines Autos. Ein merkwürdiger brauner Fleck auf meiner rechten Schulter.

Am Ende des zweiten Donut war ich schon wieder bei den Skeletten.

Die Leichen waren weniger als fünfzehn Zentimeter tief vergraben. Warum so dicht an der Oberfläche? Gräber von Ureinwohnern sind normalerweise viel tiefer. Historische Gräber ebenfalls.

Was, wenn Art mir wirklich sagen konnte, wo die Mädchen geboren wurden? Würde mich das weiterbringen? Oder würde seine Analyse nur ergeben, dass sie aus der Gegend stammten?

Vielleicht hatte LaManche ja Recht. Vielleicht verrannte ich mich wirklich. Ich war nervös und reizbar. Ich schlief nicht gut. Der Fall verfolgte mich schon bis in meine Träume.

Meine Gedanken schlugen eine ganz andere Richtung ein. Konnte Unzufriedenheit in der Arbeit die Ursache meines Problems mit Ryan sein? Übertrug ich meine Besorgnis und Frustration auf ihn, und war ich deshalb selbst schuld an meiner Niederlage in diesem Bereich?

Ryan.

Wie ausgelöst von einem verirrten Elektron, das aus dieser Synapse ausgebrochen war, klingelte das Telefon. Ich drehte mich um und griff nach dem Hörer und hätte dabei fast mein Getränk umgeschüttet.

»Dr. Brennan.«

Susanne sagte mir, dass ein Detective unterwegs zu meinem Büro sei.

Claudel. Genau das, was ich jetzt brauchte.

Nur war er es nicht.

Mit seinen eins fünfundachtzig, in Khakihose, hellbraunem Leinenhemd und Tweedsakko erschien Ryan wie eine Mischung aus Pierce Brosnan und dem älteren Typen in einer Versicherungs-Werbung. Er schüttelte den Kopf, als er das Diet Coke in meiner Hand und die Puderzuckerreste auf meiner Schreibunterlage sah.

»Die Frau ist ein wandelnder Widerspruch.«

»Ich habe einen eklektischen Geschmack.«

»Dein Geschmack muss aber deine Bauchspeicheldrüse ganz schön durcheinander bringen.«

»Es ist *meine* Bauchspeicheldrüse.«

Ryan schien überrascht über die Schärfe meiner Antwort.

»Hab ich dich zu ’nem schlechten Zeitpunkt erwischt, Schätzchen?«

»Ich habe jemand anderes erwartet.« Ich stellte die Dose ab. *»Süßer.«*

»Das höre ich in letzter Zeit ziemlich oft.«

»Süßer?«

»Dass ich nicht der bin, den du erwartest.«

»Ich dachte, dass vielleicht jemand mit Informationen über einen Fall anruft.«

»Wieder einmal habe ich Hoffnungen zerstört, von denen ich gar nichts wusste.«

»Du klingst wie Winston Churchill«, sagte ich und lehnte mich in meinen Sessel zurück.

»Dies ist Unsinn, den durchgehen ich nicht zu lassen gedenke.«

»Eins für Grammatik, Vier minus für Klarheit.« Ich tippte Puderzucker mit der Fingerspitze auf.

»Das hat Winnie gesagt.«

»Du hast es wiederholt.«

»Wie läuft’s mit Claudel?« Ryan lehnte sich an den Türstock, verschränkte die Arme und legte einen Fuß über den anderen. Wie immer merkte ich, dass mein Blick zu seinen Augen wanderte. Wie oft ich sie auch schon gesehen hatte, die Intensität ihres Blaus verblüffte mich immer wieder.

»Claudel hat nur einen beschränkten Vorrat an Gehirnzellen zur Verfügung. Die wenigen, die er hat, müssen sich regelmäßig E-Mails schicken, um den Kontakt aufrechtzuerhalten.«

»Und das System ist zusammengebrochen?«

»Ich habe heute von Claudel noch nichts gehört. Eigentlich freue ich mich drauf, ihm etwas mitzuteilen.«

Ich leckte den Zucker vom Finger und holte mir Nachschub von der Schreibunterlage.

»Hast du vor, es dem Süßen mitzuteilen?«

»LaManche hat die Ausgaben für einen speziellen Test, den ich wollte, genehmigt.«

»Ohne die Sache Authier vorzulegen?«

Ich nickte.

»LaManche kann ein ziemlicher Schlingel sein. Was für ein Test?«

»C-14.«

»Wie bei Mumien und Mastodonten?«

Ich gab Ryan den Einführungskurs, den ich auch LaManche gegeben hatte, beschloss aber, die Strontiumisotopen-Analyse nicht zu erwähnen. Zu ungewiss.

»Wie lange bis zu den Ergebnissen?«

»Wenn alles gut geht, nicht mehr als eine Woche. LaManche meinte, ich sollte mich an das dritte Skelett machen. Im Grunde genommen will er mir damit sagen, dass ich das PMI für den Augenblick vergessen soll.«

»Kein schlechter Rat.«

»Es ist frustrierend.«

»Das gehört zum Job.«

Ryans Piepser meldete sich. Er warf einen schnellen Blick auf die Nummer und steckte sich das Ding wieder an den Gürtel.

»Zugegeben, diese Mädchen sind nicht letzte Woche, nicht einmal letzten Monat gestorben«, fuhr ich fort. »Aber ich werde den Gedanken nicht los, dass wir hier Zeit vergeuden. Ich habe bei diesem Fall einfach ein schlechtes Gefühl.«

»Warum?«

Ich erzählte Ryan von Mrs. Gallant/Ballant/Talent.

»Was genau hat sie gesagt?«

»Dass sie etwas wisse, das in diesem Gebäude vorgefallen sei.«

»Und was?«

»So weit kamen wir nicht.«

»Sie könnte eine Spinnerin sein.«

»Könnte sie.«

»Du sagst, sie hat alt geklungen.«

»Ja.«

»Vielleicht ist sie ...«

»Daran habe ich auch schon gedacht. Aber was ist, wenn sie klar im Kopf und noch ganz auf der Höhe ist? Wenn sie wirklich etwas weiß?«

»Dann ruft sie wieder an.«

»Hat sie bis jetzt noch nicht.«

»Lässt du ihren Anruf zurückverfolgen?«

»Ja.«

»Soll ich mal schauen, was ich herausfinden kann?«

»Ich komme damit schon alleine zurecht.«

»Was für eine Gefahr könnte eine alte Dame für irgendjemanden darstellen?«

»Diese Frau weiß über unsere kleine Exkursion in den Keller Bescheid. Gott weiß, wer sonst noch davon gelesen oder gehört hat. Du hast *Le Journal* gesehen. Die Medien waren hinter der Geschichte her wie Katzen hinter einem Fischkarren.«

»Vom Alter mal abgesehen, was weißt du sonst noch über das Gebäude?«

»Im Keller waren drei tote Mädchen vergraben.«

»Du kannst einem wirklich auf die Nerven gehen, Brennan.«

»Ich gebe mir die größte Mühe.«

»Gehst du heute Abend mit mir Essen?«, fragte Ryan.

»Ich habe zu tun.«

Ohrenbetäubende Stille legte sich über das Büro. Dreißig Sekunden lang. Eine ganze Minute.

Ryan stellte wieder beide Füße auf den Boden und stieß sich von der Wand ab. Die eisblauen Augen schauten direkt in meine. Es war kein glücklicher Blick.

»Wir müssen reden.«

»Ja«, sagte ich.

Adiós, Cowboy, dachte ich, als Ryan durch die Tür verschwand.

9

Ein später Nachmittag mitten in der Woche ist in Montreal keine gute Zeit zum Autofahren. Durch den Ville-Marie-Tunnel und auf die 20 brauste ich noch mit bis zu fünfzig Stundenkilometern. Am Turcot Interchange ließ sich das Vorankommen nur noch in spastischen Sprüngen von Autolängen messen.

Im Licht meiner Scheinwerfer leuchtete ein Aufkleber auf. *Das Prügeln geht weiter, bis die Moral sich verbessert.* Beim ersten Lesen musste ich kichern. Beim zehnten hatte der Witz sich verflüchtigt. Übertragen. Der Stau geht weiter, bis die Ungeduld verschwindet.

Gegen die Langeweile schaute ich mir die Reklametafeln an. Slogans in verstümmeltem Englisch und Französisch priesen Handys und Hondas und TV-Komödien und Haarspray an.

Mit Einbruch der Dunkelheit war Wind aufgekommen. Hin und wieder ruckte das Auto, wie von einem riesigen Turnschuh angestupst. Eine Winterstadt kroch an meiner Windschutzscheibe vorbei. Erleuchtete Fenster in den Hügeln von Westmount. Die schwarzen Gleisanlagen. Vorstädtische Bungalows im Glanz von Weihnachtskitsch aus dem Supermarkt.

Hinter Ville St. Pierre löste der Stau sich auf, und ich konnte bis auf rasende fünfundvierzig beschleunigen. Ich trommelte mit den Fingern aufs Lenkrad. Die Uhr am Armaturenbrett zeigte halb sechs. Annes Maschine war vermutlich schon gelandet.

Eine volle Stunde nach Verlassen des Instituts betrat ich den Terminal des Dorval Airport. Anne war bereits durch den Zoll und stand jetzt am Ende einer Traube Menschen, die auf Ankömmlinge wartete.

Ich wedelte mit den Armen. Als Anne mich sah, packte sie den Griff eines güterwagengroßen Koffers und zerrte ihn in meine Richtung. Ein Laptop hing ihr von der einen Schulter, eine riesige Lederhandtasche von der anderen.

Eine plötzliche Rückblende. Meine Schwester Harry, umgeben von genug Louis Vuitton für eine Weltreise. Gekommen war sie für eine Woche. Geblieben war sie einen Monat.

O Mann.

Anne ist sehr groß und sehr blond. Mehr Blicke als nur die meinen folgten ihr, als sie sich mit ihrem Pullmann durch die Menge der Abholer zwängte. Als sie dann vor mir stand, bückte sie sich und schlang mir die Arme um den Hals. Der Laptop schwang nach vorne und traf mich in die Rippen.

»Der Verkehr war ein Albtraum«, sagte ich und nahm ihr die Schulterfracht ab.

»Reizend von dir, dass du mich abholst.«

»Ich freue mich, dass du da bist.«

»Der Pilot behauptete, es hätte achtzehn minus. Kann das denn stimmen?«

Annes Südstaatenakzent klang im Quebecer Stimmengewirr so unangebracht wie *Raw Hide* aus »Tausend Meilen Staub« bei einer Wohltätigkeitsveranstaltung des Tierschutzbundes.

»Das ist Celsius.« Ich wies sie nicht darauf hin, dass diese Temperaturangabe in ihrer Fahrenheit-Weltsicht nur eine Haaresbreite über null bedeutete.

»Hoffentlich gibt's einen Blizzard. Schnee wäre Klasse.«

»Hast du warme Kleidung dabei?«

Anne breitete die Arme aus, was wohl »Schau mich an« bedeuten sollte.

Meine Freundin trug einen Pullover mit Zopfmuster, eine Wildlederjacke, eine grüne Cordhose, einen pinkfarbenen Angoraschal und eine dazu passende Mütze. Ich war mir sicher, dass sie in ihrer Handtasche auch noch flauschige rosafarbene Fäustlinge zur Komplettierung ihres Accessoire-Ensembles hatte. Ich wusste, wie sie dachte. »Winter-Chic.«

Obwohl Anne in Alabama geboren und in Mississippi zur Schule gegangen war, kam sie nicht zum ersten Mal in den Norden und besaß, wie viele aus dem Süden, zumindest ein theoretisches Verständnis vom Konzept der Kälte. Aber der Verstand ist eine überfürsorgliche Mutter. Was er nicht mag, versteckt er. Wie viele, die aus den Subtropen kamen, hatte Anne die Realität von Minusgraden einfach verdrängt.

Wir befanden uns in Quebec. Anne war angezogen für herbstliche Kühle in den Blue Ridge Mountains.

Als wir das Terminal verließen, hörte ich, wie Ms. Winter-Chic der Atem stockte. Lächelnd lief ich mit ihr zu meinem Auto. Eigentlich konnte ich es Anne nicht verdenken. Obwohl ich regelmäßig zwischen Charlotte und Montreal pendle, schafft der erste Eiseshauch des Winters sogar mich immer noch.

Auf dem Weg ins Centre-ville sprang Anne von einem Thema zum anderen. Ihre Katzen Regis und Kathie Lee. Die Zwillinge Josh und Lola. Ihr jüngster Sohn Stuart, der sich zum Fürsprecher der Schwulenrechte entwickelt hatte. Zwischen den einzelnen Ausbrüchen verstummte sie immer wieder, und ein trübsinniges Schweigen füllte den engen Raum um uns herum.

Okay, alte Freundin. Erzähl mir die Geschichte, wenn du so weit bist.

Eineinhalb Stunden später begann Anne, sich durch eine Erklärung zu winden. In ihren Worten hörte ich eine gewisse Unschlüssigkeit, als wollte sie im Reden ihre Gedanken testen.

Wir waren zu mir nach Hause gefahren, um Annes Sachen abzustellen, und saßen jetzt in der Trattoria Trastevere an der unteren Crescent. Ich trank Perrier. Anne war bei ihrem dritten Chardonnay.

Und der zeigte Wirkung.

»Ich bin sechsundvierzig Jahre alt, Tempe. Wenn ich jetzt nicht nach einem Sinn in meinem Leben suche, gibt's später da draußen nichts mehr, was ich noch finden könnte.« Sie tippte sich mit manikürtem Nagel auf die Brust. »Oder hier drinnen.«

Wieder dachte ich an meine Schwester. Harry war auf der Suche nach innerem Frieden nach Montreal gekommen. Sie hatte sich mit apokalyptischen Spinnern eingelassen, die sie auf eine Reise zum ewigen Frieden schicken wollten. Im Sinne von Tod. Annes Sätze klangen wie Treibgut auf genau demselben Selbsthilfe-Psychogewäsch-Rinnsal.

»Und den Kindern geht's gut?«

»Alles bestens.«

»Tom hat nichts getan, was dich sauer gemacht hat?«

Der Nagel deutete auf mich. »Tom hat überhaupt nichts getan. *Noch nie.* Außer man versteht unter tun, Arschlöcher von Spekulanten zu verteidigen, die die Welt von Bäumen befreien wollen, und ansonsten den Heiligen Gral eines Ass auf dem Golfplatz zu suchen. Schätze, ich bin selber schuld, wenn ich jemanden mit einem Namen wie Turnip heirate.«

Tom-Teds Familienname, der »Weiße Rübe« bedeutete, war im Lauf der Jahre Anlass für viele Witzeleien gewesen.

»Die Rübe ist gezogen.«

»Du hast ihn verlassen?« Ich konnte es nicht glauben.

»Ja.«

»Nach vierundzwanzig Jahren und drei Kindern?«

»Die Kinder geht das nichts an.«

Meine Gabel blieb mitten in der Luft stehen. Anne und ich starrten uns an.

»Du weißt, dass ich es nicht so meine«, sagte sie. »Die Kinder sind erwachsen. Josh und Lola haben schon ihren Collegeabschluss. Stuart ist unterwegs und macht, was Stuart eben macht.« Sie stach nach einem Salatblatt. »Sie leben ihr Leben, und mir bleibt nichts anderes mehr zu tun, als Immobilien zu verkaufen und verdammte Azaleen zu züchten.«

Nach meiner Promotion an der Northwestern ging Pete zu einer Anwaltskanzlei in Charlotte, und ich bekam eine Stelle an der UNCC. Ich war damals sehr froh, Chicago verlassen und in mein geliebtes North Carolina zurückkehren zu können. Aber der Umzug hatte auch seine Kehrseite.

Tagsüber war ich umgeben von Akademikern. Engagiert. Mitfühlend. Intelligent. Und gesellschaftlich so kultiviert wie eine Sonderausgabe von *Homes & Gardens*. Katy war damals noch ein Kleinkind. Meine Kollegen waren kinderlos und völlig ahnungslos in Bezug auf die Anforderungen, die das Muttersein mit sich brachte.

Jeden Abend holte ich mein Baby aus der Kinderkrippe ab und tauchte dann ein in ein Musterbeispiel des Country-Club-Lebens. Manikürte Rasenflächen. Autos der Oberklasse. Gattinnen wie die Klone aus den »Stepford Wives«, deren Welt an der Haustür endet. Frauenunterhaltungen, die sich auf Tennis, Golf und Fahrgemeinschaften beschränkten.

Ich glaubte schon nicht mehr, jemals eine Freundin und Vertraute zu finden, als ich Anne bei einer örtlichen Wohltätigkeitsveranstaltung sah. Genauer gesagt, hörte. Magnolie aus Stahl mit Matrosenmundwerk.

Ich peilte sie an. Dieselbe Wellenlänge.

Wir halfen unseren Kindern über gebrochene Knochen und gebrochene Herzen hinweg. Zwanzig Jahre lang waren unsere

Familien unzertrennlich: gemeinsame Camping- und Skiausflüge, Thanksgiving-Festmahle, Taufen und Beerdigungen. Bis zum Zusammenbruch meiner Ehe hatten die Turnips und die Petersons keinen Sommer am Meer ausgelassen. Inzwischen fahren Anne und ich alleine an den Strand.

»Was hast du den Kindern gesagt?«

»Nichts. Ich bin noch nicht richtig aus dem Haus ausgezogen. Ich mache praktisch Urlaub von zu Hause. Ich reise.«

»Aber ...«

»Ich will nicht mehr über mich reden. Reden wir lieber über dich. Woran arbeitest du gerade?«

Wenn Anne bei einem Thema zumacht, ist jedes weitere Wort überflüssig.

Ich fasste den Pizzakeller-Fall kurz zusammen und erzählte ihr von meiner Frustration über meinen Busenfreund Claudel.

»Den kriegst du schon noch rum. Das hast du bis jetzt immer geschafft. Triffst du dich mit irgendjemand?«

»So in der Richtung.«

Der Kellner räumte die Salatschüsseln ab und servierte den Hauptgang. Lasagne für Anne. Piccata milanese für mich. Anne bestellte noch ein Glas Wein, griff dann zur Käsereibe und streute sich Parmesan auf ihre Nudeln. Ich beschloss, das Thema Tom noch einmal anzuschneiden.

»Um was genau geht's dir eigentlich bei diesem neuen Persönlichkeitsentwicklungs-Programm?« Ich gab mir Mühe, nicht allzu sarkastisch zu klingen.

»Erfüllung. Selbstachtung. Wertschätzung.« Sie stellte die Reibe wieder auf den Tisch. »Und schlag's gar nicht erst vor. Auf Entziehung gehe ich nie wieder.«

Einige Augenblicke lang aßen wir schweigend. Als Anne dann wieder sprach, klang ihr Ton etwas unbeschwerter, aber irgendwie auch gekünstelt.

»Von dem Typen auf 3C habe ich mehr Aufmerksamkeit bekommen als von Tom in den ganzen letzten zwölf Monaten. Der Junge ist wahrscheinlich jetzt gerade unterwegs, um mir Gardenien zu kaufen.« Anne trank einen Schluck Wein. »O Mann, wahrscheinlich ist dein Anrufbeantworter jetzt schon voll mit seinen Nachrichten.«

»Was für ein Junge auf 3C?«

»Ein süßes Bürschchen, das ich im Flugzeug kennen gelernt habe.«

»Du hast ihm meine Telefonnummer gegeben?«

»Er ist harmlos.«

»Woher willst du wissen, dass er harmlos ist?«

»Er saß in der ersten Klasse.«

»Die netten Jungs, die ins World Trade Center gerast sind, ebenfalls.«

Meine Freundin schaute mich an, als hätte ich ihr vorgeschlagen, sich einen Fuß abzuhacken.

»Jetzt macht dir nicht gleich in die Hose, Tempe. Ich habe ja nicht vor, mit dem Kerl tatsächlich was anzufangen.«

Ich konnte das alles kaum glauben. Ich bin extrem vorsichtig, wenn es darum geht, meine private Telefonnummer herauszugeben. Aber Anne hatte sie unbekümmert einem vollkommen Fremden in die Hand gedrückt, der auf der Suche nach ihr möglicherweise bei mir anrief.

»Ich hatte ein paar Manhattans«, fuhr sie fort, ohne zu merken, wie verärgert ich war. »Wir haben uns unterhalten. Er fragte mich, wie er mich erreichen kann. Ich habe ihm die Sachen auf eine Serviette geschrie …«

»Sachen? Soll das heißen, auch die Adresse?«

»Ich bin mir sicher, der Kerl hat den Fetzen weggeworfen, kaum dass er das Flugzeug verlassen hatte. Wie ist dein Kalbfleisch?«

Im Gegensatz zur Unterhaltung war das Fleisch perfekt.

»Gut«, murmelte ich. Also rief der Kerl vielleicht gar nicht an. Vielleicht tauchte er einfach an meiner Haustür auf.

»Mein Essen ist *parfait.* Siehst du, was ich meine? Ich fühle mich schon jetzt in einer ganz anderen Galaxie als in Clover, South Carolina.« Anne ließ die Gabel in der Luft kreisen. *»Québec! La belle province! C'est magnifique!«*

Man wirft mir gelegentlich vor, Französisch mit Südstaatenakzent zu sprechen. Doch Annes Aussprache stellte das alles in den Schatten.

»Das ist jetzt nur so eine Art Besinnungsintermezzo, nicht? Urlaub von der Ehe?«

Als ich noch mit Pete verheiratet war, machten Anne und ich oft Witze über den »Urlaub von der Ehe«. Das war unser Codename für »Ausflug ohne Männer«.

»Ich könnte eine Woche tot sein, und Tom Turnip würde nicht merken, dass ich weg bin.« Wieder kam die Gabel hoch, doch diesmal war sie auf mich gerichtet. »Nein. Das ist zu hart. Wenn Tom das Toilettenpapier ausgeht, würde er vielleicht brüllen, wo ich denn stecke.«

Anne ließ ein volles, kehliges Lachen hören. »Das ist doch ein hübsches Bild, Schätzchen. Der große Anwalt, sitzt auf dem Topf und findet kein ...«

»Annie.«

»Kleine, der Kerl ist Geschichte.«

Einige Augenblicke lang aßen wir schweigend. Danach versuchte ich noch einen letzten Anlauf.

»Annie, hier spricht Tempe. Ich kenne dich. Ich kenne Tom. Seit zwanzig Jahren sehe ich euch beide zusammen. Sag mir, was wirklich los ist.«

Anne legte die Gabel weg und zupfte an der Papierserviette unter dem Weinglas. Eine ganze Minute verging, bis sie den Mund aufmachte.

»Alles war wunderbar, als Tom und ich uns kennen lernten. Jede Nacht der Einmarsch der Toreros. Und so blieb es auch lange Zeit. Bücher und Talk-Shows erzählen einem, dass verheiratete Paare eine Entwicklung durchmachen von lodernder Leidenschaft zu nicht mehr ganz so heiß, und dass das ganz normal ist. Aber bei Tom und mir ist das nicht passiert.«

Die Serviette franste aus.

»Zumindest nicht bis vor ein paar Jahren.«

»Redest du jetzt über Sex?«

»Ich rede von einer kompletten Abschaltung. Toms Flamme ging plötzlich aus, und er konzentrierte sich auf alles, was nicht ich war. Ich gab mich mit immer weniger und weniger von ihm zufrieden. Letzte Woche dämmerte es mir dann. Unsere Wege kreuzten sich kaum noch.«

»Es ist also nichts Schreckliches passiert?«

»Das ist es ja gerade. Es war rein gar nichts passiert. Es passierte nichts. Und es würde auch nichts mehr passieren. Ich hatte angefangen, mich wie taub zu fühlen. Und ich hatte angefangen zu glauben, dass taub vielleicht gar nicht so schlecht ist. Es fühlte sich inzwischen normal an.«

Anne schob die Serviettenfetzen zu einem Häufchen zusammen.

»Das Leben ist zu kurz, Tempe. Ich will nicht, dass auf meinem Grabstein steht: ›Hier ruht eine Frau, die Häuser verkaufte.‹«

»Ist es nicht noch ein bisschen zu früh, um jetzt schon ans Ende zu denken?«

Mit einer Handbewegung wischte Anne die Fitzel vom Tisch.

»Mehr als die Hälfte meines Lebens habe ich versucht, die perfekte Ehefrau zu sein. Und das Ergebnis ist tiefe Enttäuschung. Einen Schlussstrich ziehen und neu anfangen. Das ist meine neue Philosophie.«

»Hast du schon mal an eine Therapie gedacht?«

»Erst wenn die Hölle und die Golfplätze zufrieren.«

»Du weißt, dass Tom dich liebt.«

»Tut er das?«

»Wir treffen in unserem Leben nur wenige Menschen, denen wir wirklich etwas bedeuten.«

»Wie Recht du hast, Schätzchen.« Mit einer schnellen, ruckartigen Bewegung leerte Anne ihr viertes Glas und stellte es auf die verstümmelte Serviette. »Und das sind die Leute, die uns am tiefsten verletzen.«

»Annie.« Ich zwang meine Freundin, mich anzusehen. Sie hatte tiefe, dunkelgrüne Augen, die Pupillen glänzten alkoholisiert. »Bist du dir sicher?«

Anne ballte die Hände zu Fäusten und stützte ihre Stirn darauf. Nach einem kurzen Zögern kam ihr Gesicht wieder hoch.

»Nein.«

Ihre Stimme klang so unglücklich, dass mir beinahe das Herz stehen blieb.

Während unseres Abendessens hatte der Wind eine persönliche Bestmarke aufgestellt, und die Temperatur war entsprechend gefallen. Die wenigen hundert Meter nach Hause kamen uns vor, als würden wir über den Iditarod von Anchorage nach Nome stapfen.

Böen jaulten durch die Ste. Catherine, fuhren in unsere Kleidung und sandstrahlten unsere Gesichter mit Eis und Schnee. Anne und ich liefen gebückt wie Soldaten auf dem Weg in den rettenden Bunker.

Als wir in meine Straße einbogen, bemerkte ich vor meiner Haustür eine merkwürdige Schneeverwehung. Obwohl meine Augen vor Kälte tränten, kam mir irgendetwas an diesem Häufchen sehr, sehr verkehrt vor.

Nachdem ich geblinzelt hatte, um wieder klar zu sehen, dehnte der Schneehaufen sich aus, veränderte die Form, zog sich wieder zusammen.

Ich blieb stehen und runzelte die Stirn. Konnte das sein?

Ein Fortsatz wurde ausgestreckt und wieder eingezogen.

Was zum Teufel war da los?

Ich rannte über die Straße und die Außentreppe hoch.

»Birdie!«

Mein Kater hob leicht das Kinn und verdrehte die Augen. Als er mich sah, schoss er, scheinbar ohne ein Glied zu bewegen, auf mich zu. Eine kleine Wolke quoll mir aus dem Mund, als sein Gewicht auf meine Brust traf.

Birdie krallte sich fest, legte sein Kinn auf meine Schulter und drückte seinen Bauch in meine Jacke. Sein Fell roch feucht. Er zitterte vor Kälte oder Angst.

»Was macht er denn hier draußen?« Ein Windstoß erfasste Annes Frage und wehte sie die Straße hoch.

»Ich weiß es nicht.«

»Kann er ohne fremde Hilfe aus der Wohnung?«

»Irgendjemand muss ihm eine Tür geöffnet haben.«

»Bist du mit jemandem so eng, dass du ihm einen Schlüssel gibst?«

»Nein.«

»Wer war dann drinnen?«

»Keine Ahnung.«

»Dann sollten wir's besser herausfinden.«

Anne zog ihre Handschuhe aus und holte eine kleine Sprühdose mit Reizgas aus ihrer Handtasche.

»Ich glaube, das ist hier illegal«, sagte ich.

»Dann erschieß mich.« Anne zog die Außentür auf.

Ich gab ihr Birdie, zog ebenfalls meine Handschuhe aus, griff in eine Tasche und angelte meine Schlüssel heraus. Mit schweißfeuchten Handflächen schloss ich die innere Tür auf.

Im Foyer herrschte Grabesstille. Auf den Läufern und dem Marmorboden waren weder Schneereste noch feuchte Fußabdrücke zu erkennen. Mit pochendem Herzen durchquerte ich das Foyer und bog dann in den rechten Gang ab.

Wandleuchten aus Messing erhellten das Foyer und die Korridore. Normalerweise ist diese gedämpfte Beleuchtung völlig ausreichend. Heute brannten zwei der falschen Kerzen nicht, so dass sich dunkle Schattentümpel zwischen den Lichtinseln ausbreiteten.

Waren die Birnen schon aus gewesen, als wir das Haus verließen? Ich konnte mich nicht erinnern.

Meine Wohnung lag direkt vor uns. Als ich die Tür sah, blieb ich unvermittelt stehen. Das Herz klopfte mir bis zum Hals.

Ein schwarzer Spalt klaffte zwischen der offenen Tür und dem Rahmen.

10

Durch den Spalt konnte ich ein Gewirr von Schatten und ein merkwürdiges Leuchten, wie Mondlicht auf Wasser, erkennen.

Ich schaute über die Schulter. Anne stand hinter mir, in einem Arm die Katze, den anderen erhoben, die Chemische Keule feuerbereit. Birdie hing an ihrer Brust. Den Kopf um hundertachtzig Grad gedreht, starrte er sein Zuhause an.

Ich sah wieder nach vorn und lauschte nach Geräuschen jenseits der Tür. Schritte. Ein Husten. Das Rascheln eines Ärmels.

Hinter mir Annes abgehacktes Atmen. Hinter der Tür nur Furcht einflößende Stille.

Ein Herzschlag. Ein ganzes Leben.

Dann trat Birdie in Aktion. Er krabbelte ein Stückchen nach oben, und mit einem »Rrrp« katapultierte er sich von Annes Brust und flog auf die Öffnung zu. Anne machte einen Satz, um ihn wieder zu packen, konnte aber nur seine Flugbahn ein wenig ablenken.

Die Pfoten schlugen gegen die Tür und warfen sie so weit auf, dass sie gegen die Wand krachte. Birdie rannte nach drinnen, während die Tür zurückprallte und ins Schloss fiel.

Das Blut wich mir aus dem Hirn. Alternativen wirbelten durcheinander.

Rückzug? Bemerkbar machen? 911 anrufen?

Ich ärgere mich maßlos über Handys in Restaurants. Deshalb hatte ich meins zum Essen nicht mitgenommen.

Verdammt!

Ich drehte mich zu Anne um. Ihr Gesicht war im trüben Licht ein angespanntes weißes Oval.

Ich tat so, als würde ich eine Nummer in ein Handy tippen. Anne schüttelte nur den Kopf, die Sprühdose hoch erhoben. Die Freiheitsstatue mit der Chemischen Keule, aber ohne Handy.

Wir wechselten unsichere Blicke. Als ich dann den Mund aufmachte, kam kaum ein Flüstern heraus.

»Könnte es sein, dass das Schloss nicht richtig eingeschnappt ist?«

»Ich habe sie fest zugezogen. Aber es ist deine verdammte Tür.« Sie brachte nur ein Zischen zustande. »Außerdem erklärt das nicht, dass Birdie draußen war.«

»Falls jemand uns auflauern wollte, wäre die Tür nicht offen.«

»Uns auflauern?« Annes Augen wurden zu Untertassen. »O Gott. Redest du vielleicht von irgendeinem mordlüsternen Knallkopf, den du durch deine Arbeit verärgert hast?«

»Das habe ich nicht gemeint.« Genau das hatte ich gemeint. »Ich meinte irgendeinen x-beliebigen Eindringling.«

Annes Augen wurden noch größer. »Klasse. Ein durchgeknallter *Vergewaltiger.*«

»Darum geht's nicht. Die Tür offen zu lassen wäre ein todsicherer Hinweis auf einen Einbruch.«

»Exzellente Wortwahl.«

Annes Sarkasmus kann auch der größte Stress nichts anhaben.

»Wenn es ein normaler Einbruch wäre, würde der Dieb seine Anwesenheit nicht mit einer offenen Tür verkünden. Die Tür ergibt keinen Sinn, wenn noch jemand drin ist.«

Die Freiheitsstatue ließ ihren Arm ein wenig sinken, sagte aber nichts.

Ich machte einen Schritt nach vorn und hielt ein Ohr an die Tür.

Keine Geräusche.

Aber etwas anderes.

Ich kauerte mich hin und hielt die Hand an die Ritze. Kalte Luft kam heraus.

»Was ist?« Anne sprach noch immer mit ihrer Kirchenstimme.

Ich richtete mich wieder auf.

»Da drinnen ist eine Tür oder ein Fenster offen.«

»Heißt das, der Ripper ist verduftet? Oder hat er sich's mit Guinness und Garotte gemütlich gemacht?«

In diesem Augenblick ging die Foyertür auf. Wir erstarrten.

Stimmen. Männlich.

Annes Arm mit der Keule schoss in die Höhe.

Die Schritte verschwanden im gegenüberliegenden Korridor. Eine Tür wurde geöffnet und geschlossen.

Stille.

Dann wieder Schritte. Die in unsere Richtung kamen!

Ich winkte Anne zu dem Treppenschacht neben meiner Tür. Wir drückten uns an der Wand entlang hinein.

Im Eingang zu meinem Korridor erschien eine Gestalt, eine Zipfelmütze tief über die Augen gezogen. Das Dämmerlicht und die Kopfbedeckung verdunkelten das Gesicht des Mannes. Ich konnte nur die Körperform ausmachen. Groß. Schlank.

Die Gestalt zögerte kurz, nahm dann die Mütze ab und kam auf uns zu.

Annes Knöchel an der Sprühdose wurden weiß.

Die Gestalt ging unter einer Wandleuchte hindurch. Sandfarbene Haare. Bomberjacke.

Erleichterung durchströmte mich. Gefolgt von Verlegenheit. Und Gefühlen, die ich nicht benennen konnte.

Ich gab Anne mit einer Handbewegung Entwarnung und trat aus dem Treppenschacht.

»Was treibst du denn hier?« Geflüstert, aber dank des Adrenalins in meinem Kreislauf immer noch schrill.

Ryans Lächeln wurde ein wenig dünner, verschwand aber nicht ganz. »Inzwischen betrachte ich diese Art der Begrüßung als Zeichen der Zuneigung.«

»Ich sage das nur immer, weil du immer so unerwartet auftauchst.«

Ryan legte sich die Hände auf die Brust. »Ich bin ein geschlagener Mann.« Dann breitete er die Arme weit aus. »Ich kann nicht wegbleiben.«

Anne senkte den Arm, und auf ihrem Gesicht machte sich Verwirrung breit.

Ryan drehte sich ihr zu und wollte schon Charme in ihre Richtung versprühen. Als er die Chemische Keule sah, verschwand sein Lächeln. Er schaute mich fragend an.

Verärgerung und Verlegenheit lieferten sich in mir ein hitziges Gefecht mit Angst und Erleichterung. Falls es kein wirklicher Einbruch war, wollte ich mich nicht zum Narren machen. Falls es doch einer war, wollte ich nicht auf Ryans Hilfe angewiesen sein. Oder auf seinen Schutz.

Leider befürchtete ich in diesem Augenblick, dass ich beides brauchte.

»Es kann sein, dass bei mir eingebrochen wurde.«

Ryan zweifelte keinen Augenblick an meinen Worten.

»Wie lange wart ihr weg?«

»Ein paar Stunden. Wir sind erst seit fünf Minuten oder weniger wieder da.«

»Hast du beim Weggehen die Alarmanlage eingeschaltet?«

Normalerweise bin ich sehr gewissenhaft, was die Sicherheit angeht. An diesem Abend waren Anne und ich zu sehr mit uns selbst beschäftigt gewesen.

»Wahrscheinlich.« Ich war mir nicht sicher.

Ryan steckte Handschuhe und Mütze in die Taschen, öffnete den Reißverschluss seiner Jacke, zog seine Glock und bedeutete uns, zurückzutreten.

Anne drückte sich an der Wand entlang nach links. Ich stellte mich hinter Ryan.

Ryan drehte sich an der Wand zur Seite und klopfte mit dem Pistolengriff an die Tür.

»Police! On entre!«

Keine Antwort. Keine Bewegung.

Ryan rief noch einmal, auf Französisch, dann auf Englisch.

Stille.

Ryan deutete zum Schloss.

Ich trat vor und schloss auf. Mit einem Arm schob Ryan mich wieder hinter sich und stieß die Tür mit dem Fuß auf.

»Bleib da.«

Die Pistole mit beiden Händen umfasst, den Lauf nach oben gerichtet, trat Ryan über die Schwelle. Ich folgte ihm.

Etwas knirschte unter den Sohlen.

Einen Schritt. Zwei.

Die verspiegelte Wand in der Diele klaffte tiefschwarz. Licht aus dem Hof funkelte wie Phosphor auf dem Marmorboden.

Drei.

Ein safrangelbes Trapez glänzte auf dem Glastisch im Esszimmer direkt vor uns. Andere Umrisse schälten sich langsam aus der Dunkelheit. Der Schreibtisch. Eine Ecke der Anrichte.

Ein ungutes Gefühl beschlich mich. Ich hatte das Licht brennen lassen.

Wieder rief Ryan.

Wieder keine Antwort.

Ryan und ich schlichen durch die Dunkelheit, wie Raubtiere auf Erkundung.

Geräusche der Leere. Der Kühlschrank. Der Luftbefeuchter.

Kälte, aus der Richtung des Wohnzimmers. Im Seitenflur streckte Ryan die Hand aus und betätigte den Lichtschalter. Während er mir bedeutete, stehen zu bleiben, bog er scharf nach rechts ab und verschwand. Im Schlafzimmer, im Bad und im Arbeitszimmer ging das Licht an.

Keiner nahm Reißaus. Keiner stürzte an mir vorbei. Ryans Bewegungen waren die einzigen Geräusche.

Ryan kam in die Diele zurück, ging in die andere Richtung und kontrollierte Küche und Wohnzimmer. Sekunden später war er wieder da.

»Sauber.«

Zum ersten Mal seit Betreten meiner Wohnung atmete ich richtig durch.

Als Ryan mein Entsetzen sah, sicherte er seine Pistole wieder, steckte sie in den Halfter und nahm mich in die Arme.

»Da hat jemand das Glas aus der Verandatür geschnitten.«

»Aber die Alarmanlage?« Meine Stimme klang gedehnt und zittrig, wie von einer zu oft abgespielten Kassette.

»Wurde nicht ausgelöst. Hast du einen Bewegungsmelder?«

»Nicht aktiviert.«

Ich spürte Ryans Kinn über meinen Kopf schaben.

»Birdie hat das Ding dauernd ausgelöst«, sagte ich entschuldigend.

»Was ist denn da los?«

Ryan und ich drehten uns um. Anne stand in der Tür, die Sprühdose erhoben, die Augen weit aufgerissen.

»Bienvenue à Montréal«, sagte Ryan.

Anne hob die Augenbrauen.

»Er ist Polizist«, sagte ich.

»Freund und Helfer«, sagte Ryan.

Anne senkte Brauen und Keule. »Genau so soll die Polizei sein.«

Ryan ließ mich los, und ich stellte die beiden einander vor.

Birdie, der die Stimmen gehört hatte, kam mit vor Erregung aufgestelltem Fell aus dem Schlafzimmer gerast und lief Achten um meine Füße.

»Detective Ryan ist nicht zufällig derjenige, den du beim Abendessen mit ›so in der Richtung‹ gemeint hast?« Anne hob nun fragend nur eine Augenbraue.

»Hier drinnen war jemand«, sagte ich und warf ihr einen »Nicht jetzt«-Blick zu.

»Ach du Scheiße«, sagte Anne und knirschte in die Diele.

Während Ryan das Einbruchsdezernat anrief, beurteilten Anne und ich die Schäden.

Die Scheibe der Verandatür war zwar sauber herausgeschnitten worden, ohne die Verdrahtung der Alarmanlage zu beschädigen, doch in der Diele, im Wohnzimmer, im Bad und in sämtlichen Bilderrahmen in der Wohnung waren die Glas- und Spiegelflächen zertrümmert worden. Splitter funkelten auf Möbeln, in Wasch- und Spülbecken, auf Arbeitsflächen und Böden.

Einige Bücher und Papiere waren durcheinander geworfen worden, ansonsten waren die Wohnbereiche unbeschädigt.

Im Gegensatz dazu herrschte in den Schlafzimmern das Chaos. Kissen waren zerfetzt, Schubladen herausgerissen und Schränke durchwühlt worden.

Eine schnelle Überprüfung ergab zwei Verluste. Annes Digitalkamera. Annes Laptop. Ansonsten schien nichts zu fehlen.

»Gott sei Dank«, seufzte Anne laut.

»Es tut mir ja so Leid«, sagte ich und deutete hilflos auf ihre Habseligkeiten.

Anne warf ihren Schmuckbeutel auf den Toilettentisch, streckte eine Hüfte vor und stemmte die Hand darauf. »Wie's aussieht, hatten die kleinen Wichser nichts übrig für Tom Turnips Schmuckgeschmack.«

Es dauerte eine Stunde, bis die Formalitäten erledigt waren. Die Beamten versprachen, dass am nächsten Morgen die Spurensicherung kommen würde, um nach Finger- und Sohlenabdrücken und Werkzeugspuren zu suchen.

Anne und ich dankten ihnen. Keiner machte sich große Hoffnungen. Wir alle wussten, dass ihre Sachen im schwarzen Loch der Bagatelldelikte verschwunden waren.

Ryan blieb. Vielleicht, um die CUM zu größtmöglicher Sorgfalt zu inspirieren. Vielleicht, um mich aufzumuntern.

Als die Beamten gegangen waren, bot Ryan seine Wohnung als Zufluchtsort an. Ich schaute Anne an. Sie schüttelte den Kopf. An ihren Augen sah ich, dass der Alkohol das Adrenalin besiegt hatte.

Anne und ich räumten ein wenig auf, während Ryan losging, um Isolierband, Karton und Plastikfolie zu beschaffen. Als er zurückkehrte, schauten wir ihm zu, wie er die Verandatür notdürftig flickte. Danach entschuldigte sich Anne und verschwand im Bad.

Während ich zusah, wie Ryan die Isolierbandrolle in eine Papiertüte steckte, wurde mir bewusst, dass ich keine Ahnung hatte, warum er hier war.

»Ich weiß gar nicht, wie ich dir danken kann«, sagte ich.

»Nichts zu danken.«

»Ich war so beschäftigt mit …« Ich deutete auf das Chaos hinter mir, »… dass ich dich noch gar nicht gefragt habe, warum du hier bist.«

Ryan legte die Tüte auf den Couchtisch, richtete sich auf und legte mir die Hände auf die Schultern. Lange sagte er gar nichts. Dann wurde sein Gesicht weicher, er wischte mir eine Strähne von der Wange und legte die Hand dann wieder auf meine Schulter.

Als ich schon glaubte, ich würde sein Schweigen nicht länger aushalten, machte er endlich den Mund auf.

»Ich werde mich für eine Weile ziemlich rar machen müssen.«

Die Faust im Magen. Jetzt kommt's. Das Ende des Endes.

»Ich kann nicht ins Detail gehen, aber es ist was Großes – CUM, SQ, RCMP, sogar die Amerikaner sind beteiligt. Die Operation läuft schon seit einigen Monaten.«

Es dauerte eine Weile, bis ich begriff.

»Du redest von einer Polizeiaktion?«

»Claudel ist dabei, Charbonneau ebenfalls. Das kann ich dir sagen, ohne was zu verraten.«

Ich schaffte es einfach nicht, die Verbindungen herzustellen.

»Warum *erzählst* du mir das?«

»Claudels mangelndes Interesse an deinen Pizzaknochen. Ich weiß, dass dir das zu schaffen macht.«

»Du musst weg?«

»Nicht dass ich es wollte.« Die Andeutung eines Lächelns. »Das ist die Kehrseite des Ruhms und der vielen Kohle.«

Ich schaute auf meine Hände.

»Ich lass dich mit dieser Sache hier nicht gern allein.«

»Ich habe keine Verstärkung gerufen, Ryan. Du bist einfach so vorbeigekommen.«

»Mir gefällt diese Geschichte hier nicht, Tempe.« Ryans Stimme war sanft.

»Ist doch keine große Sache.«

Ich spürte, wie die Kobalt-Augen über mein Gesicht wanderten.

»Ich werde verstärkte Streife anfordern.«

»Ich komme schon zurecht.«

Ryan hob mit gekrümmtem Zeigefinger mein Kinn an.

»Ich weiß nicht so recht, was hier los war, aber ich habe vor, es herauszufinden.«

»Das war doch nur ein blöder Einbruchdiebstahl.«

Der Finger wanderte zu meinen Lippen.

»Denk mal drüber nach. Was wurde mitgenommen? Was

wurde hier gelassen? Warum dieses saubere Eindringen, und dann das zerdepperte Glas?«

Ryan nahm meine Hände und drückte sie, um mich zu beruhigen. Stattdessen wuchs meine Aufregung nur noch.

»Ich würde wirklich gern bleiben, Tempe.«

Ich suchte sein Gesicht ab und hoffte auf Worte, die mich trösten würden. Stattdessen ließ Ryan mich los und zog seine Jacke an. Er nahm die Tüte mit dem Isolierband, berührte noch ein letztes Mal meine Wange und war verschwunden.

Einen Augenblick stand ich nur da und dachte über seine letzten Worte nach.

Wie, wo oder was bleiben, Ryan? Auf Kurs? Über Nacht? Cool? Frei?

Kein Ton aus dem Arbeitszimmer. Annes Licht war aus.

Nachdem ich die Heizung aufgedreht hatte, kontrollierte ich sämtliche Schlösser, schaltete die Alarmanlage ein und überprüfte das Telefon. Dann ging ich zu meinem Schlafzimmer.

Es war mir zuvor nicht aufgefallen. Als ich über die Schwelle trat, zog es meine Aufmerksamkeit auf sich wie ein bösartiges Phantom.

Meine Beine versagten mir den Dienst, als ich die makabre Scheußlichkeit über meinem Bett sah.

11

»Nein!«

Ich stürzte zum Bett, sprang darauf, riss eine lange, gezackte Scherbe aus dem Gemälde über dem Kopfbrett und warf sie quer durchs Zimmer.

Glas zerbarst. Splitter prallten von der Wand ab und fielen auf andere, die wir bei unserem hastigen Aufräumen an der Fußleiste zusammengefegt hatten.

»Du elender Hurensohn!«

Mein Herz hämmerte. Tränen brannten mir unter den Lidern.

Ich zog mich aus und warf ein Kleidungsstück nach dem anderen der Scherbe hinterher. Dann kroch ich nackt und zitternd unter die Decke.

Als Studienanfängerin an der UVA hatte Katy sich zunächst für ein Kunststudium entschieden. Das Interesse hielt zwar nicht lange an, aber in dieser kurzen Blütezeit betrieb sie *les beaux arts* so leidenschaftlich wie jeder Montmartre-Aspirant. In nur einem Semester produzierte sie vier Drucke, vierzehn Zeichnungen und sechs Ölbilder, wobei ihr Stil eine lyrische Mischung aus buntem Fauvismus und Barbizon-Naturalismus war.

Zu meinem Vierzigsten schenkte mir mein einziger Sprössling ein original Katy Petersons in Öl, eine herbe Interpretation einer Szene aus den Charlottesviller Hügeln à la Matisse-trifft-Rousseau. Diese Leinwand bedeutet mir sehr viel. Sie ist eins der wenigen Dinge, die ich von Carolina nach Quebec geschafft habe, um meine Wohnung ein wenig heimeliger zu machen. Katys Landschaft ist das Letzte, was ich sehe, wenn ich abends mein Bett aufschlage, und mein Blick fällt darauf, sooft ich das Zimmer betrete.

Warum konntest du dir nicht einfach nur nehmen, was du wolltest? Warum musstest du Katys Bild zerstören? Warum musstest du das wunderschöne, gottverdammte Bild meiner Tochter zerstören?

Ich kniff die Lider fest zusammen. Ich war zu wütend, um zu weinen, zu wütend, es nicht zu tun. Meine Finger kneteten die Bettdecke.

Minuten vergingen.

Eine.

Zwei.

Tränen liefen mir die Schläfen entlang.

Drei.

Vier.

Schließlich beruhigte sich meine Atmung, meine Finger entspannten sich.

Als ich die Augen wieder öffnete, sah ich nur Schwärze und den sanft orangefarbenen Schein des Radioweckers. Ich starrte die Ziffern an und zwang mich zu logischem Denken.

Schließlich ließ die Wut nach. Ich fing an, das Mosaik der letzten drei Stunden zu sortieren.

Was war hier passiert? Hatten Anne und ich nur einen Einbrecher beim Stehlen gestört, oder waren wir über etwas viel Bösartigeres gestolpert? Einbruchdiebstahl passte nicht so recht.

Wieder verkrampften sich meine Finger. Ein Fremder hatte meine Privatsphäre verletzt.

Wer? Ein sehr wählerischer Dieb, der es nur auf ganz bestimmte Wertgegenstände abgesehen hatte? Ein Junkie, der nach allem suchte, was er für den nächsten Schuss zu Geld machen konnte? Jugendliche auf der Suche nach einem neuen Kick?

Warum? Vor allem, warum diese grundlose Gewalt?

Ich erinnerte mich an Ryans Worte.

Was wurde gestohlen?

Annes Laptop und ihre Kamera.

Was stimmte hier nicht?

Das Schmuckkästchen hatte der Dieb direkt vor Augen gehabt. Es enthielt Wertgegenstände und war leicht zu transportieren. Warum nicht das mitgehen lassen? Der Fernseher? Der DVD-Spieler? Weniger leicht zu transportieren. Mein Laptop? Vor Aufregung über Annes Ankunft hatte ich ihn im Kofferraum meines Autos gelassen.

War der Eindringling aufgeschreckt worden, bevor er sich die teuren Sachen unter den Nagel reißen konnte? Unwahrscheinlich. Er hatte sich die Zeit genommen, Sachen kaputtzumachen. Angenommen, es war ein Er. Grundlose Gewalt ist eher eine Männerdomäne.

Die Vordertür war offen, als wir ankamen. Die Hoftüren waren von innen verschlossen. Bei einer Flucht durch die Verandatür hätte der Einbrecher über den Hinterhofzaun klettern müssen.

Na und? Genau so war er ja auch hereingekommen. Hatte er die Wohnungstür nur geöffnet, um mich zu erschrecken, wenn ich nach Hause kam? Hatte er Bird hinausgeworfen, oder war der Kater durch die Verandatür geflüchtet, als er Glas splittern hörte?

Ich drehte mich um. Schlug aufs Kissen. Drehte mich wieder auf den Rücken.

Warum diese Verwüstung? Wo waren meine Nachbarn? Hatte niemand den Lärm gehört?

Hatte Ryan Recht? War die Sache mehr als nur ein simpler Einbruchdiebstahl? Einbrecher arbeiten leise.

Warum die Scheibe so sauber aus der Verandatür schneiden, dann aber Spiegel und Bilder zertrümmern?

Warum das Gemälde zerstören?

Wieder kam mir die Wut hoch.

War die Tat eine Drohung? Eine Warnung?

Wenn ja, an wen? An mich? An Anne?

Von wem? Einer meiner schizoiden Spinner? Irgendein schizoider Spinner? Annes Freund aus dem Flugzeug?

In meinem Kopf kollidierten die Gedanken.

Ich hörte leises Knirschen, wie flüsternde Schritte im Sand. Ein Gewicht traf das Bett, dann rollte Birdie sich an meinem Knie zusammen.

Ich streckte die Hand zu ihm aus und streichelte ihn.

»Ich liebe dich, Bird, mein Junge.«

Birdie streckte sich an meinem Bein.

»Und was dich angeht, du widerlicher Hurensohn. Ja, heute hast du's mir gezeigt, aber irgendwann kommt der Tag der Abrechnung.«

Ich redete laut über sanftes Schnurren hinweg.

Ich wachte auf mit dem Gefühl, dass etwas nicht stimmte. Keine klare Erinnerung, nur ein Rumoren im Unterbewusstsein.

Und plötzlich hatte ich alles wieder deutlich vor mir.

Ich öffnete die Augen. Sonnenlicht funkelte in den Splittern auf dem Teppich und dem Toilettentisch.

Birdie war verschwunden. Durch die leicht geöffnete Tür hörte ich ein Radio.

Anne fand ich in der Küche, wo sie Kaffee trank, ein Kreuzworträtsel löste und David Bowie mitsummte.

Als sie mich hörte, sang sie lauter.

»Ch-ch-ch-changes!«

»Ist das ein Vorschlag?«, fragte ich. »Was soll ich ändern?«

Über ihre Lesebrille hinweg, ein blumengemustertes Monster in Pink und Grün und eine von einem Dutzend, das sie sich jedes Jahr im Steinmart kauft, schaute sie meine Haare an.

»Diese Frisur zum Beispiel.«

»Siehst auch nicht gerade taufrisch aus.«

Anne hatte ihre Haare oben auf dem Kopf mit einer Spange zusammengefasst. Das wirre Büschel stand von ihrem Kopf ab wie die Krone von Katys Sittich.

»Ich habe mir schon überlegt, ob ich gründlicher aufräumen soll, aber ich wusste nicht so recht, was ich alles anfassen darf.« Anne stand auf, goss Kaffee ein und gab ihn mir.

»Danke.«

»Was liegt für die Eidechse auf dem Geländer?«

Anne hatte viele Ausdrücke, die aus ihrer Kindheit in Mississippi stammten. Das war einer, den ich noch nicht kannte.

»Soll heißen?«

»Was hast du heute vor?«

»Ich habe ein Date mit dem letzten Skelett aus diesem Pizzakeller. Und du?«

»Museum für Zeitgenössische Kunst. Das ist die Metro-Station Place-des-Arts, richtig?«

»Ja.«

Ich goss Sahne in meinen Kaffee und legte dann zwei Hälften eines English Muffin in den Toaster.

»Hast du gewusst, dass auf diesem Platz zweitausendfünfhundert Trottel für ein Foto von Spencer Tunick ihre Hosen heruntergelassen und ihre fetten Ärsche in den Regen gereckt haben?«

»Woher weißt du, dass sie alle dicke Hintern hatten?«

»Warst du schon mal an einem FKK-Strand?«

Anne hatte nicht Unrecht. Diejenigen, die es nicht sollten, zeigen sich am bereitwilligsten her.

»Dann St. Denise zum Lunch und zum Einkaufen«, fuhr sie fort.

»Allein?«, fragte ich und dachte an den Burschen in 3C.

»Ja, Mom. Allein.«

»Annie, meinst du, dass dieser Mann hier eingebrochen sein könnte?«

»Warum um alles in der Welt sollte er das tun? Dich kennt er aller Wahrscheinlichkeit nach gar nicht, und das war nichts, womit er mich beeindrucken könnte. Warum sollte er etwas so völlig Verrücktes tun?«

»Irgendjemand hat's getan.«

»Ich glaube nicht, dass er es gewesen sein könnte, wirklich nicht. Der Kerl sah völlig normal aus. Aber ...« Sie beendete den Satz nicht. »Tut mir Leid, Tempe. Das war dumm von mir.«

Ich strich mir eben Brombeermarmelade aufs Brötchen, als Anne wieder etwas sagte.

»Ein anderes Wort für sexistischer Mann?«

»Macho.«

»Mit einem C am Anfang.«

»Claudel.«

Anne verdrehte die Augen so, dass sie über die geblümte Brillenfassung hinausschauten.

»Ich probier's mit ›Chauvi‹«, sagte sie und konzentrierte sich wieder auf ihr Rätsel.

Ich setzte mich ihr gegenüber und hörte Nachrichten. Ein Feuer in St. Léonard. Die Montreal Canadiens hatten schon wieder verloren. Noch mehr Schnee war unterwegs.

Ich hatte eben mein Muffin aufgegessen, als Anne Brille und Stift weglegte.

»Ist dieser Claudel ein guter Detective?«

Ich blies Luft durch die Lippen.

»Das nehme ich als ein Nein.«

»Claudel ist gründlich, aber engstirnig, überheblich und stur. Außerdem hält er forensische Anthropologen generell für überflüssig, und weibliche ganz besonders. Jede Anregung fasst er als Einmischung auf.«

»Lass mich raten. Bei deinem Skelett-Fall gibt er sich nicht gerade die allergrößte Mühe.«

»Was ich mache, ist in seinen Augen reine Zeitverschwendung. Und er betrachtet ihn als seinen Skelett-Fall, nicht als meinen.«

»Du hattest dieses Problem mit ihm schon früher, nicht?«

»O ja, und wie. Oft im Unrecht, aber nie im Zweifel, das ist Claudel.«

»Er ist also nicht gerade dein Liebling?«

»Claudel ist alles andere als ein Komiker. Seine Fragen sind barsch bis zur Unverschämtheit, und er erklärt so gut wie nie, warum ihn gewisse Fakten interessieren oder warum meine Ansichten es nicht tun.«

»Was müsstest du tun, damit er dich beachtet?«

»Ich könnte nackt Halleluja singen.« Ich stand auf und legte ein zweites Muffin in den Toaster.

»Den Körper dafür hast du noch, aber die Stimme hattest du nie. Ich meinte jetzt eher in professioneller Hinsicht«, sagte Anne.

»Der strittige Punkt ist das postmortale Intervall. Claudel glaubt, dass die Knochen alt sind. Ich nicht. Ich habe Proben für einen C-14-Test an ein Labor geschickt, aber die Ergebnisse bekomme ich frühestens in einer Woche.«

»Was könnte ihn sonst noch aufhorchen lassen?«

»Sechs oder sieben tote Kinder im Vorschulalter.«

»Langsam gehst du mir auf die Nerven, Tempe. Ich stelle dir eine ernsthafte Frage.« Sie hielt mir ihre leere Tasse hin. »Was würde Claudel dazu bringen, sich mehr für deine Knochen zu interessieren?«

»Ein Beweis, dass sie jüngeren Datums sind.«

Ich goss beide Tassen voll und gab ihr eine.

»Na also.« Sie streckte mir die Innenfläche der freien Hand hin.

»Claudel glaubt, dass ein solcher Beweis nicht vorliegt.«

»Warte nicht auf den C-14-Test. Überzeuge ihn.«

»Er weigert sich, die Möglichkeit überhaupt in Betracht zu ziehen.«

»Dann gib ihm was zum Nachdenken.«

»Was soll ich denn tun? Schläger anheuern, die ihn verprügeln, bis er einverstanden ist?«

»Einverstanden mit was?«

»Zu ermitteln.«

»Soll heißen?«

»Was soll das jetzt werden, ein Ratespiel?«

Ich setzte mich mit meinem zweiten Muffin wieder an den Tisch.

»Was hättest du denn gern, dass Claudel tut?«

Ich dachte einige Augenblicke darüber nach.

»Die Nachbarn befragen. Mehr über das Gebäude herausfinden. Die Vormieter ermitteln. Sich über die Besitzer informieren. Wer dort gewohnt hat. Wie lange das Erdgeschoss schon gewerblich genutzt wird. Welche Geschäfte darin waren. Was für Baugenehmigungen erteilt wurden und an wen.«

»Na also.« Wieder die offene Handfläche.

»Das sagst du jetzt schon zum zweiten Mal.«

»Zwing mich nicht zu einem dritten Mal.«

»Worauf willst du hinaus?«

»Auf die Lösung deines Problems.«

Es war noch zu früh. Ich konnte ihr nicht folgen.

»Und die wäre?«

»Mach es selber.«

»Claudel würde durchdrehen.«

»Mit welchem Recht? Er sagt, die Knochen sind alt. Er sieht keinen Grund für weitere Ermittlungen. Du stellst nur zusätzliche Nachforschungen an.«

»Das ist nicht meine Aufgabe.«

»Offensichtlich denkt Claudel, dass es auch nicht seine ist.«

»Claudel interessiert sich nicht für meine Vorschläge, aber wenn ich irgendetwas tue, das auch nur entfernt an Polizeiarbeit erinnert, wird er unverblümt feindselig.«

»Hör mal. Du musst es ja nicht gerade an die große Glocke hängen. Stocher einfach ein bisschen herum und schau, was aus den Löchern kriecht.«

Ich dachte darüber nach, während Anne ein Lösungswort in vierunddreißig senkrecht eintrug, es wieder ausradierte und ein neues hinschrieb. Was konnte es denn schaden, wenn ich mir alte Besitzurkunden, Steuerunterlagen und Baugenehmigungen anschaute? Wenn Claudel Recht hatte, würde ich sowieso mit den Archäologen arbeiten. Außerdem war er vollauf mit der Sache beschäftigt, die Ryan erwähnt hatte. Und wenn er dann irgendwann wieder Zeit hatte und erfuhr, dass ich Nachforschungen anstellte, fühlte er sich vielleicht verpflichtet, selbst zu ermitteln, nur um zu verhindern, dass ich etwas herausfand, das er nicht gefunden hatte.

In diesem Augenblick klingelte es an der Tür. Die SIJ meldete sich in der Gegensprechanlage. Ich ließ das Team ein, zeigte den Technikern die beschädigte Verandatür, Annes Zimmer und Katys Gemälde und bat sie dann, in der Küche anzufangen.

Während das Team fotografierte und Fingerabdrücke sicherstellte, machten Anne und ich uns daran, uns anzuziehen und zu frisieren und an Make-up aufzulegen, was uns nötig erschien. Während meiner Toilette überlegte ich mir, welche Möglichkeiten ich hatte.

Es war Freitag. Alle Behörden waren übers Wochenende geschlossen. Wenn ich heute das dritte Skelett untersuchte, hätte ich erst ab Montag wieder Zugang zum Gerichtsgebäude oder zum Rathaus.

Im Labor konnte ich immer arbeiten, auch am Wochenende, wenn es unbedingt sein musste. Unterlagen sichten konnte ich nicht immer.

Entscheidung.

Noch einmal verschob ich die eingehende Untersuchung des dritten Skeletts.

Nachdem ich Birdies Schüsseln mit Futter und Wasser aufgefüllt hatte, schaute ich nach den SIJ-Technikern. Bis jetzt hatten sie noch nichts gefunden.

Ich griff eben nach dem Telefon, als Anne in mein Schlafzimmer gerauscht kam. Sie trug Stiefel und die Jacke, die sie am Abend zuvor abgelehnt hatte. Der Angoraschal war bereits an Ort und Stelle, Mütze und Handschuhe hielt sie in der Hand.

»Ziehst du los?«, fragte ich.

»Wir ziehen los«, sagte Anne.

»Was ist mit dem Museum?«

»Die Kunst ist ewig. Die ist morgen auch noch da. Heute spiele ich Detective. Siehst du? Schon ist mein Leben mehrdimensional. Du und ich. Cagney und Lacey. Das wird ein Spaß.«

»Bist du sicher?«

»Ganz sicher.«

»Cagney und Lacey waren ausgebildete Detectives mit Marke

und Pistole. Wir sind eher wie Miss Marple und eine ihrer Freundinnen aus dem Gartenverein. Aber okay, probieren können wir es ja. Die Jungs von der Spurensicherung kommen alleine zurecht. Ich höre nur noch schnell meine Nachrichten ab, und dann können wir aufbrechen.«

Ich wählte die Nummer des Instituts, gab meine Mailbox-Nummer und den Zugangscode ein. Eine Nachricht. 21 Uhr 43 am vergangenen Abend.

Die Worte der Frau lösten in meinem Kopf eine Kaskade von Schreckensbildern aus, eins schlimmer als das andere.

12

Hektisch deutete ich auf den Kugelschreiber auf meinem Toilettentisch. Anne sprang hin und holte ihn mir.

»Dr. Brennan, ich habe das Gefühl, ich muss diesen letzten Versuch noch machen, sonst komme ich mit mir nicht ins Reine.«

Ich prägte mir die Details ihrer Stimme ein. Alt. Weiblich.

»Ich habe vorgestern schon einmal angerufen wegen der Geschichte im *Journal.«*

Eine Pause. Wie schon beim ersten Mal hörte ich im Hintergrund Trällern, ein Trällern, das mir irgendwie bekannt vorkam.

»Ich glaube, ich weiß, wer tot ist und warum.« Durchzogen von Traurigkeit und Zweifel.

»Na komm«, murmelte ich. »Wer bist du?«

»Sie kennen meinen Namen.«

»Nein, den kenne ich nicht!«

Anne schaute bei diesem Aufschrei erstaunt hoch.

»Sie können mich erreichen unter der Nummer 514-937...«

»Braves Mädchen.«

Anne sah zu, wie ich mir die Nummer notierte, auflegte und

neu wählte. Irgendwo auf der Insel klingelte ein Telefon – zehn, elf, zwölf Mal. Ich unterbrach die Verbindung und tippte die Ziffern noch einmal ein.

Wieder klingelte es ein Dutzend Mal, ohne dass jemand sich meldete.

»Verdammt.«

Ich legte auf und warf das Gerät aufs Bett. Mein Körper war angespannt vor Frustration. Ich stand auf, tigerte im Zimmer hin und her, nahm dann das Gerät wieder zur Hand und wählte noch einmal.

Keine Antwort.

»Nimm doch verdammt noch mal ab!«

Was sollte ich tun? Claudel oder Charbonneau anrufen und ihnen die Nummer geben? Ryan anrufen? Alle drei waren vermutlich voll und ganz mit der riesigen Gemeinschaftsoperation beschäftigt und hatten keine Zeit für eine Telefonnummer.

Ich unterbrach die Verbindung, schnappte mir den Schlüsselbund, rannte in den Keller und holte den Laptop aus dem Kofferraum meines Autos. Als ich in mein Zimmer zurückkehrte, saß Anne mit verschränkten Armen auf dem Bett und wippte mit dem Fuß. Kommentarlos sah sie zu, wie ich den Computer hochfuhr und die Telefonnummer in einen Browser eingab.

Keine Ergebnisse. Der Browser schlug mir vor, meine Rechtschreibung zu kontrollieren oder ein anderes Suchwort zu verwenden. »Rechtschreibung bei Ziffern, du ignoranter Trottel?«

Ich versuchte es mit einem zweiten Browser. Und einem dritten.

Keine Treffer. Dieselben nützlichen Ratschläge.

»Wozu seid ihr denn gut?«

Ich griff wieder zum Telefon, tippte eine andere Nummer, verlangte eine bestimmte Person und stellte meine Frage.

Nein. Der Anruf vom Mittwoch ans Institut konnte noch nicht zurückverfolgt werden. Warum nicht? So etwas dauert eben. Na, dann notieren Sie sich diese Nummer und schauen Sie, ob Sie eine Übereinstimmung kriegen.

Ich pfefferte das Gerät wieder aufs Bett, ging zur Frisierkommode, suchte mir Handschuhe heraus und knallte die Schublade zu.

Während ich die rechte Hand in den Handschuh rammte, ließ ich den anderen fallen. Ich bückte mich, um ihn aufzuheben, ließ ihn wieder fallen, kickte ihn mit dem Fuß gegen die Wand, holte ihn wieder und streifte ihn mir über die linke Hand.

»Ist unsere offizielle forensische Spezialistin gerade dabei, die große Kunst des Kollers zu demonstrieren?«, fragte Anne mit strapaziöser Geduld.

»Du glaubst, das war ein Koller? Nerv mich, und ich zeig dir einen Gorilla.«

»Ein solches Tamtam habe ich dich nicht mehr aufführen sehen, seit du Pete mit dieser Reisetussi erwischt hast.«

»Sie war Immobilienmaklerin.« Ich musste grinsen. »Und *sie* hatte eindeutig einen fetten Arsch.«

»Lass mich raten. Wir sind nicht erfreut über die Telefonnachricht?«

»Nein. Das sind wir nicht.«

Ich fasste die Geschichte der Mrs. Gallant/Ballant/Talent-Anrufe kurz für sie zusammen.

»Und *das* hat den Tasmanischen Teufel zum Vorschein gebracht?«

Ich antwortete nichts.

»Die Dame ist wahrscheinlich gerade unterwegs, um sich ihre Wochenration Metamucil zu kaufen. Sie hat zweimal angerufen. Sie wird auch noch ein drittes Mal anrufen.« Wieder die souveräne Schullehrerin. »Und wenn nicht, du hast ja ihre Nummer und erreichst sie sicher später. Ansonsten hast du doch auch bestimmt Quellen in der Stadt, die den Telefonbucheintrag für diese Nummer herausfinden können. Mann, es wird doch irgendeine Suchmaschine geben, die dir Name und Adresse liefern kann, wenn du die Telefonnummer hast.«

Ich konnte meine Aufregung nicht verbergen.

»Anne, die Frau hat gesagt, sie weiß, wer tot ist und warum. Wenn sie keine Spinnerin ist, kann sie zum Dreh- und Angelpunkt dieser Ermittlung werden. Natürlich kann sie auch eine Spinnerin sein. Ich möchte gerne mit ihr sprechen, bevor ich Claudel auf eine falsche Spur setze. Du hast Recht, ich muss einfach noch weiter versuchen, selbst mit ihr zu sprechen. Sie hat *mich* angerufen, nicht die Polizei.«

»Jetzt habe ich allerdings noch eine andere Frage.«

Ich hob die Hände. »Schieß los.«

»Wie hast du vor, deine Jacke zuzuknöpfen?«

Ich riss mir beide Handschuhe herunter und warf sie nach ihr.

Zum zweiten Mal in dieser Woche fuhr ich auf den kostenpflichtigen Parkplatz im historischen Viertel. Der Himmel war metallisch grau, die Luft schwer von drohendem Schnee.

»Pack dich ein«, sagte ich zu Anne und zog den Reißverschluss meines Parkas hoch.

»Wo gehen wir hin?«

»Hôtel de Ville.«

»Willst du ein Zimmer buchen?« Gedämpft durch den Angoraschal.

»Das ist das Rathaus. Es sind vier Blocks zu Fuß.«

Gelegen an der Spitze der Place Jacques-Cartier, ist das Rathaus der Stadt eine viktorianische Extravaganz in Kupfer und Stein. Es wurde zwischen 1872 und 1876 erbaut und vermittelt den Eindruck, als hätte der Architekt nicht so recht gewusst, wann er aufhören sollte. Mansardendach? *Très Parisien.* Säulen? Natürlich. Arkaden? *Bien sûr.* Dachgesimse, Gaubenfenster, Balkone, Kuppelgewölbe, Uhr? Ja. Ja. Ja. Ja. Und ja.

Trotz der Verwüstungen durch ein Feuer im Jahr 1922 blieb

das Hôtel de Ville von der Bausubstanz her intakt, es wurde renoviert und ist heute ein Anziehungspunkt für Einheimische und Besucher, eins der charmantesten Wahrzeichen der Stadt.

»Mit dem Rathaus von Clover ist das nicht zu verwechseln«, sagte Anne, als wir die Treppe hinaufstiegen.

Ich deutete zu einem Balkon über dem Portal. »Siehst du den?«

Anne nickte.

»Von diesem Balkon aus hielt Charles de Gaulle seine berühmte oder berüchtigte *Vive le Québec libre*-Ansprache.«

»Wann?«

»Siebenundsechzig.«

»Und?«

»Die Separatisten waren begeistert.«

Trotz seines modernen Status als Touristenattraktion ist das Hôtel de Ville noch immer das wichtigste Verwaltungszentrum der Stadt. Und Aufbewahrungsort der Informationen, die ich suchte. Hoffte ich zumindest.

Als Anne und ich eintraten, stach uns der Geruch von Heizkörperwärme und feuchter Wolle in die Nase. Am anderen Ende des Foyers bot ein Kiosk *Renseignements* an. Informationen.

Eine Frau hob den Kopf, als wir zu ihr kamen. Sie war um die zwanzig, mit hochtoupierten blonden Haaren, die sie um einige Zentimeter größer machten.

Die Frau unterdrückte ein Gähnen, als ich erklärte, was ich suchte. Bevor ich ausgeredet hatte, zeigte sie auf eine Wandtafel, auf der die einzelnen Dienststellen und ihre Standorte verzeichnet waren. An ihrem knochigen Arm klapperten Plastikarmbänder.

»Accès Montréal«, sagte sie.

»Merci«, sagte ich.

»Ich denke, sie hätte noch weniger interessiert sein können«, sagte Anne, als sie hinter mir her zu der Schautafel ging. »Aber nicht ohne eine kräftige Dosis Lithium.«

In der Dienststelle *Accès Montréal* trafen wir auf eine ältere, schwerere und deutlich freundlichere Version von Ms. Information. Die Frau begrüßte uns auf typisch Montrealer Franglais.

»*Bonjour.* Hi.«

Ich erklärte ihr auf Französisch, was ich wollte.

Die Frau nahm ihre Brille ab und ließ sie an einer Kette auf ihren Busen sinken.

»Wenn Sie eine Adresse haben, kann ich Ihnen die Kataster- und die Grundstücksnummer heraussuchen.«

Anscheinend machte ich eine verwirrte Miene.

»Die Katasternummer benennt die Landparzelle. Die wichtigere ist die Grundstücksnummer. Mit der können Sie im Registre Foncier du Québec im Bureau d'Enregistrement die Geschichte des Anwesens recherchieren.«

»Befindet sich das hier?«

»Palais de Justice. Zweiter Stock. Zimmer 2.175.«

Ich schrieb die Adresse des Hauses mit der Pizzabude auf und reichte ihr den Zettel über die Theke.

»Sollte nicht lange dauern.«

Dauerte es auch nicht. Nach zehn Minuten kehrte die Frau mit den Nummern zurück. Ich dankte ihr, und Anne und ich machten uns auf den Weg.

Die drei Gerichtsgebäude Montreals liegen knapp westlich des Rathauses. Während wir über die Rue Notre-Dame hasteten, sondierte Anne jedes Galerie-, Café- und Boutiquenschaufenster. Sie blieb kurz stehen, um ein Pferd zu streicheln, schwärmte über die Schönheit des Château Ramezay, lachte über Autos, die Räumfahrzeuge unter Schnee begraben hatten.

Architektonisch haben das Rathaus und das moderne Gerichtsgebäude wenig gemein, außer der Tatsache, dass beides Häuser sind. Über den Charme des Letzteren ließ Anne sich nicht aus.

Vor dem Eintreten zog ich mein Handy heraus und probierte noch einmal die Nummer von Mrs. Gallant/Ballant/Talent.

Nichts.

Wie am Tag meiner Zeugenaussage herrschte im Gerichtsgebäude auch diesmal wieder ein Getümmel aus Anwälten, Journalisten, Wachmännern und besorgt aussehenden Menschen. Das Foyer war ein kontrolliertes Chaos, und jedes Gesicht sah aus, als wäre sein Träger lieber woanders.

Anne und ich fuhren mit einem Aufzug in den zweiten Stock und gingen direkt zu Zimmer 2.175. Als ich an der Reihe war, erklärte ich mein Anliegen erneut, diesmal einem kurzen, kahlköpfigen Beamten, der aussah wie ein Goldfischglas.

»Das kostet Gebühren«, sagte Goldfischglas.

»Wie viel?«

Er nannte mir den Betrag.

Ich gab ihm das Geld. Goldfischglas gab mir eine Quittung.

»Damit können Sie den ganzen Tag recherchieren.«

Ich zeigte ihm meine Grundstücks- und Katasternummern.

Goldfischglas studierte den Zettel. Dann hob er den Kopf und schob sich mit fleischigem Finger eine schwarz gerahmte Brille auf der Nase hoch.

»Diese Nummern reichen ziemlich lange zurück. Alles vor 1974 kann nicht online recherchiert werden. Abhängig davon, wie oft dieses Anwesen den Besitzer wechselte, könnte die ganze Sache ziemlich lange dauern.«

»Aber ich kann herausfinden, wem das Gebäude gehörte?«

Goldfischglas nickte. »Jeder Besitzurkundentransfer wird bei der Provinzregierung registriert.« Er hielt den Zettel in die Höhe. »Was ist dieses Anwesen jetzt?«

»In dem Gebäude sind oben Wohnungen, unten kleine Geschäfte. Die Adresse, die mich interessiert, ist eine Pizzabude.«

Goldfischglas schüttelte den Kopf. »Wenn das Gebäude gewerblich genutzt wird, erfahren Sie nicht, welche Geschäfte sich darin befunden haben, außer der Besitzer hat diese Information mit angegeben.«

»Wie kann ich das herausfinden?«

»Über die Steuerliste vielleicht. Oder über Geschäftslizenzen.«

»Aber ich kann feststellen, wer die Besitzer waren?«

Goldfischglas nickte. Ich konnte mir nicht helfen, aber wenn ich den Mann ansah, musste ich an Benny Hill denken.

»Das ist doch schon mal ein Anfang«, sagte ich.

Goldfischglas deutete zu dem einzigen freien Computer im Saal. »Wenn Sie was vor 1974 brauchen, zeige ich Ihnen, wie die Bücher zu benutzen sind.«

Ich ging zu dem Terminal, zog meine Jacke aus und hängte sie über die Stuhllehne. Anne folgte mir.

Als ich meine Handtasche über die Jacke hängte, wandte ich mich ihr zu.

»Du brauchst jetzt nicht neben mir zu sitzen und mir zuzusehen, wie ich auf eine Tastatur einhacke und alte Bücher wälze.«

»Es macht mir nichts aus.«

»Okay. Die Ablenkung, wegen der du eintausendzweihundert Meilen geflogen bist, findest du aber nicht in dieser Registratur.«

»Immer noch besser als Eintopf zu kochen und für Operationen und Begräbnisse einzufrieren.«

»Möchtest du nicht lieber shoppen gehen?«

»Scheiß aufs Shoppen.«

Anne steckte in einem Marianengraben des Trübsinns. Hier herumzusitzen und mir zuzusehen würde sie nicht aufmuntern.

»Geh in die Basilika. Such ein Restaurant aus. Wenn ich fertig bin, rufe ich dich auf dem Handy an.«

»Du wirst nicht frustriert und kriegst noch einen Anfall?«

Ich legte ihr die Hand auf die Schulter.

»Zieh los und shoppe mit den Reichen und Schönen. Deine Arbeit hier ist getan.«

Drei Stunden später saß ich noch immer daran.

Die Online-Recherche hatte vierzig Minuten gedauert, wobei ich siebenunddreißig brauchte, um mich mit dem System zurechtzufinden, und drei, um die Informationen über den gegenwärtigen Besitzer auszudrucken.

Fast eine Ewigkeit hatte es allerdings gedauert, mich durch dicke Folianten gebundener Besitzurkunden zu wühlen.

Goldfischglas war höflich und hilfsbereit gewesen und hatte geduldig mein Geld genommen und die Unterlagen zu jeder Transaktion, die ich fand, fotokopiert.

Im Lauf meiner Nachforschungen fand ich mehrere Dinge heraus.

Claudel hatte Recht, was das Alter des Gebäudes betraf. Vor der Erbauung war das Grundstück Teil des Eisenbahngeländes der Canadian National gewesen. Seit der Zeit hatte das Anwesen mehrmals den Besitzer gewechselt.

Ich studierte eben meine Sammlung von Fotokopien, als mir ein Name ins Auge stach.

Ich kannte diesen Namen.

Warum?

Ein Lokalpolitiker? Ein Sänger?

Ich starrte den Namen an und hoffte auf eine Synapse.

Ein Fernsehstar? Ein Fall, den ich bearbeitet hatte? Jemand, den ich kannte?

Das Datum der Überschreibung lag vor meiner Zeit in Montreal. Warum dann dieses Klingeln im Unterbewusstsein?

Und plötzlich die Erkenntnis.

»Bei allen Heiligen.«

Ich stopfte mir die Ausdrucke und Kopien in die Tasche, packte meine Jacke und stürzte davon.

13

Draußen puderte Schnee die Treppen und Geländer und vergrößerte die Haufen, die Bürgersteige und Straßen säumten. Es war mir egal. Kaum war ich vor der Tür, rief ich Claudel an.

Von der CUM-Vermittlung erfuhr ich, dass Claudel außer Haus sei. Ich fragte nach Charbonneau. Außer Haus.

»Hier ist Dr. Brennan von der Gerichtsmedizin. Wissen Sie, wann sie zurück sein werden?«

»Nein.« Abgelenkt. »Haben Sie ihre Piepser schon probiert?«

»Die Nummern, bitte.«

Sie nannte sie mir. Ich wählte und hinterließ meine Handynummer als Ziffernbotschaft für beide Detectives. Aber ich hatte nur wenig Hoffnung auf eine schnelle Antwort. Vor allem Claudel dürfte sich kaum von einer wichtigen Operation ablenken lassen, um mich wegen eines Falles anzurufen, der ihn kaum interessierte.

Als Nächstes versuchte ich es noch einmal bei Mrs. Gallant/Ballant/Talent.

Keine Antwort.

Bemüht, meine Nerven unter Kontrolle zu halten, rief ich Anne an. Sie kaufte eben Weihnachtssachen in einem Geschenkeladen.

Anne schlug Le Jardin Nelson für unser Mittagessen vor und wollte mir eben den Weg beschreiben.

»Ich weiß, wo das ist«, unterbrach ich sie.

Eine gedehntes Schweigen, dann: »Ist deine Suche nicht gut gelaufen?«

»Ich glaube, ich habe etwas gefunden. Bis in zehn Minuten.«

Die Schultern gegen den Schnee hochgezogen, eilte ich zur Place Jacques-Cartier, einer Fußgängerzone, die von der Rue Notre-Dame flusswärts bis zur Rue de la Commune reicht. La

Place ist gesäumt von Restaurants, Cafés und kitschigen T-Shirt- und Souvenirläden, und bei mildem Wetter tobt hier das Leben. An diesem Tag teilte ich ihn mit einer Hand voll Touristen, einem Straßenkünstler und einem zottigen gelben Terrier, der an einen Laternenpfosten pinkelte.

Schneeflocken verdeckten die Pflastersteine und die Säule, die an Admiral Nelson erinnerte, den Engländer, der die Franzosen in der Schlacht von Trafalgar verdroschen hatte. Nicht gerade ein Liebling der Separatisten. Hinter dem Platz konnte ich verschwommen die Silberkuppel des Bonsecours sehen, das Rathaus der Stadt, bis es von der mansardengeschmückten Pariserin in meinem Rücken eingemottet wurde.

Quebec. Die entfremdeten Zwillinge. Der eine französisch und katholisch, der andere englisch und calvinistisch. Die beiden Sprachen und die beiden Kulturen stoßen sich die Köpfe, seit die Briten 1760 Montreal eroberten. Place Jacques-Cartier ist ein Stein gewordener Mikrokosmos des sprachlichen Tribalismus.

Le Jardin Nelson liegt in der Mitte der Westseite des Platzes. Das Restaurant befindet sich in einem geduckten, stattlichen Haus mit einer Terrasse unter leuchtend blauen Markisen auf dem Platz. Ein mit Schirmen überspannter Innenhof mit Infrarot-Heizstrahlern hält das Restaurant viele Monate des Jahres *Montréal chic.*

Dieser Monat gehörte jedoch nicht dazu. Als ich eintrat, schaute Anne von der Speisekarte hoch und verfolgte mich mit den Augen durch den Saal.

»Heute kommt's aber wirklich runter«, sagte ich, zog meinen Parka aus und schüttelte die Flocken ab.

»Bleibt er liegen?«

»In Montreal bleibt der Schnee immer liegen.«

»Ausgezeichnet.«

»Hm.« Ich legte mein Handy auf den Tisch.

Eine junge Frau goss Wasser in Gläser. Anne bestellte *Crêpes*

Forestiers und ein Glas Chardonnay. Ich entschied mich für *Crêpes Argenteuil* und ein Diet Coke.

»Irgendwelche Schätze gefunden?«, fragte ich, als die Kellnerin gegangen war.

Auch im Zustand der Apathie ist Anne eine zwanghafte Einkäuferin. Sie zeigte mir ihre Neuerwerbungen. Mandarinenfarbener Wollpullover. Eine handgemalte provenzalische Schüssel. Sechs Zinnfrösche an roten Satinbändern.

»Eine komische Wahl für ein von Fesseln befreites Leben«, sagte ich und deutete auf die Accessoires.

»Ich kann sie als Geschenke verwenden«, sagte sie und wickelte sie wieder ein.

Die Kellnerin brachte die Getränke. Ich nahm einen Schluck Coke, faltete meine Serviette auf und ordnete mein Besteck. Richtete die Gabel aus. Legte Messer und Löffel parallel. Rückte die Gabel noch mal zurecht. Kontrollierte, ob mein Handy wirklich eingeschaltet war.

Noch einen Schluck Coke.

Dann strich ich die Ränder meines Platzdeckchens glatt. Richtete die Fransen gerade. Griff wieder zum Handy. Legte es wieder auf den Tisch.

Anne hob fragend eine Augenbraue.

»Erwartest du einen Anruf?«

»Ich habe Claudel und seinem Partner eine Nachricht hinterlassen.«

»Erzählst du mir, was du herausgefunden hast?«

Ich zog die Fotokopien und Ausdrucke aus meiner Handtasche und stapelte sie neben meinem Platzdeckchen auf.

»Ich erspare dir ein Michener-Epos über das Grundstück. Das Haus wurde 1901 gebaut und war damals im Besitz eines Mannes namens Yves Sauriol. Zu der Zeit war es ein reines Wohnhaus. Sauriols Sohn Jacques erbte das Anwesen achtundzwanzig, und dessen Sohn Yves bekam es dann neununddreißig.

1974 verkaufte Yves Sauriol jr. das Anwesen an Éric-Emmanuel Gratton. Damals wurde das Erdgeschoss zu Läden umgebaut. Bis 1970 befand sich in den Räumlichkeiten eine kleine Druckerei.

Éric-Emmanuel Gratton starb 1958, und seine Frau Marie erbte. Marie verschied dreiundsechzig, und das Anwesen ging an ihren Sohn Gille über. Gille Gratton verkaufte es 1970.«

»Hat die Geschichte auch eine Pointe?«

»An Nicolò Cataneo.«

Annes Gesichtsausdruck deutete darauf hin, dass der Name ihr nichts sagte.

»Nick ›das Messer‹ Cataneo.«

Die grünen Augen wurden groß. »Mafia?«

Ich nickte.

»Das Messer?«

Ich nickte noch einmal.

»Das erklärt deine Fummelei mit dem Besteck.«

»Ich weiß nicht viel über den Mob, aber Nicolò Cataneo ist ein Name, den ich im Lauf der Jahre schon ein paarmal gehört habe.«

»Die Mafia operiert auch hier?«

»Seit der Jahrhundertwende.«

»Ich dachte, ihr hättet Biker.«

»Haben wir auch. Und im Augenblick sind sie die große Nummer in der Stadt. Aber die Biker-Jungs sind nur ein Element der wunderbaren Welt des organisierten Verbrechens in Montreal. Die Mafia, die West End Gang und die Hells Angels bilden, was man hier das ›Konsortium‹ nennt.«

»Wie die ›Kommission‹ in New York?«

»Genau.«

»Kommen die Leute von der sonnigen Halbinsel hier mit den Leuten von der sonnigen Halbinsel südlich der Grenze zurecht? Oder sind es Leute von der Insel?«

»Du meinst, wie in Italien gegen Sizilien? Mit den Details der geographischen Abstammung kenne ich mich nicht so aus. Ich weiß allerdings, dass Montreal zu einer gewissen Zeit praktisch eine Filiale von New York City war.«

»Die Bonanno-Familie? Ich habe mal ein Buch über die gelesen.«

Ich nickte. »Die Montrealer Organisation wurde von einem Kerl namens Vic ›das Ei‹ Cotroni geleitet. Ich glaube, Cotroni starb Mitte der Achtziger.«

Ich schielte auf mein Handy. Eingeschaltet. Keine Nachrichten.

»Was ist die West End Gang?«, fragte Anne.

»Vorwiegend Iren.«

»Deine Leute.«

»Wir Iren sind nur Fußsoldaten in der Armee des Herrn.«

»Wohl eher Dichter und Kneipenhocker, und Letzteres noch lieber als Ersteres.«

»Vorsicht.«

»Was treibt dieses Konsortium so?«

»Prostitution. Glücksspiel. Illegale Substanzen. Das Konsortium legt Dinge fest wie Drogenpreise, Importmengen, die Namen der glücklichen Käufer. Man geht davon aus, dass Cotronis Netzwerk im Lauf der Jahre Drogen im Wert von vielen Millionen Dollar nach Amerika geschmuggelt hat. Die Profite aus illegalen Transaktionen werden dann in legalen Geschäften gewaschen.«

»Eine typische Vorgehensweise, soweit ich weiß.«

»Und dieselbe haben auch die Biker-Gangs übernommen. Anscheinend lehrt man dieses Fach in den Business-Schools.«

In diesem Augenblick kam die Kellnerin mit unserem Essen. Noch ein Blick aufs Handy. Noch immer an. Noch immer keine Nachrichten.

»Um auf das Gebäude zurückzukommen«, sagte ich nach ein paar Bissen Crêpe. »Nick ›das Messer‹ kaufte das Anwesen 1970 und behielt es zehn Jahre lang.«

»Inwieweit ist das für deine Skelette relevant?«

»Ich rede hier von Ganoven, nicht von Chorknaben, Anne. In dem Keller könnte wer weiß wer vergraben worden sein.«

»Sind wir jetzt nicht ein bisschen zu melodramatisch?«

»Damals wurden die Leute weggeklatscht wie Ungeziefer.«

»Teenagermädchen?«

»Striptease-Clubs? Prostitution? Für diese Verbrecher ist ein Menschenleben nichts wert.«

Vor allem das Leben einer Frau, dachte ich und erinnerte mich an die schwer verletzte Prostituierte, die jetzt im Notre-Dame-Krankenhaus lag.

Anne beschäftigte sich mit ihren Crêpes, bis der Teller leer war. Dann fragte sie: »Was befand sich im Erdgeschoss, als diesem Messer das Haus gehörte?«

»Diese Information war nicht verfügbar.«

»Wer kaufte danach das Anwesen?«

Ich schaute auf meinem Ausdruck nach.

»1980 wurde das Gebäude von einem Richard Cyr erworben. Nach den Unterlagen gehört es Cyr noch immer.«

»Und was hat Cyr im Erdgeschoss?«

»Es gibt vier verschiedene Geschäfte.«

»Darunter eine Pizzabude.«

»Ja.«

»Wo wohnt Monsieur Cyr?«

Noch ein Blick auf den Ausdruck.

»Notre-Dame-de-Grâce.«

»Ist das weit weg von Montreal?«

»Das ist ein Viertel ein Stückchen westlich von Centre-ville.«

Annes Weinglas blieb mitten in der Luft stehen. Wie schon an diesem Morgen in meiner Küche hob sie die andere Hand mit der Innenfläche nach oben.

»Na also.«

»Das ist Nummer drei, Annie.«

Ein entrüsteter Blick.

»Dein nächster Schritt. Ruf Cyr an. Oder noch besser. Wenn er gleich in der Nähe wohnt, wie wär's mit einem Überraschungsbesuch? Die Cagney-und-Lacey-Tour war bis jetzt ja ein ziemlicher Reinfall für mich. Komm, lass uns diesen Fall lösen.«

Mein Blick wanderte zum Handy neben meinem Teller. Der kleine Bildschirm zeigte nichts außer meinem Namen und der Uhrzeit.

Es war offensichtlich, dass weder Claudel noch Charbonneau auf meine Piepser-Nachricht reagierten.

Ich hob mein Coke. Anne hob ihren Wein.

»Archäologische Forschungen«, sagte ich und prostete ihr zu.

»Mit einem winzigen Unterschied.« Anne trank ihren Chardonnay aus. »Wir buddeln nach Dreck, nicht in ihm.«

Notre-Dame-de-Grâce, oder NDG, ist ein ruhiges Wohnviertel zwei Bezirke außerhalb von Centre-ville. Weder das Westmount der wohlhabenden Engländer noch das Outremont ihrer charmanten französischen Pendants, sondern richtig nett. Mittelklasse. Eine gute Gegend, um Kinder oder Collies aufzuziehen.

Richard Cyr wohnte in einer Backstein-Doppelhaushälfte an der Coronation, in Spuckdistanz zum Loyola Campus der Concordia University. Wir brauchten zwanzig Minuten, um dorthin zu gelangen, und noch einmal fünf, um uns das Haus anzuschauen.

Wettergegerbtes Metallvordach über einer kleinen Veranda. Briefmarkengroße Gartenflächen vorne und hinten. Eine Auffahrt, die nirgendwohin führte. Blauer Ford Falcon.

»Monsieur Cyr scheint dem Ruf der Schippe nicht zu folgen.«

Im Winter räumen Montrealer Hausbesitzer ihre Wege entweder selbst frei oder engagieren eine Firma oder Nachbarskinder für diese Aufgabe. Cyr tat weder noch. Der Schneefall dieses

Nachmittages legte sich auf einen Bürgersteig, der bereits fünf Zentimeter hoch mit festgetretenem Schnee und Eis von früheren Niederschlägen bedeckt war.

Anne und ich mussten vorsichtig auftreten, als wir uns einen Weg zur Eingangstreppe und auf die Veranda bahnten. Ich drückte auf die Klingel, und irgendwo tief im Haus erklang eine komplizierte Tonfolge.

Nach einer vollen Minute hatte noch niemand geantwortet.

Ich klingelte noch einmal.

Nichts als die Tonfolge.

»Cyr ist entweder behindert oder der schlimmste Geizkragen auf dem Planeten«, sagte Anne und wäre beinahe ausgerutscht.

»Vielleicht gibt er sein Geld für andere Dinge aus.«

»Was für ein erhebender Gedanke. Der Wichser ist auf seiner Yacht in Barbados, während wir uns auf seiner Veranda die Beine brechen.«

»Das Auto ist da«, bemerkte ich.

Anne schaute sich um. »Wie's aussieht, lässt er kein Geld für Chromfelgen springen.«

Ich hob eben die Hand, um noch einmal zu klingeln, als die Innentür aufging. Ein Mann spähte durch das Glas der aluminiumverstärkten Sturmtür.

Der Mann sah nicht gerade glücklich aus, aber es war nicht sein Gesichtsausdruck, der uns entsetzte.

Anne und ich wichen beide ein paar Schritte zurück.

14

Der Mann, der uns musterte, war klein und drahtig, hatte gelblich weiße Haare und einen kunstvoll frisierten grauen Schnurrbart. Er trug eine verschmierte Brille und Goldketten um den Hals.

Sonst nichts. Nur Brille und Ketten.

Der finstere Blick des Mannes wich Selbstzufriedenheit, als er sah, dass wir mit unsicheren Schritten auf seiner Veranda zurückwichen. Dann wurde die Miene wieder grimmig.

»Je suis catholique!«

Meine Stiefel rutschten und schlitterten über das unebene Eis.

Cyr packte seinen Penis und wedelte damit.

Anne neben mir hielt sich am Geländer fest und drehte sich zur Treppe um.

»Catholique!«, rief der Mann.

Katholisch?

Ich stutzte. Ich hatte miterlebt, wie Harry denselben Trick benutzte. Allerdings angezogen.

»Wir sind keine Missionarinnen, Monsieur Cyr.«

Die finstere Miene entspannte sich kurz, verfestigte sich dann wieder.

»Und ich bin nicht Michael Jackson.« Im Französisch der kanadischen Arbeiterklasse klang dieser Name merkwürdig.

Ich griff in meine Handtasche.

Cyr fintierte mit seinem Penis in Richtung Tür. »Haut ab!«

Ich zog eine Visitenkarte heraus.

»Und lasst mich in Ruh mit euren verdammten Pamphleten, *tabernouche!!«*

»Wir kommen nicht von irgendeiner Kirche.«

Als Anne merkte, was passierte, benutzte sie das Geländer, um sich wieder zum Haus umzudrehen.

Cyr wiederholte seine penile Drohung, diesmal in Annes Richtung.

»O Graus«, sagte Anne leise. »Angriff mit einer Scheinwaffe.«

Die verdreckten Brillengläser fixierten Anne. Ein Lächeln kroch langsam über seine runzligen Lippen.

Cyr wedelte noch einmal.

Anne antwortete mit einer alten Floskel. »Was meinst du, Tempe? Sieht aus wie ein Penis, nur kleiner.«

Cyr wedelte.

Anne öffnete den Mund, offenbar in der Absicht, eine weitere Pointe abzufeuern.

Ich unterbrach den Austausch von Nettigkeiten. »Monsieur Cyr, ich arbeite an einer Ermittlung, die ein Anwesen betrifft, das Sie besitzen, und ich muss Ihnen ein paar Fragen bezüglich dieses Gebäudes stellen.«

Cyr wandte sich nun wieder mir zu, die eine Hand noch immer um sein bestes Stück.

»Ihr Mädchen seid also keine Sturmtruppe, die meine verdammte Seele retten will.«

»Sir, wir sind hier, um über ein Anwesen zu sprechen, das Ihnen gehört.«

»Sind Sie von der Stadt?«

Ich zögerte. »Ja.« Immerhin kam ich von der Provinzregierung, und Cyr hatte nicht nach meinem Ausweis gefragt.

»Hat irgendein Scheißmieter sich beschwert?«

»Soweit ich weiß, nicht.«

»Und die, auch von der Stadt?« Cyr nickte in Annes Richtung.

»Sie gehört zu mir.«

»Sieht nicht schlecht aus, die Kleine.«

»Sir, wir müssen Ihnen wirklich ein paar Fragen stellen.«

Cyr öffnete die Sturmtür. Anne und ich schlitterten ein paar Schritte vorwärts und traten ein. Als Cyr die Innentür schloss, wurde es dämmrig in der kleinen Diele. Die Luft war warm und trocken und roch nach Rauch und jahrzehntelangem Kochen ohne Lüftung.

»Siehst wirklich nicht übel aus.« Cyr blinzelte Anne zu, die gut dreißig Zentimeter größer war als er. Er schien ganz vergessen zu haben, dass er nackt war.

»Wenn Sie Ihren Maxe vielleicht bedecken?«, schlug Anne vor.

»Ich dachte, ihr seid vom Wachturm«, sagte Cyr auf Englisch. »Diese Typen haben nicht so viel Menschenverstand, wie Gott einer Kartoffel gab. Aber sie lassen einen in Frieden, wenn man nackt ist. Oder wenn man ihnen sagt, dass man katholisch ist.«

Anne deutete auf Cyrs Genitalien.

Cyr führte uns durch eine bleiverglaste Doppeltür und deutete zu einem Wohnzimmer auf der rechten Seite.

»Einen Augenblick.«

Cyr machte sich nun daran, die Treppe hochzusteigen, wobei er erst einen Fuß auf eine Stufe stellte und dann den anderen auf dieselbe nachzog und sich mit einer blau geäderten Hand am Geländer festhielt. Sein Körper wirkte vor der dunklen Holztäfelung des Treppenhauses froschbauchweiß, und sein nun entschwebender Hintern war schwarz behaart.

Plastik knisterte, als Anne und ich uns an die entgegengesetzten Enden eines mit rosa Brokat bezogenen Sofas setzten. Ich zog den Reißverschluss meines Parkas auf. Anne blieb voll angezogen.

»So was habe ich aber bei Cagney und Lacey noch nie gesehen.«

Ich grinste als Antwort. Dann schaute ich mich in dem Zimmer um. Dem Sofa gegenüber standen ein La-Z-Boy-Ruhesessel und ein Polstersessel mit Plastiküberzug. Rechts ein offener Kamin, die Ziegeleinfassung dunkelbraun gestrichen. Links ein kleines Harmonium und ein großer Fernseher mit einem abgenutzten Sessel dicht davor. Kein Plastik.

Alles verströmte eine samtige Stille.

Ich fragte mich, ob der alte Mann die Plastiküberzüge selbst über die Möbel gezogen hatte oder ob er sie einfach so gelassen hatte, wie sie geliefert worden waren.

Ich bezweifelte, dass es eine Mrs. Cyr gab. Kein Nippes, keine

Fotos, keine Urlaubserinnerungen. Aschenbecher quollen über. *Playboy-* und *National Geographic*-Stapel türmten sich in der Kaminöffnung.

Ich merkte, dass Anne das Zimmer ebenfalls musterte.

»Das könnte alles dir gehören«, sagte ich leise. »Ich glaube, Cyr ist verliebt.«

»Ich glaube, sein Maxe ist harmlos«, flüsterte Anne zurück.

»Du hast doch gesagt, du sehnst dich nach einem Leben auf der Überholspur.«

»Der kleine Kerl ist wirklich ein Süßer.«

Ich fragte mich, ob sie Maxe oder Cyr meinte, sagte aber nichts.

Augenblicke später hörten wir Schritte.

Cyr erschien in Turnschuhen, einem grün karierten Hemd und einer Flanellhose, die er sich bis zu den Brustwarzen hochgezogen hatte.

»Wollt ihr Mädchen was zu trinken?«

Wir lehnten beide ab.

»Kleines Schlückchen an einem verschneiten Tag?«

»Nein, vielen Dank.«

»Sagt Bescheid, wenn ihr's euch anders überlegt.«

Ein Woge Old Spice hinter sich herziehend, schlurfte Cyr zum Ruhesessel und ließ sich hineinsinken.

»Verdammt schöne Haare, junge Dame«, sagte Cyr, zu Anne gewandt.

»Vielen Dank«, sagte Anne.

Es stimmte. Dank einer bizarren Laune ihrer Gene waren Annes Haare blond *und* dicht *und* bereit, so lange zu wachsen, wie sie es wollte. Im Augenblick ließ sie sie nicht wachsen, aber dass sie es tun würden, war eine Tatsache. Ich versuche zwar, ihr diese Perfektion nicht vorzuhalten, zu Zeiten gestaltet sich das aber schwierig. Im Augenblick jedoch nicht.

»Und groß sind Sie auch.« Cyr atmete durch die Nase und

stieß die Wörter zwischen kurzen Schnaufern heraus. »Verheiratet?«

»Ja.«

»Sagen Sie Bescheid, wenn's mal nicht mehr läuft.« Cyr wandte sich an mich. »Ich stehe auf Blonde.«

Ich wollte dem Gespräch einen etwas offizielleren Rahmen geben.

»Mr. Cyr ... «

»Wie ist mein Englisch?«

»Ausgezeichnet.« Trotz des starken Akzents war es wirklich gut.

Cyr deutete mit dem Kinn zum Kamin.

»Halte mich mit viel Lesen auf dem Laufenden.«

»Stört es Sie nicht, dass all diese nackten Frauen immer die Texte unterbrechen?«

Cyr machte ein keuchendes Geräusch, das ich als Kichern interpretierte. »Die ist eine ganze Scharfe, was?«

»Annie Oakley persönlich.« Ich stand auf und gab Cyr meinen Ausdruck.

»Die Dokumente deuten darauf hin, dass dieses Anwesen in Ihrem Besitz ist.«

Cyr hob sich den Ausdruck dicht vor die Augen und las ihn fast eine Minute lang schweigend.

»Oui.« Das eingeatmete kanadische *Oui.* »Gehört mir.«

»Das Anwesen ist seit 1980 in Ihrem Besitz?«

»Das Scheißding macht mir nichts als Scherereien.«

»Sie haben das Anwesen von Nicolò Cataneo erworben?«

»Ja.«

»Wussten Sie, warum Mr. Cataneo es verkaufte?«

»Hab nicht gefragt. Das Haus war zum Verkauf ausgeschrieben.«

»Aber fragt man das denn nicht üblicherweise, wenn man eine so große Investition tätigt?«

»Nicolò Cataneo?«

Der Einwand war nicht unberechtigt.

»Darf ich fragen, was sich im Erdgeschoss befand, als Sie es kauften?«

Cyr antwortete, ohne zu zögern.

»Eine Bäckerei. La Boulangerie Lugano. Die zog aber aus, bevor ich das Haus in Besitz nahm.«

»Was kam anstelle der Bäckerei?«

»Ich habe die Geschäftsräume unterteilt. Hab vier Läden draus gemacht. Ist kostengünstiger.«

»Einer dieser Läden ist eine Pizzabude.«

»Le Pizza Paradis Express.«

»Wie lange ist die schon da drin?«

»Seit 2001.« Cyr blies Luft durch die Lippen. »Sollte eher heißen ›Rattenhaare und Küchenschaben frisch aus dem Ofen‹. Diese verdammten Ausländer haben von Hygiene so viel Ahnung wie ein Schwein im Koben. Hab aber mit Matoub keine Schwierigkeiten. Zahlt seine Miete immer pünktlich.«

»Besagter Matoub ist der gegenwärtige Mieter?« Das hatte ich schon am Tag der Entdeckung von Claudel erfahren.

Cyr steckte einen Finger ins Ohr und betrachtete ihn dann abwesend.

»Können Sie sich noch an die früheren Mieter vor Mr. Matoub erinnern?«

»Natürlich erinnere ich mich an die früheren Mieter. An jeden einzelnen erinnere ich mich. Sehe ich so aus, als würde ich auf der Warteliste für ein Pflegeheim stehen?«

Erwartungen entstehen oft aus Vorurteilen, und ich muss gestehen, auch ich bin dagegen nicht ganz gefeit. Weil Cyr alt war, hatte ich angenommen, dass sein Gedächtnis nicht mehr hundertprozentig funktionierte. Ich merkte schnell, dass ich umdenken musste. Cyr war zwar exzentrisch, aber kein Trottel.

»Nein, Sir…«

»Hatte mehr Mieter, als Blondschöpfchen da Haare auf ihrem hübschen Kopf hat.«

Cyr schaute in Annes Richtung und ließ die Augenbrauen tanzen.

Anne neigte ihren hübschen Kopf und machte ebenfalls den Groucho Marx.

»Vor der Pizzabude war es ein Nagelstudio«, sagte Cyr zu mir. »Ein Vietnamese namens Truong hatte ein halbes Dutzend kleine Damen, die da drin Nägel lackierten. Lief aber wohl nicht besonders. Hielt sich nur ein oder zwei Jahre.«

»Und davor?«

»Ich mochte diese Nageldamen. Sahen aus wie kleine Porzellanpüppchen. Hielten sich immer die Hand vor den Mund, wenn sie lachten.«

»Vor dem Nagelstudio?«

»Vor dem Nagelstudio war es eine Pfandleihe. Ein Kerl namens Ménard.« Cyr deutete mit knotigem Zeigefinger. »Stéphane. Sébastien. Sylvain. So ungefähr. Kaufte und verkaufte Trödel. Anscheinend ziemlich erfolgreich, weil er sich neun Jahre lang hielt. Von neunundachtzig bis achtundneunzig.«

Ich rechnete schnell nach. »Zwischen der Pfandleihe und dem Nagelstudio stand der Laden eine Weile leer?«

»Ein paar Monate.«

»Und vor dem Pfandhaus?«

»Mal sehen. Achtzig bis neunundachtzig war da ein Taschengeschäft, ein Metzger und eine Art Reisebüro. Die Namen und Daten muss ich in meinen Unterlagen nachsehen.«

»Wenn Sie das tun könnten, Sir.«

Cyr kniff die Augen zusammen. »Dürfte ich *Sie* mal fragen, warum Sie *mich* das alles fragen, junge Dame?«

Ich hatte diese Frage erwartet und mich eher gewundert, dass Cyr sie nicht schon früher gestellt hatte. Was sollte ich ihm sagen? Was verschweigen?

»Im Keller Ihres Gebäudes wurde etwas gefunden, das Gegenstand von Ermittlungen ist.«

Ich hatte eine Reaktion erwartet, doch es kam keine, und er fragte auch nicht, wer eigentlich ermittle.

»Darf ich fragen, wie man in den Keller des Gebäudes gelangt?«

»Früher gab's mal eine Treppe, die zu einer Tür auf Straßenhöhe führte. Bei der Renovierung wurde dieser Zugang zugemauert.«

»Gibt es noch einen Zugang sonst irgendwo im Gebäude?«

Cyr schüttelte den Kopf. »Der Keller wird seit Jahren nicht mehr benutzt. Der einzige Zugang ist durch eine Falltür im *crapper.*« Ganz offensichtlich war Cyr stolz auf seine Kenntnis der englischen Fäkalsprache und dieses Wortes, das schlicht Scheißhaus bedeutet.

Immerhin meinte er, es seinem Charme schuldig zu sein, sich an Anne zu wenden und zu bitten: »Verzeihen Sie mir den Ausdruck.«

»Ein völlig angebrachter historischer Bezug.«

»Hä?«

»Thomas Crapper.«

Verständnislose Blicke von Cyr und mir.

»Erfinder des geräusch- und ventillosen Wasserverschwendungsverhinderers.«

Noch zwei verständnislose Blicke.

»Ein anderer bekam zwar das Patent dafür, aber Crapper hat die Toilette erfunden.«

Wo hatte sie nur dieses Zeug her?

Cyr ließ ein Lachen hören, das wie eines von Crappers Geistesprodukten klang.

»*Sacrifice.* Bist echt klasse. Sobald dein Mann nicht mehr die erste Geige spielt, ruf den alten Richard Cyr an, dann zeig ich dir meine Badewanne.«

»Mein Traum. Hab die Nummer schon so gut wie eingespeichert.«

Mit beiden Händen stemmte Cyr sich aus dem Sessel hoch.

»Ich brauch jetzt vielleicht ein paar Minuten, um meine Unterlagen durchzusehen. Wollt ihr einen Scotch, der euch die Zehennägel aufdreht?«

Wieder lehnten Anne und ich ab.

Eine halbe Stunde später kam Cyr mit einem Blatt aus einem Spiralblock in der Hand zurück.

Anne und ich standen auf.

»Wie wär's, wenn die Damen zum Abendessen bleiben? Wir könnten was bestellen, vielleicht ein paar Enchiladas und Margaritas?«

»Das ist sehr freundlich«, sagte ich. »Aber ich bin noch im Dienst.«

»Ihr wisst ja, wo ihr mich findet.«

Ich zog den Reißverschluss meines Parkas zu, und Cyr brachte uns in die Diele.

An der Tür gab ich ihm meine Karte.

»Bitte rufen Sie mich an, wenn Ihnen noch etwas einfällt.«

Cyr gab mir seinen Zettel. »Soweit ich mich erinnere, waren diese Leute ungefähr so gefährlich wie Pilzsuppe.«

»Merci, Monsieur Cyr.«

»Falls da jemand umgebracht wurde, ich hab damit nichts zu tun.« Leise und ohne eine Spur von Humor.

»Wie kommen Sie drauf, dass jemand umgebracht worden sein könnte?« Da Cyr *Le Journal* nicht erwähnt hatte, nahm ich an, dass er den Artikel nicht kannte.

»Dieser Detective hat mir gesagt, was da unten im Keller war.«

Claudel hatte also Cyr bereits befragt. Der Mistkerl. Wieder hatte er mich im Dunkeln gelassen.

»Tatsächlich?«

»Aufgeblasener kleiner Scheißer.«

»Detective Claudel?«

»Dieses Arschloch hat sich aufgeführt, als wäre ich nicht ganz richtig im Kopf. Hab ihm rein gar nichts gesagt.«

»Sagen Sie, Mr. Cyr: Was glauben Sie, wie kamen diese drei Toten in den Keller?«

»Wenn da irgendwas Schlimmes passiert ist, war es vor meiner Zeit.«

»Wie können Sie da so sicher sein?«

»Sind Sie Nicolò Cataneo je begegnet?« Die Stimme des alten Mannes hätte ein Rasiermesser schärfen können.

Ich schüttelte den Kopf.

»Passen Sie auf sich auf.«

15

Der Schneesturm hatte die Ärmel aufgekrempelt, den Kragenknopf geöffnet und die Krawatte gelockert. Es sah nach einem halben Meter Neuschnee aus.

Auf dem Weg zum Auto sagte Anne kein Wort. Sie sah teilnahmslos zu, wie ich mich in meine Mailbox einwählte.

Keine Nachrichten.

Ich probierte Mrs. Gallant/Ballant/Talents Nummer.

Keine Antwort.

Ich fragte nach, ob ihr Anruf im Institut vom Mittwoch schon zurückverfolgt worden sei oder ob man für die Nummer, die ich hinterlassen hatte, einen Namen oder eine Adresse herausgefunden habe.

Man arbeite daran.

»Verdammt!« Warum gaben sie mir nicht wenigstens den Namen im Telefonbucheintrag für die Nummer, die ich ihnen hinterlassen hatte? Den Vergleich mit dem früheren Anruf konnten sie dann später anstellen. Ließen sie mich einfach zappeln, weil sie alle Anfragen von Detectives vorrangig bearbeiteten?

Ich rammte das Handy in meine Handtasche, nahm mir den Scheibenkratzer vom Rücksitz, stieg aus, schabte die Scheibe frei, stieg wieder ein und knallte die Tür zu.

Nachdem ich den Motor angelassen hatte, schaukelte ich den Mazda, indem ich zwischen Vorwärts- und Rückwärtsgang hin und her schaltete. Kaum spürte ich etwas Traktion, beschleunigte ich, und wir schlitterten vom Bordstein. Die Hände ums Lenkrad verkrampft, die Augen starr auf das fast undurchdringliche Weiß vor der Scheibe gerichtet, kroch ich vorwärts.

Wir hatten schon zwei Blocks hinter uns, als Anne das Schweigen brach.

»Wir könnten alte Zeitungen durchsehen, nach Artikeln über verschwundene Mädchen suchen.«

»Englische oder französische?«

»Würde über Vermisste denn nicht in beiden berichtet?«

»Nicht unbedingt.« Meine ganze Aufmerksamkeit war darauf gerichtet, in der Spur zu bleiben, die vorausfahrende Autos gegraben hatten. »Und Montreal hat heute mehrere französische Zeitungen und hatte im Lauf der Jahre unzählige in beiden Sprachen.«

Das Heck brach nach links aus. Ich steuerte gegen und richtete es wieder gerade.

»Wir könnten mit den englischen Zeitungen anfangen.«

»Welche Jahrgänge? Das Haus wurde um die Jahrhundertwende gebaut.«

Der Schnee setzte sich gegen die Scheibenwischer durch. Ich schaltete die Enteisungsanlage auf Maximum.

»Der UV-Fluoreszenztest sagt mir, dass die Knochen nicht älter sind als das Gebäude. Aber genauer kann ich es nicht eingrenzen.«

»Okay. Dann also keine Suche in den Zeitungsarchiven.«

»Ohne zu wissen, in welcher Sprache und in welchem Zeitrahmen, würden wir den ganzen Winter dransitzen. Außerdem wurden die Mädchen zwar hier gefunden, aber das muss nicht heißen, dass sie auch hier verschwanden.«

Wir krochen noch einen Block weiter.

»Was ist mit diesen Knöpfen?«, fragte Anne.

»Was ist mit den Knöpfen?«, blaffte ich und zwang die Hinterräder wieder in die Spur zurück.

Anne lockerte ihren Schal und lehnte sich zurück mit einer Miene, die bedeutete, dass sie mich ab jetzt ignorieren würde.

»Tut mir Leid.« Ich verhielt mich ihr gegenüber so, wie Claudel sich mir gegenüber verhielt.

Das Schweigen dehnte sich. Ganz offensichtlich war es meine Aufgabe, es zu beenden.

»Ich muss mich entschuldigen. Aber Autofahren im Schneesturm strengt mich sehr an. Was hast du mit den Knöpfen gemeint?«

Anne schwieg noch ein paar Augenblicke, um mir noch einmal zu zeigen, was für ein Arschloch ich sei, und dann erläuterte sie ihren Vorschlag.

»Vielleicht könntest du noch mit einem anderen Experten reden. Versuchen, weitere Informationen zu bekommen.«

Mit sanftem Druck aufs Bremspedal brachte ich das Auto zum Stehen. Auf der anderen Seite der Sherbrooke ging eine alte Frau mit einem alten Hund spazieren. Beide trugen Stiefel. Beide hatten die Augen gegen den Schnee zusammengekniffen.

Ich schaute Anne an.

Das könnte ich vielleicht wirklich tun.

Behutsam Gas gebend, kroch ich auf die Kreuzung und bog nach links ab.

Mein Gott, natürlich konnte ich das. Ich hatte die Knöpfe völlig ignoriert, weil ich Claudels Angaben über ihr Alter einfach akzeptiert hatte. Vielleicht war seine Quelle im McCord nicht gerade eine Leuchte.

Plötzlich wollte ich unbedingt noch eine zweite Meinung.

»Anne, du bist ein Genie.«

»Nenn mich Einstein.«

»Hast du was gegen ein paar weitere Stopps vor dem Abendessen?«

»Lass deine Huskys rennen.«

Anne wartete im Auto, während ich ins Institut hochsauste, einen schnellen Anruf erledigte und mir dann die Knöpfe schnappte. Als ich wieder ins Auto stieg, hörte sie Zachary Richard auf einem französischen Lokalsender.

»Wovon singt er?«

»Von einem Mädchen namens Marjolaine.«

»Ich glaube, sie fehlt ihm.«

»Das sagt er jedenfalls.«

»Ein Talent aus der Gegend?«

»Louisiana-Cajun. Deine Ecke der Welt.«

Anne lehnte sich zurück und schloss die Augen. »Über mich könnte der Knabe sofort was singen.«

Die Rückfahrt ins historische Viertel dauerte doppelt so lange wie normal. Obwohl es erst kurz nach fünf war, herrschte bereits tiefe Nacht. Die Straßenlaternen brannten, die Läden schlossen, Fußgänger eilten gesenkten Kopfes voran, Taschen und Päckchen an die Brust gedrückt.

Vom Boulevard René-Lévesque bog ich in die Rue Berri ein, folgte ihr bis zu ihrem Südende und schlich dann über die Rue de la Commune nach Westen. Rechts von uns schlängelten sich die Gässchen von Vieux-Montréal den Hügel hoch. Links lagen Marché Bonsecours, Pavillon Jacques-Cartier, Centre de Sciences de Montréal und dahinter der St. Lawrence, dessen Wasser schwarz glänzte wie ebenholzfarbenes Eis.

»Es ist wunderschön«, sagte Anne. »Auf seine arktische Art.«

»Gleich kommt das Karibu.«

In den eisfreien Monaten dümpeln Schiffe an Kais, die vom Ufer ins Wasser ragen, und Radfahrer, Skateboarder, Picknicker und Touristen bevölkern die angrenzenden Parks und Promenaden. An diesem Abend war das Flussufer still und dunkel.

An der Spitze der Place d'Youville bog ich in eine kleine Seitenstraße ein und parkte gegenüber dem alten Zollhaus. Von dort stapfte ich hügelabwärts, und Anne folgte mir, wobei sie schwankend versuchte, in meine Stiefelspuren zu treten.

Als ich über den Fluss schaute, fiel mein Blick auf den schneeverhangenen Umriss des Habitat 67. Der Wohnkomplex, gebaut für die Weltausstellung, ist eine Anhäufung von geometrischen Würfeln, die die Gesetze der Balance auszuhebeln scheint. Entstanden mehr aus der Phantasie denn aus architektonischem Pragmatismus, sind die Gehwege und Innenhöfe des Habitat im Sommer ein Vergnügen, im Winter jedoch eine Einladung zur Unterkühlung.

Andrew Ryan wohnte im Habitat.

Eine Vielzahl von Fragen bedrängte meine Konzentration.

Wo war Ryan? Was empfand er? Was empfand ich? Was hatte er gemeint? Dass wir reden müssten. Stimmt. Aber worüber? Bindung? Kompromiss? Ende?

Ich schob die Fragen beiseite. Ryan arbeitete an einer großen Sache und dachte oder fühlte gar nichts, was mit mir zu tun hatte.

An der Commune betraten wir ein futuristisches graues Steingebäude, nichts als spitze Ecken und schiefe Winkel. Hoch oben an einem der Türme prangte ein Spruchband: *ICI NAQUIT MONTRÉAL.* Wo Montreal geboren wurde.

»Wo sind wir hier?« Anne stampfte Schnee auf den grünen Fliesenboden.

»Pointe-à-Callière, Montreals Museum für Archäologie und Geschichte.«

Das Gesicht eines Mannes kam unter einem kreisrunden

Schreibtisch hervor. Es war hager und blass und hatte eine Rasur nötig.

»Tut mir Leid.« Der Mann stand auf und deutete auf ein Schild. Er trug einen Armeeparka und hielt in einer Hand einen Stiefel. »Das Museum ist geschlossen.«

»Ich habe einen Termin mit Dr. Mousseau.«

Überraschung. »Ihren Namen, bitte?«

»Tempe Brennan.«

Der Mann tippte eine Nummer ins Telefon, sagte ein paar Worte und legte den Hörer auf.

»Dr. Mousseau ist in der Krypta. Kennen Sie den Weg?«

»Ja, vielen Dank.«

Wir durchquerten das Foyer, gingen eine Eisentreppe hinunter und betraten eine kleine, weich ausgeleuchtete Vorhalle, deren Wände und Boden vollständig aus Stein bestanden.

»Ich komme mir vor wie Alice, die den Hutmacher durch den Tunnel jagt.«

»Wo heute dieses Museum steht, befand sich Montreals erste Siedlung. Die Ausstellung zeigt, wie die Stadt in den letzten drei Jahrhunderten gewachsen ist und sich verändert hat.«

Anne deutete mit ihren Handschuhen auf einen Mauerrest. »Ein Teil der ursprünglichen Grundmauern?«

»Nein, aber alt.« Ich deutete zum anderen Ende des Korridors. »Dieser Gang liegt direkt unter der Place d'Youville. Ganz in der Nähe steht unser Auto. Was jetzt Straße ist, war früher ein Abwassermorast und davor ein Fluss.«

»Tempe?« Die Stimme hallte hohl von Fels und Beton wider. *»Est-ce toi, Tempe?«*

»C'est moi.«

»Ici.« Hier drüben.

»Wer ist Mousseau?«, flüsterte Anne.

»Die Archäologin des Museums.«

»Und die kennt sich mit Knöpfen aus?«

»Besser als ein Steiff-Teddy.«

Monique Mousseau arbeitete an einer der mehreren Dutzend Glasvitrinen an den Wänden der von der Vorhalle abgehenden Gänge. Auf einem Metallkarren neben ihr lagen eine Kamera, eine Lupe, ein Laptop, ein Schnellhefter und mehrere Bücher.

Als Mousseau uns sah, legte sie ein Objekt in die Vitrine zurück, schloss und verriegelte sie, nahm eine Harry-Potter-Brille ab, ließ sie vor ihrer Brust baumeln und eilte dann auf uns zu.

»Bonjour, Tempe. Comment ça va?«

Mousseau küsste mich auf beide Wangen, trat dann einen Schritt zurück und strahlte, die Hände noch an meinen Oberarmen, zu mir hoch.

»Dir geht's gut, meine Freundin?«

»Mir geht's gut«, erwiderte ich auf Englisch und stellte dann Anne vor.

»Freut mich sehr.« Mousseau schüttelte Anne die Hand, als würde sie einen Pumpenschwengel bedienen.

»Ebenfalls.« Anne trat einen Schritt zurück. Was da mit ihrem Arm geschah, überraschte sie etwas.

Die beiden Frauen sahen aus wie Vertreterinnen verschiedener Arten. Anne war groß und blond. Mousseau war unter eins fünfzig und hatte lockige schwarze Haare. Anne trug pink Angora. Die Archäologin trug ein khakifarbenes Männerhemd, schwarze Jeans und Arbeitsstiefel. An einer Gürtelschlaufe hing ein riesiger Schlüsselbund.

»Vielen Dank, dass du so spät an einem verschneiten Freitagabend noch Zeit für uns hast«, sagte ich.

»Schneit es?« Mousseau ließ Anne los und wandte sich mir zu, so enthusiastisch, als hätte sie Speed eingeworfen.

Ich hatte Monique Mousseau vor über zehn Jahren kennen gelernt, bald nach meiner Ankunft in Montreal. Seitdem hatte ich oft mit ihr zusammengearbeitet und wusste deshalb, dass ihre

Energie keine chemischen Ursachen hatte. Die erstaunliche Vitalität dieser Frau wuchs aus ihrer Liebe zum Leben und zu ihrem Beruf. Gib Mousseau eine Kelle, und sie gräbt Neuengland um.

»Und wie.«

»Wunderbar. Ich bin heute schon so lang unter der Erde, dass ich gar nicht mehr weiß, wie's draußen ist. Wie sieht's denn aus?«

»Sehr weiß.«

Mousseaus Lachen hallte lauter, als man es von einem Menschen ihrer Größe erwartet hätte. »Also. Erzähl mir von deinen Knöpfen.«

Ich beschrieb die Skelette und den Keller.

»Faszinierend.« Alles, was sie sagte, hatte ein Ausrufungszeichen. »Lass mal sehen.«

Ich holte den Ziploc-Beutel aus der Tasche und gab ihn ihr.

Mousseau setzte sich die Harry-Potter-Brille wieder auf und betrachtete die Knöpfe. Immer und immer wieder drehte sie den Beutel von der einen auf die andere Seite. Eine Minute verging. Und dann noch eine.

Mousseaus Miene bekam einen verwirrten Ausdruck.

Anne und ich schauten einander an.

»Darf ich sie herausnehmen?«

»Natürlich.«

Mousseau zog den Verschluss des Beutels auf, schüttete sich die Knöpfe auf die Hand, ging zu dem Karren und betrachtete sie mit der Lupe. Mit der Fingerspitze bewegte sie die Knöpfe, schaute, drehte sie noch einmal, schaute wieder. Mit jeder Bewegung wurde ihre Verwunderung größer.

Annie und ich wechselten noch einmal einen Blick.

Mousseaus Untersuchung schien ewig zu dauern. Dann: »Entschuldigt ihr mich einen Augenblick?«

Ich nickte.

Mousseau legte zwei der Knöpfe auf den Karren und eilte mit dem dritten davon.

Um uns eine gespenstische Stille. Nur von draußen war hin und wieder das Geräusch einer Hupe zu hören.

Das Warten machte mich nervös. Warum die Verwirrung? Was sah Mousseau denn?

Eine kleine Ewigkeit später kehrte die Archäologin zurück, nahm die anderen beiden Knöpfe wieder zur Hand und setzte ihre Untersuchung fort. Schließlich schaute sie, die Augen riesig hinter ihrer Brille, wieder hoch.

»Antoinette Legault hat sich die angesehen?«

»Ein Detective hat sie ihr im McCord gezeigt.«

»Legault hatte den Eindruck, dass sie spätes neunzehntes Jahrhundert sind?«

»Ja.«

»Sie hat Recht.«

Enttäuschung machte sich in mir breit.

Mousseau kam zu mir, hielt mir die Handfläche hin und stupste zwei der Knöpfe mit der Spitze ihres Kugelschreibers an.

»Die sind aus Sterling-Silber, gefertigt von einem Juwelier und Uhrmacher namens R. L. Christie.«

»Wo?«

»In Edinburgh, Schottland.«

»Wann?«

»Irgendwann zwischen 1890 und 1900.«

»Bist du sicher?«

»Ich war mir gleich ziemlich sicher, Christies Arbeit erkannt zu haben, aber ich habe nachgeschaut, um ganz sicherzugehen.«

Ich nickte nur, war zu enttäuscht, um etwas zu sagen.

»Aber der da« – Mousseau tippte den dritten Knopf mit ihrem Kugelschreiber an – »ist eine Kopie, und zwar eine ziemlich schlechte.«

Ich starrte sie verständnislos an.

Mousseau gab mir die Lupe. »Vergleich den da« – sie deutete

auf einen der Christie-Knöpfe – »mit dem da.« Der Stift wanderte zur Fälschung.

In der Vergrößerung wurden die Details von Christies Frauengesicht deutlich. Augen. Nase. Locken. Im Gegensatz dazu war das Profil auf der Fälschung nur ein undefinierter Umriss.

Mousseau drehte die Knöpfe um. »Schau dir die Initialen neben der Öse an.«

Der Unterschied war sogar für einen Amateur offensichtlich. Christie hatte die Buchstaben mit glatten, flüssigen Bewegungen eingraviert. Auf der Fälschung bestand das S nur aus einer Reihe sich kreuzender Schnitte.

Ich war verwirrt und etwas überrascht.

Aber nicht so überrascht, wie ich es am Montagmorgen sein würde.

16

Meine Wohnung liegt im Erdgeschoss eines vierstöckigen Gebäudes, das einen Innenhof umschließt. Zwei Schlafzimmer. Zwei Bäder. Wohn- und Esszimmer. Eine kleine Küche. Diele.

Vom langen Gang zwischen der Wohnungstür und dem Esszimmer führt, direkt gegenüber der Küche, eine Glastür auf eine Veranda, die an den zentralen Innenhof anschließt. Vom Wohnzimmer aus führt eine weitere Glastür auf ein winziges Stück Rasen.

Im Sommer ziehe ich Kräuter am Rasenrand. Im Winter sehe ich zu, wie der Schnee sich auf den Spitzen des Rotholzzauns und auf den Ästen der Kiefern in meinem Gärtchen sammelt. Fünf Quadratmeter. Eine gigantische Grünfläche für eine Innenstadtwohnung.

An diesem Abend löste diese kleine, dunkle Fläche in mir Gefühle des Ausgesetztseins und der Verletzlichkeit aus. Da half es auch nicht, dass der Streifenwagen, den Ryan angefordert hatte, häufig vorbeifuhr. Seine provisorische Reparatur der Tür erinnerte mich beständig an meinen ungebetenen Besucher und den Weg, den er gewählt hatte. Hätte er nicht auch noch andere Möglichkeiten gehabt? Ich musste gestehen, dass Annes Anwesenheit mir ein Trost war.

Nach einem schnellen Abendessen, das wir vom Thailänder mitgebracht hatten, putzten Anne und ich. Wut rumorte in mir, während ich wischte und saugte.

Wieder schlief ich mit einem Chaos von Gedanken ein.

War irgendein zugedröhnter Junkie in mein Allerheiligstes eingedrungen? Das schien das Wahrscheinlichste. Jemand, der verzweifelt nach Geld für den nächsten Schuss suchte und zum Vandalen wurde, als er keins fand. Kein gewöhnlicher Einbrecher hätte sich dermaßen aufgeführt. Aber was war mit einem Einschüchterungs-Szenario? Irgendein kleiner Gauner mit dem Auftrag, mich von lange versteckten Mafia-Geheimnissen abzulenken, der mir die Botschaft hinterließ: »Wir wissen, wo du wohnst.« Oder war es ein bösartiger Soziopath, der meinte, mit mir noch eine Rechnung offen zu haben?

Was hatten diese Knöpfe zu bedeuten?

Warum hatten Claudel oder Charbonneau nicht zurückgerufen?

Wo war Ryan? Warum hatte er nicht angerufen?

Machte mir das was aus? Natürlich.

Am Samstagvormittag unternahm Anne einen Ausflug ins Le Faubourg, während ich mit dem Glaser zu tun hatte. Bis Mittag war eine neue Scheibe eingesetzt, der Kühlschrank war voll und die Wohnung einigermaßen sauber.

Aus Gründen, die mein Unterbewusstsein mir nicht mitteilen will, bin ich unfähig, gewisse Dinge wegzuwerfen. Verschreibungspflichtige Medikamente. *National Geographics.* Adressverzeichnisse der *American Academy of Forensic Sciences.* Telefonbücher.

Man kann ja nie wissen.

Nach Tomaten-, Käse- und Majonäse-Sandwiches mit Anne suchte ich mir alle Telefonbücher im Haus zusammen und stapelte sie neben meinem Computer auf. Dann zog ich Cyrs Liste heraus. Ich wollte Cyrs frühere Mieter aufspüren. Aber wie sollte ich vorgehen? Vorwärts oder rückwärts?

Ich fing mit dem ersten Mieter an.

Von 1976 bis 1982 hatte ein Koffergeschäft die Ladenfläche belegt, die jetzt von Matoubs Pizzeria genutzt wurde. Besitzerin war eine Frau namens Sylvie Vasco gewesen.

Als ich die Nummer auf Cyrs Liste anrief, antwortete ein Student, der im McGill-Getto lebte. Er hatte keine Ahnung, wovon ich redete.

Weder der Computer noch irgendein Telefonbuch verzeichnete eine Sylvie, aber zusammen lieferten sie mir sieben S. Vascos. Eine Nummer existierte nicht mehr. Bei zweien meldete sich niemand. Der dritte Anruf landete in einer Anwaltskanzlei. Bei den letzten dreien meldeten sich Frauen. Keine hieß Sylvie oder kannte eine Vasco mit dem Vornamen Sylvie oder Sylvia.

Ich kreiste die beiden Nummern ein, bei denen sich niemand gemeldet hatte, und machte weiter.

Von 1982 bis 1987 hatte sich in der jetzigen Pizzeria eine Metzgerei mit dem Namen Boucherie Lehaim befunden. Cyr hatte den Namen Abraham Cohen dazugeschrieben und dahinter die Anmerkung »Schreibung?«.

Die Weißen Seiten führten unzählige Cohens in und um Montreal. Auch sie schlugen alternative Schreibungen vor, darunter Coen, Cohen, Cohn, Kohen und Kohn.

Klasse.

Die Gelben Seiten nannten mir eine Boucherie Lehaim in Hampstead.

Doch dort ging niemand ans Telefon.

Zurück zu Cyrs Liste.

Von 1987 bis 1988 waren Patrick Ockleman und Ilya Fabian Cyrs Mieter gewesen. Der alte Mann hatte die Wörter »Schwule« und »Reise« hinter ihre Namen geschrieben.

In keinem Verzeichnis fand ich den Namen Ockleman.

Ilya Fabian wurde mit einer Amherst-Adresse im Schwulenviertel geführt.

Schon nach dem ersten Klingeln meldete sich jemand.

Ich stellte mich vor und fragte, ob ich mit Ilya Fabian spreche.

Tat ich.

Ich fragte, ob er der Ilya Fabian sei, der in den späten Achtzigern auf der Ste. Catherine ein Reisebüro betrieben habe.

»Ja.« Argwöhnisch.

Ich fragte, ob Ockleman und sein Partner während dieser Zeit den Keller des Anwesens benutzt hätten oder je einmal unten gewesen wären.

»Sie sagten, Sie sind von der Gerichtsmedizin?« Jetzt mischte sich Ekel unter den Argwohn.

»Ja, Sir.«

»O mein Gott. War da unten ein Toter? War eine Leiche in diesem Keller?«

Was sollte ich ihm sagen?

»Ich untersuche Knochen, die dort unten vergraben waren.«

»Ach du meine Güte!«

»Das Material ist wahrscheinlich ziemlich alt.«

»Ach du meine Güte. Wie bei *Der Exorzist.* Nein, nein. Wie hieß der Film mit dem kleinen Mädchen? Der, in dem man dieses Haus über dem Friedhof baute? Ja. *Poltergeist.*«

»Mr. Fabian …«

»Das überrascht mich gar nicht, das mit dem Keller. Patrick und ich waren nur einmal in diesem elenden, stinkenden, dreckigen Pfuhl und haben nie mehr einen Fuß da hinuntergesetzt. Ich bekam eine Gänsehaut, sooft ich an dieses Kriechen und Brüten da unter meinen Füßen dachte.« Fabian sagte »Kriiieechen«

und »Brüüüten«. »In diesem Keller wimmelte es vor Ungeziieefer. Und Sie sagen mir jetzt, dass da unten Leichen lagen?«

»Haben Sie den Keller je als Abstellraum benutzt?«

»Gott behüte.« Ich stellte mir ein theatralisches Erschaudern vor.

Ein bisschen zimperlich für einen Reiseveranstalter, dachte ich.

»Hatte Ihr Reisebüro sich auf eine spezielle Weltgegend spezialisiert, Mr. Fabian?«

»Patrick und ich organisierten Pauschalreisen an geheiligte Orte.« Ein Schniefen. »Spirituelle Reisen waren zu der Zeit allerdings kein Renner. Wir machten schon nach achtzehn Monaten wieder zu.«

»Patrick Ockleman?«

»Ja.«

»Wo ist Mr. Ockleman jetzt?«

»Tot.«

Ich wartete darauf, dass Fabian Einzelheiten nannte. Er tat es nicht.

»Darf ich fragen, wie und wann Ihr Partner ums Leben kam?«

»Er wurde von einem Bus überfahren. Einem Reisebus, ausgerechnet.« Weinerlich. »In Stowe, Vermont, vor vier Jahren. Die Räder zerquetschten seinen Kopf wie eine überreife ...«

»Vielen Dank, Mr. Fabian. Wenn wir noch mehr wissen müssen, melden wir uns wieder.«

Ich legte auf. Fabian und Ockleman schienen als Serienkiller eher nicht in Frage zu kommen, ich unterstrich die Nummer aber trotzdem und machte mir ein paar Notizen.

Der nächste Name auf der Liste war S. Ménard. Daneben hatte Cyr »Pfandleihe« geschrieben und die Daten 1989 bis 1998.

Im Telefonbuch von Montreal fand ich vier Seiten Ménards, darunter achtundsiebzig mit dem Initial S.

Nach zweiundvierzig Anrufen beschloss ich, dass Ménard ein Job für einen Detective sei.

Der Nächste.

Phan Loc Truongs Nagelstudio hatte sich von 1998 bis 1999 in Cyrs Laden befunden.

Die Suche war zwar nicht ganz so aussichtslos wie bei Ménard, aber alleine die Weißen Seiten führten zweihundertsiebenundzwanzig Truongs auf. Kein Phan Loc. Zwei P.

Keiner der beiden P hieß Phan Loc. Keiner kannte einen Phan Loc, der ein Nagelstudio betrieben hatte.

Ich fing an, mich durch die restlichen Truongs zu arbeiten. Viele sprachen kaum Englisch oder Französisch. Viele hatten Verbindungen zu Nagelstudios, aber keiner wusste etwas über das Studio, das sich früher in Richard Cyrs Gebäude befunden hatte.

Ich wählte eben die Nummer des neunundzwanzigsten Truong, als eine Stimme mich unterbrach.

»Was gefunden?«

Anne stand in der Tür. Das Zimmer war dunkel geworden, ohne dass ich es bemerkt hatte.

»Eine Menge Damen, die mir die Nägel machen wollen.«

Entmutigt schaltete ich den Computer aus.

Gemeinsam kochten Anne und ich Steaks, Kartoffeln und Spargel. Beim Essen erzählte ich meiner Freundin von meinem erfolglosen Nachmittag.

Am Sonntag gegen Mittag probierte ich es noch einmal bei der Boucherie Lehaim.

Niemand meldete sich.

Gegen zwei erhielt ich schließlich eine Antwort.

»Shalom.« Eine Stimme wie eine Oboe.

Ich stellte mich vor.

Der Mann sagte, er heiße Harry Cohen.

»Ist das dieselbe Boucherie Lehaim, die sich in den Achtzigern in der Ste. Catherine befand?«

»Ja. Der Laden gehörte damals noch meinem Vater.«

»Abraham?«

»Ja. Wir zogen siebenundachtzig um.«

»Darf ich fragen, warum?«

»Wir sind auf eine strikt koschere Kundschaft ausgerichtet. Das Viertel hier schien uns da besser geeignet.«

»Ich weiß, diese Frage mag jetzt vielleicht merkwürdig klingen, Mr. Cohen, aber können Sie sich an irgendetwas in Bezug auf den Keller dieses Gebäudes erinnern?«

»Der Keller war nur über unseren Laden zugänglich. Wir hatten nichts dort unten, und ich kann mich nicht erinnern, dass irgendjemand da unten gewesen wäre.«

»Könnten andere Mieter den Keller als Abstellkammer benutzt haben?«

»Wir hätten eine solche Verwendung unserer Räumlichkeiten nicht gestattet, und hinunter kam man nur durch eine Falltür in unserer Toilette. Mein Vater hielt diese Tür immer mit einem Vorhängeschloss verschlossen.«

»Wissen Sie, warum er das tat?«

»Mein Vater ist äußerst sicherheitsbewusst.«

»Weshalb?«

»Er wurde 1927 als Jude in der Ukraine geboren.«

»Natürlich.«

Ich griff nach Strohhalmen. Was sollte ich sonst noch fragen?

»Kannten Sie die Mieter vor oder nach Ihnen?«

»Nein.«

»Sie waren fast sechs Jahre dort. Gab es einen speziellen Grund für Ihren Umzug?«

»Die Gegend wurde« – Cohen zögerte – »unangenehm.«

»Unangenehm?«

»Wir sind Chabad-Lubawitscher, Dr. Brennan. Ultra-orthodoxe Juden. Sogar hier in Montreal werden wir nicht immer verstanden.«

Ich dankte Cohen und legte auf.

Eine kleine Fichte wächst in einem steinernen Pflanzkübel in der Mitte des Innenhofs. Jeden Dezember schmückt der Hausmeister das dürre Ding mit Lämpchen. Doch Winston hatte es nicht mit dem geschmackvollen Weihnachtsweiß, wie die Presbyterianer in Connecticut es bevorzugen. Es muss grellbunt kitschig sein oder gar nicht.

Vor allem mein Kater weiß das sehr zu schätzen. Stundenlang liegt Birdie zusammengerollt vor dem Kamin, und sein Blick wandert von den Flammen zu Winstons Wunder im Schnee.

Am Sonntagnachmittag folgten Anne und ich Birdies Beispiel. Stundenlang lümmelten wir vor dem Feuer, die Köpfe auf Kissen gestützt, die Füße auf der Kamineinfassung. Über endlosen Tassen Kaffee und Tee jammerte ich über Claudel und Ryan. Anne jammerte über Tom. Wir lachten über unsere Sehnsüchte. Wir brüteten über unseren Sehnsüchten.

In diesen Stunden des Redens und des Auf und Ab der Worte wurde mir die wahre Tiefe von Annes Elend bewusst. Die Einkaufstouren und das Geplänkel waren ihr »Theatergesicht« gewesen. Klatsch die Schminke auf, und hoch mit dem Vorhang. Die Show muss weitergehen. Gewinn für das Team. Tu's für die Kinder. Tu's für Tempe.

Anne war immer ziemlich unerschütterlich gewesen. Ihre intensive Traurigkeit verstörte mich deshalb sehr. Ich hoffte inständig, dass daraus keine permanente Traurigkeit wurde.

Während wir redeten, versuchte ich, mir ermutigende Sachen einfallen zu lassen. Oder tröstende. Oder wenigstens ablenkende. Aber alles, was ich sagte, klang klischeehaft und abgedroschen. Letztendlich versuchte ich nur noch, ihr meine Unterstützung zu zeigen. Aber ich machte mir große Sorgen um meine Freundin.

Hauptsächlich redeten Anne und ich über gemeinsame Erlebnisse. Die Nacht, als wir nackt im See schwammen. Die Party, bei der Anne sich beim Tanzen auf den Hintern setzte. Der Ausflug zum Strand, bei dem wir den zweijährigen Stuart verlegten. Der Tag, an dem ich betrunken zu Katys Vortrag kam.

Das Jahr, in dem ich zu allem betrunken kam.

Zwischendurch kontrollierten wir immer wieder unsere Nachrichten.

Viele von Tom.

Keine von Ryan.

Obwohl ich alle paar Stunden die Nummer wählte, weigerte Mrs. Gallant/Ballant/Talent sich beharrlich, ans Telefon zu gehen. Und ebenso beharrlich weigerte sie sich zurückzurufen.

Hin und wieder kam unsere Unterhaltung auf Claudels Knöpfe. Monique Mousseau hatte sich nicht zum Alter oder zur Bedeutung der Fälschung geäußert. Anne und ich dachten uns zahllose Szenarios aus. Keins davon ergab einen Sinn. Birdie trug wenig Erhellendes bei.

Am Sonntagabend überredete ich Anne schließlich, einen Anruf von Tom anzunehmen. Danach trank sie sehr viel Wein. Still.

17

Anne schlief noch, als ich am Montagmorgen zur Arbeit ging. Ich schrieb ihr einen Zettel und bat sie, mich nach dem Aufstehen anzurufen. Den Anruf erwartete ich nicht vor Mittag.

Als ich aus der Garage fuhr, war ich geblendet. Der Himmel war makellos, die Sonne funkelte auf dem Schnee des Wochenendes.

Montreals Schneepflug-Armada hatte wieder einmal die Oberhand behalten. Alle Straßen in Centre-ville waren frei. Weiter östlich waren die meisten Seitenstraßen passierbar, allerdings gesäumt von Fahrzeugen, die bis zu den Dächern im Schnee steckten. Die Autos sahen aus wie Flusspferde in gefrorenen Milchströmen.

Hier und da fuhr ich an frustrierten Pendlern vorbei, die ihre Autos freischaufelten und deren Atem die Auspuffschwaden ihrer halb versunkenen Fahrzeuge vorwegnahm.

Die Nebenstraßen in der Umgebung des Instituts boten keine Parkmöglichkeiten, deshalb stellte ich mein Auto auf dem kostenpflichtigen Parkplatz am Wilfrid-Derome ab. Zwischen Schneeverwehungen hindurch und um einen kleinen Bürgersteig-Schneepflug herum, dessen bernsteinfarbenes Signallicht durch die kristalline Luft pulsierte, bahnte ich mir einen Weg zum Hintereingang des Gebäudes.

Meine Schritte klangen scharf und knirschend. Irgendwo in der Entfernung weckten Abschleppwagen die Anwohner mit ihrem hirnmarternden Zweiton-Piepsen. Raus aus den Federn! Kommt in die Gänge! Fahrt eure Autos weg!

Die erste Überraschung des Tages schlenderte in mein Büro, als ich nach dem Hörer griff, um meine Mailbox abzuhören.

Michel Charbonneau ist ein kräftiger Mann, dessen Größe auch mit dem Alter nicht abnimmt. Sein Stiernacken, das fleischige Gesicht und die Stachelfrisur geben ihm das Aussehen eines unter Strom stehenden Football-Stürmers.

Im Gegensatz zu Claudel, der Designer-Seide und -Wolle bevorzugt, geht Charbonneaus Geschmack eher in Richtung Polyester und Sonderangebote. An diesem Tag trug er ein stumpf orangefarbenes Hemd, eine schwarze Hose und eine Krawatte, die aussah wie eine Straßenschlacht am Südende des Farbkreises. Sein Sakko hatte ein unvorteilhaftes braun-gelbliches Karo.

Charbonneau ließ sich auf einen Stuhl fallen und legte sich den Mantel über die Beine. Mir fiel eine Abschürfung an der linken Wange auf.

Charbonneau fiel auf, dass es mir auffiel.

»Sie sollten den anderen Kerl sehen.«

Er grinste.

Ich nicht.

»'tschuldigung, dass ich nicht zurückgerufen habe. Aber Claudel und ich wurden in letzter Minute an die Drogenjungs ausgeliehen, und am Freitag stieg dann die große Verhaftung. Sie haben wahrscheinlich davon gelesen.«

»Nein, ich habe noch gar keine Nachrichten mitbekommen.« Anne und ich hatten an diesem Wochenende auf jede Form von Berichterstattung verzichtet und uns stattdessen mit Videos und alten Filmen auf dem Kinokanal die Zeit vertrieben.

»Eine Sondereinheit hatte die Sache schon seit Monaten im Visier.«

Ich ließ ihn weitererzählen.

»Einige Pharmazie-Manager haben Pseudoephedrine unter der Hand verscherbelt. Das Zeug wird bei der Herstellung von Methamphetaminen gebraucht. Der Stoff wurde in Quebec und Ontario gelagert und dann in ganz Kanada und bis hinein in die Vereinigten Staaten verteilt.«

Charbonneau beugte sich vor, stützte die Ellbogen auf die Oberschenkel und ließ die Hände baumeln.

»Diese Mistkerle versorgten Drogenlabore von Halifax bis Houston. Am Freitag haben wir dreiundvierzig eingelocht, am Samstag noch mal elf. Da dürften bei einer Menge Anwälte inzwischen Honorarvorschüsse eingehen.«

»War Andrew Ryan auch an der Aktion beteiligt?«

»Auch wenn er bei der SQ ist, der Kerl hat das Zeug zur Legende.«

Das Verhältnis zwischen SQ und CUM ist nicht viel freundschaftlicher als das zwischen Palästinensern und Israelis.

»Warum eigentlich?« Ich hatte einen Stift zur Hand genommen und malte Quadrate in Quadraten.

»Am Samstagmorgen hätte man ihm beinahe das Licht ausgeknipst, okay? Am selben Abend sehe ich ihn cool wie ein Eiszapfen mit einem Mädchen im Schlepptau, das halb so alt ist wie er.« Charbonneau lehnte sich zurück und malte mit den Händen eine Acht in die Luft. »Sehr wenig Spandex, sehr viel Haut. Ryan ist, was, fünfundvierzig? Siebenundvierzig? Die Kleine hat erst vorgestern ihre Zahnspange abgelegt.«

Ich unterteilte ein Quadrat. Desinteressiert.

»Die Señorita bleibt dran, also schätze ich, der Kerl hat noch, was man braucht.«

Ryan und ich waren diskret gewesen. Mehr als diskret. Charbonneau konnte unmöglich wissen, dass wir etwas miteinander gehabt hatten.

»Bleibt dran?« Beiläufig.

Charbonneau zuckte die Achseln. »Ich habe die beiden schon mal zusammen gesehen.«

»Wirklich.«

»Mal sehen, wann war das?« Charbonneau machte weiter, ohne zu merken, was seine Worte in mir auslösten. »August? Ja, im August. War verdammt heiß damals.«

Ein fleischiger Finger deutete in meine Richtung.

»Ich kam wegen einem Fall hierher. Aber Sie waren unten im Süden. Ich musste vor Gericht aussagen, und die Vorverhandlung war Anfang August. Als ich das Gerichtsgebäude verließ, sah ich Ryan mit dieser College-Göre. Ja. Es war die erste Woche im August.«

Die erste Woche im August. Ryan in Charlotte. Ein dringender Anruf. Probleme mit seiner Nichte. Eine unvorhergesehene Rückkehr nach Kanada.

Mit unbewegter Miene warf ich den Stift auf den Tisch.

»Monsieur Charbonneau, ich habe am Freitag angerufen, weil ich Informationen entdeckt habe, die für die Skelette aus dem Pizzakeller wichtig sein könnten.«

Charbonneau lehnte sich auf dem Stuhl zurück und streckte die Füße aus. »Ich höre.«

»Ich habe eine zweite Meinung über die von Said Matoub gefundenen Knöpfe eingeholt.«

Charbonneau machte ein verständnisloses Gesicht.

»Der Besitzer der Pizzabude.«

»Der Kerl, der die Skelette fand.«

»Genau genommen war es der Klempner, aber ziemlich dicht dran. Matoub hat zugegeben, drei Silberknöpfe eingesteckt zu haben, als er die Knochen einsammelte.«

»Ja, richtig.«

»Ihr Partner brachte die Knöpfe ins McCord für eine Begutachtung.«

»Die Dame dort meinte, die Knöpfe seien alt.«

»Antoinette Legault. Sie hatte nur teilweise Recht.«

»Ach wirklich?«

»Laut Monique Mousseau vom Pointe-à-Callière stammen nur zwei der Knöpfe aus dem neunzehnten Jahrhundert. Der dritte ist eine Fälschung.«

»Das heißt?«

»Das wusste sie nicht.«

»Wie alt ist die Fälschung?«

»Das genaue Alter konnte sie nicht feststellen, bezweifelte aber, dass er sehr alt ist.«

»Okay. Dann gehören die Knöpfe vielleicht gar nicht zu den Knochen. Ist ja nicht gerade ein rauchender Colt«, entgegnete Charbonneau.

»Haben Sie schon mal von Nicolò Cataneo gehört?«

»Nick ›das Messer‹? Wer hat das nicht?«

»Das Gebäude, in dem sich Matoubs Pizzabude befindet, gehört im Augenblick einem Mann namens Richard Cyr. Und Cyr kaufte das Anwesen von Nicolò Cataneo.«

»Echt? Wann?«

»1980.«

Charbonneau zog die Füße wieder ein und setzte sich auf.

»Wie lange gehörte das Haus Cataneo?«

»Zehn Jahre.«

Charbonneau runzelte die Stirn.

»Hat das etwas zu bedeuten, Detective?«

»Möglicherweise.«

»Ich weiß, dass Cataneo Verbindungen hatte.«

Charbonneau zupfte an der Nagelhaut seines rechten Daumens.

»Da gibt es doch etwas, das Sie mir nicht sagen wollen, oder?«

Einen Augenblick lang schaute Charbonneau unschlüssig drein, dann ließ er sich wieder zurücksinken.

»Ende der Siebziger spitzte sich die Lage hier ziemlich zu. Die kalabrische und die sizilianische Fraktion lieferten sich eine große Schlacht. Der Machtkampf endete mit der Ermordung eines Bosses namens Paolo Violi.«

»Und?«

»Ein anderer Boss nahm seine Stelle ein.«

Irgendwo weiter unten klingelte ein Telefon. Dann noch eins und noch eins. LaManche rief seine Truppen für die Morgenbesprechung zusammen.

»Und?«

»Der neue Boss brach mit den Bonannos in New York und stellte dafür Verbindungen zwischen der Montrealer Familie und der Caruana/Cuntrera-Familie her.«

»Worauf wollen Sie hinaus?« Ich schaute ostentativ auf meine Uhr.

»Es war ein wilder Ritt.« Charbonneau zuckte die Achseln. »Kostete einige Jungs das Leben.«

»Und vielleicht auch einige Mädchen?«

Charbonneau zuckte noch einmal die Achseln. »Sie haben nichts von Verletzungsspuren an diesen Knochen gesagt.«

»Weil ich keine gefunden habe. Werden Sie mit Ihrem Partner reden?«

Charbonneau zupfte sich am Ohrläppchen, wandte den Blick zur Seite und dann wieder mir zu. Er zögerte einen Augenblick und schien dann eine ganz persönliche Entscheidung zu treffen.

»Luc hat bereits mit Cyr gesprochen.«

»Ich weiß.«

»Aber offensichtlich hat er Ihnen nichts davon gesagt.«

»Nein.«

»Wir hätten es wohl tun sollen.«

»Das wäre nett gewesen.«

»Der alte Kauz hat keinen Ton über Cataneo gesagt.«

»Das liegt vielleicht an den Umgangsformen Ihres Partners.«

»Haben Sie sonst noch etwas erfahren?«

Ich erzählte ihm von Cyrs Mieterliste und meiner Telefonaktion.

»Und, wer ist Ihr Favorit? Die Schwuchtel oder der Kerl mit den Schläfenlocken und dem Hut?«

»Chabad-Lubawitscher tragen weder Peot noch Schtreimel.«

»Sollte doch nur ein kleiner Witz sein, Doc. Meinen Sie, dass einer der beiden in Frage kommen könnte?«

»Sie wollen meine Meinung hören?«

Charbonneau nickte.

»Unwahrscheinlich.« Ich stand auf.

Charbonneau erhob sich ebenfalls, legte sich den Mantel über den linken Arm und holte ein Stück Papier aus der Tasche. »Das soll ich Ihnen geben.«

Auf dem Zettel standen die Telefonnummer, die Mrs. Ballant/Gallant/Talent hinterlassen hatte, der Name Alban Fisher und eine Adresse in Candiac.

»Ist das eine Anrufer-Recherche?«

Ich nickte.

»Geht Ihnen jemand auf die Nerven?«

»Außer dem Spinner, der in meine Wohnung eingebrochen ist?«

»Ach so?« Charbonneaus Gesicht verhärtete sich.

Fehler.

»Nicht so wichtig. Außerdem hat Ryan verstärkte Streife in meinem Viertel angeordnet.«

Ich warf einen flüchtigen Blick auf den Zettel, den Charbonneau mir gegeben hatte.

»Diese Frau rief an und behauptete, etwas über die Knochen in der Pizzabude zu wissen.«

»Was?«

»Keine Ahnung. Sie meinte, sie wisse, was da in Cyrs Gebäude passiert sei.«

»Lassen Sie mich wissen, was diese Dame sagt, sobald Sie mit ihr gesprochen haben. Wenn Sie sie heute nicht erreichen, fahre ich mal da raus. Und lassen Sie es mich wissen, wenn Sie noch mal von jemandem belästigt werden, Doc. Das meine ich ernst.«

Wieder zögerte Charbonneau, diesmal ein wenig länger.

»Ärgern Sie sich nicht zu sehr über Luc. Der kriegt sich schon wieder ein. Und außerdem, Doc, auch er würde nicht zulassen, dass irgendjemand Sie belästigt. Das können Sie mir glauben.«

Ich war skeptisch.

Nachdem ich das Minenfeld der Unterhaltung mit Charbonneau überlebt hatte, hätte ich auf die nächste Überraschung eigentlich vorbereitet sein sollen. Aber ich war es nicht.

Als ich das Besprechungszimmer betrat, sah ich fünf Pathologen tief im Gespräch.

Ich murmelte eine Entschuldigung für mein Zuspätkommen. LaManche schob mir eine Fotokopie über den Tisch.

Drei Autopsien waren bereits zugewiesen worden. Pelletier hatte zwei Crack-Junkies, die man in der Lionel-Groulx-Metrostation gefunden hatte. Morin hatte einen Motorradfahrer gezogen, den ein Löschzug überrollt hatte.

Ich blätterte eine Seite um und überflog die letzten beiden Fälle.

Ein Mann war mit dem Gesicht nach unten unter der Treppe am Mont-Royal-Ende der Drummond gefunden worden.

Nom de décédé: Inconnu. Name unbekannt.

Eine Frau war tot in ihrem Bett aufgefunden worden.

Nom de décédée: Louise Parent

Date de naissance: 1943/6/18

Info: Mort suspecte. Unklare Todesursache.

Mein Blick rutschte in die nächste Zeile.

Und das Herz rutschte mir in die Hose.

18

LaManches Stimme kam plötzlich wie aus weiter Ferne. Das Zimmer, in dem ich mich befand, wich zurück.

Ich wühlte in der Tasche meines Labormantels und zog Charbonneaus Zettel heraus.

O Gott.

Die Adresse auf dem Zettel war dieselbe wie die in der Fallakte.

Während ich den Namen noch anstarrte, sprach LaManche ihn aus.

»Louise Parent.«

Ballant. Gallant. Talent. Parent.

Die Brust wurde mir eng.

»Wer hat sie gefunden?«

Alle drehten sich, überrascht von meiner Vehemenz, zu mir um.

Wortlos zog LaManche den Polizeibericht heraus.

»Claudia Bastillo. Die Nichte des Opfers.«

»Was ist passiert?«

Einige Sekunden lang las LaManche stumm in der Akte.

»Madame Bastillo hatte die Gewohnheit, regelmäßig mit ihrer

Mutter zu telefonieren. Die Mutter, Rose Fisher, und das Opfer, Louise Parent, waren Schwestern und teilten sich ein Haus in Candiac.«

LaManche suchte sich das Wichtigste heraus.

»Übers Wochenende ging niemand ans Telefon, wenn Bastillo anrief. Sie fuhr früh heute Morgen dorthin, um nachzusehen, und fand ihre Tante tot im Bett.«

Mein Gott! Ich hatte in derselben Zeitspanne wie ihre Nichte versucht, Parent zu erreichen!

»Rose Fisher geht es gut?«

LaManche überflog den Rest des Berichts.

»Hier steht nichts über den Aufenthaltsort von Madame Fisher. Ich nehme an, die Dame weilt noch unter den Lebenden, da sie nicht auf dem Weg hierher ist.«

»Todesursache?« Ich wusste, wie dumm die Frage war, kaum dass ich sie stellte.

LaManche sah mich über die Brille hinweg an.

»Das ist der Grund, warum Madame Parent zu uns kommt.«

Fragen wirbelten mir durch den Kopf.

Ein Verbrechen oder ein grausiger Zufall? War Parent ermordet worden, oder war sie eines natürlichen Todes gestorben? Hatte ihr Tod etwas mit ihren Anrufen bei mir zu tun?

Kamen die Anrufe überhaupt von Louise Parent?

Sollte ich was sagen? Oder es lieber für mich behalten?

Ich warf einen flüchtigen Blick auf das Kästchen, das die polizeiliche Zuständigkeit bezeichnete.

SQ.

Ich beschloss zu warten, bis ich mit den ermittelnden Beamten gesprochen hatte. Bis LaManche seine Autopsie abgeschlossen hatte.

»Dr. Santangelo, bitte nehmen Sie den Herren unter der Treppe«, fuhr LaManche fort.

Santangelo kennzeichnete ihre Liste.

»Ich nehme Madame Parent, wenn sie eintrifft«, sagte LaManche.

LaManche schrieb »La« neben Louise Parents Namen. Damit war die Besprechung abgeschlossen, alle standen auf und gingen hinaus.

Zurück in meinem Büro, wählte ich sofort Ryans Nummer. Er meldete sich nach dem ersten Läuten.

»Wer bearbeitet den Fall Louise Parent?«

»Ja, es ist schön, deine Stimme zu hören. Ja, heute ist es ein bisschen wärmer. Ja, es war ein beschissenes Wochenende«, sagte Ryan.

»Wie war dein Wochenende?«

»Beschissen.«

»Die große Operation?«

»Alles abgeschlossen.«

»Du bist also jetzt wieder frei?«

»Ja.«

Ich wartete. Er ging nicht näher darauf ein.

»Wer bearbeitet den Fall Louise Parent?«

Hintergrundgeräusche deuteten darauf hin, dass Ryan sich im Bereitschaftssaal ein paar Stockwerke unter mir befand.

»Candiac?« Ich versuchte, ihm auf die Sprünge zu helfen. »Sechzigjährige Frau, die heute Morgen tot in ihrem Bett aufgefunden wurde. Wer hat den Fall?«

»Du sprichst mit demjenigen welcher, Kleines.«

»Viel Freizeit haben sie dir nicht gegeben.«

»Anscheinend hat man mich hier vermisst.«

»Hast du inzwischen schon jemanden gefunden, der mit dir auf Tour geht?«

Vor einigen Jahren war Ryans Partner bei einem Flugzeugabsturz ums Leben gekommen, als er einen Gefangenen von Georgia nach Montreal eskortierte. Seitdem arbeitete Ryan alleine, sprang von einem Spezialauftrag zum nächsten.

»Mein Charisma ist einfach zu überwältigend.«

»Könnte auch das Aftershave sein.«

»Ich fliege gern solo.«

»Warum kam Parent als *mort suspecte* herein?«

»Vermutlich, weil ihr Tod irgendwie verdächtig aussah.«

»Hahaha, Ryan.«

»Das Opfer war bei guter Gesundheit, noch nicht so alt. Kein defekter Heizstrahler. Kein ausströmendes Gas oder Kohlenmonoxid. Keine Vorgeschichte von Depressionen. Kein Abschiedsbrief. Die vierundsechzigjährige Schwester des Opfers ist unauffindbar. Verschwunden. Die Wachtmeister in Candiac meinten, das sollten sich die großen Jungs mal anschauen.«

»LaManche macht heute Morgen noch die Autopsie.«

Ich stellte mir Ryan vor, den Hörer zwischen Ohr und Schulter geklemmt, die Füße auf dem Tisch.

Ich stellte mir Ryan in meinem Bett vor.

Ich stellte mir Ryan mit einer College-Göre vor.

»Die Nichte des Opfers fand die Leiche. Sagt, es passt nicht zu ihrer Mutter, dass sie wegfährt, ohne ihr etwas zu sagen.«

»Rose Fisher.«

Ich hörte Papier rascheln.

»Bingo.«

»Du suchst nach ihr?«

»Ja, Ma'am.«

»Wer ist Alban Fisher?«

Ein kurzes Zögern. »Das kann ich rausfinden. Warum?«

»Erinnerst du dich an die Frau, die wegen der Skelette in der Pizzabude angerufen hat?«

»Ja.«

»Weißt du noch, dass ich dachte, ihr Name wäre Ballant oder Gallant oder so was in der Richtung?«

»Ja.«

»Beide Anrufe kamen aus Rose Fishers Haus in Candiac.«

»Parent.«

»Bei einer schlechten Verbindung klingen die Namen ziemlich ähnlich.«

»Der Anschluss läuft auf den Namen Alban Fisher?«, vermutete Ryan.

»Ja.«

»Steht Alban im Telefonbuch?«

»Moment mal.«

Ich legte den Hörer weg, zog das Telefonbuch heraus und blätterte zu F. Manchmal erfordert Ermittlungsarbeit kein großes Genie. Alban Fisher war mit der Adresse in Candiac verzeichnet.

»Hab ihn.«

»Die Nichte hat sonst niemanden informiert. Meinte, die Frauen leben allein. Ich rufe sie an.«

»Ich melde mich bei dir, wenn LaManche fertig ist.«

»Könnte ein simpler Herzinfarkt sein.«

»Könnte.«

»Passiert ziemlich oft.«

»Zweithäufigste Todesursache.«

»Bist du sicher, dass die Pumpe nicht *numero uno* ist?«

»Nein.«

»Gibt's sonst noch was Neues?«

»Eigentlich schon, ja.«

Ich erzählte ihm von dem nachgemachten Knopf. Er fragte, was das zu bedeuten habe. Ich sagte ihm, dass ich keine Ahnung hätte.

Dann erzählte ich ihm von Nicolò Cataneo.

Eine Pause trat ein, und danach klang Ryans Stimme verändert. Irgendwie härter.

»Das gefällt mir ganz und gar nicht, Tempe. Für diese Mafiosi ist ein Menschenleben nicht mehr wert als benutzte Zahnseide. Pass auf dich auf.«

»Das tue ich immer.«

»Fenster repariert?«

»Ja.«

»Ich habe dich dieses Wochenende vermisst.«

»Wirklich?«

»Ist deine Freundin noch bei dir?«

»Ja.«

»Wir reden, wenn sie wieder weg ist.«

»Anne beißt nicht.«

Eine lange Pause. Ryan beendete sie.

»Lass mich wissen, was LaManche sagt. Pieps mich an, falls ich nicht im Büro bin.«

Bevor ich mich an die Untersuchung des dritten Skeletts machte, schaute ich im Hauptautopsiesaal vorbei. Pelletier hatte das erste der Crack-Opfer auf Tisch eins. LaManche hatte Louise Parent auf Tisch zwei.

Parent war in einem Oma-Nachthemd eingetroffen. Das lange Flanellhemd lag ausgebreitet auf der Anrichte. Rote Rosen auf Pink. Spitzenbesetzte Passe mit Perlknopfleiste.

Eine Erinnerung blitzte auf. Oma, die in ihren Pantoffeln und mit einer Tasse Kamillentee ins Bett schlurft.

Mein Blick wanderte zu der Leiche.

Auf dem Lochstahl wirkte Parent Mitleid erregend klein. So allein. So tot.

Ein Stich der Trauer.

Ich biss auf die Zähne.

Behutsam drehte LaManche den Kopf der Frau. Öffnete ihren Mund. Hob eine Schulter an. Der runzlige Rücken und die Hinterbacken waren violett vor Leichenflecken.

LaManche drückte einen Finger in das verfärbte Fleisch. Der Druckpunkt entfärbte sich nicht.

LaManche ließ die Leiche wieder auf den Rücken sinken und

hob dann eine leblose Hand an. An einigen wenigen Stellen löste sich eine papierdünne Schicht von der darunter liegenden Lederhaut.

»Leichenflecken nicht mehr wegdrückbar. Totenstarre ist eingetreten und wieder verschwunden. Hautablösung hat noch kaum begonnen.«

Während LaManche seine Beobachtungen notierte, wanderte mein Blick über die Geographie von Parents Leiche.

Die Muskeln der Frau waren verfallen, die Haare grau, die Haut so blass, dass sie fast durchscheinend wirkte. Ihre verschrumpelten Brüste lagen schlaff auf dem knochigen Brustkorb. Ihr Bauch wurde bereits grün.

»Was meinen Sie, wie lange sie schon tot ist?«, fragte ich.

»Ich sehe keine Marmorierung, keine Aufblähung, nur minimale Verwesung. Das Haus war warm, aber nicht überhitzt. Ich werde natürlich noch Mageninhalt und Augenflüssigkeit untersuchen, aber zu diesem Zeitpunkt würde ich sagen, achtundvierzig bis zweiundsiebzig Stunden.«

Noch ein Stich.

Am Mittwoch hatte ich diese Frau abgewimmelt. Am Donnerstag hatte sie mich noch einmal angerufen. Nach LaManches Schätzung war sie am Freitag oder am Samstag ums Leben gekommen.

Mir fiel eine dünne weiße Linie auf ihrem Unterbauch auf.

»Sieht aus, als hätte sie eine Operation gehabt.«

LaManche zeichnete die Narbe bereits in ein Diagramm ein.

Mein Blick wanderte zu Parents Gesicht.

Beide Augen waren halb geöffnet und zeigten dunkle Verfärbungen.

Im Tod erschlaffen die Muskeln der Lider und entblößen die Hornhaut, so dass das Epithelgewebe austrocknen kann. *Tache noire sclérotique.* Ganz normal. Aber die Veränderung gab Parent das makabre Aussehen eines gestern überfahrenen Tiers.

Ich beugte mich über den Kopf und untersuchte Parents Zähne. Sie waren zwar abgenutzt, aber sauber und nur mäßig verfärbt. Das Zahnfleisch zeigte kaum Schwellung oder Resorption. Parent hatte sich um ihre Zähne gekümmert.

Ich wollte mich eben wieder aufrichten, als mein Blick auf etwas fiel, das zwischen dem rechten seitlichen Schneidezahn und dem Eckzahn klemmte. Ich beugte mich noch einmal darüber.

Da war eindeutig etwas.

Ich holte mir eine Lupe aus einer Schublade und kehrte zum Tisch zurück.

»Dr. LaManche«, sagte ich. »Schauen Sie sich das mal an.«

19

LaManche kam um den Tisch herum, und ich gab ihm die Lupe. Er betrachtete Parents Gebiss und sagte dann, ohne sich aufzurichten: »Eine Feder.«

»Ja«, entgegnete ich.

Mit einer Pinzette zog LaManche die Feder aus den Zähnen und steckte sie in ein Plastikröhrchen. Dann öffnete er Parents Mund weiter und untersuchte die Backenzähne.

»Ich sehe keine anderen.« Gedämpft durch die Maske.

»Luma-Lampe?«

»Bitte.« Er wandte sich an die Autopsietechnikerin. »Lisa?«

Während ich den Apparat aus einem Schrank holte, legte Lisa Parent auf eine Rollbahre und schob sie ins angrenzende Röntgenzimmer. Als ich zu ihnen kam, hatte sie auch das Nachthemd geholt und auf dem Röntgentisch ausgebreitet.

Während LaManche und ich orange getönte Schutzbrillen aufsetzten, schloss Lisa die Luma-Lampe an, die aus einem schwarzen Kasten und einer verstärkten, blauen Fiberoptik-Lichtquelle besteht. Damit würden wir Spuren sehen können, die für das bloße Auge unsichtbar waren.

»Fertig?«, fragte Lisa.

LaManche nickte.

Lisa setzte ihre Schutzbrille auf und schaltete das Hauptlicht aus.

Im Dunkeln suchte der Pathologe nun Parents Nachthemd ab. Hier und dort leuchteten Haare auf wie winzige weiße Drähte. Lisa schnappte sie mit der Pinzette und steckte sie in ein Plastikröhrchen.

Nachdem er mit dem Nachthemd fertig war, wandte LaManche sich der Leiche zu. Langsam wanderte das Licht über Parents Füße und Beine. Es erkundete die Hügel und Täler ihres Schambereichs, des Bauchs, des Brustkorbs und der Brüste. Wanderte über die Kuhle am Ansatz ihrer Kehle.

Nichts leuchtete auf außer einigen weiteren Haaren.

»Die sehen exakt so aus wie ihre Kopfhaare«, sagte ich.

»Ja«, pflichtete LaManche mir bei.

Parents Hände und Fingernägel ergaben nichts. Augen, Nasenlöcher und Ohren waren sauber.

Dann drang der Strahl in die dunkle Höhlung des Mundes ein.

»Bonjour«, sagte Lisa in die Dunkelheit.

Ein Backenzahn funkelte am Zahnfleischrand wie Phosphor.

»Das ist kein Haar«, sagte ich.

Lisa zog das Objekt mit der Pinzette heraus.

Obwohl wir noch dreißig Minuten in der Dunkelheit arbeiteten, fanden wir nur noch zwei weitere Haare, beide dünn und wellig wie die des Opfers.

Als Lisa das Deckenlicht wieder einschaltete, kehrten LaManche und ich in den Hauptautopsiesaal zurück. Dort öffnete er das Backenzahnröhrchen und untersuchte den Inhalt unter Vergrößerung. Es dauerte eine halbe Ewigkeit, bis er etwas sagte.

»Das ist noch ein Federfragment.«

LaManche und ich wechselten einen Blick, in uns beiden keimte derselbe Verdacht.

In diesem Augenblick kehrte Lisa mit Parent zurück. LaManche ging zur Bahre. Ich folgte ihm.

LaManche packte die Oberlippe mit festem Griff und zog sie weit zurück. Die Innenseite wirkte normal.

Als LaManche die Unterlippe nach unten zog, erkannte ich winzige horizontale Schnitte in dem glatten, dunkelroten Fleisch. Jeder entsprach der Position eines unteren Schneidezahns.

Mit Daumen und Zeigefinger zog der Pathologe zuerst die linken Augenlider, dann die rechten auf. Beide Augen zeigten Petechien, feine rote Punkte und Flecken auf der Leder- und Bindehaut.

»Erstickungstod«, sagte ich, und schreckliche Bilder stiegen in mir auf.

Ich stellte mir die Frau allein in ihrem Bett vor. Ihr sicherer Ort. Ihr Refugium. Eine Silhouette, die drohend aus der Dunkelheit ragt. Finger, die sich um ihren Hals legen. Hunger nach Sauerstoff. Das Herz hämmert vor Todesangst.

»Petechien können viele Ursachen haben, Temperance. Ihr Vorhandensein bedeutet kaum mehr, als dass Kapillargefäße geplatzt sind.«

»Also Folge einer plötzlichen Gefäßstauung im Kopf«, sagte ich.

»Ja«, sagte LaManche.

»Wie bei einer Strangulation«, sagte ich.

»Petechien können verursacht werden durch Husten und Niesen, durch Erbrechen, starkes Pressen beim Stuhlgang, während einer Geburt …«

»Ich bezweifle, dass diese Frau in den Wehen lag.«

LaManche redete weiter, während er Parents Rachenraum mit latexverhülltem Finger abtastete.

»… Fremdkörperobstruktion, Knebelung, Anschwellen der Atemwege.«

»Finden Sie irgendwelche Hinweise auf diese Möglichkeiten?«

LaManche warf mir einen kurzen Blick zu.

»Ich habe mit der äußerlichen Untersuchung doch gerade erst angefangen.«

»Sie könnte erstickt worden sein.«

»Ich sehe keine Kratzer, keine abgebrochenen Nägel, kein Anzeichen von Gewalt oder eines Abwehrkampfes.« Mehr zu sich selbst als zu mir.

»Sie könnte im Schlaf erstickt worden sein. Mit einem Kissen.« Ich sagte einfach, was mir in den Sinn kam. »Ein Kissen würde keine Spuren hinterlassen. Ein Kissen würde die Federn in ihrem Mund und die Schnitte an der Unterlippe erklären.«

»Grobe Petechien sind nicht ungewöhnlich bei Leichen, die in Bauchlage und mit dem Kopf tiefer als der restliche Körper aufgefunden wurden.«

»Die Leichenflecken auf Rücken und Schultern deuten darauf hin, dass sie mit dem Gesicht nach oben starb.«

LaManche richtete sich auf. »Detective Ryan hat mir für heute Nachmittag Tatortfotos versprochen.«

Kurz kreuzten sich unsere Blicke. Dann nahm ich meine Maske ab und erzählte LaManche die Geschichte von Mrs. Parent.

Die traurigen alten Augen sahen mich unverwandt an. Dann: »Ich bin Ihnen dankbar, dass Sie mich auf Ihre Beziehung zu dem Opfer hingewiesen haben. Ich werde die innere Untersuchung mit besonderer Sorgfalt durchführen.«

Diese Aussage war überflüssig. Ich wusste, dass LaManche bei Mrs. Parent so penibel vorgehen würde wie bei jeder Leiche, die er untersuchte. Ob Premierminister oder Taschendieb, Pierre LaManche würde sich nie mit dem Verdikt »Todesursache ungeklärt« zufrieden geben.

Um halb elf hatte ich das eingewickelte Skelett aus der zweiten Senke im Keller der Pizzabude aus seinem Leichensack befreit.

Um halb zwölf hatte ich die Knochen aus ihrer Lederumhüllung gewickelt, die Anhaftungen aus Erde und Adipocire entfernt und die Knochen anatomisch korrekt auf dem Autopsietisch angeordnet.

Um zwanzig vor drei hatte ich Knocheninventar und Untersuchung abgeschlossen.

Das Skelett mit der Bezeichnung LSJML-38 428 war das einer weißen Frau, einhundertfünfundsechzig bis einhundertdreiundsiebzig Zentimeter groß, die im Alter zwischen achtzehn und zweiundzwanzig Jahren gestorben war. Sie hatte schlechte Zähne, keine Füllungen und eine gut verheilte Colles-Fraktur der rechten Speiche. Das Skelett wies nur minimale postmortale Schäden auf und zeigte keine Hinweise auf Verletzungen, die zum Todeszeitpunkt oder in dessen Nähe aufgetreten waren.

Meine vorläufigen Schlussfolgerungen waren also richtig gewesen. Dieses Mädchen war zwar etwas älter, aber sonst den beiden anderen auf bestürzende Weise ähnlich.

Ich machte mir eben letzte Notizen, als ich hörte, wie die Tür zum Vorzimmer auf- und zuging. Sekunden später erschien LaManche. Seine Miene verriet mir, dass er nicht hier war, um mir von einem Aneurysma zu berichten.

»Ich habe ein Übermaß an sauerstoffreduziertem Hämoglobin im venösen Blut gefunden, was auf eine Zyanose hindeutet.«

»Erstickungstod.«

»Ja.«

»Sonst noch etwas?«

»Nichts, was für eine Frau in ihrem siebten Lebensjahrzehnt ungewöhnlich wäre.«

»Es könnte also sein, dass sie erstickt wurde.«

»Ich fürchte, diese Möglichkeit besteht.«

»Irgendwelche Verletzungen?«

LaManche schüttelte den Kopf. »Keine Brüche. Keine Blutungen. Keine Kratzer oder Nagelspuren. Kein Gewebe unter ihren Nägeln. Nichts, was auf einen Kampf hindeutet.«

»Vielleicht wurde sie im Schlaf angegriffen. Oder man hat sie betäubt.«

»Ich fordere eine komplette toxikologische Untersuchung an.«

Wieder öffnete und schloss sich die Außentür. Stiefelschritte durchquerten das Vorzimmer.

Ryan präsentierte sich im saloppen Ermittler-Outfit. Jeans, Jeanshemd, gelbbrauner Blazer mit Lederflicken an den Ellbogen.

Ryan und LaManche tauschten *»Bonjours«* aus.

Ryan und ich tauschten Nicken aus.

LaManche berichtete Ryan von seinen Ergebnissen.

»Todeszeitpunkt?«, fragte Ryan.

»Haben Sie irgendwelche Hinweise auf eine letzte Mahlzeit gefunden?«

»Topf, Löffel und Suppentasse auf dem Abtropfständer. Leere Suppendose im Abfall. Gartengemüse.«

»Der Magen war völlig entleert. Dies musste binnen drei Stunden nach Verzehr der Suppe geschehen sein.«

»Die Nichte sagt, dass die Damen normalerweise gegen sieben zu Abend aßen und gegen neun oder zehn ins Bett gingen.«

»Wenn die Suppe ihr Abendessen war und nicht ihr Mittagessen.« LaManche hob den Finger. »Und Sie dürfen nicht vergessen, dass die gastrische Physiologie extrem variabel ist. Nervliche Belastung und gewisse Krankheiten verzögern die Magenentleerung.«

Mir fiel die zittrige Stimme am anderen Ende der Leitung ein. Parents Aufregung war sogar über die Entfernung hinweg offensichtlich gewesen. Ich sagte es den beiden.

»Ich beantrage Einsicht in ihre Telefondaten.«

»Aber der Verwesungszustand deutet darauf hin, dass der Tod

wahrscheinlich am Freitag eintrat. Und jetzt.« LaManche verschränkte die Hände hinter dem Rücken. »Was haben Sie uns mitgebracht, Detective?«

Ryan zog einen braunen Umschlag aus einer Jackentasche und breitete Farbfotos auf der Arbeitsfläche aus.

Es waren Momentaufnahmen von Louise Parents letztem Tag.

Außenaufnahmen eines hellen Ziegelbungalows. Eisfreie Gehwege. Zur Straße eine Veranda, die Fenster mit bunten Lämpchen geschmückt. Blaue Holztür. Ein Kranz mit *»Joyeuses Fêtes!«* auf einem roten Samtband. Auf dem Rasen vor dem Haus ein Rentier aus Plastik.

Umzäunter Hinterhof, ein Kinderschlitten lehnte außen am Maschendrahtzaun. Eisfreies Betonhintertreppchen. Schneeschaufel.

Wortlos arbeiteten LaManche und ich uns durch die Fotos.

Großaufnahmen der Vorder- und Hintertür zeigten unbeschädigte Knäufe und Schlösser.

Eine Küche, von rechts, dann von links aufgenommen. Herd, Kühlschrank, umlaufende Anrichte mit Edelstahlspülbecken. Freistehender Hackblock.

Ein Löffel, eine Suppentasse, ein Topf auf dem Abtropfgestell.

»Sieht sehr ordentlich aus«, sagte ich.

»Alles an seinem Platz«, entgegnete Ryan. »Kein Hinweis auf einen Einbruch. Kein Hinweis auf Gesellschaft.«

»Die Türen waren verriegelt?« LaManche.

»Bastillo glaubt es, aber sie kann es nicht beschwören.«

»Ist das die Nichte?«

Ryan nickte. »Bastillo erhielt einen Anruf auf ihrem Handy, als sie vor der Tür ihrer Mutter stand. Sie weiß noch, dass sie Probleme mit dem Schlüssel hatte, weil sie das Telefon in der einen Hand hielt und mit der anderen versuchte, die Tür aufzuschließen. Sie meinte, falls die Tür nicht verriegelt gewesen war, könnte sie sie unabsichtlich zu- und dann wieder aufgeschlossen haben.«

»Hat das Haus ein Sicherheitssystem?«

Ryan schüttelte den Kopf, zog dann einen Schnappschuss aus der Tasche und gab ihn LaManche. LaManche gab ihn mir.

Die Aufnahme zeigte eine dralle Frau mit apricotfarbenen Haaren und Make-up à la Jackson Pollock. Dem Anschein nach war sie knapp über sechzig.

»Rose Fisher?«, fragte ich.

Ryan nickte.

Ich gab ihm den Schnappschuss zurück und wandte mich wieder den Tatortfotos zu.

Wohnzimmer mit Sofa und Zweisitzer, beide mit Zierdeckchen geschmückt. Panoramafenster. Spitzengardinen. Geschlossene Jalousien. Vogelbauer auf einem verzierten Metallständer.

Ich erinnerte mich an das Trällern im Hintergrund während Parents Anrufen.

»Was für ein Vogel?«, fragte ich betrübt.

»Nymphensittich.«

Katy hatte auch so einen. Deshalb kam mir das Trällern am Telefon so bekannt vor.

»Wer kümmert sich darum?«

Ryan schaute mich verwundert an. »Bastillo.«

»Ist die Schwester des Opfers schon aufgetaucht?«, fragte LaManche.

»Rose Fisher. Nein.«

»Was halten Sie davon?«

»Bastillo sagt, ihre Mutter und ihre Tante hätten gern Ausflüge gemacht, ihr aber dann immer Bescheid gegeben.«

»Damit sie den Vogel füttern konnte«, vermutete ich.

Ryan nickte.

»Diese beiden Damen, fuhren sie mit dem Auto?«, fragte LaManche.

»Mit Fishers. Ein vierundneunziger Pontiac Grand Prix.«

»Ist das Fahrzeug verschwunden?«

»Es steht nicht vor dem Haus. Ich habe eine Suchmeldung ausgegeben. Falls es irgendwo herumsteht, sollte jemandem das Nummernschild auffallen.«

»Wer ist Alban Fisher?«, fragte ich.

»Fishers Ehemann. Steuerberater. Starb vierundneunzig. Rose hat sich nie die Mühe gemacht, den Namen des Telefonanschlusses zu ändern.«

»Ist Bastillo jemand eingefallen, der etwas gegen ihre Mutter oder ihre Tante haben könnte?«

»Die beiden hatten seit längerem Streit mit einem Nachbarn wegen eines zu dicht an ihrer Einfahrt geparkten Geländewagens. Bastillo besteht darauf, dass wir diesen Kerl überprüfen.«

»Ist Bastillo glaubwürdig?«

»Man wird sie vielleicht nicht gerade in den Rat der Weisen wählen, aber sie wirkt einigermaßen zuverlässig.« Ryan nickte in LaManches Richtung. »Sobald der Doc Mord sagt, nehm ich die Dame genauer unter die Lupe.«

LaManche und Ryan wurden zu körperlosen Stimmen, während ich weiter die Fotos betrachtete.

Ein Korridor. Ein Schlafzimmer. Ein Bad. Ein zweites Schlafzimmer, etwas kleiner als das erste. Toilettentisch, Nachtkästchen, alles aus Ahornholz.

Eine Leiche.

Louise Parent war ein kindergroßer Umriss unter einer blassrosa Bettdecke. Sie lag mit dem Gesicht zur Tür, den rechten Arm nach oben gestreckt, den Kopf auf einem zerdrückten Kissen merkwürdig abgeknickt. Ihre Augen waren schwarze und leere Halbmonde. Graue Strähnen hingen ihr schlaff übers Gesicht.

»Hat Bastillo die Leiche bewegt?«, fragte ich niemanden im Besonderen.

»Sie sagte, sie hätte ihre Tante ohnmächtig aufgefunden und versucht, sie zu wecken.«

»Hat sie das Kissen berührt?«

»Das weiß sie nicht mehr.«

Vor dem Bett sah ich zwei ordentlich parallel gestellte Pantoffeln. Auf dem Nachtkästchen eine zusammengeklappte Brille, eine Tasse und ein Fläschchen mit verschreibungspflichtigen Pillen.

»Ist das das Ambien, das uns geschickt wurde?«, fragte LaManche.

»Ja. Auf dem Etikett steht dreißig Stück und das Ausgabedatum von letztem Mittwoch. Acht fehlen.«

»Wissen Sie, was in der Tasse war?«

»Wasser. Bastillo hat sie voll gemacht, als sie ihre Tante nicht wecken konnte. Sagt, sie wäre nervös geworden. Und hätte nicht so recht gewusst, was sie tun sollte.«

»Hat sie die Tasse leer im Schlafzimmer vorgefunden?«

»Sie glaubt es. Aber nicht vergessen, diese Bastillo ist nicht gerade die Hellste.«

»Haben Sie außer den Medikamenten, die mit der Leiche angeliefert wurden, noch andere gefunden?«, fragte LaManche.

»Vioxx gegen Arthritis. Das haben Sie auch. Ansonsten nur, was jeder in seinem Medizinschränkchen hat. Kalzium. Aspirin. Eine Hämorrhoidensalbe. Eine halb leere Tube Neosporin. Ein paar frei verkäufliche Antiallergika.«

»War es ungewöhnlich, dass die Tasse auf dem Nachtkästchen stand?«

»Laut Bastillo ist ihre Mutter Weltmeisterin im Schnarchen. Parent hatte einen leichten Schlaf, und deshalb nahm sie für gewöhnlich ein paar Ambien mit Kräutertee, wenn sie ins Bett ging. Bastillo sagt, wenn in der Tasse was drin war, was sie nicht sicher weiß, dann hätte sie wahrscheinlich angenommen, dass es Tee ist, und ihn ausgeschüttet.«

»Ist wahrscheinlich eine gute Idee, diese Tasse sicherzustellen«, sagte ich.

»Jawohl, Ma'am«, sagte Ryan feierlich.

Meine Wangen wurden rot. Natürlich hatten sie das bereits getan.

»Wir können den Kissenbezug auf Parents Speichel untersuchen, aber das dürfte nicht besonders viel nützen«, sagte LaManche.

»Alte Damen sabbern nun mal«, sagte Ryan. »Die sind bekannt dafür.«

»Haben Sie irgendeinen Hinweis darauf gefunden, wann Rose Fisher zum letzten Mal zu Hause geschlafen hat?«, fragte LaManche.

»Das Bett war gemacht. Das Nachthemd hing an einem Haken an der Badezimmertür.« Ryan deutete mit dem Finger auf mich. »Keine Tasse auf dem Nachtkästchen.«

Mir fiel keine schlagfertige Antwort ein.

»Bastillo sagte, dass ihre Mutter oft später ins Bett gegangen sei als ihre Tante«, fügte Ryan hinzu.

Eine ganze Minute lang betrachteten wir gemeinsam die Fotos. Dann sprach Ryan LaManche direkt an.

»Und wie heißt es, Doc? Haben wir einen Mord?«

LaManche richtete sich auf, die Hände noch immer hinter dem Rücken verschränkt.

»Führen Sie Ihre Ermittlungen fort, Detective. Der Verdacht besteht auf jeden Fall. Ich sage Ihnen Bescheid, wenn ich die Ergebnisse vom Toxikologen habe.«

Nachdem LaManche gegangen war, betrachteten Ryan und ich noch einige Augenblicke lang die Fotos. Ein bleiernes Gefühl machte sich in meiner Magengrube breit.

Ich brach das Schweigen.

»Sie wurde ermordet.«

»LaManche ist noch nicht völlig überzeugt.« Ryans Stimme troff vor Sachlichkeit.

»Parent rief mich an und behauptete, sie wisse etwas über drei tote Mädchen. Vier Tage später wird sie tot in ihrem Bett mit Federn im Mund aufgefunden.«

»Alte Damen sterben.«

»Und wo ist ihre Schwester?«

»Das ist ein Rätsel.«

»Was wollte Parent mir über die Knochen sagen?«

»Das ist noch ein Rätsel.«

Ryan zwinkerte.

Mein Magen versuchte einen Salto, landete auf dem Hintern.

Ich atmete tief durch.

»Was ist los mit uns, Andy?«

Ryan betrachtete mich mit Augen, die so blau waren wie eine Bucht auf den Bahamas.

Eine Diskussionsrunde nahm in meinem Kopf Platz. Pro: Sag ihm, dass Charbonneau ihn mit der College-Göre gesehen hat. Contra: Behalt's für dich.

Der Preis ging an die Contra-Seite. Es war klüger, das für mich zu behalten.

Doch auch die Klugheit setzte sich auf den Hintern.

»Charbonneau hat heute Morgen eine komische Sache erwähnt.«

»Wenn du die Schießerei vom Samstagmorgen meinst, das war keine große Sache.«

»Er hat dich letzten August vor dem Gerichtsgebäude gesehen.«

»Ich bin eben ein schwer arbeitender Junge.« Jungenhaftes Grinsen.

»In der Woche, in der du aus Charlotte weg bist.«

Die Bahama-Bucht zeigte nicht das leiseste Kräuseln.

»Wegen einer familiären Krise in Nova Scotia.«

Ruhige See.

»Du warst nicht allein.«

»Es ist nicht, was du denkst.«

»Was *denke* ich denn?«

Ryans Lächeln verlöschte kurz und erstrahlte dann wieder. Er strich mir mit den Fingerspitzen über die Wange. Dann schob er die Fotos zusammen, steckte sie in den Umschlag und gab ihn mir. Lange schaute er mir in die Augen. Dann: »Ich liebe dich, weißt du?«

Ich schaute auf meine Schuhe hinunter, in meiner Brust stritten die Gefühle.

Ich schloss die Augen.

Die Vorzimmertür klickte, klickte noch einmal.

Als ich die Augen wieder öffnete, war Ryan verschwunden.

In den nächsten drei Tagen passierte kaum etwas.

Dann hatte ich meinen ersten Durchbruch.

Und meinen zweiten.

Und meinen dritten.

20

Drei Tage hintereinander verlangte kein Toter aus der Provinz die Aufmerksamkeit der Anthropologin. Keine verwesende Leiche in einem Güterwaggon. Keine Mumien auf Dachböden. Kein einziges gefrorenes Leichenteil.

Am Dienstag versuchte ich, noch einige Ménards und Truongs anzurufen, und arbeitete dann die liegen gebliebenen Stapel Fallberichte, E-Mails und Korrespondenz auf. Anne schlief bis zwei und schaute sich dann lustlos Seifenopern und Wiederholungen an. Sie begann kaum ein Gespräch, obwohl ich mir extra den Nachmittag freigenommen hatte, um bei ihr zu sein. Zum Abendessen trank sie drei Viertel einer Flasche Lindmans, behauptete dann, sehr müde zu sein, und schlich gegen zehn ins Bett. Wie müde kann man sein, wenn man nur acht Stunden auf war und nichts getan hat?, fragte ich mich.

Jeden Dezember kommen Kunsthandwerker aus der ganzen Provinz in Montreal zusammen, um im Salon des métiers d'art du Québec ihre Waren zu verkaufen. Am Mittwoch scheuchte ich Anne mittags aus dem Bett und schlug ihr einen weihnachtlichen Einkaufsbummel vor.

Sie hatte keine Lust.

Ich bestand darauf.

Nur ein paar Millionen Leute tummelten sich auf der Place Bonaventure. Ich kaufte eine Keramikschüssel für Katy, einen geschnitzten Pfeifenständer aus Eichenholz für Pete, einen Schal aus Lamawolle für Harry. Birdie und Boyd, Petes hündischer Hausgenosse in Charlotte, bekamen schicke Wildlederhalsbänder. Apricot für die Katze. Waldgrün für den Chow-Chow.

Ein Stand mit handbemalten Seidenwaren brachte mich auf Ryan. Eine Krawatte? Nix da.

Anne schleppte sich lethargisch von Stand zu Stand und zeigte so viel Interesse wie eine Laborratte aus einer Kontrollgruppe. Ich spendierte ihr Schokotoffees und setzte lustige Hüte auf. Legte mir sogar das Hundehalsband um. Hin und wieder versuchte sie, Interesse zu zeigen, versank dann wieder in Teilnahmslosigkeit, fast so, als wäre ich nicht da. Nichts konnte sie aufheitern. Sie kaufte überhaupt nichts.

Annes Depression war inzwischen noch tiefer als der Marianen-Graben geworden.

Den ganzen Tag lang nahm ich sie immer wieder in den Arm und sagte tröstende Sachen. Ich wusste nicht, was ich sonst tun sollte. Sie war äußerst schweigsam, was für sie eigentlich unnatürlich ist.

Beim Abendessen stocherte sie in ihrem Sushi nur herum und konzentrierte sich lieber auf eine neuerliche Alkoholvergiftung. Zu Hause schützte sie wieder Müdigkeit vor und ging in ihr Zimmer.

So niedergeschlagen hatte ich meine Freundin noch nie erlebt, ich konnte den Ernst ihrer Lage kaum einschätzen. Ich wusste, dass irgendetwas ganz und gar nicht stimmte, aber bis zu welchem Grad sollte ich mich einmischen? Vielleicht verzog sich dieses Stimmungstief einfach wieder.

Besorgt schlief ich ein und träumte von Anne an einem dunklen, leeren Strand.

Am Donnerstagmorgen sah ich in meiner E-Mail-Box, dass Arthur Holliday mir die C-14-Resultate geschickt hatte.

Ich hatte die Finger über der Tastatur und starrte die Betreff-Zeile an.

Ich wartete doch schon so ungeduldig auf den Bericht. Warum zögerte ich jetzt?

Ganz einfach. Eigentlich wollte ich gar keine Bestätigung dafür, dass wieder einmal unschuldigen jungen Frauen brutale Gewalt angetan worden war.

Ich wollte gar nicht wissen, dass schon wieder Mädchen, die kaum die Kindheit hinter sich hatten, das Leben genommen worden war von – ja, von wem? Irgendeinem Freak mit dem Kopf voller Pornographie, der nur durch körperliche Unterwerfung seiner Opfer sexuelle Befriedigung finden kann? Einem Geistesgestörten mit einer Videokamera, der Beweise beseitigen muss? Oder einem mutierten Macho-Arschloch, der Frauen als Wegwerfobjekte betrachtet, die man nach perversem Missbrauch einfach beiseite schaffen kann? All diese Typen sind unter uns.

Ich wollte fast, dass Claudel Recht hatte. Ich wollte, dass die Knochen aus der Vergangenheit stammten. Dass sie Töchtern gehörten, die vor langer Zeit von trauernden Familien zur ewigen Ruhe gebettet worden waren. Aber ich wusste es besser, ich wusste, ich musste mich den Testergebnissen stellen, wenn ich bei der Identifikation der Opfer helfen wollte.

Tief durchatmen.

Ich klickte auf Abholen und öffnete dann die Acrobat-Datei.

Die Mail bestand aus fünf Seiten: das Anschreiben, der Bericht über die Radiokarbon-Analyse und drei Graphiken, die das jeweilige C-14-Alter in Kalenderjahre übersetzten.

Ich betrachtete die aktuell gemessenen und die definierten C-14-Altersangaben und blätterte dann zu den Graphiken.

Bilder stürzten auf mich ein.

Ich druckte den Bericht aus und machte mich auf den Weg ins Labor.

LaManche war in seinem Büro. Seit meinem letzten Besuch hatte entweder er oder seine Sekretärin einen Keramik-Weihnachtsbaum dem Chaos auf seinem Schreibtisch hinzugefügt.

Ich klopfte leicht mit den Knöcheln an die Tür.

LaManche hob den Kopf.

»Temperance. Bitte kommen Sie herein. Haben Sie es schon gehört?«

Ich sah ihn verwirrt an.

»Die Geschworenen haben Monsieur Pétit in allen Punkten für schuldig befunden.«

»Wann?«

»Gestern.«

»Das ging aber schnell.«

»Als die Staatsanwältin anrief, meinte sie, Ihre Gutachteraussage habe den Ausschlag gegeben.« LaManche schaute auf die Papiere in meiner Hand. »Aber Sie sind offensichtlich aus einem anderen Grund hier.«

»Ich habe die C-14-Ergebnisse.«

»Das ging aber auch schnell.« Überrascht.

»Dieses Labor arbeitet sehr effizient.« Von den Zusatzkosten sagte ich nichts.

LaManche stand auf und setzte sich mit mir an einen kleinen ovalen Tisch neben seinem Schreibtisch. Ich breitete die Ausdrucke aus, und wir beugten uns darüber.

»Zwei Variablen sind wichtig«, sagte ich. »Die Radioaktivität eines bekannten Standards und die Radioaktivität unserer unbekannten Probe. Über das Phänomen der atmosphärischen Atomtests und ihre Auswirkungen auf die C-14-Pegel haben wir bereits gesprochen, also nehmen wir einfach an, dass der Standardwert für C-14 im Jahr 1950 hundert Prozent ist. Jeder Wert darüber bedeutet ›Bomben‹- oder modernes Karbon und deutet auf einen Tod hin, der nach 1950 eintrat.«

Ich deutete auf die letzte Zahl in der Spalte mit der Überschrift »Gemessenes Karbon-Alter«.

»Der pMC-Wert für LSJML 38 428 ist 120,5, plus oder minus 0,5.«

»Ein Anteilswert an modernem Karbon, der deutlich über hundert Prozent liegt.«

»Ja.«

»Und das bedeutet, dass dieses Mädchen nach 1950 gestorben ist.«

»Ja.«

»Wann nach 1950?«

»Das ist kniffelig. Als die atmosphärischen Tests 1963 verboten wurden, waren die pMC-Werte bis auf einhundertneunzig Prozent gestiegen. Aber was hochgeht, muss auch wieder runterkommen. Ein pMC-Wert von einhundertzwanzig könnte deshalb einem Punkt auf dem aufsteigenden Ast der Kurve entsprechen, als die Werte noch anstiegen, oder einem Punkt auf dem absteigenden Ast, als die Werte wieder sanken.«

»Und das heißt?«

»Der Tod könnte in den späten Fünfzigern oder Mitte bis Ende der Achtziger eingetreten sein.«

LaManche machte ein enttäuschtes Gesicht.

»Es wird noch schlimmer. Der gegenwärtige pMC-Wert liegt bei einhundertundsieben Prozent.« Ich deutete auf die Werte für LSJML-38 426 und LSJML-38 427.

»Mon dieu.«

»Diese Mädchen starben entweder schon Anfang der Fünfziger oder erst in den frühen Neunzigern.«

»Sie werden Monsieur Claudel über die Ergebnisse informieren?«

»O ja«, sagte ich. Mit Nachdruck.

LaManche legte die Fingerspitzen aneinander und klopfte damit gegen die Unterlippe.

»Falls diese Mädchen in den letzten zwanzig Jahren verschwanden, ist es möglich, dass sie in der Datenbank sind. Wir müssen die Beschreibungsmerkmale, die wir haben, ans CPIC schicken.«

LaManche meinte das Canadian Police Information Centre, das Äquivalent des US-amerikanischen NCIC, des National Crime Information Centre.

CPIC und NCIC, die von der RCMP, der Royal Canadian Mounted Police, und vom FBI betrieben werden, sind riesige Datenbanken mit kriminologisch relevanten Informationen, darunter Vorstrafenregister, Details über Flüchtige und gestohlene Gegenstände sowie Daten über vermisste Personen. Die Datenbanken stehen Strafverfolgungs- und anderen polizeilichen Behörden vierundzwanzig Stunden am Tag und dreihundertfünfundsechzig Tage im Jahr zur Verfügung.

Als wir aufstanden, legte LaManche mir eine Hand auf die Schulter.

»Wir müssen uns ranhalten, Temperance. Wir müssen dieser Sache auf den Grund gehen.«

»O ja«, erwiderte ich, noch einmal mit Nachdruck.

Dreißig Sekunden später saß ich in meinem Büro und telefonierte mit Claudel. Doch er trug zu dem Dialog nur sehr wenig bei.

»Nicht so schnell.«

»Drei-acht-vier-zwei-sechs«, wiederholte ich in einem Tempo, das ein Faultier produziert hätte, wenn es Französisch sprechen würde. »Weiblich.« Pause. »Weiß.« Pause. »Alter sechzehn bis achtzehn.« Pause. »Größe einhundertsiebenundvierzig bis einhundertsiebenundfünfzig Zentimeter.«

»Zahnbefunde?« Claudels Stimme war scharf wie eine frisch geschliffene Sense.

»Keine Füllungen. Aber natürlich habe ich postmortale Röntgenbilder.«

»Das sind die Knochen aus der Kiste?«

»Ja.«

»Das Nächste.«

»Drei-acht-vier-zwei-sieben. Weiblich. Weiß. Alter fünfzehn bis siebzehn. Größe einhundertdreiundsechzig bis einhundertsiebzig Zentimeter. Keine Zahnfüllungen.«

»Die Knochen aus der ersten Senke?«

»Ja.«

»Fahren Sie fort.«

»Drei-acht-vier-zwei-acht. Weiblich, weiß, Alter achtzehn bis zweiundzwanzig, Größe einhundertfünfundsechzig bis einhundertdreiundsiebzig. Verheilte Colles-Fraktur der rechten Speiche.«

»Das heißt?«

»Sie hat sich einige Jahre vor ihrem Tod das Handgelenk gebrochen. Colles-Frakturen passieren häufig, wenn man die Hände ausstreckt, um einen Sturz abzufedern.«

»Die Knochen aus der zweiten Senke?«

»Ja.«

»Keins dieser Individuen hat irgendwelche besonderen Merkmale?«

»Ein Mädchen war ziemlich klein. Das andere hatte sich den Arm gebrochen.«

»Wenn diese Mädchen in den Fünfzigern starben, ist das alles reine Zeitverschwendung.«

»Ihre Familien sind da vielleicht anderer Meinung.«

»Irgendwelche Verwandten sind sicher in alle Winde verstreut. Oder tot.«

»Diese Mädchen wurden nackt ausgezogen und in einem Keller verscharrt.«

»Wenn diese Mädchen etwas mit Cataneo zu tun hatten, waren es höchstwahrscheinlich Nutten.«

Tief durchatmen. Der Mann ist ein Gnom.

»Ja, vielleicht waren sie Prostituierte, schuldig der Sünden der Unwissenheit und der Not. Vielleicht waren es Ausreißerinnen, schuldig der Sünden der schlechten Menschenkenntnis und des Pechs. Vielleicht waren es aber auch irgendwelche arglosen Mädchen, die ohne irgendeine Schuld aus ihrem Leben gerissen wurden. Wer sie auch waren, Monsieur Claudel, sie haben mehr verdient als ein vergessenes Grab in einem moderigen Keller. Wir konnten diesen Mädchen nicht helfen, als sie starben, aber wir können verhindern, dass andere in Zukunft das gleiche Schicksal erleiden.«

Jetzt sorgte Claudel für die Pause.

»Sie haben gesagt, die Skelette zeigen keine Hinweise auf Gewalt.«

Ich ging nicht darauf ein. »Wie wir beide herausgefunden haben« – eine Pause, um Claudel wissen zu lassen, dass ich von seinem Besuch wusste – »gehört dieses Gebäude im Augenblick einem Richard Cyr. Wie *ich* herausgefunden habe, war der Vorbesitzer Nick Cataneo, und die Zeitspanne, in der er es in Besitz hatte, entspricht einer der C-14-Spannen.«

Das nun folgende Schweigen war lang und feindselig.

»Ist Ihnen bewusst, wie viele in Frage kommende Kandidaten der Computer bei diesen Angaben ausspuckt?«

Es war mir bewusst.

»Ich werde die Knochen noch einmal untersuchen, nur um zu sehen, ob ich sonst noch etwas finde, das Ihnen weiterhelfen könnte.«

»Das wäre angebracht.«

Freizeichen.

Nach langen Jahren der Zusammenarbeit betrachtete ich Claudel als halsstarrig und engstirnig, doch dass ich seine Haltung richtiggehend verabscheute, kann ich nicht sagen. Dieser Fall allerdings drohte, diesen Trend umzukehren.

Eine schnelle Fahrt nach unten, um einen Kaffee zu holen.

Ein schneller Anruf bei Anne, um ihr ein gemeinsames Mittagessen vorzuschlagen.

Sie lehnte ab, wie ich befürchtet hatte.

Ich erzählte ihr von den C-14-Ergebnissen.

»Mach du nur weiter mit deinen Knochen, Tempe. Ich häng einfach hier rum.«

»Okay, aber lass es mich wissen, wenn du's dir anders überlegst. Ich bin flexibel.«

Nach dem Anruf räumte ich die beiden Arbeitstische und die seitliche Anrichte im Labor frei und legte die drei Skelette darauf aus. Ich untersuchte eben das Schienbein des Mädchens aus der Dr.-Energy's-Kiste, als Marc Bergeron auftauchte.

Dass Bergeron etwas merkwürdig aussieht, ist eine ebensolche Untertreibung, als würde man sagen, dass Cola eine winzige Prise Zucker enthält. Mit einer Größe von fast eins neunzig, einem Gewicht von deutlich unter achtzig Kilo und einer permanent gebeugten Haltung hatte Bergeron die Anmut und die Koordination eines watenden Storchs.

Bergeron ist Quebecs forensischer Odontologe. Seit dreißig Jahren bohrt und füllt er von Montag bis Donnerstag die Zähne der Lebenden, und am Freitag untersucht er die Zähne der Toten.

Wir begrüßten uns. Ich drückte meine Überraschung darüber aus, dass er an einem Donnerstag im Institut war.

»Heirat in der Familie. Ich muss morgen in Ottawa sein.«

Bergeron ging zum Schrank, holte einen Labormantel heraus

und zog ihn an. Der Mantel hing an ihm wie ein Laken an einer Vogelscheuche.

»Wer sind diese Leute?« Bergeron deutete auf die Skelette.

»Wurden im Keller einer Pizzabude gefunden.«

»Auswirkungen der Essensqualität?«

»Das glaube ich nicht.«

»Alt?«

»Ich weiß nur, dass sie nach 1950 starben. Irgendwelche Ideen?«

Bergeron nestelte an seinem Kragen und fuhr sich durch die Haare. Es sind außergewöhnliche Haare, weiß und kraus, mit einem Ansatz eine Meile nördlich seiner Brauen. Entgegen jeder Modelogik lässt Bergeron sie so lang wachsen, dass sie wie ein Heiligenschein von seinem Kopf abstehen.

»Die C-14-Datierung deutet darauf hin, dass diese Menschen entweder in den Fünfzigern oder in den Achtzigern und Neunzigern starben.«

Bergeron stakste zu einer Schublade, holte eine Stablampe heraus, nahm den Schädel aus der Kiste zur Hand und betrachtete die Zähne.

»Sehr schlechte Zahnhygiene. Sie haben einen Backenzahn als Untersuchungsprobe gezogen?«

Ich nickte.

»Ich nehme an, Sie haben zuerst Röntgenaufnahmen machen lassen?«

Ich nahm einen braunen Umschlag vom Klemmbrett mit der Fallakte LSJML-38 426 und steckte zehn kleine Filme auf den Lichtkasten. Während Bergeron sie studierte, wirkte sein Haarkranz im fluoreszierenden Licht wie ein elektrisierter Löwenzahn.

»Neben ausgedehnter Fäulnis gibt es kaum etwas Bemerkenswertes. Ein leicht gedrehter oberer rechter Eckzahn.« Er tippte mit knochigem Finger auf das Röntgenbild.

»Altersschätzung?«, fragte ich.

»Sechzehn, vielleicht achtzehn.«

»Das habe ich mir auch gedacht.«

Bergeron wandte sich nun LSJML-38 428 zu.

»Diese hier war in ein Ledertuch eingewickelt.«

»Wurde bei dieser Leiche eine Autopsie durchgeführt?«

»Was meinen Sie damit?« Bergerons Frage überraschte mich.

»Diese Schnitte hier am Schläfenbein. Könnten die beim Abziehen der Schädelschwarte entstanden sein?«

»Daran habe ich noch gar nicht gedacht.«

Ich trug den Schädel zum Mikroskop und betrachtete die Schnitte zuerst mit niedriger, dann mit hoher Vergrößerung. Bergeron setzte seinen Gedankengang fort.

»Vielleicht sind das alte Biologie-Präparate oder Unterrichtsskelette. Vielleicht hatte jemand sie als Kuriositäten aufgehoben und später das Interesse verloren, oder er dachte, der Besitz ist zu riskant.«

Daran hatte ich auch schon gedacht. So etwas kam relativ häufig vor.

»Es gibt keine Bohrlöcher, keine Drahtfragmente, kein Anzeichen für chemische Behandlung oder mechanische Manipulation. Die Knochen wurden nicht als Ausstellungsstücke präpariert.«

In der Vergrößerung sahen die Schnitte am Schläfenbein aus wie breite v-förmige Täler. Einige verliefen parallel zur Ohröffnung, andere gingen in verschiedenen Winkeln davon ab. Winzige Absplitterungen an den Rändern deuteten darauf hin, dass die Schnitte erst beigebracht worden waren, als der Knochen trocken und fleischlos war.

»Diese Spuren stammen nicht von einem Skalpell. Der Querschnitt ist zu breit. Außerdem ist die Anordnung beliebiger, als man es bei einer Autopsie erwarten würde. Ich glaube, es sind postmortale Artefakte.«

Ein halb ausgegorener Gedanke klopfte an mein mentales Hintertürchen.

Warum die V-Form? Das war nicht typisch für eine Abschleifung.

»Die da hatte deutlich weniger Zahnprobleme.«

Ich hob den Kopf. Bergeron stand am zweiten Arbeitstisch und untersuchte die Kieferfragmente von LSJML-38 427.

»Die Aufnahmen der Zahnwurzeln sind in der Akte.« Ich deutete auf einen gelben Umschlag neben den Knochen.

Bergeron klemmte die Zahnaufnahmen an den Lichtkasten.

»Könnte ein bisschen jünger sein, vielleicht fünfzehn bis siebzehn.«

»Fällt Ihnen irgendwas Charakteristisches auf?«

Bergeron schüttelte den Kopf. Die Haarkrause zitterte.

Er legte die Kieferfragmente von 38 427 wieder zurück, ging noch einmal zu 38 428, nahm den Schädel zur Hand und richtete die Stablampe darauf.

»Da war was auf diesem da…« Bergeron hielt inne.

»Was?«

Bergeron legte den Schädel weg, nahm den Unterkiefer und richtete seine Lampe auf die Zähne.

»Ja.«

Ich stand vom Mikroskop auf und ging zu ihm.

»Was?«

»Das sollte die Ungenauigkeit in Ihrer Datierung beseitigen.«

Bergeron gab mir den Schädel und die Lampe.

21

»Kippen Sie den Schädel nach hinten und bewegen Sie den Lichtstrahl über den Backenzähnen hin und her.«

Ich tat es.

»Können Sie einen gewissen Glanz in den Vertiefungen des Schmelzes sehen?«

Konnte ich nicht.

»Richten Sie den Strahl schräg darauf.«

Bergeron hatte Recht. Der Glanz war zwar nur schwach, aber eindeutig vorhanden, bis tief hinein in die Furchen.

»Was ist das?«

»Wenn ich mich nicht irre, wurden die Backenzähne mit einer Loch- und Rissversiegelung behandelt.«

Als ich den Kopf hob, stakste Bergeron eben zum Mikroskop. Der Mann war ganz bestimmt nicht *poetry in motion.*

»Die Versiegelung besteht aus einer dünnen Schicht eines Kunststoffharzes, das auf die Kauflächen der Backen- oder Eckzähne aufgetragen wird. Es wird als Flüssigkeit aufgestrichen, und in knapp einer Minute härtet es aus und bildet eine Schutzschicht.«

»Wozu dient das?«

»Zur Verhinderung von Okklusivkaries. Zahnfäule.«

Bergeron legte den Unterkiefer von LSJML-38 428 unter die Linse, schaute durchs Okular und stellte die Schärfe ein.

»Oui, Madame. Das ist eine Versiegelung.«

Hoffnung flatterte schwach wie eine Motte in meiner Brust.

»Seit wann werden diese Versiegelungsmittel verwendet?«

»Die ersten kommerziell verfügbaren wurden ab Anfang der Siebziger an Zahnärzte verkauft. Weit verbreitet sind sie allerdings erst seit den Achtzigern«, sagte Bergeron, ohne hochzusehen.

Aus der Motte wurde ein Kolibri.

Das Mädchen in Leder konnte also nicht in den Fünfzigern gestorben sein! Die C-14-Daten und Bergerons Angaben katapultierten sie in die Achtziger.

Ich versuchte, meine Stimme ruhig zu halten.

»Wie gebräuchlich sind diese Versiegelungen?«

»In forensischer Hinsicht leider sehr. Die meisten Kinderzahnärzte empfehlen die Anwendung, sobald die Backenzähne durchbrechen. In fast allen amerikanischen Bundesstaaten gibt es seit mindestens zwanzig Jahren entsprechende Programme, die über die Schulen laufen. Kanada hinkt da leider ein bisschen hinterher, aber seit Mitte der Achtziger sind diese Versiegelungen auch bei uns sehr populär.«

Bergeron schaltete das Fiberoptik-Licht aus.

»Dieser jungen Dame hat es allerdings nicht sehr viel gebracht.« Er deutete mit dem Kinn auf das Dr.-Energy's-Mädchen. »Sie hat mehr Karies als die da drüben.«

»Das heißt, sie war irgendwann einmal bei einem Zahnarzt, kümmerte sich danach aber nicht mehr um ihre Zähne.«

»Typisches Verhaltensmuster bei Ausreißern. Die Eltern kümmern sich um die Zahnvorsorge, solange die Kinder noch klein sind, dann laufen die davon und landen auf der Straße, Ernährung und Hygiene werden vernachlässigt, und die Zähne leiden darunter.«

»Wie alt war sie?«

Bergeron kehrte zum Lichtkasten zurück und betrachtete die Zahn-Röntgenbilder von 38 428.

»Ein bisschen älter als die anderen. Ich würde sagen, achtzehn bis einundzwanzig.«

Wieder stimmte Bergerons Schätzung mit dem überein, was ich aus den Knochen geschlossen hatte.

»Gibt es auch bei den beiden anderen Hinweise auf Versiegelung?«

Noch einmal untersuchte Bergeron die Zähne von 38 426 und 38 427. Keine der beiden war behandelt worden.

»Schade, dass es bei keiner irgendwelche Füllungen gibt. Sagen Sie mir Bescheid, wenn ich Ihnen noch anderweitig behilflich sein kann.«

»Sie haben mir bereits sehr geholfen.«

Ich rannte in mein Büro und wählte Claudels Nummer.

Er und Charbonneau waren eben mit einem Verhör beschäftigt und durften nicht gestört werden. Ich hinterließ ihm die Nachricht, dass er mich so schnell wie möglich zurückrufen solle.

Dann kehrte ich ins Labor zurück und nahm das Kieferfragment zur Hand, das Bergeron neben dem Mikroskop liegen gelassen hatte. Ich wollte es eben zum Tisch mit LSJML-38 427 zurücktragen, als ich am rechten Gelenkhöcker eine kleine Kerbe bemerkte.

Zurück zum Mikroskop.

Indem ich den Strahl der Fiberoptik-Lampe schräg auf den Knochen richtete, fand ich noch zwei weitere Kerben auf dem aufsteigenden Unterkieferast und eine winzige Furche am Mandibularbogen.

Ich untersuchte die linke Seite des Unterkiefers.

Keine Kerben oder Furchen.

Den Schädel.

Keine Kerben oder Furchen.

Eins nach dem anderen untersuchte ich die isolierten Fragmente, die aus dem rechten Wangen- und Schläfenknochen herausgebrochen waren.

Das Licht zeigte mir sechs oberflächliche Schnitte, jeder etwa fünf Millimeter lang und in Zweiergruppen angeordnet.

Wieder klopfte mir mein Unterbewusstsein auf die Schulter.

Ich erhöhte die Vergrößerung.

Die Kerben und Furchen waren zwar offensichtlich nicht natürlich, sahen aber anders aus als die auf 38 428. Obwohl ebenfalls v-förmig, waren sie im Querschnitt schmaler und sauberer an den Rändern.

Wie Spuren, die ein Skalpell hinterlassen hatte. In frischem Knochen.

Ich lehnte mich zurück und überlegte, was das bedeuten könnte.

Im Geiste setzte ich die Schädelfragmente zusammen und fügte den Unterkieferknochen hinzu.

Die Schnitte umkreisten die Ohröffnung.

Was zum Teufel war da passiert?

Zufall? Oder etwas Bösartiges?

Ich wollte eben den Schädel und den Unterkiefer des Mädchens aus der Dr.-Energy's-Kiste noch einmal untersuchen, als ich durch das Fenster über dem Waschbecken Charbonneau entdeckte. Ich winkte ihn zu meinem Büro, zog die Handschuhe aus, wusch mir die Hände und ging über den Korridor.

Charbonneau saß wie gewöhnlich mit ausgestreckten, gespreizten Beinen und hängenden Schultern auf dem Stuhl vor meinem Schreibtisch. Sein Sakko war heute preiselbeerfarben und glänzte wie die Zahnversiegelung.

»Trifft Monsieur Claudel sich heute Morgen mit dem Nobelkomitee?«

Charbonneau senkte den Kopf, verdrehte die Augen und hob die Handflächen.

»Was denn? Bin ich nicht cool genug? Luc hat wirklich sehr viel zu tun.«

»Lässt er sich bei Ermenegildo Zegna Maß nehmen?«

Charbonneau schaute mich an, als hätte ich Etruskisch gesprochen.

»Die machen Anzüge«, sagte ich.

Charbonneau unterdrückte ein Grinsen. »Er geht eben Cyrs Mieterliste durch.«

»Wirklich?« Ich zog überrascht die Augenbrauen in die Höhe.

»Authier hat angerufen.«

Anscheinend hatte LaManche den Chief Coroner angerufen, der dann Claudel aufgetragen hatte, den Pizzakeller-Fall ernst zu nehmen.

»Nicht viel Fröhlichkeit in Authiers Nachricht?«

»Luc betrachtet die Bemerkungen als vorgeschlagene Richtlinien.«

Ich erläuterte ihm Bergerons Entdeckung.

»Bergeron ist überzeugt, dass es dieses Versiegelungszeug ist?«

»Absolut. Ich glaube, Journalisten nennen so etwas unabhängige Bestätigung.«

»Also starb mindestens eine der drei in den Siebzigern oder später.«

»Die C-14-Analyse gibt als Zeitfenster für den Tod des Mädchens die Fünfziger oder die Achtziger an.«

»Dann reden wir wohl über die Achtziger.«

»Sieht so aus.«

»Das Mädchen mit dem gebrochenen Handgelenk?«

Ich nickte. »Das in Leder eingewickelte Mädchen.«

»Verdammt.« Charbonneau stand auf. »Ich gebe die Daten sofort in den Computer ein.«

Charbonneau war kaum bei der Tür draußen, als das Telefon klingelte. Es war Art Holliday aus Florida.

»Haben Sie den C-14-Bericht bekommen?«

»Ja, vielen Dank. Und es hat mich sehr gefreut, dass es so schnell ging.«

»Wir bemühen uns. Hören Sie, ich habe vielleicht noch etwas für Sie.«

Hollidays Angebot zusätzlicher Tests hatte ich ganz vergessen.

»Für die Zwecke der Strafverfolgung ist die Strontiumisotopen-Analyse noch im Experimentierstadium. Aber bei forensischen Problemen haben wir die Technik schon angewandt. In einem Fall konnten wir den Herkunftsort von sechs Weißwedelhirschen bestimmen. Anhand der Geweihe. Natürlich wussten wir, dass die Tiere aus einem von zwei Staaten kommen mussten, wir hatten deshalb isotopisch verschiedene geographische Orte, an denen wir Kontrollgruppen messen konnten. Das machte die Sache einfacher.«

Im Lauf der Jahre habe ich gelernt, dass es unmöglich ist, Art Holliday zu hetzen. Man muss ihn einfach reden lassen, der langen Einleitung mit einem Ohr zuhören und sich dann auf die Schlussfolgerungen konzentrieren.

»Wir bekommen gute Ergebnisse, wenn wir uns Einwanderungs- und Besiedelungsmuster sehr alter Populationen anschauen.«

Da war doch was mit Holliday und einem archäologischen Projekt.

»Sie und Ihre Gruppe untersuchen doch Pueblo-Material aus Arizona, nicht?«

»Begräbnisstätten aus dem dreizehnten und dem vierzehnten Jahrhundert. Errichtung und Bewohnung von einigen der größeren Pueblos über viele Generationen hinweg. Hunderte von Leuten wohnten dort, wahrscheinlich eine Mischung aus schon lange Ansässigen und Einwanderern von außerhalb. Wir versuchen, diese Mischung zu analysieren.«

»Mit der Strontiumisotopen-Analyse kann man Neuankömmlinge von lebenslangen Bewohnern unterscheiden?«

»Ja.«

Wieder meldete sich der Kolibri.

»Die Technik kann einem sagen, wo jemand lebte?«

»Wenn man Vergleichsproben hat. Wenn jemand von einer geographischen Region in eine andere zog, kann einem die Sr-Analyse unter gewissen Umständen sagen, wo der Betreffende geboren wurde und wo er die letzten sechs bis zehn Jahre seines Lebens verbrachte.«

Der Kolibri flatterte noch schneller.

»Jetzt noch mal ganz von Anfang an.« Ich legte mir Stift und Papier zurecht. »Aber keine Wörter mit mehr als drei Silben.«

»Es gibt vier stabile Isotope des Strontiums, und ein Isotop, 87Sr, entsteht beim radioaktiven Zerfall von 87Rb. Die Halbwertszeit ist achtundvierzig Komma acht Milliarden Jahre.«

»Also viel langsamer als bei Karbon 14.«

»Viel langsamer als mein alter Hund Spud.«

Spud?

»Die Geologie von Nordamerika zeigt enorme Altersvariationen«, fuhr Art fort, ohne meine Verwirrung wegen des Hundes zu bemerken. »Zum Beispiel variiert das Alter der Erdkruste von weniger als einer Million Jahren in Hawaii bis zu knapp über vier Millionen Jahren in Teilen der Nordwestterritorien Kanadas.«

»Was unterschiedliche Sr-Werte in Erdreich und Gestein der verschiedenen Regionen zur Folge hat.«

»Ja. Aber diese Unterschiede sind auch auf Variationen der Muttergesteinszusammensetzung zurückzuführen.«

»Wenn Sie den Begriff Wert benutzen, dann meinen Sie das Verhältnis des instabilen Strontiums zu seinem stabilen Gegenstück?«

»Genau. Wichtig ist das Verhältnis des Strontium-87-Isotops zum Strontium-86-Isotop, nicht der absolute Wert des einzelnen.«

Ich ließ ihn weiterreden.

»Zum Beispiel haben Basalt-Lava, Kalkstein und Marmor alle sehr niedrige Strontium-Quotienten, Sandstein, Schiefer und Granit dagegen im Allgemeinen hohe. Lehmmineralien haben einige der höchsten.«

»Also sorgen Unterschiede im geologischen Alter und/oder in der Muttergesteinszusammensetzung für Variationen in den Sr-Isotopen-Verhältnissen in verschiedenen geographischen Regionen.«

»Genau. Aber es gibt noch einen letzten Punkt zu berücksichtigen: Weil diese Quotienten mit all diesen vielen Dezimalzahlen so schwierig im Kopf zu behalten sind, vergleichen wir normalerweise einen gemessenen Sr-Quotienten mit dem durchschnittlichen Sr-Quotienten der ganzen Welt. Wenn der gemessene Quotient größer ist als dieser, ergibt das einen positiven Wert. Wenn er kleiner ist, einen negativen.«

»Was hat das jetzt mit der Bestimmung des Geburtsorts eines Menschen zu tun?«

»Strontium ist ein Erdkalimetall, ähnlich dem Kalzium.«

Ich stellte die Verbindung her. »Strontium wird von Pflanzen aus Erde und Wasser absorbiert, dann von Pflanzenfressern aufgenommen und wandert so die Nahrungskette hoch.«

»Man ist, was man isst.«

»Die Sr-Isotopen-Zusammensetzung der Knochen und Zähne eines Organismus spiegelt also die Sr-Zusammensetzung seiner Nahrung in der Zeit wider, in der diese Körperteile sich bildeten.«

»Schön erklärt.«

»Meine Großmutter hat sich immer Sorgen gemacht wegen Strontium in ihrem Essen.«

»Ihre Großmutter war da nicht die Einzige. Die biologische Verarbeitung von Strontium wurde in den 1950ern ausführlich untersucht, und zwar wegen des Risikos der Aufnahme von radioaktivem 90Sr aufgrund der oberirdischen Atomwaffentests.«

Jetzt ging mir ein Licht auf.

»Das soll also heißen, dass Strontium in den Zähnen und Knochen eines Menschen eingelagert wird, ganz ähnlich wie Kalzium.«

»Richtig.«

»Und das Kalzium im menschlichen Skelett wird ungefähr in einem Sechs-Jahres-Rhythmus ersetzt.«

»Ja.«

»Also spiegelt der skelettale Sr-Wert, ganz ähnlich wie der skelettale Ca-Wert, die Beschaffenheit der Nahrung eines Individuums in den letzten sechs Jahren seines Lebens wider.«

»Sechs bis zehn.«

»Aber die Ca-Pegel im Zahnschmelz ändern sich nicht so sehr wie im Knochen. Ist der Schmelz erst einmal gebildet, bleibt er ziemlich stabil.«

»Und dasselbe trifft auch auf Strontium zu. Der Zahnschmelz spiegelt also weiterhin die durchschnittliche Sr-Isotopen-Zusammensetzung der Nahrung zum Zeitpunkt der Zahnbildung wider.«

»Wenn also jemand von dem Ort, wo er zum Zeitpunkt seiner Zahnbildung lebte, wegzog, dann unterscheiden sich seine dentalen und skelettalen Sr-Werte. Wenn er an Ort und Stelle geblieben ist, dann sind diese Werte ähnlich.«

»Genau. Zahnschmelzwerte lassen Aussagen über den Ort der Geburt und der frühen Kindheit zu. Die Knochenwerte lassen Aussagen über den Wohnort in den letzten Lebensjahren zu.«

Ein Gedanke ließ mich mitten im Schreiben innehalten.

»Kommt unser Essen denn heutzutage nicht über nationale und internationale Vertriebswege zu uns?«

»Wir trinken lokales Wasser, zumindest meistens.«

»Stimmt. Erzählen Sie, was Sie mit meinen Proben gemacht haben.«

»Nach Entfernung von sämtlichem Fremdmaterial haben wir sie zermahlen. Dann lösten wir durch Ionen-Austausch-Chromatographie das Strontium heraus, analysierten das gereinigte Strontium mittels der thermalen Ionisations-Massenspektrometrie und sammelten die Sr-Werte in einer dynamischen Multikollektor-Analys…«

»Art?«

»Ja?«

»Was haben Sie gefunden?«

»Eins Ihrer drei Mädchen hat ziemlich was von der Welt gesehen.«

22

»Fahren Sie fort.«

»Reden wir zuerst über die Zähne. Zwei Ihrer Individuen überlappen in ihren dentalen Sr-Werten.«

»Welche beiden?«

Papierrascheln.

»Mal sehen. 38 426 und 38 427. Für die beiden würde ich eine Nahrungszusammensetzung in der Kindheit mit einem durchschnittlichen Sr-Wert von plus neunzig bis plus einhundertundfünf annehmen. Aber 38 428 ist statistisch anders. Die Sr-Isotopen-Zusammensetzung der Zahnprobe dieses Individuums deutet auf eine Nahrungszusammensetzung in der Kindheit mit einem durchschnittlichen Sr-Wert von plus fünfzig bis plus sechzig hin.«

»Das bedeutet, dass 38 428 nicht in derselben Region wie die beiden anderen geboren wurde?«

»Korrekt.«

»Können Sie sagen, woher das Mädchen stammt?«

»An dem Punkt wird's interessant. Im letzten Jahr hatten wir einen Fall mit durcheinander geworfenen Überresten in einem Fass, das man im Keller eines Junkies in Detroit gefunden hatte. Die Polizei wusste, dass die Opfer Geschäftskollegen des Dealers waren, dem das Haus auch gehörte, aber sie wollte die Knochen einzelnen Individuen zuordnen. Keiner hatte Zahnrestaurationen, alle waren schwarz, Mitte zwanzig und ungefähr gleich groß. Einer der drei wurde im nördlich-zentralen Kalifornien geboren, einer war aus Kansas, und der Dritte kam vor Ort aus Michigan.

Wir hatten keine Kontrollgruppen für die fraglichen Gegenden, also mussten wir die Isotopenzusammensetzung des über die Nahrung aufnehmbaren Strontiums aus der Muttergesteinsgeologie jeder Region ableiten und die Werte dann mit denen der einzelnen Knochen in dem Fass vergleichen. Sind Sie noch bei mir?«

»Ja.«

»Jemand, der seine Kindheit im nördlich-zentralen Kalifornien verbrachte, sollte Sr-Werte von plus dreißig bis plus sechzig haben.« Ein Rascheln. »Genau in diesen Bereich fällt 38 428.«

Das verblüffte mich kurz.

»Soll heißen, das Mädchen war aus Kalifornien?«

»Soll heißen, sie könnte von dort stammen. Wenn Sie keine anderen Ideen haben, ist das zumindest ein Ausgangspunkt. Natürlich könnte sie auch aus einer anderen Gegend mit einer ähnlichen Muttergesteinszusammensetzung stammen.«

»Und meine anderen Unbekannten?«

»Vor ein paar Jahren hatten wir einen Fall, bei dem es um vermischte Überreste aus einem Gemeinschaftsgrab in Vietnam ging. Die Armee konnte die beiden Soldaten zwar identifizieren, wollte die Überreste aber in zwei Individuen getrennt haben. Der eine Soldat war im nordöstlichen Vermont aufgewachsen. Der andere stammte aus Utah.«

Art ließ mir keine Chance zum Unterbrechen.

»Eine Studie der Sr-Isotopen-Zusammensetzung des Grundwassers in der Nähe von St. Johnsbury ergab Werte zwischen plus vierundachtzig und plus vierundneunzig. Die Zähne des einen Soldaten zeigte Sr-Werte, die genau in diesen Bereich fielen.«

»Des Vermonters.«

»Ja. Die Zähne von 38 426 und 38 427 weisen identische Werte auf.«

»Soll heißen, die Mädchen stammten aus Vermont?«

»Nicht so schnell. Dieselbe Gesteinsformation erstreckt sich über die Grenze hinweg nach Quebec hinein. Ich will damit nur sagen, dass die Sr-Werte Ihrer beiden anderen Mädchen dem entsprechen, was man bei Leuten erwarten würde, die in der Region lebten, wo ihre Überreste gefunden wurden.«

»Die Gegend um Montreal.«

»Ja. Jetzt zu den Knochen. Bei 38 426 und 38 427 sind die Sr-Werte in den Zähnen ähnlich denen in den Knochen.«

»Was darauf hindeutet, dass sie über ihre Heimat nicht allzu weit hinausgekommen sind.«

»Richtig. Aber 38 428 ist eine andere Geschichte.«

Ich wartete.

»Die Skelettwerte sind höher als die Zahnwerte. Darüber hinaus sind die Skelettwerte denen von 38 426 und 38 427 sehr ähnlich.«

»Die Quebecer Stubenhocker.«

»Ja.«

Ich brauchte einige Augenblicke, um das zu verarbeiten.

»Das soll also heißen, dass 38 428 an einem bestimmten Ort aufwuchs, aber ihre letzten Lebensjahre an einem anderen verbrachte.«

»Sieht so aus.«

»Dass das Mädchen möglicherweise im nördlich-zentralen Kalifornien aufwuchs.«

»Oder in einer isotopisch ähnlichen Region.«

»Und später möglicherweise nach Quebec oder Vermont gezogen ist.«

»Oder in eine isotopisch ähnliche Region.«

Ich konnte es kaum erwarten, Charbonneau anzurufen.

»Das ist großartig, Art.«

»Wir bemühen uns. Sagen Sie mir Bescheid, wenn Sie diese Damen identifiziert haben.«

Ich war so aufgeregt, dass ich mich verwählte und die Ziffern ein zweites Mal eintippen musste.

Charbonneau war nicht da. Claudel ebenfalls nicht.

Waren die je einmal anzutreffen?

Ich hinterließ bei der Vorzimmerdame eine verbale Nachricht und auf Charbonneaus Piepser eine numerische.

Zurück ins Labor.

Ich ahnte schon, was ich finden würde, als ich den Schädel und den Unterkiefer des Mädchens aus der Kiste zum Mikroskop trug.

Da waren sie. Fünf winzige Furchen, zwei über und drei hinter der Ohröffnung am rechten Schläfenknochen. In der Vergrößerung sahen die Schnitte aus wie die auf 38 427.

Auf dem Unterkiefer oder den anderen Schädelknochen konnte ich nichts erkennen.

O Gott. Was war diesen Mädchen nur angetan worden?

Anne rief um ein Uhr fünfzehn an, und ihre Stimme klang niedergeschlagen und matt. Nachdem sie sich entschuldigt hatte, dass sie die ganze Woche über eine so schlechte Gesellschaft gewesen sei, sagte sie mir, dass sie sich überlege, wieder abzureisen. Meinte, sie wolle meine Gastfreundschaft nicht länger ausnutzen.

Ich versicherte ihr, dass von Ausnutzen keine Rede sein könne. Außerdem versicherte ich ihr, dass ich ihre Gesellschaft sehr genieße. Bei ihrer augenblicklichen Stimmung war das zwar etwas geflunkert, aber ich wollte sie ermutigen zu bleiben, bis sie sich wirklich überlegt hatte, wohin sie wollte.

Um ein Uhr vierzig rief Charbonneau an.

»*Cibole!* Draußen ist es kälter als eine Hexentitte.«

Nicht alle von Charbonneaus Redewendungen stammten aus Texas.

»Haben Sie die CPIC-Suche durchlaufen lassen?«

»Hab ich.«

Ich hörte Zellophan knistern.

»Da wir nicht wissen, ob die beiden ohne Zahnversiegelung vor oder nach dem Opfer mit der Versiegelung starben, habe ich diese Fälle auf zwei verschiedene Arten eingegeben. Zuerst durchsuchte ich die in den Neunzigern gemeldeten Vermisstenfälle.«

»Sinnvoll, bei den C-14-Ergebnissen.«

»Ein paar waren nahe dran, aber keine Volltreffer.«

Charbonneau klang, als würde er etwas mit Karamell oder Toffee essen.

»Dann ließ ich das Datum des Verschwindens offen. Ohne Zahnbefunde, ohne Details und ohne Daten habe ich natürlich genau das bekommen, was zu erwarten war.«

»Unmengen von Treffern?«

»Eine Liste von hier bis zum Nordpol.«

»Was ist mit 38 428?«

»Hab alles ab 1980 durchsucht. Der gebrochene Arm schränkte die Kandidaten ein. Wieder einige nahe dran, aber keine Treffer. Es würde uns sicher weiterhelfen zu wissen, woher das Mädchen stammte.«

»Wie wär's mit nördlich-zentralem Kalifornien?«

»Ja. So was zum Beispiel.«

»Ich meine es ernst.«

Sämtliche Raschel- und Kaugeräusche verstummten.

»Wollen Sie mich auf den Arm nehmen?«

Ohne bei Biochemie und Geophysik allzu sehr in die Tiefe zu gehen, erklärte ich Charbonneau, was ich von Art Holliday erfahren hatte.

»Luc wird sich in seine Fruit of the Looms machen.«

»Sie müssen Ihre Beschreibungsmerkmale über die Grenze schicken.«

»NCIC. Schon passiert. Ich lasse sie auch der Staatspolizei von Kalifornien und Vermont zukommen.«

»Es ist nur ein Schuss ins Blaue.«

»Kann aber nichts schaden.«

»Außer den Unterhosen Ihres Partners.«

Charbonneau lachte. »Ich sage ihm, dass Sie das gesagt haben.«

»Da ist noch etwas.«

»Versüßen Sie mir den Feierabend.«

Ich beschrieb die Kerben und Furchen.

»Und Sie glauben, dass die Spuren von einem Skalpell verursacht wurden?«

»Oder von einer extrem scharfen, schmalen Messerklinge.«

»Sie reden von allen drei Skeletten?«

»Ja. Wobei die Spuren auf dem Skelett in Leder sich von den anderen beiden unterscheiden.«

»Inwiefern?«

»Sie sind gröber. Und an den Rändern gibt es mehr Absplitterung.«

»Soll heißen, sie wurden von einem anderen Werkzeug verursacht?«

»Vielleicht. Vielleicht wurden sie aber auch erst beigebracht, als der Knochen schon ausgetrocknet war. Vielleicht sind sie postmortale Artefakte, die nur so aussehen wie Schnittspuren.«

»Kratzer, die durch Rollen oder Zerren oder Ähnliches verursacht wurden?«

»Vielleicht.«

»Sie klingen aber nicht sehr überzeugt.«

»Es scheint ein Muster zu geben.« Ich hielt inne und führte mir die Schädel und Unterkiefer noch einmal vor Augen. »Die Schnitte umkreisen die rechte Ohröffnung.«

»Bei welchem Skelett?«

»Bei allen dreien.«

»Aber an anderen Stellen ist nichts zu sehen?«

»Nein.«

»O Scheiße. Glauben Sie, dass da jemand Ohren abgeschnitten hat?«

Der Gedanke war mir auch schon gekommen.

»Ich weiß es nicht.«

Nachdem ich LaManche berichtet hatte, was ich von Art Holliday erfahren hatte, brachte ich den Rest des Nachmittags mit meinen Pizzakellermädchen zu. So betrachtete ich sie inzwischen. Als meine Mädchen. Meine verlorenen Mädchen.

Ich untersuchte jeden Knochen, jedes Fragment und jeden Zahn. Ich studierte die dentalen und skelettalen Röntgenaufnahmen. Ich siebte die Erde noch einmal. Ich brütete über den Knöpfen.

Als ich mich schließlich aufsetzte, waren die Fenster dunkel und die Gänge still. Die Uhr zeigte zwanzig nach fünf.

Ich hatte absolut nichts Neues herausgefunden.

Ich schloss die Augen.

Es machte mich sehr traurig, dass es mir nicht gelang, diesen Mädchen Namen zu geben. Und wütend, dass es mir nicht gelang, Claudel zufrieden zu stellen. Frustriert, dass es mir nicht gelang, die Knöpfe zu verstehen. Und es machte mir ein schlechtes Gewissen, dass ich die Schnittspuren nicht gesehen hatte, bevor Bergeron mich darauf hinwies.

Wie hatte ich diese Spuren nur übersehen können? Ja, man hatte mich sehr oft unterbrochen. Ja, ich hatte simultan an verschiedenen Aspekten des Falls gearbeitet. Ja, die Spuren waren fast unsichtbar. Ja, zumindest ein Schädel war fragmentiert. Aber wie konnte etwas so Wichtiges meiner Aufmerksamkeit entgehen?

Versagen, Versagen auf der ganzen Linie und kein Tropfen zu trinken.

Versagen mit Anne.

Versagen mit Ryan.

»Ryan«, schnaubte ich.

»Ja?«

Ich riss die Augen auf.

Ryan stand in der Tür, die Jacke an einem Finger über der Schulter. Er musterte mich mit einem Ausdruck, den ich nicht deuten konnte.

Ryan hob die freie Hand.

»Ich weiß. Was willst *du* denn hier? Richtig?«

Ich wollte etwas sagen. Ryan schnitt mir das Wort ab.

»Ich arbeite unten.« Ryan grinste. »Ich bin Polizist.«

Ich setzte mich auf und schob mir die Haare hinter die Ohren.

»Weißt du schon was Neues über Louise Parent?«

»Nein.«

»Hast du Rose Fisher gefunden?«

Das Grinsen verschwand. »Nein. Es sieht nicht gut aus.«

»Glaubst du, dass sie tot ist?«

»Sie ist vierundsechzig. Und seit fast einer Woche verschwunden.«

»Was für ein Mutant bringt ältere Damen um?«

Ryan betrachtete meine Frage als rhetorisch. »Läuft bei dir zu Hause noch immer die verstärkte Überwachung?«

»Ja.« Wenn du mich besuchen kommen würdest, wüsstest du das. »Willst du damit andeuten, dass ich eine ältere Dame bin?«

»Ich will nur, dass du die Augen offen hältst, Tempe.«

»In den letzten Tagen mache ich sie kaum einmal zu, Andy.«

Ryan ging nicht darauf ein.

»Ich habe vor, bei Fishers Haus vorbeizufahren. Dachte, du willst vielleicht mitkommen.«

Wollte ich.

Ich deutete auf die Skelette. »Ich bin ziemlich beschäftigt.«

»Die laufen dir nicht mehr davon.« Wieder ein jungenhaftes Grinsen.

Wieder die interne Debatte. Konfrontation? Umgehung?

Ich beschloss, es offen zu lassen. Soll Ryan den ersten Zug machen. Soll er angreifen oder ausweichen.

»Stellst du dir eigentlich je selber Fragen, Ryan?«

»Klar. Was ist mit Alice Cooper passiert?«

»Wichtige Fragen.«

»Wer *war* Alice Cooper?«

»Ich meine es ernst.«

»Ich auch.« Ryans Stimme war sachlich und ruhig. »Willst du mitfahren?«

Zum Teufel mit Beziehungen. Zum Teufel mit Ryan. Betäube den Schmerz. Mach deine Arbeit.

Ich zog den Labormantel aus, steckte den Schlüsselbund in die Handtasche und nahm meine Jacke vom Haken.

»Gehen wir.«

Während Ryan und ich durch den Stoßverkehr krochen, war die Atmosphäre so entspannt wie eine zusammengerollte Schlange. Eine Unterhaltung kam nicht zustande.

Vertraute Bilder galoppierten mir durchs Hirn. Ryan am Strand. Ryan und ich in Guatemala. Ryan in meinem Bett.

Ryan und seine College-Göre.

Irgendwann streifte Ryans Hand mein Knie. Eine Rakete schoss direkt in meine Libido.

Ich schloss die Augen und gab mir große Mühe, mich wieder unter Kontrolle zu bekommen. Tief durchatmen.

Als wir in Candiac ankamen, waren meine Halsmuskeln angespannt wie Gitarrensaiten.

Bei jedem Fenster in Rose Fishers Haus waren die Rollos heruntergelassen. Aus einem sickerte gelbes Licht.

»Hm.« Ryan fuhr an den Bordstein und stellte den Motor ab.

»Was ist?«

»Ich kann mich gar nicht erinnern, das Licht angelassen zu haben.«

»Ist das Haus noch immer versiegelt?«

»Bringt nichts mehr. Die Spurensicherung ist seit Tagen fertig. Die haben das Band abgenommen.« Ryan öffnete die Fahrertür. »Bleib hier.«

Ich ließ Ryan ein paar Sekunden Vorsprung und folgte ihm dann den Gartenweg hoch. Der Kranz an der Tür wünschte noch immer jedem *»Joyeuses Fêtes!«*

Ryan drückte auf die Klingel.

Von drinnen waren schwach Glockentöne zu hören.

Eine Bö riss an meinem Schal.

Ryan klingelte noch einmal.

Sekunden vergingen. Noch ein Windstoß. Mir traten Tränen in die Augen. Ich zog mir die Mütze tiefer ins Gesicht.

Ryan hantierte eben mit einem Schlüsselbund, als im Wohnzimmer ein Licht anging. Schlösser knackten, dann drehte sich der Knauf. Die Tür ging einen Spalt auf, und ein Gesicht lugte heraus.

Es war das Gesicht, das ich am allerwenigsten erwartet hätte.

23

»Wer schind schie?« Die Wörter klangen feucht und verwaschen, als würde jemand mit dem Mund voller Erbsen reden.

Ryan hielt der Frau seine Marke hin.

»Polischei?« Ängstlich.

»Dürfen wir reinkommen, Mrs. Fisher?«

»Wo ischt Louische? Wo ischt meine Schweschter?«

O Gott. Sie hatte noch keine Ahnung.

»Darüber würden wir gerne mit Ihnen reden.« Ryans Stimme war ruhig und besänftigend.

Der Spalt wurde etwas größer. Ich sah ein feistes, um den Mund herum jedoch merkwürdig eingefallenes Gesicht.

»Moment.«

Die Tür ging zu.

Der eisige Wind riss an meinem Kragen und meinem Schal. Ich senkte den Kopf, stampfte auf.

Ich fühlte mich bleiern. Ryan und ich würden die Überbringer schlechter Nachrichten sein. Was wir zu sagen hatten, würde Rose Fishers Leben für immer verändern. Ich hasste, was ich jetzt gleich miterleben würde. Das gehörte für gewöhnlich nicht zu meiner Arbeit, und dafür war ich dankbar, aber wenn ich daran beteiligt war, hasste ich es.

Minuten später ging die Tür wieder auf, und Ryan und ich betraten das Haus. In der plötzlichen Wärme fühlte meine Gesichtshaut sich weich und locker an.

Rose Fisher war nicht dick. Sie war gigantisch. Schlecht gefärbte und dauergewellte Haare gaben ihrem aufgedunsenen Gesicht etwas Clowneskes. Und ein zu dick aufgetragenes Make-up war dem Gesamteindruck auch nicht gerade förderlich.

»Wo ist meine Schwester?« Die Angst war noch da, aber die verwaschene Sprache war verschwunden. Fishers Mund wirkte jetzt, trotz Runzeln und verschmiertem Lippenstift, normal.

Mein bleiernes Gefühl verstärkte sich. Mein Gott. Die Frau hatte sich ihr Gebiss eingesetzt und Make-up aufgelegt. Für Fremde.

Ryan legte Fisher eine Hand auf die Schulter. »Dürfen wir uns setzen?«

Eine fleischige Hand flog zum feuerwehrroten Mund. »O mein Gott. Louise ist etwas passiert.« Schwarz umrahmte Augen sprangen von Ryan zu mir. »Sie sind hier, um mir zu sagen, dass Louise etwas passiert ist. Wo ist sie?«

Ryan führte Fisher zum Sofa im Wohnzimmer und setzte sich neben sie. In einer Ecke trällerte ein grau-gelber Sittich mit leuchtend orangenen Wangen und pfiff dann sechs Töne von »Edelweiß«.

Ich setzte mich links von Fisher und nahm ihre fleischige Hand in meine.

Ryan schob kurz das Kinn vor, um mir anzudeuten, dass ich den Anfang machen sollte.

Der Papagei sagte: *»Bonjour.«* Wiederholte sich. Trällerte.

»Mrs. Fisher, wir haben wirklich schlechte Nachrichten.«

Fisher schloss die Augen. Ihre Finger verkrampften sich um meine.

»Es tut mir furchtbar Leid, aber ihre Schwester ist gestorben.«

Der Vogel trällerte.

Fisher kniff die Augen so fest zusammen, dass sie im Fett, das die Höhlen umgab, verschwanden, und warf den Kopf vor und zurück. Bei jeder Bewegung stieg ein hoher, dünner Ton aus ihrer Kehle und erstarb dann hinter dem sorgfältig platzierten Gebiss.

Ich legte der Frau einen Arm um die Schultern.

»Es tut mir so Leid«, wiederholte ich.

Fisher jammerte weiter, und Maskara und Lidschatten vermischten sich mit der orange-roten Wangentönung.

Der Sittich verstummte.

Ryan klopfte Fisher auf die rechte Schulter. Sein Blick traf den meinen. In seinen Augen spiegelte sich die Trauer, die ich empfand.

Denn Schopf aufgestellt, den Kopf bei vierzig Grad, betrachtete der Sittich sein Frauchen.

Eine Uhr auf der Anrichte vertickte die Sekunden. Der Papagei stimmte ein paar Töne von *»Alouette«* an und gab es dann auf.

Fisher schluchzte und bebte.

Eine Minute. Zwei.

Ryan verschwand kurz aus dem Zimmer und kam mit einem Karton Taschentücher zurück.

Drei.

Ganz langsam ließ das schreckliche Schluchzen nach.

»I love you.« Trällern. *»Je t'aime.«*

Die Schweinchenaugen öffneten sich, und Fisher drehte den Kopf dem Vogel zu.

»Ich liebe dich auch, *'tit ange.«*

Der kleine Engel legte den Kopf schief, sagte aber nichts.

»Meine Schwester vergöttert diesen blöden Vogel.« Fast unhörbar. »Hat ihn vergöttert.«

Ryan bot ihr Taschentücher an. Fisher nahm ein paar und

wandte sich dann mir zu, ihr Gesicht ein regenbogenfarbenes Eis am Stiel, das im Schlamm schmolz.

»Wer sind Sie?«

»Dr. Temperance Brennan. Ich arbeite für die Gerichtsmedizin.«

Das Gesicht unter dem Clowns-Make-up wurde weiß.

»Es war irgendeine allergische Reaktion, nicht?«

»Die Todesursache ist im Augenblick noch nicht völlig geklärt.«

Fisher wischte an dem Chaos in ihrem Gesicht.

»Ich hätte Louise nie allein lassen dürfen, als es ihr schlecht ging.«

Fisher ließ sich in die Polster sinken.

»Ihre Schwester war krank?«, fragte Ryan sanft.

»Allergien. Kurzatmigkeit, juckende Augen, laufende Nase.« Der massige Körper fiel in sich zusammen. »Ich hätte mir nie träumen lassen ...«

Fishers Brust bebte noch einmal. Ich zog Taschentücher aus dem Spender und gab sie ihr.

»Ich weiß, dass das schrecklich schwierig ist«, sagte ich mit der tröstendsten Stimme, die ich zusammenbrachte. »Und es tut mir Leid, dass ich Ihnen diese Fragen stellen muss. Aber in dieser Woche haben sehr viele Leute versucht, Sie zu finden. Hätten Sie etwas dagegen, Detective Ryan und mir zu sagen, wo Sie gewesen sind?«

»Louise und ich hatten uns für einen Keramik-Workshop in Pointe-aux-Pics angemeldet. Wir dachten, es würde uns Spaß machen, ein wenig Töpfern zu lernen ...«

Wieder ein Beben.

»... in einem B & B zu übernachten, unsere Weihnachtseinkäufe in der Charlevoix-Region zu machen.«

»Ihre Schwester fühlte sich nicht gesund genug für die Reise?«

Als Fisher nickte, versank ihr Kinn in den Falten seines Doppelgängers.

»Louise meinte, sie würde schon zurechtkommen. Sagte, wenn sie irgendwas brauche, würde sie Claudia anrufen. Das ist meine Tochter.« Fisher versagte kurz die Stimme. »O Gott. Weiß Claudia Bescheid?«

»Ja, Ma'am. Claudia hat sich schon Sorgen um Sie gemacht.«

»Wir hätten es ihr sagen sollen. Ich hätte es ihr sagen sollen. Aber als Louise beschloss, daheim zu bleiben, hielt ich es nicht mehr für nötig. Claudia regt sich immer furchtbar auf, wenn ich im Winter Auto fahre. Behandelt mich, als wäre ich eine tatterige Alte. Will, dass ich die ganze Zeit nur zu Hause herumsitze.«

»Wann sind Sie aus Charlevoix zurückgekommen?«, fragte Ryan.

»Kurz bevor Sie kamen. Ich dachte, Louise ist drüben in der Kirche. Am Donnerstagabend gibt's da immer Bingo. Ich war müde von der Fahrt, also wollte ich ihr eben einen Zettel schreiben und ins Bett gehen.«

Fisher knetete die feuchten Papiertücher in ihrer Hand.

»Louises Bett ist nicht gemacht. Das passt nicht zu ihr.«

Wieder bebte der mächtige Busen.

»Ich hole Ihnen ein Glas Wasser.«

Während ich am Wasserhahn in der Küche ein Glas füllte, redeten Ryan und Fisher im Wohnzimmer weiter. Hin und wieder trällerte der Sittich oder sang ein Liedfragment.

Bevor ich zurückging, schaute ich kurz in Louise Parents Zimmer vorbei. Die Szenerie sah kaum anders aus als auf den SIJ-Fotos. Das Bett war jetzt abgezogen, auf der Matratze war ein Fleck zu sehen, wo Parents Blase sich im Tod entleert hatte. Am Kopfbrett lehnte ein einzelnes Kissen.

Ich kehrte ins Wohnzimmer zurück und gab Fisher das Glas.

Ryan schaute mich kurz an und schüttelte leicht den Kopf, um anzudeuten, dass Fisher für eine sinnvolle Befragung zu durcheinander sei.

»Ich rufe jetzt Ihre Tochter an«, sagte Ryan.

Beim Trinken gab Fisher abgehackte Glucksgeräusche von sich.

»Wir reden dann morgen weiter, wenn es Ihnen wieder besser geht.«

»Wann kann ich Louise sehen?«

Ryan schaute mich an.

»Wir können einen Termin vereinbaren, wenn Sie das wünschen.«

»Was für ein furchtbares Weihnachten.« Fishers Lippen zitterten. Tränen glitzerten auf ihren Wangen.

Ich drückte der Frau die Hand. »Es ist furchtbar, wenn man jemanden verliert, den man liebt.«

»Ich muss das Begräbnis vorbereiten.«

»Ich bin sicher, dass Claudia Ihnen eine große Hilfe sein wird.«

»Ich weiß genau, was Louise wollte.«

»Das ist gut«, sagte ich.

»Wir haben einander alles erzählt.«

Das ich gut, dachte ich.

Wenige Minuten später war Claudia da.

Bevor wir gingen, hatte ich noch eine letzte Frage.

»Mrs. Fisher, hat Ihre Schwester auf einem Federkissen geschlafen?«

»Niemals. Sie war allergisch.«

»Benutzen Sie ein Federkissen?«

»Gänsedaunen.« Fishers Gesicht verdüsterte sich. »Warum? War mein Kissen auf Louises Bett?«

Mein Blick kreuzte Ryans.

»Scheint eine recht nette Dame zu sein«, sagte ich, als Ryan den Gang einlegte.

»Und noch viel wichtiger, eine lebendige Dame.«

»Kein Wunder, dass kein Mensch ihr Auto gesehen hat.«

»Eher unwahrscheinlich, wenn es hinter irgendeinem B & B in Pointe-aux-Pics abgestellt war.«

Wir fuhren schweigend weiter, und nackte Äste schnitten merkwürdige Muster in das Licht der Straßenlaternen, das auf die Windschutzscheibe fiel. Nach wenigen Minuten bog Ryan auf die Pont Victoria ein. Die Räder machten das Geräusch eines Daumens, der über den Rand eines sehr großen Glases streicht. Der St. Lawrence unter uns sah schwarz und still aus.

»Parent wurde ermordet«, sagte ich düster.

»Sieht so aus.«

»Mit Fishers Kissen.«

»Die Faserjungs sollten die Federn abgleichen können.«

»Irgendein Mistkerl hat sich ins Haus geschlichen, ein Kissen von Fishers Bett genommen und Parent damit erstickt.«

»Während sie von dem Ambien schon völlig hinüber war.«

»Wie konnte jemand in das Haus eindringen, ohne irgendeine Spur zu hinterlassen?«

»Ich habe vor, das Fisher zu fragen.«

»Und Bastillo.«

»Und Bastillo.«

»Glaubst du, dass Fisher über Parents Anrufe bei mir Bescheid wusste?«

»Auch diese Frage werde ich ihr stellen.«

Das war das Ende unserer Unterhaltung.

Auch gut.

Ich wollte nicht über Rose Fisher nachdenken. Oder über Louise Parent. Ryan. Anne. Meine verlorenen Mädchen.

Ich lehnte den Kopf an den Sitz, schloss die Augen und beschäftigte mich damit, mir Beschreibungen für die Stille im Auto auszudenken.

Die Stille einer Gruft. Einer verlassenen Bibliothek in einem Keller im Vatikan. Eines schwarzen Lochs im Zentrum eines Spiralnebels. Eines erschrockenen Sittichs.

Ryan setzte mich an meinem Auto ab.

»Bist du morgen dabei?«

»Morgen?«

»Rose Fisher?«

»Wann?«

»Ich rufe an, nachdem ich mit Bastillo telefoniert habe.«

Als ich vom Institut nach Centre-ville fuhr, war es Viertel vor acht. Anne döste, die Blumenbrille auf der Nase, ein Taschenbuch auf der Brust. Birdie saß neben ihr.

Anne hatte Schmorbraten gekocht. Wir unterhielten uns, während sie die Soße eindickte und ich Salat mischte.

Beim Essen erzählte Anne von dem Buch, dessen Thema der Tod war. Sie fand die Perspektive des Autors erhellend. Ich fand ihre Themenwahl beunruhigend.

»Warum dieses morbide Interesse am Tod?«

»Du klingst wie Annie Hall.«

»Und du führst dich auf wie Woody Allen.«

Anne überlegte einen Augenblick.

»Eine Vorwärtsbewegung ist oft die Voraussetzung für eine Veränderung.«

»Eine Bewegung wohin und eine Veränderung in welcher Hinsicht?«

»Zum Wesentlichen.«

»Von was redest du?«

»Von Zyklen.«

Während ich über diese rätselhafte Bemerkung nachdachte, klingelte das Telefon. Es war Katy.

»Hi, Mom.«

»Hi, Liebling. Wo bist du?«

»Charlottesville, aber ich fahre morgen nach Hause.«

»Die Prüfungen liefen gut?«

»Natürlich. Ich rufe nur an, um dich dran zu erinnern, dass du am zweiundzwanzigsten in Charlotte sein musst.«

Der zweiundzwanzigste?

»Hannahs Brautparty? Du hast versprochen, mir zu helfen.«

Was für ein Trottel legt seine Hochzeit in die Weihnachtszeit?

»Natürlich bin ich da.«

»Ich verlasse mich auf deine *jahre*lange Erfahrung.«

»Nett.«

»Ich hab dir ein paar E-Mails geschickt. Ho! Ho! Ho! Jetzt ist wieder die Zeit und so weiter. Ich sehne mich vor allem nach diesem Pulli von der anthropologischen Fakultät. Und das Wasserspiel wird mir beim Runterkommen helfen.«

»Wovon musst du denn runterkommen?«

»Hilft mir beim Studieren, meine ich.«

»Aha. Hm.«

»Ich liebe dich, *ma mère.* Muss jetzt Schluss machen.« Katys Stimme klang nach Mistelzweigen und Stechpalmen.

»Warum bist du denn so aufgekratzt?«

»Jetzt ist wieder die Zeit.«

»Ho. Ho. Ho.«

»Bleib in der Stimmung.«

Nach dem Anruf suchte ich nach Anne. Sie hatte sich bereits zurückgezogen. Keine weitere Erklärung, was sie mit Erfüllung oder dem Wesentlichen meinte. Ich hatte das Gefühl, sie hatte den Anruf als Gelegenheit zur Flucht genutzt.

Ich zog mich aus, wusch mich, putzte mir die Zähne und zerbrach mir dabei die ganze Zeit den Kopf wegen meines Versprechens an Katy. Ich war so beschäftigt gewesen mit Louise Parent und den Mädchen aus dem Pizzakeller, dass ich Weihnachten praktisch vergessen hatte. Und Hannahs Brautparty *völlig* vergessen hatte.

Konnte ich den Fall in einer Woche lösen, oder würde ich gezwungen sein, meine verlorenen Mädchen über die Feiertage zu vertrösten?

In meinem Zimmer griff ich nach dem Wecker, um ihn zu

stellen, hielt dann aber inne. Hatte Ryan mir gesagt, wann er mich abholen würde? Ich wusste noch, dass ich ihn gefragt hatte, wusste aber die Antwort nicht mehr.

Halb elf. Jetzt war er vermutlich zu Hause.

Ich drückte die Kurzwahltaste mit Ryans Nummer. Es klingelte nur zweimal, dann wurde abgehoben.

»Ja.« Eine weibliche Stimme.

Irgendwas brannte sich durch meinen Magen und meine Lunge.

»Andrew Ryan, bitte.«

»Wer ist dran?« Jung und weiblich.

»Dr. Brennan.«

»Ach Sie.« Jung und weiblich und scharf wie ein Sägeblatt. »Warum lassen Sie ihn nicht in Ruhe?«

»Wie bitte?«

»Hören Sie auf, ihn dauernd so durcheinander zu bringen.«

»Sind Sie Danielle?«

Langes Schweigen.

Meine Gedanken rasten. War das der richtige Name?

»Sind Sie Detective Ryans Nichte?«

Die Frau schnaubte. »Nichte? Das hat er Ihnen erzählt? Und Sie haben ihm geglaubt? Sie sind ja noch blöder, als ich dachte.«

Die Wahrheit traf mich wie die Klinge einer Guillotine.

»Lassen Sie ihn einfach in Ruhe.«

Ich lauschte dem Freizeichen.

24

Nachdem ich einen Großteil der Nacht wach gelegen und mich noch verzweifelter gefühlt hatte als Anne, fing ich irgendwann an, in unruhigen Intervallen zu schlafen.

Gegen Morgen träumte ich, Ryan und ich wären in einem

langen, dunklen Tunnel. Während wir sprachen, wich Ryan immer weiter und weiter von mir zurück, bis sein Körper nur noch eine verschwommene Silhouette an der Tunnelöffnung war.

Ich versuchte zu folgen, aber meine Beine waren Teer. Immer und immer wieder rief ich, aber mein Mund blieb stumm.

Etwas huschte in der Dunkelheit an mir vorbei, trocken und spinnenartig wie der Flügel einer Fledermaus.

Ich versuchte, meinen Arm zu heben. Er ließ sich nicht bewegen.

Das Ding berührte meine Wange.

Ich schlug danach.

Ich wachte auf und merkte, dass Birdie mir das Gesicht leckte.

Der Monsieur aus dem Tunnel rief an, als ich eben Cornflakes und Toast verdrückte. Ich war fest entschlossen, wie geplant mit ihm nach Candiac zu fahren. Ich wollte mit Rose Fisher sprechen. Und danach würde es *Sayonara* heißen. Zu viel Kummer. Zu viele schlaflose Nächte.

Zu viele College-Gören.

Ich überlegte kurz, ob ich Ryan wegen der Frau bei ihm zu Hause zur Rede stellen sollte, entschied mich dann aber dagegen. Ich war schon einmal betrogen worden. Dieses Drama hatte ich hinter mir. Die tränenreichen Vorwürfe. Die feindseligen Leugnungen. Die herzzerreißenden Geständnisse. Das wollte ich nicht noch einmal.

Birdie unterstützte meine Entscheidung.

»Gut geschlafen, Sonnenschein?«

»Wie ein Stein.«

»Bastillo bringt Fisher um zehn zu ihrem Priester. Sie meinte, wir sollten gegen elf zum Haus kommen.« Ich hörte etwas, das klang wie ein Streichholz, dann das Ausatmen von Rauch. »Soll ich dich gegen halb elf abholen?«

»Ich bin zu Hause.«

Claudel rief an, als ich mir eben die Haare föhnte.

»Detective Charbonneau meinte, ich soll Sie anrufen, ich weiß allerdings nicht genau, wieso.« Von den meisten Zungen fließt das Französische wie Seide. Von Claudels rumpelte es wie Kartoffeln in einer Schüttrinne. »Ich habe nichts zu berichten.«

»Soll heißen?«

»Keine rauchenden Colts auf Cyrs Namensliste. Keine Ergebnisse vom CPIC. Keine Ergebnisse vom NCIC. Keine Treffer in Vermont oder Kalifornien.«

»Keine einzige Vermisste kam der Beschreibung nahe?«

»Ein Mädchen in Kalifornien. Bruch des rechten Handgelenks. Streifte das untere Ende Ihres Größenbereichs.«

»Wie groß?«

»Eins sechzig.«

Mich immerhin elektrisierte das.

»Dicht genug dran. Wann wurde sie als vermisst gemeldet?«

»Fünfundachtzig.«

»Wo ist das Problem?«

»Das Mädchen war vierzehn.«

Die Spannung ließ etwas nach.

»Das Skelett mit der gebrochenen Speiche war eher zwanzig.« Ich stellte mir die Knochen des Mädchens in der Lederumhüllung vor, die abgeschlossene Wurzelbildung der Backenzähne auf der Röntgenaufnahme. »Vielleicht achtzehn, aber auf keinen Fall vierzehn.«

»Genau das meinte ich.«

»Natürlich muss das Datum des Verschwindens nicht unbedingt das Todesdatum sein. Haben Sie sonst noch etwas herausgefunden?«

»Jedes Jahr verschwinden ganze Bataillone von Mädchen.«

Leg auf, warnte mich eine Stimme. Leg auf, sonst verpasst du Claudel schon wieder eine Breitseite.

Meine Türklingel bimmelt nicht. Sie zwitschert. In diesem Augenblick tat sie es.

»Ich hätte gern einen Ausdruck mit jeder weiblichen Person zwischen fünfzehn und zweiundzwanzig, die in Quebec in den letzten zwanzig Jahren als vermisst gemeldet wurde.«

»Wir reden da von Dutzenden. Die meisten erweisen sich als Ausreißer, die sich irgendwann zu Mommy und Daddy zurückschleichen, weil sie keine Lust mehr haben, Dosensuppen zu essen und auf dem Boden zu schlafen.«

Bleib locker.

»Es würde mir sehr weiterhelfen, wenn wir wüssten, welche es nicht getan haben.«

Es zwitscherte noch einmal.

»Madame, das ...«

»Detective Ryan ist hier. Ich muss los.«

»Andrew Ryan?«

»Wir wollen Louise Parents Schwester befragen.«

»Die Tote aus Candiac?«

»Ja.«

»Die alte Dame, die Ihre Telefonleitung zum Glühen gebracht hat?«

»Sie hat bei mir angerufen.«

»Und wollte was?«

»Genau das will ich herausfinden.«

»Wann ist die Schwester wieder aufgetaucht?«

»Gestern.«

»Wo?«

»Zu Hause.«

»Und wo hatte die alte Schachtel sich versteckt?«

»Pointe-aux-Pics.« Eisig. »Ich hätte diesen Ausdruck gern, sobald er fertig ist.«

»Sacrifice.«

»Merci.« Arschloch.

Ich rannte ins Bad. Die eine Seite meiner Frisur war okay. Die andere hing in feuchten Spiralen herunter. Ich griff nach dem Föhn.

Zwitschern. Aber mit Krallen.

»Klasse.«

Birdie beobachtete mich von der Tür aus. Beim Klang meiner Stimme stand er auf, streckte ein Bein nach hinten und setzte sich in Bewegung. Keine Zeit, Anne einen Zettel zu schreiben.

Ich steckte den Föhn wieder in den Halter, setzte eine Mütze auf und verließ die Wohnung,

Ryan wartete in der Vorhalle, das Gesicht von der Kälte gerötet. Braun getönte Sonnenbrille. Bomberjacke.

Ein Booster für meine Libido.

Obwohl der Anruf des letzten Abends noch meine Gefühle beherrschte, hatte meine Lust offensichtlich einen Houdini geschafft.

»Hab ich dich aufgeweckt, Zuckerschnittchen?« Dickes Ryan-Grinsen.

»Du hast mich nicht aufgeweckt.« Ich gab mir Mühe, keine Feindseligkeit mitschwingen zu lassen.

»Sind wir heute Morgen etwas gereizt?«

»Rauchen wir heute Morgen mal wieder?«

»Unbedeutender Rückschlag.« Ryan drückte seine Zigarette in ein Gefäß mit Sand neben der Tür.

Draußen traf mich die Kälte wie eine eisige Explosion. Die Sonne strahlte aus einem klaren, blauen Himmel.

Ryans Auto schnurrte im Leerlauf am Bordstein.

Ich stieg ein und schnallte mich an.

Ryan stieg ein, wandte sich mir zu und schob sich die Sonnenbrille auf den Kopf hoch. Eine dunkle Sichel hing unter jedem azurblauen Auge.

»Irgendwas beschäftigt dich.«

Ich sagte nichts.

»Es ist offensichtlich, dass du durcheinander bist.«

Ich sagte nichts, doch diesmal lauter.

»Ich fürchte, du bist unglücklich mit mir.« Obwohl er lächelte, war die Anspannung in seiner Kiefermuskulatur und um die Augen herum deutlich sichtbar.

»Ich weiß, dass du dich für 'ne ganz heiße Nummer hältst, Ryan, aber es gibt neben dir auch andere Sachen, die mir durch den Kopf gehen.«

Neben dir und deiner Nichte. Ich kam mir vor wie ein einziger bloßliegender Nervenstrang.

»Willst du reden?«, fragte Ryan.

»Ich will los«, sagte ich, weil ich meiner Stimme nicht mehr traute.

Wir fuhren los.

In eisigem Schweigen.

Claudia Bastillo öffnete uns die Tür des Hauses in Candiac. Ich knipste ein hochstaplerisches Lächeln an und begrüßte sie herzlich.

Rose Fisher saß allein im Wohnzimmer und starrte die Jalousien an. Sie trug ein grünes Kunstseidenkleid mit Mohnblumenmuster. Die orangefarbenen Haare waren mit einem Plastikclip am Hinterkopf zusammengesteckt. Das Make-up war, falls das überhaupt möglich war, noch extravaganter als am vergangenen Abend.

'tit ange versuchte sich an *Frère Jacques.*

Fisher rührte sich nicht, als wir eintraten. Als sie die Stimme ihrer Tochter hörte, drehte sie sich um und schaute uns verwirrt an, als versuchte sie herauszufinden, wer wir sind.

»Es ist der Bulle. Und die Leichenlady.«

Mit dieser nicht gerade präzisen Vorstellung zog Bastillo sich zurück.

Ryan und ich setzten uns wieder links und rechts neben Fisher. Der »Bulle« bedeutete der »Leichenlady« anzufangen.

»Ich hoffe, es geht Ihnen heute schon besser, Ma'am.«

Fisher nickte fast unmerklich.

»Mrs. Fisher, ich mache mir Gedanken wegen einiger Anrufe Ihrer Schwester in meinem Institut.«

Die grell geschminkten Augen senkten sich.

»Wann?«

»Letzte Woche.«

»Weswegen?« Fishers Blick blieb stur auf den Boden geheftet.

»Mrs. Parent…«

»Louise war nie verheiratet.«

»Miss Parent sprach von einem Gebäude an der Ste. Catherine.«

Die Wurstfinger öffneten und schlossen sich.

»Sie sagte, sie zerbreche sich den Kopf wegen Dingen, die dort vorgefallen seien.«

Fisher wurde noch zappeliger.

»Ihre Schwester gab an, sie fühle sich verpflichtet, den Behörden gewisse Informationen mitzuteilen.«

»Sie hat Sie angerufen?« Fisher hob den Kopf, die Augen riesig in dem kunstlos hergerichteten Gesicht.

»Zweimal. Wissen Sie, warum?«

»Ich hätte mir nicht gedacht, dass sie es tatsächlich tun würde.«

»Was wollte Ihre Schwester mit mir besprechen?«

In diesem Augenblick kam Bastillo herein und setzte sich in den Sessel gegenüber der Couch. Aus dem Trällern des Sittichs wurde ein schrilles, abgehacktes Kreischen.

»'tit ange!«, blaffte Bastillo.

Der Sittich ließ noch ein paar laute, schrille Töne hören.

»Lass das!«

Der Papagei sagte »hübscher Vogel« auf Englisch und Französisch und untersuchte dann den Inhalt seiner Futterschüssel.

»Er ahmt den Rauchmelder nach«, erklärte Bastillo. »Der kleine Mistkerl hat das aufgeschnappt, als er mal an einem Wochenende allein war und die Batterien versagten.«

»Er ist sehr talentiert«, sagte ich. »Und zweisprachig.«

»Er ist eine Nervensäge.« Bastillo hatte für den Vogel offensichtlich nicht viel übrig.

»Dreisprachig.«

Wir alle schauten Fisher an.

»Englisch, Französisch und Sittisch. Über diesen Witz haben Louise und ich immer gelacht.« Fishers Stimme kam abgehackt, von verhaltenem Schluchzen unterbrochen. »Sie war Übersetzerin, wissen Sie?«

»Nein, Ma'am. Das wusste ich nicht.«

Fisher nickte, und ihre Kinne verschmolzen.

»Hat Bücher aus dem Französischen ins Englische übersetzt. Und andersherum auch.«

»Das ist eine sehr schwierige Arbeit«, sagte ich und wandte mich dann an Bastillo.

»Wir haben Ihre Mutter eben nach Anrufen Ihrer Tante an mein Institut kurz vor ihrem Tod gefragt.«

»Gibt's da eine Verbindung?«

»Das wissen wir nicht genau.«

»Wollen Sie damit andeuten, dass der Tod meiner Tante keine natürlichen Ursachen hatte?«

»Wir wollen in jede denkbare Richtung ermitteln«, sagte Ryan.

»Verdächtigen Sie uns?« So schrill wie der Vogel.

»Natürlich nicht.« Ryans Stimme war die personifizierte Besänftigung. »Wir würden nur gerne wissen, was Ihrer Tante durch den Kopf ging.«

Ryan wandte sich an Fisher.

»Wissen Sie, was Miss Parent Dr. Brennan mitteilen wollte?«

Als Fisher nickte, huschte ein Gitter aus Sonnenlicht über ihre Wange.

'tit ange pfiff eine Zeile aus *Camelot*.

Rose Fisher holte einmal tief Atem.

»Louise wohnte fast siebzehn Jahre in der Ste. Catherine. Als mein Mann vierundneunzig starb, überredete ich sie, zu mir zu ziehen. Das Haus war eins dieser Riesenkästen, mit Geschäften im Erdgeschoss und Wohnungen in den Etagen darüber. Für mich zu laut, aber Louise mochte es so. Sie hatte eine Zweizimmerwohnung zur Straße hin, und sie schaute gern zum Fenster hinaus, wenn sie an ihrem Schreibtisch arbeitete. Die Viertelschnüfflerin, nannte sie sich selbst.«

»Was für Geschäfte waren in dem Gebäude?«, fragte ich sanft.

»Eine ganze Latte. Eine Dame mit einem Koffergeschäft. Ein Metzger. Und dann eröffnete dieser Kerl eine Pfandleihe.«

Fisher senkte den Blick.

»Louise mochte ihn nicht. Sie mochte ihn *wirklich* nicht.«

»Wie hieß er?«

»Fing mit einem M an. Maynard? Martin? Ich glaube, Louise hat mal gesagt, er sei Amerikaner. Ich weiß es nicht mehr. Das ist Jahre her.«

Stéphane Ménard. Der Kerl auf Cyrs Liste. Der Kerl, der die Geschäftsräume in Cyrs Gebäude von neunundachtzig bis achtundneunzig gemietet hatte.

»Warum mochte Ihre Schwester diesen Mann nicht?«

»Verstehen Sie mich nicht falsch. Normalerweise mochte Louise jeden. Aber bei diesem Kerl hatte sie ein komisches Gefühl.«

»Wissen Sie, warum?«

Fisher schaute zu Bastillo. Bastillo nickte.

»Eines Abends sah sie, wie er ein schlafendes Mädchen in seinen Laden trug. Louise meinte, er hätte es irgendwie in den Armen gehabt wie ein Baby.«

»Ein Kind?«

»Ein Teenager.«

»Louise erzählte mir, er hätte ihr mal gesagt, dass er es bedauere, nie geheiratet zu haben und keine Kinder zu haben. Meine Schwester war ziemlich geschickt darin, Leute zum Reden zu bringen. Fünf Minuten, und Louise kannte ihre ganze Lebensgeschichte.«

»Sonst noch etwas?« Mein Herz schlug schneller.

»Ein anderes Mal sah Louise ein Mädchen aus dem Laden rennen. Der Pfandleiher schoss auf die Straße und zerrte das Mädchen wieder hinein.«

»Wann war das?«

Fisher verstand meine Frage falsch. »Spätabends.«

Ich schaute Ryan an. Er wirkte so aufgeregt, wie ich mich fühlte.

»Louise behielt das alles für sich, bis sie hierher zog, aber dann fing ihr Gewissen an, sie zu plagen, und sie erzählte mir, was sie gesehen hatte.«

»Hat Ihre Schwester je mit dem Pfandleiher über diese Vorfälle gesprochen?«

Fisher nickte. »Louise hat mir erzählt, sie hätte ihn ein paarmal nach diesen Mädchen gefragt, Sie wissen schon, nicht geradeheraus, sondern eher taktvoll. Und sie meinte, dieser Kerl sei ihren Fragen immer ausgewichen und schließlich sogar ziemlich aggressiv geworden. Also ließ sie es sein.«

Fisher hob den Kopf und sah mich direkt an.

»Louise zerbrach sich die ganze Zeit den Kopf darüber, ob sie die Polizei rufen sollte. Sie wissen schon, damit da mal jemand nach dem Rechten sieht. Ich sagte ihr, sie solle sich um ihre eigenen Angelegenheiten kümmern. Sich nicht einmischen.«

»Diese Vorfälle ereigneten sich vor 1994?«

Fisher nickte. »Glauben Sie, ich habe meiner Schwester einen schlechten Rat gegeben?«

'tit ange trällerte und ließ sein Glöckchen hören.

25

Ryan setzte Rose Fishers Befragung fort. Bastillo saß dabei. Ich ging nach draußen und wählte Claudels Nummer.

Erstaunlicherweise meldete er sich bereits nach dem zweiten Klingeln.

Ich wiederholte Fishers Geschichte.

»Ich habe seinen Namen in den Computer eingegeben, als ich Cyrs Mieterliste bearbeitete. Ménard ist der reinste Heilige.«

»Überhaupt kein Eintrag im Vorstrafenregister?«

»Offiziell hat der Kerl noch nicht mal auf die Straße gespuckt.«

»Ist er noch in Montreal?«

»Hat ein Haus in Pointe-St-Charles.«

»Was arbeitet er jetzt?«

»Nichts, soweit ich das sagen kann.«

»Ménard betrieb von neunundachtzig bis achtundneunzig diese Pfandleihe. Was hatte er davor gemacht?«

Eine kurze Pause.

»Die Daten sind unklar.«

»Unklar?«

»Die Aufzeichnungen hören neunundachtzig auf.«

»Was soll das heißen, sie hören auf?«

»Vor 1989 gibt es nichts über Stéphane Ménard.«

»Keine Geburtsurkunde, keinen Steuerbescheid, keine Kreditwürdigkeitsanfrage, keine medizinischen Unterlagen? Nichts?«

Stille.

»Rose Fisher meinte, ihre Schwester hätte gesagt, Ménard wäre Amerikaner. Haben Sie den Namen über die Grenze geschickt?«

Ich wartete, dass Claudel etwas sagte. Als er es nicht tat, fuhr ich fort: »Ich rufe Monsieur Authier an und sage ihm, dass wir eine Spur haben.«

Erklären Sie dem Chief Coroner ihre mangelnde Begeisterung, Monsieur Claudel.

Nachdem ich aufgelegt hatte, kehrte ich ins Wohnzimmer zurück. Während Ryan Rose Fisher noch weitere dreißig Minuten lang befragte, hörte ich nur stumm zu.

In meiner Abwesenheit hatten wieder einmal Tränen die grellbunte Maske verwüstet. Fishers Leid war herzzerreißend.

Bastillo war eine ganz andere Geschichte. Ihr Rücken blieb steif, ihr Blick starr und ohne jedes Mitgefühl für den Kummer ihrer Mutter. Hin und wieder schlug die jüngere Frau die Beine anders übereinander und verschränkte die Arme vor der Brust. Ansonsten saß sie bewegungslos und stumm da.

Schließlich kam Ryan zum Ende.

Wir standen beide auf, kondolierten Fisher und ihrer Tochter noch ein letztes Mal und verabschiedeten uns.

Wieder im Auto, schlug Ryan vor, Sandwiches zu kaufen.

»Nein danke.«

Genau in diesem Augenblick knurrte mein Magen.

»Ich verstehe das als metabolisches Veto.«

Ohne weitere Diskussion fuhr Ryan auf den Parkplatz eines Lafleur, Montreals Antwort auf Fast Food. Er ging ums Auto herum, öffnete mir die Tür, verbeugte sich tief und machte mit der rechten Hand eine ausladende Geste.

Was soll's. Ich hatte wirklich Hunger.

Lafleur ist berühmt für seine Dampfwürstchen mit Pommes. *Steamé et frites.* Obwohl Stammgäste einen rekordverdächtigen Cholesterinspiegel aufweisen, geht jeder Montrealer hin und wieder zu Lafleur.

Minuten später saßen Ryan und ich an einem Resopaltisch, zwischen uns vier Würstchen und zwanzig Pfund Pommes.

Mein Handy klingelte, als ich eben nach meinem zweiten Würstchen griff. Wie üblich verschwendete Claudel keine Zeit mit einer Begrüßung.

»*Vous avez raison.*«

Ich hätte mich beinahe verschluckt. Claudel gab zu, dass ich mit etwas Recht hatte?

Ryan fragte mit Blicken und Armbewegungen, ob er mir auf den Rücken klopfen solle. Ich schlug seine Hand weg.

»Monsieur Stéphane Ménard wurde als Stephen Timothy Menard geboren, seine Eltern stammten aus Vermont. Genevieve Rose Corneau und Simon Timothy Menard.«

»Fisher hat sich also korrekt erinnert.«

»Die Menards waren Lehrer, die nebenbei eine kleine Gemüsefarm mit Direktverkauf außerhalb von St. Johnsbury betrieben. Papa starb siebenundsechzig, als der Junge fünf Jahre alt war. Mama starb zweiundachtzig.«

»Wie kam Menard nach Kanada?«

»Ganz legal. Corneau wurde in Montreal geboren. Nachdem sie Menard kennen lernte, zog sie nach Vermont, heiratete dort und wurde amerikanische Staatsbürgerin. Passenderweise besuchte Rose eben die Familie zu Hause, als der kleine Stephen sein Kommen ankündigte.«

»Ménard besitzt die doppelte Staatsbürgerschaft?«

»Ja.«

»Aber seinen Wohnsitz verlegte er erst neunundachtzig nach Kanada?«

»Als Corneau 1982 starb, erbte Menard die Gemüsefarm. Ein guter Hektar Land und ein Haus mit zwei Schlafzimmern.«

Ich rechnete schnell nach. »Menard war damals zwanzig.«

»Ja.«

Ryan spritzte Essig auf seine Fritten, hörte aber aufmerksam zu.

»Blieb Menard in Vermont?«

»Charbonneau klärt das noch mit der Polizei in St. Johnsbury ab. Ich habe herausgefunden, dass Menards Großeltern 1988 bei einem Autounfall hier in Montreal ums Leben kamen.«

»Lassen Sie mich raten. Menard erbte das Haus von *grand-mère* und *grand-père* Corneau, sagte *au revoir* zu Vermont, setzte *accents* auf seinen Namen und zog nach Norden.«

»Er nahm das Haus der Corneaus im November 1988 in Besitz.«

»In Pointe St. Charles.«

Claudel las die Adresse vor.

Ich machte eine Geste zu Ryan. Er gab mir einen Stift, und ich schrieb die Adresse auf eine Serviette.

»Ist er Junggeselle?«

»Kein Hinweis, dass sonst noch jemand dort lebt.«

»Ist Menard in den Staaten vorbestraft?«

»Fahren unter Alkoholeinfluss mit siebzehn, ansonsten war der junge Mann ein Musterknabe.«

Claudels Arroganz hatte ihre übliche Wirkung auf meine Laune.

»Hören Sie, bis jetzt haben wir uns auf die Opfer konzentriert, den Fall praktisch von unter her aufgerollt. Ich glaube, wir sollten jetzt umdenken und von oben nach unten vorgehen. Versuchen herauszufinden, *wer* sie in diesem Keller verscharrt hat.«

»Und Sie glauben, dieser Menard ist der Mann mit der Schaufel?«

»Haben Sie eine bessere Idee, Monsieur Claudel?«

Wir legten gleichzeitig auf.

Zwischen Bissen von meinem zweiten Würstchen gab ich Claudels Informationen an Ryan weiter. Falls er irgendwelche Zweifel in Bezug auf Menard hatte, behielt er sie für sich.

»Menard muss jetzt in den Vierzigern sein«, sagte er, zerknüllte das Wachspapier, in dem die Würstchen eingewickelt waren, und stopfte sie in den fettfleckigen Karton, der unsere Fritten enthalten hatte.

»Ohne offensichtliche Einkünfte in den letzten Jahren.«

»Aber Grundbesitz in Vermont und Quebec.«

»Und jede Menge tote Verwandte«, sagte ich.

Charbonneau rief an, als wir eben aufstehen wollten.

»Wie steht's, Doc?«

»Gut.«

»Hatte ein paar interessante Gespräche mit einigen von unseren Nachbarn aus den Green Mountains. Wie's aussieht, hat Ihr Junge einen College-Abschluss gemacht.«

»Wo?«

»University of Vermont, 1984. Die nette Dame von der Registratur faxte mir sogar ein Foto aus einem Jahrbuch. Der Junge sieht aus wie der Traum jeder Mutter. Wuschelkopf und Sommersprossen, Clark-Kent-Brille und ein Lächeln wie Donny Osmond.«

»Ein Rothaariger?«

»Und wie. Ach, und das wird Ihnen gefallen, Doc. Menard hat seinen Bachelor in Anthropologie gemacht.«

»Im Ernst?«

»Es kommt noch besser. Menard studierte weiter. Er schrieb sich für ein Aufbaustudium in Archäologie ein in einem Ort namens … « Pause. »Moment. Ich hab's. Chico.«

Meine Pulsfrequenz schoss in die Stratosphäre.

»California State University in Chico?«

Ryan riss erstaunt den Kopf herum, als er die Schärfe in meiner Stimme hörte.

»Ja. Ziemlich weit weg für einen Jungen aus Vermont.«

Ich erinnerte Charbonneau an die Strontiumisotopen-Analyse, die Art Holliday mit den Skeletten angestellt hatte.

»Der dentale Strontiumwert deutet darauf hin, dass das Mädchen in Leder im nördlich-zentralen Kalifornien aufgewachsen sein könnte, wissen Sie noch?«

»Ja.«

»Chico liegt im nördlich-zentralen Kalifornien.«

»O Mann.«

»Und denken Sie auch daran, ihr skelettaler Strontiumwert deutet darauf hin, dass sie die letzten Jahre ihres Lebens in Vermont gelebt haben könnte.«

»Verdammt.«

»Was haben Sie sonst noch?«

»Anscheinend ließ Menards Begabung etwas zu wünschen übrig. Schon nach einem Jahr brach er das Studium entweder selber ab oder wurde hinausgeworfen. *Hasta la vista*. Kein Abschluss.«

»Wo ging er hin?«

»Im Januar sechsundachtzig tauchte er auf Mamas Farm in Vermont auf.«

»Wenn er Chico schon nach einem akademischen Jahr verließ, bleibt eine Lücke vom Ende des Frühjahrssemesters fünfundachtzig bis zum Januar sechsundachtzig. Wo war er in dieser Zeit?«

»Ich werde mal ein paar Nummern in Chico anrufen.«

»Was tat Menard, als er dann wieder in Vermont war?«

»Ich vermute mal, Gemüse anbauen. Lebte von seiner Erbschaft. Bezahlte keine Sozialversicherung, füllte keine Steuererklärungen aus.«

»Haben Sie mit Leuten aus der Gegend gesprochen?«

»Ich habe ein paar Nachbarn aufgetan, die sich noch an ihn erinnern. Die meisten Leute in der Gegend zogen erst dorthin, nachdem Menard wieder gegangen war, aber ein paar von den Alteingesessenen erinnern sich noch an Genevieve Rose und ihren Sohn. Offensichtlich war Mama eine strenge alte Dame. Hielt den Sohn an einer sehr kurzen Leine.«

»Corneau hatte nie wieder geheiratet?«

»Nein. Allein erziehende Mutter. Die Leute erinnern sich an Menard als stillen Jungen und Stubenhocker. Nahm weder an den sportlichen noch den anderen üblichen Schulveranstaltungen teil. Ein paar meinten, sie hätten ihn in dem Jahr nach seiner Rückkehr aus Chico gesehen. Der Kerl musste an der Uni irgendeine Wandlung durchgemacht haben. Machte zu Hause einen ziemlichen Eindruck mit Dreadlocks und Bart.«

»Wir reden von Vermont.«

»Soll heißen?«

»Sehr konservativ. Was hatten die Nachbarn sonst noch zu sagen?«

»Nicht viel. Offensichtlich blieb Menard ziemlich für sich, ging nur aus dem Haus, um einzukaufen oder zu tanken.«

»Reden Sie mit Chico. Finden Sie über diesen Kerl alles heraus, was Sie können. Und beschaffen Sie sich eine Liste aller Mädchen zwischen fünfzehn und fünfundzwanzig, die in der Gegend verschwanden, als Menard dort war.«

»Ist dieser Menard wirklich Ihr Favorit für die Pizzaskelette?«

»Er hat das klassische psychologische Profil. Dominante Mutter. Unerfüllter Ehrgeiz. Einzelgänger. Abgelegener Wohnort.«

»Ich weiß nicht.«

»Verbinden Sie die einzelnen Punkte, Charbonneau. Im Keller eines Anwesens, in dem Menard neun Jahre lang einen Laden hatte, wurden drei Mädchen vergraben. Die C-14-Datierung deutet darauf hin, dass ihre Todeszeitpunkte in die Zeitspanne fallen, in der Menard dort Mieter war. Louise Parent hielt Menard für so verdächtig, dass sie mich zweimal anrief.«

Ich machte diese Zusammenfassung ebenso sehr für Ryan wie für Charbonneau.

»Laut ihrer Schwester wollte Parent mir sagen, dass sie beobachtet hatte, wie Menard ein bewusstloses Mädchen in seinen Laden trug. Bei einer anderen Gelegenheit hatte sie beobachtet, dass Menard ein flüchtendes Mädchen zurück in seinen Laden zerrte. Beide Vorfälle ereigneten sich spätabends.«

»Und Parent ist jetzt tot«, sagte Charbonneau.

Ich schaute Ryan an. Er hörte sehr aufmerksam zu.

»Und Parent ist jetzt tot«, sagte ich.

»Dann wollen wir mal ’ne Party steigen lassen. Kann sein, dass wir alle dasselbe Feld beackern.«

»Sieht so aus.«

»Ist Ryan da?«

»Ja.«

»Geben Sie ihn mir.«

Ich gab Ryan das Telefon und sah dann zu, wie er Charbonneau zuhörte. Obwohl meine Nerven aufs Äußerste gespannt waren, ließ ich mir nichts anmerken. Kein Hinweis auf den Ruck, den Charbonneau mir eben gegeben hatte. Kein Hinweis auf den Kummer, den Charbonneau am Montag verursacht hatte. Kein Hinweis auf die Qual, die der Anruf vom vergangenen Abend gewesen war.

Ich hatte mir geschworen, zu Ryan auf Distanz zu gehen, aber all die Fäden liefen jetzt zusammen. Da die Parent- und die Pizzakeller-Ermittlungen miteinander verschmolzen, war eine berufliche Trennung jetzt noch nicht möglich.

C’est la vie. Ich würde das ganz professionell angehen. Ich würde meine Arbeit tun. Dann würde ich Ryan alles Gute wünschen und weiterziehen.

»Ja, so ist sie.« Ryan kicherte so, wie Männer kichern, wenn sie Witze über eine Frau reißen.

Paranoia brüllte auf. *Was* ist sie? *Welche* Sie?

Vergiss es, Brennan. Konzentrier dich auf den Fall. Leg deine ganze Energie da rein.

Ich stellte mir vor, wie diese Knochen in ihren anonymen Kellergräbern lagen, während Menard oben in seinem Laden kaufte und verkaufte. Elektronikware, die irgendein Junkie für den nächsten Schuss gestohlen hatte. Familienerbstücke, die mit Bedauern versetzt wurden.

Ich stellte mir Menard in Vermont vor, wie er Erbsen und Kartoffeln harkte. Menard in Kalifornien, wie er Struever, Binford, Buikstra und Fagan las.

Ein halb ausgegorener Gedanke meldete sich.

Chico.

»...hab sie hier.« Ryan drehte die Serviette zu sich, um Menards Adresse abzulesen.

Chico liegt im nördlich-zentralen Kalifornien. Das wusste ich. Warum dann dieses Fingerschnippen in meinem Hinterkopf?

Das war es nicht. Da war noch irgendwas anderes. Aber was?

»Mach ich«, sagte Ryan.

Charbonneau sagte etwas.

»Ja. Ihm ein bisschen auf den Zahn fühlen. Mal sehen, wie er reagiert.«

Ryan schaltete ab und gab mir das Handy.

»Lust auf einen kleinen Plausch mit diesem Kerl?«

»Menard?«

Ryan nickte.

»Auf jeden Fall.«

Der Hinterkopf schien sich ein wenig zu entspannen.

Als Ryan und ich das Restaurant verließen, hatten wir keine Ahnung, dass wir beobachtet wurden.

26

Der Umriss von Montreal erinnert mich an einen Fuß, wobei der Dorval Airport und die westlichen Inselvorstädte das Sprunggelenk bilden, die Zehen nach Osten weisen und die Ferse sich zum St. Laurent hin senkt. Verdun ist der Fersenballen und Pointe-St-Charles ein winziger vorderer Ballen.

Der Pointe wird oben vom Canal Lachine begrenzt und unten vom Eisenbahngelände der Canadian Pacific. Vieux-Montréal mit seinen Häfen liegt im Osten. Ursprünglich bewohnt von Einwanderern, die an der Errichtung von Montreals Brücken arbeiteten, hatte der Pointe viele Straßennamen, die auf eine starke irische Präsenz hindeuten. Rue St. Patrick. Sullivan. Dublin. Mullins.

Aber das ist Vergangenheit. Heutzutage ist der Pointe vorwiegend französisch.

Weniger als zwanzig Minuten, nachdem wir Lafleur verlassen hatten, bog Ryan auf die Rue Wellington ein, die westöstliche Hauptarterie dieses Viertels. Wir kamen an Sportgeschäften und Tattoo-Salons vorbei und am MH Grover Bekleidungshaus, eine Wellingtoner Institution seit Jahrzehnten. Hier und dort belebte ein flottes Café die eintönige Straße.

Ryan hielt an, wo die Rue Dublin von links auf die Wellington stieß. Eine Reihe viktorianischer Häuser auf der rechten Seite wirkte unpassend verspielt mit ihren pastellfarbenen Anstrichen, den reich verzierten Holzarbeiten, den Backsteinbögen und den Bleiglasfenstern. Im Milchglas über einer Eingangstür konnte ich den Schriftzug »Dr. George Hall« entziffern.

Ryan bemerkte meinen verwunderten Blick.

»Doctor's Row«, sagte er. »Erbaut im neunzehnten Jahrhundert von reichen Ärzten, die prestigeträchtige Residenzen wollten. Das Viertel hat sich seitdem aber ein bisschen verändert.«

»Sind das noch immer Privathäuser?«

»Ich glaube, sie sind in Eigentumswohnungen unterteilt.«

»Wo ist die Rue de Sébastopol?«

Ryan deutete mit dem Kopf nach links. »Das da ist der reinste Irrgarten, jede Menge Sackgassen und Einbahnstraßen. Ich glaube, die de Sébastopol führt am Rand des Eisenbahngeländes entlang.«

Als Ryan in die Dublin einbog, sah ich durch mein Fenster ein historisches Hinweisschild.

»Was ist der Parc Marguerite-Bourgeoys?«

»Mon dieu, Madame la docteure, diese Dame ist eine der höchstgeschätzten Persönlichkeiten Quebecs. Im siebzehnten Jahrhundert richtete Schwester Maggie Schulen für kleine Mädchen ein. Für das damalige Quebec eine ziemlich radikale Idee.

Außerdem gründete sie einen Orden, die *Sœurs de la Congrégation de Notre Dame.* Vor ein paar Jahren beförderte die Kirche sie in die Gehaltsklasse Heilige.«

»Warum das Schild?«

»Um 1650 herum erhielt Bourgeoys ein ziemlich großes Stück dieser kleinen Insel. Die Nonnen verkauften das Land parzellenweise, und jetzt bedeckt Pointe St. Charles einen Großteil des Geländes, aber die ursprüngliche Schule der Bourgeoys und Teile der Farm liegen da vorne. Die Anlage ist jetzt ein Museum.«

»Maison St. Gabriel.«

Ryan nickte.

Der Schnee wurde in dieser Gegend höchstens sporadisch geräumt. Die Bürgersteige verschwanden unter der weißen Pracht, und Autos parkten halb auf den Fahrspuren. Ryan fuhr langsam und hielt sich weit rechts, um dem Gegenverkehr Platz zu machen. Während wir tief in den Pointe hineinfuhren, schaute ich mir die Umgebung an.

Die Architektur war eine Mischung aus neunzehntem und zwanzigsten Jahrhundert, wobei der Großteil der Häuser offensichtlich für die verarmte Arbeiterklasse errichtet worden war. Viele Straßen waren gesäumt von einstöckigen Backstein-Reihenhäusern, deren Türen direkt auf den Bordstein hinausgingen. Andere Straßen neigten eher zu grob behauenem Kalkstein. Die meisten dieser Häuser waren zwar sehr schlicht, doch einige hatten ein Dachgesims, eine falsche Mansarde oder eine geschnitzte hölzerne Gaube.

Unter diese sozialen Bemühungen des neunzehnten Jahrhunderts mischten sich zweistöckige Dreier- oder Sechserreihen aus den Anfangsjahren des zwanzigsten. Ihre Erbauer hatten die Großzügigkeit besessen, die Fassaden etwas zurückzusetzen, so dass winzige Vorgärten, Eingänge mit Vordächern, gelbe, beige oder braune Klinkerverkleidungen und Außentreppen zu Balkonen im ersten Stock entstanden waren.

In der Nähe der Einfahrt zum Maison St. Gabriel kamen wir an mehreren dreistöckigen Nachkriegsmonstrositäten mit Eingängen unter Beton- oder Plastikvordächern vorbei. Den Erbauern dieser Schandflecke war Effizienz offensichtlich wichtiger als Stil. So viel zu Feng Shui.

Nach einigen Kurven bog Ryan nach rechts ab, und die Rue de Sébastopol lag vor uns. Links breitete sich, halb versteckt hinter einem fast zwei Meter hohen Zaun und immergrünen Hecken, das Eisenbahngelände aus. Ich erkannte Reihe um Reihe verrosteter Tankwaggons.

Schnee knirschte unter den Reifen, als Ryan anhielt. Wortlos schauten wir beide die Straße entlang.

Etwa in der Mitte des Blocks reichte eine Häuserreihe bis an die Straße, die heruntergekommenen kleinen Behausungen schienen sich zusammenzukuscheln, als wollten sie sich gegenseitig stützen. Oder wärmen.

Hinter den Reihenhäusern erkannte ich eine Lücke, dann ein Durcheinander von Betonbauten mit Graffiti-Schmierereien an den Außenwänden. Rechts von uns stand hinter einem heruntergekommenen Zaun eine baufällige Scheune. Innerhalb des Zauns kläffte ein Köter, der etwas gegen unsere Anwesenheit zu haben schien.

Kahle Bäume streckten ihre Äste zwischen Stromleitungen hindurch. Zusammengeschobene Schneehaufen glänzten schwarz vor Ruß und Dreck.

Rue de Sébastopol sah aus wie viele Straßen im Pointe.

Allerdings noch trister.

Noch einsamer.

Links gähnte das riesige unbewohnte Eisenbahngelände. Hinter uns lag die einzige Zufahrt zur Straße.

Als ich den Block entlangstarrte, beschlich mich eine ungute Vorahnung.

Ryan nickte in die Richtung der Reihenhäuser. »Das ist die

Sébastopol Row, erbaut in den 1850ern von der Grand Trunk Railway.«

»Offensichtlich war den Eisenbahnbaronen Schönheit kein Anliegen.«

Ryan zog die Serviette aus der Tasche, las die Adresse noch einmal und fuhr dann langsam ein Stückchen weiter, um die Nummer des ersten Reihenhauses ablesen zu können.

Der Hund hörte auf zu bellen und schaute uns nach.

»Was für eine Nummer ist es?«

Ryan nannte sie mir.

»Muss noch weiter unten sein.«

Während Ryan langsam weiterfuhr, las ich die Ziffern ab. Die Hausnummern der Reihenhäuser gingen nicht hoch genug, aber die des ersten Betonbaus deutete darauf hin, dass wir schon zu weit gefahren waren.

»Vielleicht liegt das Haus weiter zurückgesetzt, im hinteren Teil dieser Brachfläche«, bemerkte ich.

Ryan wendete und parkte gegenüber dem letzten Reihenhaus. Durch nackte Laubbäume und schneeschwere Fichten war schwach ein Umriss erkennbar.

»Bereit?« Ryan holte seine Handschuhe vom Rücksitz.

»Bereit.«

Ich zog meine Fäustlinge an und stieg aus. Als der Hund das Knallen unserer Türen hörte, fing er wieder an zu bellen.

Ryan bog in einen eisverkrusteten Fußweg etwa zwei Meter hinter dem letzten Reihenhaus ein. Benadelte Zweige und kahle Äste verdeckten den Himmel, so dass wir wie durch einen düsteren Tunnel gingen.

Die Luft roch nach Kiefern, Holzrauch und etwas Organischem.

»Was ist das für ein Gestank?«, flüsterte ich.

»Pferdemist.« Auch Ryan sprach leise. »Der alte Kläffer bewacht einen *calèche*-Pferdestall.«

»Die Pferde, die im alten Montreal die Kutschen ziehen?«

»Genau die.«

Ich schnupperte noch einmal.

Vielleicht. Aber da war noch etwas anderes.

Mit Atemwolken vor dem Mund, die Krägen gegen die Kälte hochgeschlagen, bewegten Ryan und ich uns vorsichtig über den unebenen Weg.

Zehn Meter von der de Sébastopol entfernt bog der Pfad scharf nach links ab, und plötzlich sahen wir ein verwittertes Backsteinhaus vor uns. Wir blieben beide stehen und lasen die verrosteten Ziffern über der Tür.

»Bingo«, sagte Ryan.

Der Eingang hatte einen Vorbau, die Tür selbst war zwar alt und verwittert, aber reich verziert. Die Fenster waren so gut wie undurchsichtig, einige schwarz, andere weiß vor Frost und angewehtem Schnee.

Tote Ranken zogen sich wie Spinnweben über Dach und Außenmauern, und ein hölzernes Fensterbrett hing vom Rahmen. Die Fichten waren hier dichter und tauchten das Haus und seinen kleinen Garten in noch tieferen Schatten.

Unwillkürlich stellten sich mir die Nackenhaare auf.

Ich atmete tief durch, um mich einigermaßen zu beruhigen.

Ryan ging zur Tür. Ich folgte.

Die Klingel bestand aus beschlagenem Messing und war eins dieser altmodischen Modelle, bei denen man den Knopf im Uhrzeigersinn drehen musste, um im Haus einen Ton zu erzeugen. Ryan tat es.

Tief drinnen schrillte es.

Ryan wartete eine ganze Minute und klingelte dann noch einmal.

Sekunden später klackten Schlösser, dann ging die Tür zehn Zentimeter weit auf.

Ryan hielt seine Marke in den Spalt.

»Mr. Menard?«, fragte er auf Englisch.

Der Spalt wurde nicht breiter. Ich konnte die Person, die hindurchspähte, nicht erkennen.

»Stephen Menard?«, wiederholte Ryan.

»Que voulez-vous?« Was wollen Sie? Ein starker Akzent. Amerikanisch.

»Polizei, Mr. Menard. Wir würden gerne mit Ihnen sprechen«, erwiderte Ryan auf Englisch.

»Laissez-moi tranquille.« Lassen Sie mich in Frieden.

Die Tür bewegte sich wieder auf den Rahmen zu. Blitzschnell stemmte Ryan die Handfläche dagegen.

»Sind Sie Stephen Menard?«

»Je m'appelle Stéphane Ménard.« Menard sprach den Namen französisch aus. *»Qui êtes-vous?«* Wer sind Sie?

»Detective Andrew Ryan.« Ryan deutete auf mich. »Dr. Temperance Brennan. Wir müssen mit Ihnen sprechen.«

»Allez-vous-en.« Die Stimme klang trocken und beinahe zart. Ihren Besitzer konnte ich noch immer nicht erkennen.

»Wir gehen nicht weg, Mr. Menard. Wenn Sie kooperieren, werden unsere Fragen nur ein paar Minuten Ihrer Zeit beanspruchen.«

Menard erwiderte nichts.

»Wir können das natürlich auch auf dem Revier erledigen.« Ryans Stimme war gehärteter Stahl.

»Tabernac!«

Die Tür ging zu. Eine Kette klirrte, dann wurde die Tür wieder geöffnet.

Ryan trat ein, und ich folgte. Der Boden war mit Linoleum ausgelegt, die Wände für einen fensterlosen Raum viel zu dunkel gestrichen. Die Luft roch nach Mottenkugeln, alter Tapete und moderigem Stoff.

Die winzige Diele wurde nur von einer kleinen Porzellanlampe erhellt. Menard stand im Schatten der Tür, die eine Hand am Knauf, die andere drückte einen Brieföffner aus Messing an die Brust.

Als Menard die Tür schloss und sich uns zuwandte, konnte ich ihn zum ersten Mal richtig erkennen.

Stephen Menard musste mindestens eins neunzig groß sein. Mit seinem sommersprossigen Gesicht und dem kahlen, krötenförmigen Schädel war er einer der seltsamsten Männer, die ich je gesehen habe. Er hätte ein vorzeitig gealterter Vierziger oder ein gut erhaltener Sechziger sein können.

»Que voulez-vous?« fragte Menard noch einmal. Was wollen Sie?

»Dürfen wir uns setzen?« Ryan zog den Reißverschluss seiner Jacke auf.

Ein Achselzucken. *»N'importe.«* Wie Sie wollen.

Menard führte uns in ein Wohnzimmer, das so dämmrig war wie die Diele. Schwere rote Vorhänge, Mahagoni-Sekretär, Couch- und Beistelltische. Dunkle, blumengemusterte Tapete. Schwere, dunkelrote Sitzgarnitur.

Menard legte den Brieföffner auf den Sekretär, ließ sich aufs Sofa fallen und schlug die Beine übereinander. Ich zog meine Jacke aus und setzte mich in den Sessel rechts von ihm.

Ryan ging durch das Zimmer und schaltete den Deckenlüster und zwei Stehlampen aus Messing und Kristall links und rechts der Couch ein. Die Helligkeit erlaubte es uns, den Hausherrn besser einzuschätzen.

Stephen Menard war nicht nur kahl, er war vollkommen haarlos. Keine Barthaare. Keine Wimpern. Keine Körper- oder Kopfbehaarung. Diese Eigentümlichkeit ließ ihn glatt und merkwürdig blass aussehen. Ich fragte mich, ob Menards Haarmangel genetisch bedingt oder eine absichtlich erzeugte bizarre ästhetische Aussage war.

Ryan nahm den Windsor-Stuhl, der neben dem Sekretär stand, und stellte ihn, mit einer Körpersprache, die alles andere als beruhigend wirken sollte, direkt vor Menard. Er setzte sich, stützte die Ellbogen auf die Knie und beugte sich so weit vor, dass sein Gesicht nur Zentimeter von Menards entfernt war.

Unser widerstrebender Gastgeber trug Pantoffeln, Jeans und ein Sweatshirt, dessen Ärmel er über die Ellbogen hochgeschoben hatte. Er wich vor Ryan zurück, zog die Ärmel bis zu den Handgelenken hinunter, schob sie wieder hoch, rückte seine Brille zurecht und wartete.

»Ich will ehrlich zu Ihnen sein, Mr. Menard. Sie haben unser Interesse geweckt.«

»Je suis…«

»Soweit ich weiß, sind Sie Amerikaner, Englisch dürfte deshalb kein Problem für Sie sein, oder?«

Menard zog das Kinn ein wenig ein, sagte aber nichts.

»Richard Cyr sagte uns, dass Sie in seinem Haus an der Rue Ste. Catherine vor einigen Jahren eine Pfandleihe hatten.«

Menards Lippen wurden nadeldünn, und eine Furche zeigte sich über der Stelle, wo seine Brauen hätten sein sollen.

»Haben Sie ein Problem mit dieser Frage?«

Menard strich sich übers Kinn, rückte noch einmal die Brille zurecht.

»Ziemlich erfolgreiches Geschäft. Hielt sich, wie lange? Neun Jahre? Sie sind ein junger Mann. Was brachte Sie zu der Entscheidung, die Pfandleihe aufzugeben?«

»Ich war nicht nur ein einfacher Pfandleiher. Ich habe mit Sammlerstücken gehandelt.«

»Bitte erklären Sie mir das.«

»Ich half Sammlern, schwer zu findende Stücke aufzutreiben. Briefmarken, Münzen. Spielzeugsoldaten.«

Ich hatte schon oft miterlebt, wie Ryan Verdächtige verhörte. Er konnte Schweigen sehr effektiv einsetzen. Die verhörte Person beendete ihre Antwort, aber anstatt eine neue Frage zu stellen, schaute Ryan nur erwartungsvoll hoch und wartete.

Das tat er auch jetzt.

Menard schluckte.

Ryan wartete.

»Es war ein völlig legales Geschäft«, murmelte Menard.

Irgendwo im Haus hörte ich eine Tür auf- und wieder zugehen.

»Die Sache wurde kompliziert. Das Geschäft ließ nach. Der Mietvertrag lief aus. Und da beschloss ich, ihn nicht zu erneuern.«

»Inwiefern kompliziert?«

»Einfach nur kompliziert. Hören Sie, ich bin kanadischer Staatsbürger. Ich habe Rechte.«

»Ich stelle Ihnen nur ein paar Fragen, Mr. Menard.«

Der Augenkontakt war für Menard deutlich schwieriger geworden. Sein Blick sprang von seinen Händen zu Ryan und dann wieder hinunter.

Ryan gestattete sich noch eine längere Pause. Dann: »Warum dieser Wechsel von der Archäologie zur Pfandleihe?«

»Wovon reden Sie?«

»Was ist in Chico passiert?«

Ein Gedanke flitzte durch meinen Kopf. Ich verfolgte ihn nicht.

»Haben Sie einen Haftbefehl?«, fragte Menard und rückte schon wieder seine Brille zurecht.

»Nein, Sir«, sagte Ryan.

Menards Blick wanderte zu einem Punkt hinter Ryans linker Schulter. Wir drehten uns beide um.

In der Tür stand eine Frau. Sie war groß und dünn, hatte elfenbeinfarbene Haut und einen langen, schwarzen Zopf. Ich schätzte sie auf Mitte bis Ende zwanzig.

Die Krähenfüße um Menards Augenwinkel zogen sich zusammen.

Die Frau erstarrte so offensichtlich, dass sie zusammenzuzucken schien. Dann legte sie die Arme um die Taille und verschwand wieder.

Menard stand auf.

»Ich werde keine Fragen mehr beantworten. Entweder Sie verhaften mich, oder Sie verlassen mein Haus.«

Ryan ließ sich mit dem Aufstehen Zeit.

»Gibt es einen Grund, warum wir Sie verhaften sollten, Mr. Menard?«

»Natürlich nicht.«

»Gut.«

Ryan zog den Reißverschluss seiner Jacke zu. Ich zog meine an und ging in Richtung Diele. Als ich am Sekretär vorbeikam, fiel mir der Brieföffner auf.

Aus dem Augenwinkel heraus sah ich, wie Ryan noch einmal sein Gesicht dicht vor Menards schob.

»Im Augenblick machen wir es so, wie Sie wollen, Sir. Aber wenn Sie mir Informationen vorenthalten, dann werde ich dafür sorgen, dass Sie es bereuen.«

Diesmal schaute Menard Ryan direkt in die Augen. Die beiden starrten sich einige Augenblicke an.

Ich drehte mich um und steckte heimlich den Brieföffner in meine Handtasche.

27

»Gedanken?« Ryan wendete am hinteren Ende der de Sébastopol.

»Falls die Kirche je wieder die Inquisition einführt, bist du der Erste, den sie einstellt.«

»Ich betrachte das als Kompliment. Was hältst du von Menard?«

»Der Kerl war mir unheimlich. Glaubst du, dass die Haarlosigkeit ein krankhafter Zustand ist?«

Ryan schüttelte den Kopf. »Ich konnte auf seinem Schädel kleine Schnitte entdecken.

»Warum rasiert und zupft sich ein Mann sämtliche Haare?«

»Ein Fan von Telly Savalas?«
»Am ganzen Körper?«
»Um sich das Geld für Shampoo zu sparen?«
»Ryan.«
»Um sich auf die Schwimmwettbewerbe der nächsten Olympiade vorzubereiten?«
Diesmal sagte ich gar nichts.
»Ich weiß auch nicht. Ausgeflippter Friseur? Läuse? Irgendeine Haarphobie?«
»Ist dir aufgefallen, wie komisch die Frau sich verhielt?«
»Ist nicht gerade herbeigeeilt, um uns Tee anzubieten.«
»Sie wirkte entsetzt.«
Ryan zuckte die Achseln. »Vielleicht. Vielleicht hat die Dame einfach etwas gegen ungeladene Gäste.«
»Claudel sagte, den Unterlagen zufolge wohnt außer Menard niemand unter dieser Adresse. Was glaubst du, wer sie ist?«
»Ich habe vor, das herauszufinden.«
Ich erzählte ihm von dem Brieföffner.
»Illegale Beschlagnahmung.«
»Ja«, pflichtete ich ihm bei.
»Ein Richter würde jedes Indiz, das daraus erwächst, vom Prozess ausschließen.«
»Ja«, sagte ich noch einmal. »Aber ein Fingerabdruck könnte die Frau identifizieren.«
»Könnte.«
»Hör mal. Es war ein Impuls. Der Öffner lag einfach da. Ich dachte mir, vielleicht hat die Frau ihn in der Hand gehabt. Ich habe mir das Ding nur geborgt.«
»Aha.«
»Ich bringe es wieder zurück.«
»Daran habe ich nie gezweifelt.«
Die Sonne stand sehr tief, und in ihrem Gegenlicht wurde die mit salzigem Matsch besprühte Windschutzscheibe beinahe un-

durchsichtig. Wir verstummten, weil Ryan sich aufs Fahren konzentrieren musste.

»Könnte die antiken Knöpfe erklären«, sagte ich, als wir den Canal Lachine überquerten und auf de la Montagne einbogen.

»Könnte.«

Plötzlich kam mir ein Gedanke.

»Die Fälschung«, sagte ich und wandte mich Ryan zu.

»Glaubst du, dass Menard seinen Kunden half, ihre Sammlung zu vervollständigen, indem er selbst ein bisschen was fabrizierte?«

»Vielleicht denkt er, dass wir in diese Richtung ermitteln. Vielleicht war er deshalb so nervös.«

»Möglich ist es.«

Mir fiel noch etwas anderes ein.

»Oder vielleicht stolperte Menard über die Skelette, behielt die Sache aber für sich, weil er glaubte, die Knochen irgendwann an einen Sammler verkaufen zu können. Ich bin mir ziemlich sicher, dass es in Kanada illegal ist, mit menschlichen Skelettteilen Handel zu treiben.«

»Auch das ist möglich.«

Ich lehnte mich zurück. »Mein Bauch sagt mir allerdings, dass mehr dahinter steckt.«

»Wenn der Kerl was zu verbergen hat, finde ich es heraus.«

»Menard war eindeutig nicht erfreut, uns zu sehen.«

»Verströmte die Herzlichkeit eines Autopsiesaals. Was mich darauf bringt. Wohin willst du?«

»Ins Institut.«

Ich rief in meiner Wohnung an, um Anne nach ihren Plänen zu fragen, erhielt aber keine Antwort. Ich hinterließ ihr die Nachricht, sie solle mich anrufen.

Zwanzig Minuten später saß ich an meinem Schreibtisch.

Ryan hatte versprochen, den Brieföffner zur SIJ zu bringen.

Entweder er oder ein Techniker würde anrufen, falls man Fingerabdrücke hatte abnehmen können.

Solange ich Anne kenne, hat sie immer hartnäckig behauptet, sie möge die indische Küche nicht. Ich rief noch einmal an, um ihr ein Abendessen im Maison du Cari vorzuschlagen, weil ich mir sicher war, dass der Lamm-Khorma ihre Meinung ändern würde.

Wieder keine Antwort. Die zweite Nachricht.

Auf meinem Schreibtisch lagen zwei Ausdrucke. Der längere war Claudels Liste mit den Mädchen, die in Quebec als vermisst gemeldet worden waren. Der kürzere war die mit den Mädchen, die im nördlich-zentralen Kalifornien verschwunden waren.

Ich fing mit der ersten Liste an.

Einen nach dem anderen ging ich die Namen durch und schloss alle Mädchen aus, deren Profile nicht mit den Skeletten im Pizzakeller vereinbar waren. Heftige Kopfschmerzen meldeten sich, als ich zu Manon Violette kam.

Manon Violette hatte einen verdrehten oberen rechten Eckzahn und keine Füllungen.

Aufregung durchzuckte mich, und ich setzte mich auf.

Das Mädchen aus Dr. Energy's Kiste hatte einen verdrehten oberen rechten Schneidezahn und keine Füllungen.

Mit stockendem Atem las ich die Details.

Manon Violette verschwand vor neun Jahren, nachdem sie ihr Zuhause in Langueuil verlassen hatte, um mit dem Bus ins Centre-ville zu fahren.

Violette war weiß.

Violette war fünfzehn Jahre alt.

Der nächste Eintrag war ein Schlag in die Magengrube.

Manon Violette war nur einhundertsiebenundvierzig Zentimeter groß.

Verdammt.

Ich hatte die Größe des Mädchens aus der Kiste auf etwa einssiebenundfünfzig geschätzt.

Konnte ich mich so geirrt haben?

Ich rannte ins Labor und prüfte es nach.

Nee. Das Mädchen aus der Kiste war winzig. Aber nicht so winzig. Auch wenn man einen Ungenauigkeitsfaktor berücksichtigte, war 38 426 zu groß.

Was war mit 38 427? Ich hatte ihr Alter auf fünfzehn bis siebzehn, ihre Größe auf einhundertdreiundsechzig bis einhundertsiebzig Zentimeter geschätzt.

Ich zog den Schädel heraus und überprüfte die Zähne.

Der Traum jedes Zahnarztes. Perfekte Anordnung. Keine verdrehten Zähne.

Zurück zur Liste.

Eine Stunde später lehnte ich mich frustriert zurück.

Ich gab es zwar nicht gerne zu, aber Claudel hatte Recht. Keine Übereinstimmungen. Wenn die Größe passte, dann das Alter nicht. Wenn Alter und Größe mit einem der Skelette übereinstimmten, dann schloss die Herkunft oder ein anderes Merkmal die Kandidatin aus.

Keine der Vermissten aus Quebec und nur eine aus Kalifornien hatte eine Colles-Fraktur der rechten Speiche erlitten.

Claudel hatte das Mädchen aus Kalifornien in einer unserer früheren Unterhaltungen erwähnt. Ich las mir ihren Eintrag durch.

1985 gab Leonard Alexander Robinson beim Tehama County Sheriff's Department eine Vermisstenmeldung auf. Robinsons Tochter Angela, weiß, vierzehn Jahre und neun Monate alt, verließ am Abend des 21. Oktober ihr Zuhause und wurde nie mehr wieder gesehen. Freunde gaben an, sie hätte vorgehabt, zu einer Party zu trampen.

Angela Robinson, »Angie« gerufen, war mit acht Jahren von einer Schaukel gefallen und hatte sich das rechte Handgelenk gebrochen.

Angie war eins fünfundfünfzig groß.

Wieder ins Labor, um meine eigenen Ergebnisse zu überprüfen.

Angie Robinson war zu jung, um das Mädchen in der Lederumhüllung zu sein.

Und zu klein.

Ich war frustriert, und mein Kopfweh spaltete mir schier den Schädel. Was, wenn Angie nach ihrem Verschwinden noch eine Zeit gelebt hatte? Sie wäre älter geworden. Und vielleicht größer.

Wieder klopfte mein Unterbewusstsein an.

Was?

Die Uhr zeigte zehn nach fünf. Ich beschloss, Feierabend zu machen.

Zurück in meinem Büro, rief ich Anne ein drittes Mal an.

Noch immer keine Antwort.

Ich legte eben den Hörer wieder auf, als jemand an meine Tür klopfte.

»Hey, Doc.« Charbonneau war von Kopf bis Fuß in Polyester gewandet. Und dazu Cowboystiefel.

»Hi.«

»Ich war gerade auf dem Weg nach draußen, und da dachte ich mir, ich schaue kurz hoch und erzähle Ihnen den neuesten Klatsch.«

Mit dem, was von meinem Hirn noch übrig war, versuchte ich das zu interpretieren.

»Klatsch?«

Charbonneau nahm einen rosafarbenen Klumpen aus seinem Mund, betrachtete ihn, verdrehte dann die Augen und neigte den Kopf in die Richtung meines Papierkorbs.

Ich gab ihm ein Post-it.

Charbonneau wickelte den Kaugummi ein und warf ihn in hohem Bogen in den Korb.

»Ryan hat mir von Ihrem Besuch in Menards Höhle in der de Sébastopol erzählt. Klingt, als wäre der Kerl echt eine harte Nuss.«

»Ja.«

Ich massierte mir die Schläfen mit den Fingerspitzen.

»Kopfweh?«

Ich nickte.

»Versuchen Sie's mal mit wirklich scharfem Essen. Bei mir wirkt das immer.«

»Danke.«

»Von meiner Seite her gibt's nicht viel Neues. Menard hat in Kalifornien keine Vorstrafen. Was seine akademische Karriere betrifft, habe ich allerdings eine Korrektur. Der Kerl wurde nicht rausgeworfen. Er hatte sich sogar schon für das zweite Jahr in Chico eingeschrieben.«

»Und?«

»Er tauchte einfach nicht auf.«

Ich hörte auf zu massieren. »Menard zahlte die Studiengebühren und schrieb sich für Seminare ein, tauchte dann aber einfach nicht auf?«

»Ja.«

»Warum?«

Charbonneau zuckte die Achseln. »Der Kerl meldete sich nicht ab. Erschien einfach nicht.«

»Hatte er seine Wohnung gekündigt? Seine Konten aufgelöst?«

»Daran arbeite ich noch.«

»Wo war er, bis er im Januar in Vermont auftauchte?«

Charbonneau grinste. »Auch daran arbeite ich noch.«

Die Wohnung war dunkel, als ich ankam. Birdie schlief auf der Sofalehne. Er hob den Kopf und blinzelte, als ich das Licht einschaltete.

»Anne?«, rief ich.

Birdie streckte sich, sprang auf den Boden und drehte sich auf den Rücken.

»Anne?«, rief ich noch einmal, während ich Birdies Bauch kraulte.

Stille.

»Wo ist sie, Bird?«

Der Kater drehte sich und stand auf, streckte beide Hinterläufe und schlenderte in die Küche. Sekunden später hörte ich das Krachen von Science-Diet-Bröckchen.

»Annie?«

Ihre Schlafzimmertür war zu. Ich klopfte und trat ein.

Annes Sachen waren verschwunden. Auf dem Tisch lag ein Zettel.

Ich starrte ihn einen Augenblick an, nahm ihn dann zur Hand und faltete ihn auf.

Liebste Tempe,
ich kann Dir gar nicht sagen, wie dankbar ich für Deine Freundlichkeit und Geduld bin. Nicht nur in dieser letzten Woche, sondern während unserer ganzen wunderbaren, fröhlichen, kostbaren Freundschaft. Du warst meine Stütze, der Wind unter meinen Flügeln. (Erinnerst Du Dich noch an »unseren« Film?)

Wir sind uns in so vieler Hinsicht ähnlich, Tempe. Ich kann einfach nicht gut über meine Gefühle reden. Ich kann ja nicht einmal gut über meine Gefühle nachdenken. Du warst perfekt für mich.

Jetzt ist es Zeit, einen Schlussstrich zu ziehen. Ich kann es Dir zwar nie sagen, aber Du musst wissen, dass ich Dich sehr, sehr liebe.

Bitte sei nicht sauer auf mich, weil ich es auf diese Art mache.

Anne

Ein ganzer Katalog von Gefühlen stürzte auf mich ein.

Liebe. Ich kannte meine Freundin und wusste, wie schwer ihr dieses Wort gefallen war.

Ein schlechtes Gewissen. Ich war so sehr mit meinen eigenen Problemen beschäftigt gewesen, dass ich mich auf Annes gar nicht richtig konzentriert hatte. Wie hatte ich nur so egoistisch sein können?

Wut. Sie hatte einfach gepackt und war nach Hause gefahren, ohne mir einen Ton zu sagen. Wie hatte sie nur so unsensibel sein können?

Dann stürmte die Angst heran wie eine Lokomotive.

War sie wirklich nach Hause gefahren? *Worunter* einen Schlussstrich ziehen? *Was* auf diese Art machen?

Mir fiel Annes Buch wieder ein und unsere Unterhaltung beim Essen am Abend zuvor. Von einer Abreise hatte sie nichts gesagt.

Was hatte sie gesagt? Etwas über Zyklen und eine Veränderung hin zum Wesentlichen. Ich war nicht darauf eingegangen.

O Gott. Sprach sie vom Tod? Sicher nicht. Ob nun deprimiert oder nicht, selbstmordgefährdet war Anne auf keinen Fall. Aber können wir das immer so ganz genau sagen?

Erinnerungsfetzen. Eine andere Freundin, die in diesem Zimmer übernachtet hatte. Sich aus dem Staub gemacht hatte. Und dann tot in einem flachen Grab wieder aufgetaucht war. War Anne vielleicht zu einer riskanten Odyssee aufgebrochen?

Ich wählte die Nummer ihres Handys. Keine Antwort.

Ich rief Tom an.

»Hallo?«

»Ist Anne da?«

»Tempe?«

»Ist Anne nach Hause gekommen?«

»Ich dachte, sie ist bei dir.«

»Sie ist weg.« Ich las Tom den Zettel vor.

»Wovon redet sie denn?«

»Ich weiß nicht so recht.«

»Sie war ziemlich wütend auf mich.«

»Ja.«

»Du glaubst doch nicht, dass sie was Verrücktes anstellt, oder?«

Dieselbe Frage war mir auch schon durch den Kopf gegangen.

»Sie hat nicht angerufen?«

»Nein.«

»Ruf die Fluggesellschaften an. Finde raus, ob sie einen Flug nach Charlotte gebucht hat.«

»Ich glaube nicht, dass die mir das sagen werden.«

»Spiel ihnen was vor, Tom!« Ich weinte beinahe. »Lüge! Denk dir was aus!«

»Okay.«

»Ruf mich an, sobald du was weißt.«

Als ich so mit dem Telefon in der Hand dastand, erhaschte ich einen kurzen Blick auf mich selbst im frisch reparierten Esszimmerspiegel.

Der Körper angespannt, das Gesicht ein verängstigtes weißes Oval.

Wie Anne in meinem Korridor am Abend des Einbruchs.

Lieber Gott. Lass alles in Ordnung mit ihr sein.

Was tun? Die Fluglinien anrufen? Das tat Tom bereits. Autovermietungen? Taxifirmen? Die Polizei?

Überreagierte ich? War Anne einfach gegangen, weil sie allein sein wollte? Sollte ich nichts tun und einfach abwarten?

Aber Anne hatte mir eine Nachricht hinterlassen. Sie hatte irgendetwas im Sinn. Aber was?

Ich schrak hoch, als das Telefon in meiner Hand schrillte.

»Anne?«

»Ich bin's.« Offensichtlich hatte Ryan die Anspannung in meiner Stimme gehört. »Was ist denn los?«

Ich erzählte ihm von Annes Abreise.

»Steht auf dem Zettel, dass sie nach Hause will?«

»Nicht wörtlich.«

»Hat sie irgendjemand angerufen?«

»Mein Telefon speichert keine ausgehenden Anrufe.«

»Auch keine hereinkommenden. Und eine Anruferkennung

hat es auch nicht. Du solltest dir wirklich ein neueres Modell besorgen.«

»Danke für den technischen Rat.«

»Ich stelle mal ein paar Nachforschungen an.«

»Danke. Ryan?«

»Ja.«

»Sie war sehr deprimiert.«

»Sie hat ihre Sachen mitgenommen. Das ist ein gutes Zeichen.«

»Ja.« Daran hatte ich gar nicht gedacht.

Pause.

»Willst du zu mir kommen?«

Eigentlich schon. Aber: »Ich komme schon zurecht. Warum rufst du an?«

»SIJ konnte auf dem Brieföffner Fingerabdrücke sicherstellen. Zwei verschiedene.«

»Von Menard und der Frau.«

»Du hast wahrscheinlich zur Hälfte Recht.«

»Zur Hälfte?«

»Der Kerl ist nicht Menard.«

28

»Die Abdrücke wurden von zwei verschiedenen Personen hinterlassen. Keiner der beiden passt zu Menard.«

»Bist du sicher?«

»Ich habe alles runter nach Vermont geschickt. Das dortige Labor hat die Abdrücke von unserem Brieföffner mit denen verglichen, die man Menard abgenommen hatte, als er wegen Fahrens unter Alkoholeinfluss festgenommen wurde.«

»Aber Menard hatte diesen Brieföffner doch in der Hand.« Ich konnte es einfach nicht glauben.

»Der Kerl im Haus hatte ihn in der Hand. Aber er ist nicht Menard.«

»Was ist mit den zweiten Abdrücken?«

»Noch nichts. Wir lassen sie hier durchlaufen und schicken sie durchs AFIS in den Staaten.«

AFIS ist das Automatisierte Fingerabdruck-Informationssystem.

»Wenn der Kerl nicht Menard ist, wer ist er dann?«

»Eine außergewöhnlich scharfsinnige Frage, Dr. Brennan.«

Das alles ergab keinen Sinn. »Vielleicht ist bei den Abdrücken irgendwas schief gelaufen.«

»Kann schon mal passieren.«

»Charbonneau hat ein Foto von Menard aus einem College-Jahrbuch. Vielleicht sollten wir das mal Cyr zeigen und sehen, was er sagt.«

»Kann nicht schaden«, entgegnete Ryan.

Ich wartete und hoffte insgeheim, dass Ryan sein Angebot wiederholen würde. Tat er aber nicht.

»Ich besorge das Foto von Char…«, setzte Ryan an.

Im Hintergrund hörte ich etwas, das eine weibliche Stimme hätte sein können, und dann das gedämpfte Geräusch einer Hand, die die Sprechmuschel abdeckt.

»'tschuldigung.« Ryans Stimme klang etwas tiefer. »Ich besorge das Foto von Charbonneau und hole dich um acht ab.«

Ich schaffte ein einsames freitägliches Abendessen aus Makkaroni und Käse. Dann ein langes, heißes Bad. Dann die Elf-Uhr-Nachrichten.

Im Bett bombardierten dunkle, unwillkommene Bilder mein Bewusstsein.

Ein schmuddeliger Keller. Knochen in einer Kiste. Knochen in Gräben.

Eine Frau im Bett, graue Haarsträhnen im Gesicht. Eine besudelte Matratze. Ein lebloser Körper auf rostfreiem Stahl.

Zertrümmerte Spiegel. Eine Scherbe in einem Gemälde.

Anne mit ihrem Gepäck. Anne, die über ihre Blumenmusterbrille lugt.

Ich spürte einen Schrei in meinem Bauch, heiße Nässe auf meinem Gesicht.

Als ich das letzte Mal so erschüttert gewesen war, war Ryan bei mir gewesen. Ich erinnerte mich, wie er mich in die Arme genommen und meinen Kopf gestreichelt hatte. Ich hatte sein Herz schlagen hören. Er hatte mir das Gefühl gegeben, stark und schön zu sein, und die Hoffnung, das alles wieder gut wird.

Meine Brust bebte, und ein Schluchzen drang meine Kehle hoch.

Ich atmete tief ein, zog die Knie an die Brust und ließ den Tränen freien Lauf.

Einmal herzhaft weinen ist heilsamer als eine Stunde bei einem Seelenklempner.

Als ich aufwachte, war ich gereinigt von all dem Kummer und der aufgestauten Frustration.

Erfrischt.

Und wieder ganz Herr meiner selbst.

Bis ich mich zwölf Stunden später völlig lächerlich machte.

Tom rief um sieben an, um mich zu fragen, ob ich schon etwas von Anne gehört hätte. Hatte ich nicht.

Er hatte herausgefunden, dass seine Frau keinen Platz in irgendeiner Maschine dieser Woche von Montreal nach Charlotte reserviert hatte. Ich sagte ihm, dass ich mit einem SQ-Beamten gesprochen hatte.

Tom meinte, Anne sei wahrscheinlich irgendwohin gefahren, wo sie allein sein und nachdenken könne, und wir würden bald von ihr hören. Ich stimmte ihm zu. Wir hatten beide das Bedürfnis, es zu glauben.

Beim Auflegen fiel mein Blick wieder auf den Spiegel. Neun

Tage waren seit dem Einbruch vergangen, und die Polizei hatte noch nicht die geringste Spur.

Ein Erinnerungsblitz.

Annes Kerl auf 3C.

Ach du meine Güte. War sie mit einem Fremden durchgebrannt, den sie im Flugzeug kennen gelernt hatte? Konnte dieser Fremde auch derjenige sein, der meine Wohnung verwüstet hatte?

Noch ein Blitz.

Die von Ryan angeordnete Überwachung.

Gab es noch immer verstärkte Streife in meiner Straße? Hatte vielleicht ein vorbeifahrender Einsatzwagen Anne weggehen sehen?

Unwahrscheinlich, aber nachfragen konnte nicht schaden.

Ich zog mich an und ging nach draußen.

Wieder ein makelloser Tag. Das Radio hatte eine Höchsttemperatur von minus dreißig Grad Celsius vorausgesagt. Um sieben Uhr fünfundfünfzig waren wir noch nicht einmal in der Nähe.

Innerhalb von zehn Minuten kam ein Polizeiwagen meine Straße hochgerollt. Ich ging zum Bordstein und winkte die Beamten heran.

Ja, sie würden noch immer regelmäßig vorbeifahren. Ja, dieses Team sei die ganze Woche tagsüber im Einsatz gewesen. Nein, sie hätten keine große Blonde mit viel Gepäck gesehen. Sie versprachen, die Kollegen von den anderen Schichten zu fragen.

Zurück in die Eingangshalle, wo es wenigstens so warm war, dass das Blut wieder zirkulierte.

Ryan fuhr um zehn nach acht vor. Das Auto roch nach Zigarettenqualm.

»Bonjour.«

»Bonjour.«

Ryan gab mir das gefaxte Foto aus Menards College-Jahrbuch. Die Aufnahme war klein und dunkel, beim Faxen waren alle Farbe und ein Teil des Kontrasts verloren gegangen. Aber das Gesicht war einigermaßen gut zu erkennen.

»Sieht aus wie Menard«, sagte ich.

»Und wie tausend andere mit roten Haaren, Brille und Sommersprossen.«

Ich musste ihm zustimmen.

»Schon was Neues von deiner Freundin?«

»Nein.«

Ich bewegte die Füße. Öffnete meinen Parka. Ich wusste nicht, was ich mit meinen Augen tun sollte. Meinen Beinen. Meinen Armen. Ich fühlte mich verlegen und unbehaglich in Ryans Gesellschaft. Ich war mir nicht sicher, ob ich eine Unterhaltung mit ihm schaffte.

»Schlechte Nacht?«

»Warum interessierst du dich plötzlich für meinen Schlaf?«

»Du siehst müde aus.«

Ich schaute Ryan an. Die Schatten unter seinen Augen wirkten tiefer, das gesamte Gesicht angespannter.

Was zum Teufel ist denn mit dir los? Wollte ich fragen.

»Ich habe viel am Hals«, sagte ich.

Ryan legte sich den Zeigefinger an die Nase. »Haben wir das nicht alle?«

Zwanzig Minuten später standen wir vor Cyrs Haustür.

Ryan hatte uns telefonisch angemeldet, und Cyr kam bereits nach dem ersten Klingeln an die Tür. Diesmal war der alte Zausel vollständig bekleidet.

Im Wohnzimmer setzte Cyr sich in denselben Ruhesessel, in dem er schon bei meinem Besuch mit Anne gesessen hatte.

Der alte Maxe.

Lass das, Brennan.

Ich stellte Ryan vor und ließ ihn dann reden.

»Monsieur Cyr, nous avons …«

»Sprechen Sie doch Englisch für unsere kleine Dame hier.«

Cyr grinste mich an. »Wo ist eigentlich Ihre gut aussehende Freundin?«

»Anne ist nach Hause zurückgefahren.«

Cyr legte den Kopf schief. »Die ist vielleicht eine Rakete.«

»Wir werden Ihre Zeit nur kurz in Anspruch nehmen.« Ryan zog das Fax aus der Tasche und gab es Cyr. »Ist das Stephen Menard?«

»Wer?«

»Stéphane Ménard. Der Mann, der in Ihrem Haus die Pfandleihe hatte.«

Cyr warf einen kurzen Blick auf das Fax.

»*Tabernouche!* Ich sehe vielleicht aus wie Bogie, aber ich bin zweiundachtzig Jahre alt.«

Cyr stemmte sich hoch, schlurfte durchs Zimmer und schaltete den Fernseher ein. Dann nahm er eine große, kastenförmige Lupe zur Hand, die über ein Kabel mit dem Fernseher verbunden war, drückte auf einen Knopf und hielt das Gerät über das Fax.

Menards Gesicht füllte den Bildschirm aus.

»Das ist ja großartig.«

»Videolupe. Tolles Spielzeug. Damit kann ich so ziemlich alles lesen.«

Cyr bewegte die Lupe beiläufig über das Foto und konzentrierte sich dann auf Menards Ohr. Er vergrößerte das Bild, bis beinahe nur noch der obere Rand der Ohrhelix auf dem Bildschirm zu sehen war.

»Nee.« Cyr richtete sich auf. »Das ist nicht Ihr Junge.«

»Woher wissen Sie das?« Ich wunderte mich über seine Sicherheit.

Cyr legte die Lupe weg, kam zurück und winkte mir mit gekrümmtem Zeigefinger.

Ich stand auf.

»Sehen Sie das?« Cyr betastete einen kleinen knorpeligen Auswuchs am oberen Ohrrand.

»Ein Darwin-Höckerchen«, sagte ich.

Cyr richtete sich auf. »Kluges Kind.«

Ryan schaute uns mit verwirrter Miene zu.

»Ich kannte nie jemanden, der solche Knoten hatte wie ich, also hab ich sie einmal meinem Arzt gezeigt. Er meinte, das ist ein rezessives Merkmal. Hat mir ein paar Artikel gegeben.« Cyr schnippte an seinem Ohr. »Wissen Sie, woher diese kleinen Kerle ihren Namen haben?«

»Früher dachte man, sie seien ein Überbleibsel der spitzen Ohren von Vierbeinern.«

Cyr wippte vor Freude auf den Zehen.

»Was hat das mit Menard zu tun?«, fragte Ryan.

»Menard hatte die dicksten Dinger, die ich je gesehen hab. Ich hab ihn deswegen aufgezogen. Hab ihm gesagt, eines Tages ertappe ich ihn dabei, wie er Bäume abgrast oder im Keller kleine pelzige Dinger frisst. Er fand das nicht sehr witzig.«

Ryan stand auf. »Und der Mann auf dem Foto?«

Cyr hielt ihm das Fax entgegen. »Keine Knoten.«

An der Tür blieb Ryan noch einmal stehen.

»Noch eine letzte Frage, Sir. Haben Sie und Menard sich in gutem Einvernehmen getrennt?«

»O nein. Ich hab den Mistkerl rausgeschmissen.«

»Und warum?«

»Hatte die Nase voll von den Beschwerden der anderen Mieter.«

»Beschwerden worüber?«

»Vorwiegend wegen anstößiger Kundschaft. Ein paar wegen Lärm spätabends.«

»Was für Lärm?«

»Keine Ahnung. Aber ich hatte genug von dem Aufruhr. Ist das das richtige Wort? Aufruhr?«

»Ja.«

»Klingt vielleicht komisch. Wie 'ne Krankheit.«

Ryan setzte mich zu Hause ab, entschuldigte sich und sagte, er habe das ganze Wochenende Dienst. Er versprach, mich anzurufen, wenn er irgendwas Neues über Menard oder die anderen Fingerabdrücke erfuhr. Oder über Anne.

Ich fragte nicht, ob sein Dienst sich auch auf die Samstagnacht erstreckte.

Was soll's? Wen interessiert's?

Auf meinem Anrufbeantworter waren keine Nachrichten.

Katy wollte mich am zweiundzwanzigsten in Charlotte haben, also versuchte ich, mich mit Dingen zu beschäftigen, die vor meiner Abreise erledigt werden mussten.

Bettwäsche. Pflanzen. Einpacken von Geschenken für den Hausmeister, die Labortechniker.

Ryan?

Ich schob das beiseite.

Außerdem beschäftigte ich mich mit Dingen, die einfach nur getan werden mussten.

Wäschewaschen. Katzenstreu. Post.

Ich hörte Weihnachtsmusik in voller Lautstärke, weil ich hoffte, dass bimmelnde Glöckchen oder posaunende Engel mich in Festtagsstimmung versetzen würden.

Um drei gab ich auf und fuhr ins Wilfrid-Derome.

Typischer Samstagnachmittag. Das Institut war leer und still wie ein Grab.

Ein *Demande d'Expertise*-Formular lag auf meinem Tisch.

Vor vier Monaten war ein Aufzug-Servicemann bei einer Inspektion in einem Gebäude in Côte St. Luc verschwunden. Am Donnerstag war seine verweste Leiche im Parc Angrignon in LaSalle gefunden worden. Röntgenaufnahmen zeigten mehrere Brüche. Pelletier wollte, dass ich die Verletzungen nach Säuberung der Knochen analysierte.

Ich legte das Formular beiseite und nahm noch einmal Claudels Liste zur Hand.

An der Decke summten die Neonröhren. Draußen heulte der Wind um die Fensterfutter. Hin und wieder klickte ein gefrorenes, vom Wind herbeigewehtes Teilchen gegen eine Scheibe.

Simone Badeau. Zu alt.

Isabelle Lemieux. Zahnfüllungen.

Marie-Lucille d'Aquin. Schwarz.

Micheline Thibault. Zu jung.

Tawny McGee. Viel zu jung.

Céline Dallaire. Gebrochenes Schlüsselbein mit vierzehn.

Die Liste setzte sich fort.

Nach einer Stunde wechselte ich zu Charbonneaus Liste.

Jennifer Kay. Esther Anne Pigeon. Elaine Masse. Amy Fish. Teresa Perez.

Hin und wieder ging ich ins Labor, um einen Knochen noch einmal zu überprüfen, in der Hoffnung, ein Detail zu finden, das ich bis jetzt übersehen hatte. Jedes Mal kehrte ich enttäuscht zurück.

Als ich mit den Namen durch war, ging ich die Listen noch einmal anhand des Alters durch. Dann der Größe. Des Datums des Verschwindens.

Ich wusste, dass ich nur nach Strohhalmen griff, aber es war wie ein Zwang. Ich konnte einfach nicht aufhören.

Unten im Korridor hörte ich die Sicherheitstür aufgehen.

Ort des Verschwindens.

Terrebonne. Anjou. Gatineau. Beaconsfield.

Butte County. Tehama County. San Mateo County.

Um sechs lehnte ich mich völlig entmutigt zurück. Zweieinhalb Stunden, und ich hatte rein gar nichts erreicht.

Schritte klangen hohl über den leeren Gang. Wahrscheinlich LaManche. Außer mir wäre der Chef wohl der Einzige, der an einem Samstagabend arbeitete.

Glückwunsch, Brennan. Du hast dasselbe gesellschaftliche Leben wie ein Sechzigjähriger mit sieben Enkeln.

Zurück zu den Listen.

Ich hatte noch immer das beharrliche Gefühl, irgendeine Verbindung übersehen zu haben.

Was?

Die Schnittspuren?

Alle drei Schädel zeigten Hinweise auf Verletzungen mit einem scharfen Instrument. Bei dem Mädchen in Leder schienen die Schnitte postmortal gemacht worden zu sein. Bei den anderen waren sie offensichtlich in frischem Knochen gemacht worden. Bei allen drei waren die Schnitte auf die Ohrregion beschränkt.

Todesabfolge?

Die C-14-Datierung deutete darauf hin, dass das Mädchen in Leder in den Achtzigern gestorben war, die beiden anderen in den Neunzigern.

Herkunftsort?

Die Strontiumisotopen-Analyse deutete darauf hin, dass das Mädchen in Leder im nördlich-zentralen Kalifornien geboren sein oder dort ihr frühe Kindheit verbracht haben könnte und dann nach Vermont oder Quebec gezogen sein könnte. Die anderen könnten ihr ganzes Leben in Quebec verbracht haben.

Könnte. Könnten.

Vielleicht versteifte ich mich zu sehr auf das Strontium. Vielleicht war die Spur nach Kalifornien eine Sackgasse.

Wieder ging die Sicherheitstür auf, dann hörte ich Stimmen.

Aber Menard war in Chico aufs College gegangen. Chico liegt im nördlich-zentralen Kalifornien. Menard war Mieter in dem Haus, in dem man die toten Mädchen gefunden hatte. Die Zeit, in der er Mieter war, entsprach der Zeit, in der zumindest zwei der Mädchen umgekommen waren. Louise Parent sah ihn bei zwei Gelegenheiten mit jungen Mädchen. Die eine auf der Flucht. Die andere bewusstlos.

War die Verbindung nach Kalifornien ein reiner Zufall?

Dieser Gedanke in meinem Hinterkopf richtete sich kurz auf, lümmelte sich dann wieder hin.

Was?

Sosehr ich mich auch bemühte, ich konnte ihn nicht aus seinem Versteck locken.

Zurück zu Menard.

Menard erbte 1988 das Haus seiner Großeltern in Montreal.

Aber der Kerl, der jetzt dort wohnt, ist nicht Menard, er benutzt nur seinen Namen.

Ich warf meinen Stift auf die Schreibunterlage.

»Wer zum Teufel ist er dann?«

»Ich weiß es nicht.«

Beim Klang der Stimme schrak ich hoch.

Als ich den Kopf hob, sah ich Ryan in der Tür stehen.

»Aber wir wissen, wer seine Freundin ist.«

29

»Anique Pomerleau.«

Ich forderte ihn mit einer Geste zum Weiterreden auf.

»Verschwand 1990.«

»In welchem Alter?«

»Mit fünfzehn.«

Das passte. Die Frau in Menards Haus schien Mitte bis Ende zwanzig zu sein.

»Wo?«

»Mascouche.«

»Was passierte damals?«

»Das Mädchen sagte ihren Eltern, sie wolle das Wochenende bei einer Freundin verbringen. Wie sich zeigte, hatten die Mädchen sich diese Geschichte nur ausgedacht, damit Pomerleau mit ihrem neuen Freund in die Kiste hüpfen konnte. Als Anique am

Sonntag nicht zurückkam, fingen die Eltern an, herumzutelefonieren. Am Montag meldeten sie sie bei der Polizei als vermisst. Da war Anique schon fast sechzig Stunden verschwunden.«

»Sie war also überhaupt nicht bei ihrem Freund?«

»Doch, dort war sie schon. Die beiden machten am Freitagabend eine Kneipentour, stritten sich, und Anique stürmte hinaus. Der Junge hatte Glück, verbrachte das Wochenende mit Junggesellin Nummer zwei.«

»Die Polizei glaubte ihm die Geschichte?«

»Der Barkeeper und die glückliche junge Dame bestätigten sie. Pomerleau war ein Problemkind, das schon ein paarmal ausgerissen war. Die Eltern beharrten darauf, sie sei entführt worden, aber die Polizei meinte, sie sei einfach durchgebrannt.«

»Wurde der Fall weiterverfolgt?«

»Bis alle Spuren im Sand verliefen.«

»Und das war's?«

»Nicht ganz. Drei Jahre später erhielten die Pomerleaus einen Anruf von der kleinen Anique. Sie sagte, es gehe ihr gut, wollte aber nicht verraten, wo sie steckte.«

»Das muss ein ziemlicher Schock gewesen sein.«

»Ein paar Jahre vergehen, dann klingelt das Telefon wieder. Dieselbe Geschichte. Anique sagt ihnen, dass es ihr gut geht, verliert aber kein Wort über ihren Aufenthaltsort. Der letzte Anruf kam siebenundneunzig. Der Vater ist zu der Zeit schon tot. Die Mutter hängt an der Flasche.«

»Pomerleaus Fingerabdruck war in Quebec gespeichert?«

Ryan nickte. »Sie hat ein Register wegen Kleinigkeiten. Vandalismus. Ladendiebstahl. Ein Vorfall mit einem gestohlenen Auto. Wahrscheinlich nur für eine Spritztour. Der letzte Eintrag war vier Monate vor ihrem Verschwinden.«

Ich spürte, wie Aufregung an die Oberfläche blubberte. Da war noch etwas, das nicht passte. »Was auf Gottes Erden hat Anique Pomerleau mit Stephen Menard zu tun?«

»Er ist nicht Menard.«

»Komm mir nicht so herablassend, Ryan.« Ich nahm den Stift zur Hand, warf ihn wieder auf die Schreibunterlage. »Mister X. *Monsieur X.* Wie kam sie zu dem Kerl?«

Ich schnappte mir den Stift und deutete damit auf Ryan.

»Und warum können wir nicht feststellen, wer diese Kröte ist? Und wo ist der echte Stephen Menard? Und wann kam es zu dieser Identitätsvertauschung?«

»Wie wär's mit Abendessen?«

»Was?«

»Abendessen.«

»Warum?«

»Ich hab da einiges, das ich dir erzählen will.«

»Ja richtig. Du und Claudel, ihr überschlagt euch förmlich dabei, wichtige Neuigkeiten weiterzugeben. Wo zum Teufel ist Claudel überhaupt?«

Ryan wollte etwas sagen. Ich schnitt ihm das Wort ab.

»Ich habe die Nase voll von Claudel. Charbonneau ist der Einzige, der mich mit Respekt behandelt.«

»Claudel hat eben seine eigene Art, gewisse Dinge zu tun.«

»Die haben Echinoderme auch.«

»Du urteilst zu streng über Claudel. Was sind Echinoderme?«

Das brachte das Fass zum Überlaufen.

»*Ich* urteile zu streng über *ihn?* Von Anfang an musste ich gegen diesen narzisstischen kleinen Pedanten ankämpfen, damit er mich ernst nimmt. Damit irgendjemand mich ernst nimmt.«

Ich war kurz davor, den Stift zu zerbrechen.

»Die Knochen sind zu alt. C-14 ist zu teuer. Die Mädchen waren Nutten. Louise Parent starb im Schlaf. Alte Damen tun so was. Sie sind bekannt dafür.«

»Ich meinte damit eigentlich das Sabbern.«

»Siehst du!« Ich stieß mit dem Stift nach Ryan. »Deine Schnoddrigkeit ist auch nicht viel besser.«

»Tempe …« Ryan streckte den Arm aus, um mich zu berühren. Ich wich zurück.

»Natürlich. Hab ich ganz vergessen. Du liebst mich. Aber du liebst viele Sachen. Ziegenkäse. Sittiche. Die Meerjungfrauen von Weeki-Wachee.«

Ryan öffnete den Mund, um etwas zu sagen. Ich schnitt ihm das Wort ab.

»Okay. Du liebst mich. Du hast einfach keine Zeit, mit mir zusammen zu sein.«

Ich stürmte weiter, all die aufgestaute Frustration brach nun auf einmal aus mir heraus.

»Und plötzlich hast du Zeit für ein Abendessen. Am Samstagabend. Was für ein glückliches Mädchen ich doch bin.«

Die Worte spritzten heraus wie Wasser aus einem Schleusentor.

»Was ist mit der Arbeit? Was ist mit deiner« – ich malte Anführungszeichen in die Luft – »Nichte?«

Der Stift prallte von der Schreibunterlage ab und segelte auf Ryan zu. Er wehrte ihn mit erhobener Hand ab.

Ich sprang auf.

»O Gott, das tut mir Leid. Ich wollte dich nicht treffen.«

Ich ließ mich auf meinen Stuhl fallen und hielt mir die Hände vors Gesicht. Meine Wangen waren warm und feucht.

»O Mann. Was ist denn nur los mit mir?«

Ich spürte eine Hand auf meiner Schulter.

Ich wischte mir die Feuchtigkeit von den Wangen, steckte mir die Haare hinter die Ohren und hob den Kopf.

Ryan schaute auf mich herab, die Mittelmeerblauen voller Besorgnis.

Oder Mitleid?

Oder was?

»Es tut mir Leid«, sagte ich. »Ich weiß nicht, woher das alles kam.«

»Jeder steht unter Druck.«

»Aber nicht jeder wird zu Il Duce.«

Ich spürte LaManche, bevor ich ihn tatsächlich sah. Eine Bewegung in den Augenwinkeln. Der Geruch von Pfeifentabak und billigem Aftershave.

Räuspern.

Ryan und ich drehten uns um. LaManche stand in der Tür.

»Ich dachte mir, dass Sie das vielleicht beide interessiert. Der Coroner hat Louise Parents Tod offiziell als Mord eingestuft.«

»Sie wurde erstickt?«, fragte ich.

»Ich glaube schon.«

»Haben Sie die Ergebnisse vom Toxikologen?«, fragte Ryan.

»Spuren des Schlafmittels Ambien wurden im Blut und im Urin festgestellt. Die Werte entsprachen der Einnahme von zehn Milligramm mehrere Stunden vor ihrem Tod.«

»Was ist mit der zeitlichen Abfolge?«, fragte Ryan.

»Konnten Sie herausfinden, ob Parent diese Suppe zum Mittag- oder zum Abendessen zu sich nahm?«

»Die Telefonaufzeichnungen deuten darauf hin, dass von Fishers Haus aus um fünfzehn Uhr fünfundfünfzig, um sechzehn Uhr vierzehn und um siebzehn Uhr neunzehn Anrufe getätigt wurden. Der erste ging an Parents Priester, der zweite an eine Apotheke zwei Blocks entfernt. Der dritte ging zu einer Telefonzelle. Daran arbeiten wir noch.«

Ich warf Ryan einen Blick zu. Kein Mensch hatte mir das gesagt.

»Also musste Parents letzte Mahlzeit das Abendessen gewesen sein.«

»Die Suppe hätte nach drei Stunden den Magen passiert, das Ambien nach zwei«, sagte LaManche. »Die Schlaftabletten waren sicher in dem Tee aufgelöst.«

»Nach Angaben der Nichte aß Parent normalerweise gegen sieben. Wenn man davon ausgeht, dass sie das am Freitag ebenfalls tat, sind wir bei etwa zweiundzwanzig Uhr«, rechnete Ryan nach. »Wenn wir davon ausgehen, dass sie das Ambien zum Zubettgehen nahm, sind wir bei dreiundzwanzig Uhr bis Mitternacht. Also muss der Tod in den frühen Morgenstunden eingetreten sein.«

»Das entspricht dem Verwesungszustand«, sagte LaManche.

»Mein Angebot steht noch«, sagte Ryan, nachdem LaManche wieder gegangen war.

»Wann hast du von den Anrufen erfahren?«, fragte ich.

»Heute. Das ist eins der Dinge, die ich dir erzählen wollte. Hurley's?«

Ich schaute Ryan sehr lange an und zwang dann meine Lippen zu einem Lächeln.

»Unter einer Bedingung.«

Ryan breitete die Hände aus.

»Ich bezahle.«

»Yippie.«

Hurley's Irish Pub liegt an der Rue Crescent knapp unterhalb der Rue Ste. Catherine. Auf der Fahrt dorthin überlegte ich, welche Möglichkeiten ich hatte: das Auto zu Hause abstellen und auf dem Fußmarsch eine Unterkühlung riskieren. Oder bei der Suche nach einem Parkplatz an Altersschwäche sterben.

Lieber ein sicherer Parkplatz als thermale Behaglichkeit. Als ich dann die Ste. Catherine entlangeilte, bezweifelte ich die Klugheit der Entscheidung.

Ryan saß im Nebenzimmer, als ich ankam, ein halb geleertes Glas Bier vor sich. Ich bestellte Lammragout und ein Perrier mit Zitrone. Er bestellte Hühnchen St. Ambroise.

Während wir auf unser Essen warteten, umkreisten Ryan und ich einander argwöhnisch. Wir versuchten es beide mit Witzen. Die meisten funktionierten nicht.

Um uns herum wogte die übliche samstagabendliche Masse der Trinker. Einige sahen glücklich aus. Andere verzweifelt. Wieder andere einfach nur ausdruckslos. Ich konnte mir ihre Myriaden von Problemen und Beziehungen nicht vorstellen.

Neben uns saß dicht aneinander gekuschelt ein junges Paar. Er trug ein Rentiergeweih aus rotem Filz. Sie trug einen Weihnachtspullover.

Während ich noch hinstarrte, liebkoste Rentiergeweih den Hals von Weihnachtspullover. Sie lachte.

Sie sahen so glücklich aus, so vertraut und ungezwungen miteinander.

Der Blick der jungen Frau kreuzte meinen. Ich schaute schnell weg, zu einem Schild über Ryans Kopf.

Bienvenue. Welcome. Fáilte. Jemand hatte eine Fichtennadelgirlande über den Schildrand gehängt.

Ein Mädchen drückte sich an unserem Tisch vorbei, bewegte sich mit der übertriebenen Vorsicht, die man walten lässt, um seine Trunkenheit zu kaschieren. Sie hatte blasse Haut und einen langen, schwarzen Zopf.

Ich dachte an Anique Pomerleau. Wo war sie diese beinahe fünfzehn Jahre gewesen? Warum war sie jetzt bei einem Mann, der Menards Name benutzte?

Die Kellnerin brachte unser Essen. Ryan bestellte noch ein Bier. Ich bestellte noch ein Perrier.

Beim Essen wandte sich unsere Unterhaltung der Arbeit zu. Sicheres Terrain.

»Claudel ist nach Vermont gefahren.«

Ich hob die Augenbrauen. »Um was über den echten Menard herauszufinden?«

Ryan nickte.

»Wessen Idee war das?«

»Claudel ist ein guter Polizist.«

»Der mich für eine Idiotin hält.«

»Mit Idiotinnen gebe ich mich nicht ab.«

Du gibst dich ja auch nicht mit mir ab. Ich sagte es nicht.

»Glaubst du, dass dieser Möchtegern-Menard Louise Parent umgebracht hat?«, fragte ich.

»Möglich ist es.«

»Sogar ziemlich wahrscheinlich, meinst du nicht auch? Parent ruft mich wegen Menard an. Wenige Tage danach drückt ihr irgendjemand ein Kissen aufs Gesicht.«

Ryan sagte nichts.

»Aber woher hätte dieser Möchtegern-Menard wissen können, dass Parent mich angerufen hatte?«

»Woher hätte das irgendjemand wissen können?«

Darauf hatte ich keine Antwort.

»Hast du den Nachbarn mit dem Geländewagen befragt?«

»Der ist sauber.«

»Ich muss immer wieder an Parents letzten Abend denken. An ihre letzten Gefühle und Gedanken. Meinst du, sie hat etwas mitbekommen?«

»Es gab keine Hinweise auf einen Kampf. Sie war betäubt von dem Ambien.«

»Irgendein kaltblütiger Irrer hat sich mitten in der Nacht irgendwie in dieses Haus geschlichen und Parent mit dem Kissen ihrer Schwester erstickt. Meinst du, sie hat den Druck auf ihrem Gesicht gespürt? Den Weichspüler gerochen? Irgendwann vielleicht Todesangst empfunden?«

»Tu dir das nicht an, Tempe.«

»Ich mache mir nur Gedanken über ihre letzten Empfindungen.«

Um nicht an diejenigen der drei toten Mädchen denken zu müssen. Auch das sagte ich nicht.

»Da ist noch etwas, das ich dir noch nicht gesagt habe.«

Ich wartete, dass Ryan fortfuhr.

»Louise Parent hat ein Vermögen von fast einer halben Million Dollar hinterlassen. Und versichert war sie mit noch einer Viertelmillion.«

»Der Begünstigte?«, fragte ich.
»Ihre Schwester. Rose Fisher.«

Ryan setzte mich gegen halb zehn bei mir zu Hause ab. Er fragte nicht, ob er hereinkommen dürfe. Ich lud ihn nicht ein.

Der Anrufbeantworter war dunkel und stumm.

Wo zum Teufel war Anne?

Duschen. Zähne. Gesicht.

Ins Bett. Birdie sprang auf die Decke und kuschelte sich neben mich.

Ich versuchte zu lesen. Zu aufgeregt.

Ich klappte das Buch zu und schaltete das Licht aus.

Das Rumoren im Unterbewusstsein.

Ich drehte mich von der rechten auf die linke Seite. Wieder auf die rechte.

Birdie verkroch sich in den äußersten Winkel des Betts.

Noch nie in meinem Leben hatte ich so dringend einen Drink gebraucht. Konnte ein einziger, winziger Cabernet schaden?

Du bist Alkoholikerin. Alkoholiker können keinen Alkohol mehr trinken.

Ich schüttelte das Kissen auf. Legte mich auf den Rücken.

Schließlich gab ich es auf, tastete nach der Fernbedienung, schaltete den Fernseher ein und fand eine hirnrissige Sitcom.

Was übersah ich nur?

Anique Pomerleau verschwand 1990 aus Mascouche. Sie war fünfzehn. Sie ist noch am Leben und wohnt in Montreal.

Zwei der Pizzamädchen waren um die fünfzehn. Das Mädchen in Leder war älter.

Angie Robinson verschwand 1985. Sie war fast fünfzehn. Im Gegensatz zu Pomerleau tauchte sie nie wieder auf.

Die Schauspieler wurden zu Schattenpuppen. Die Dialoge und das Konservengelächter traten in den Hintergrund.

Angie Robinson hatte ein gebrochenes Handgelenk. Das Mädchen in Leder hatte ein gebrochenes Handgelenk. Aber das Alter der beiden passte nicht zusammen. Und die Größen ebenfalls nicht.

Was übersah ich nur?

Angie Robinson verschwand im nördlich-zentralen Kalifornien. Der Name des Ortes fiel mir nicht mehr ein. Conners? Corners? Cornero?

War das in Butte County?

Nein. Butte County war Chico.

Menard hatte fast ein Jahr in Chico verbracht. Aber welcher Menard? Der echte?

Angie Robinsons Vater gab die Vermisstenmeldung im Tehama County Sheriff's Department auf.

Ich warf die Decke zurück, stand auf, fuhr meinen Computer hoch, loggte mich bei Yahoo! ein und suchte nach einer Karte des nördlich-zentralen Kalifornien.

Tehama County lag direkt nordwestlich von Butte. Ich fand Chico und fast direkt darüber das kleine Dorf Corning.

Ich holte mir die Region vergrößert heran. Orte und Landstraßen erschienen. Hamilton City. Willows. Orland.

Ich klickte auf einen Pfeil und scrollte nach Norden.

Red Bluff.

Der Gedanke in meinem Unterbewusstsein bewegte sich ein Stückchen nach vorne, wich wieder zurück.

Red Bluff.

Was?

Denk nach, Brennan. Denk nach.

Das winzigste Atom einer Idee glühte auf.

Wann war Red Bluff in den Nachrichten gewesen?

Vor zehn Jahren? Zwanzig?

Warum?

Denk nach!

Ich stand auf und schaltete den Fernseher aus. Ich warf die Fernbedienung beiseite und ging im Zimmer auf und ab, versuchte verzweifelt, in das Hinterland meines Unterbewusstseins vorzudringen.

Stille erfüllte die Wohnung. Nicht die tröstende, nach dem Motto, ich genieße mein Alleinsein. Eine lastende Stille.

Hin und her. Hin und her.

Red Bluff. Red Bluff.

Schließlich feuerte eine Synapse. Ich erstarrte.

O Gott! War es das?

Ich stürzte zum Computer.

Wer war dieses Opfer?

Mit Hilfe mehrerer Suchmaschinen, von denen die meisten mich auf nervtötenden Umleitungen durch das Labyrinth des Cyberspace führten, fand ich schließlich den Namen.

Dann Weitersuchen.

Archive der *Red Bluff Daily News.*

Archive des *Chico Examiner.*

Die vertrauten Geräusche der Nacht wichen zurück. Birdie schlief weiter.

Stunden später lehnte ich mich zurück, wie betäubt vor Entsetzen über das, was ich herausgefunden hatte.

Jetzt begriff ich, was los war.

30

Bis sieben Uhr am nächsten Morgen hielt ich es aus. Dann rief ich Ryan an. Er meldete sich sofort, klang zwar alert, aber müde.

»Habe ich dich aufgeweckt?«

»Musste sowieso aufstehen. Das Telefon hat geklingelt.«

»Der Witz ist alt, Ryan.«

»Du klingst ziemlich aufgeregt. Was ist los?«

Ich erläuterte ihm meine Theorie und berichtete ihm, was ich bei meiner Internet-Recherche herausgefunden hatte.

»Ach du Scheiße.«

»Wir müssen in dieses Haus, Ryan.«

»Die Pizzabuden-Sache ist nicht mein Fall.«

»Der Mord an Louise Parent schon. Dieser Menard-wer-auch-immer hat Parent wahrscheinlich umgebracht, um zu verhindern, dass sie mit mir redet.«

Ich hörte ein Streichholz, dann langsames Ausatmen.

»Ich will, dass auch Charbonneau und Claudel das erfahren. Bist du noch eine Weile zu Hause?«

»Ich warte.«

Ryan rief mich um neun zurück und sagte mir, dass sie sich alle um elf bei mir treffen wollten.

»Claudel war einverstanden?«

»Luc ist ein guter Polizist.«

»Mit dem Charisma des Night Stalker. Ich mache Kaffee.«

Da ich wusste, dass es schwierig sein würde, Claudel zu überzeugen, bewaffnete ich mich mit allen Informationen, die ich kriegen konnte.

Claudel kam als Erster, das gewohnte arrogante Stirnrunzeln auf dem Gesicht.

»Bonjour«, sagte ich und deutete zum Sofa.

»Bonjour.«

Claudel zog seinen Mantel aus. Ich nahm ihn ihm ab.

Claudel zog sich die Armani-Ärmel über die aseptisch weißen Burberry-Manschetten, setzte sich und schlug die Beine übereinander.

»Café?«, fragte ich.

»Nein.« Claudel schaute ostentativ auf seine Uhr. *»Merci.«*

Ryan und Charbonneau kamen im Minutenabstand, beide in ausgewaschenen Jeans und Pullover. Ryan hatte unterwegs bei einer Konditorei Halt gemacht.

Ich goss Ryan und Charbonneau Kaffee ein, und dann bedienten wir drei uns am Gebäck. Claudel mühte sich währenddessen, genervt auszusehen.

Ryan kam schließlich zum Thema.

»Tempe, erzähl den beiden, was du mir erzählt hast.« Dann wandte er sich an Claudel. »Luc, ich will, dass du dir das anhörst.«

Ich fing mit meinem langen Bericht an.

»Am 19. Mai 1977 wollte eine zwanzig Jahre alte Frau namens Colleen Stan von Eugene, Oregon, nach Westwood, Kalifornien, trampen. Nach mehreren Fahrtstücken wurde sie von Cameron Hooker und seiner Frau Jan mitgenommen. Die Hookers fuhren mit Stan in den Lassen National Forest, legten ihr Handschellen, eine Augenbinde und einen Knebel an und brachten sie in ihr Haus.«

Birdie kam herein, erschnupperte zwei Paar Stiefel und ein Paar Halbschuhe und traf seine Entscheidung.

»Der kleine Kerl mag dich, Luc.« Charbonneau zwinkerte seinem Partner zu.

»'tschuldigung.« Ich sprang auf und nahm meine Katze von Claudels Schoß.

Birdie machte ein beleidigtes Gesicht, soweit Katzen dazu in der Lage sind.

»Cameron Hooker hielt Colleen Stan in völliger Dunkelheit, unterwarf sie totaler sensorischer Deprivation, bis zu dreiundzwanzig Stunden am Tag. Sieben Jahre lang.«

»Hurensohn«, sagte Charbonneau.

»Hooker sperrte Stan in diverse Kisten ein, die er extra für diesen Zweck gebaut hatte. Wenn es ihm passte, holte er sie heraus, hängte sie an Wasserrohre, spannte sie auf eine Streckbank, peitschte sie aus, versetzte ihr Elektroschocks, hungerte sie aus, vergewaltigte und terrorisierte sie.«

Claudel klaubte sich ein Katzenhaar vom Ärmel.

»Letztendlich schenkte Hookers Frau Stan wieder die Freiheit. Im November 1984 wurde Hooker verhaftet. Im folgenden Herbst wurde er wegen Entführung, Vergewaltigung, widernatürlicher Unzucht und einer Reihe anderer Vorwürfe verurteilt. Die Medien machten daraus eine Hetzjagd.«

»Was hat das alles mit uns zu tun?«, seufzte Claudel.

»Colleen Stans Martyrium fand in Red Bluff, Kalifornien, statt. Red Bluff liegt nur vierzig Meilen von Chico entfernt.«

»Stephen Menard war 1985 in Chico am College«, sagte Charbonneau und griff nach seinem zweiten Donut.

Ich nickte.

Birdie schlich sich zur Couch, machte einen Buckel und rieb sich an Claudels Hosenbein. Dann richtete er sich auf und legte die Vorderpfoten auf Claudels Knie.

Wieder entschuldigte ich mich, packte die Katze und sperrte sie in mein Schlafzimmer.

»Aber der Kerl hier ist nicht Menard«, sagte Charbonneau, als ich zurückkehrte.

»Ich benutze den Namen nur der Einfachheit halber.«

»Und wo ist der richtige Menard?«

»Das weiß ich nicht. Vielleicht wurde er von dem Mann getötet, der jetzt in Pointe St. Charles wohnt. Das ist Ihr Job.«

»Mach weiter«, drängte Ryan.

»Der Stan-Fall war vom Herbst vierundachtzig bis zum Herbst fünfundachtzig in allen Medien. Die Presse liebte ihn, nannte ihn den Mädchen-in-der-Kiste-Fall. Und dann den Sexsklavin-Fall.«

Claudel schaute auf seine Uhr.

»1985 verschwand ein vierzehnjähriges Mädchen namens Angie Robinson aus Corning, Kalifornien. Corning liegt zwischen Chico und Red Bluff.« Ich machte eine kurze Pause, um das Kommende zu betonen. »Ich habe Grund zu der Annahme, dass eins der Skelette aus dem Pizzakeller das von Angie Robinson ist.«

Charbonneaus Donut schaffte es nicht bis zum Mund. »Das Mädchen in der Lederumhüllung?«

»Ja.«

»Das mit dem gebrochenen Handgelenk«, ergänzte Claudel. »Sie waren sich sicher, dass das Alter nicht passte.«

»Ich sagte, Angie Robinson sei zu jung und zu klein gewesen, um dem Skelett 38 428 zu entsprechen. Aber wenn Angie nach ihrem Verschwinden noch eine Zeit lang lebte, würde das die Diskrepanz erklären.«

»Erklär Luc die Strontium- und C-14-Ergebnisse«, sagte Ryan.

Ich tat es.

»Und erklär die Sache mit dieser Zahnversiegelung noch einmal.«

Das tat ich ebenfalls.

»Ach du Scheiße«, sagte Charbonneau. »Sie glauben, dass Menard die Medienberichte verfolgte und sich von diesem Verrückten Hooker inspirieren ließ?«

»Ja. Aber da ist noch mehr. 1990 verschwand Anique Pomerleau im Alter von fünfzehn aus Mascouche. Am Freitag haben Ryan und ich sie in Menards Haus gesehen.«

»Menard ist seit achtundachtzig hier«, sagte Charbonneau.

Claudel legte den Kopf in den Nacken und sprach durch die Nase.

»Also ausgehend von dieser Geschichte über ein Mädchen in einer Kiste ...«

»Das Mädchen hat einen Namen.« Claudels Zynismus zerrte schon wieder an meinen Nerven. »Colleen Stan.«

Claudel Nasenlöcher verengten sich.

»Sie glauben also, dass Menard Anique Pomerleau gegen ihren Willen fünfzehn Jahre lang gefangen gehalten hat. Dass Angela Robinson und die anderen Frauen im Keller ebenfalls seine Gefangenen waren?«

Ich nickte.

Einige Augenblicke sagte keiner etwas. Claudel brach das Schweigen.

»Hat Anique Pomerleau versucht zu fliehen?«

»Nein.«

»Hat Sie Ihnen in irgendeiner Form zu verstehen gegeben, dass sie Menards Haus verlassen wolle?«

»Sie trug kein Schild mit der Aufschrift ›Helfen Sie mir‹, wenn Sie das meinen.«

Claudel schaute Ryan mit hochgezogener Augenbraue an.

»Pomerleau machte einen ziemlich ängstlichen Eindruck«, sagte Ryan.

»Sie war zu Tode verängstigt«, sagte ich.

»Was genau hat sie getan?«, fragte Charbonneau.

»Sie verschwand wieder, sobald Menard sie nur ansah. Verhielt sich wie ein misshandeltes Hündchen.«

»Glauben Sie, dass Menard Pomerleau als eine Art Sexsklavin hält?« Charbonneau.

»Über das Motiv will ich gar nichts sagen.«

»Erzquark«, schnaubte Claudel.

»Mit Lakto-Mineralogie kenne ich mich nicht so gut aus, Detective. Was genau heißt das?«

Claudel hob die Schultern und breitete die Hände aus. »Jeder gesunde Erwachsene würde Hilfe suchen, sobald sich ihm die Gelegenheit bietet.«

»Die Psychologie ist da anderer Meinung«, blaffte ich. »Offensichtlich sind Sie mit dem Stockholm-Syndrom nicht vertraut.«

Claudel streckte die Handflächen himmelwärts.

»Es ist eine Anpassung an extremen Stress, wie er unter Bedingungen der Gefangenschaft und der Folter erlebt wird.«

Claudel ließ die Hände wieder in den Schoß und das Kinn auf die Brust sinken.

»Das Stockholm-Syndrom ist festzustellen bei Entführungsopfern, Gefangenen, Sektenmitgliedern, Geiseln, sogar bei missbrauchten Lebenspartnern und Kindern. Die Opfer scheinen mit denjenigen, die sie gefangen halten oder missbrauchen, leben zu können, ja sogar Sympathie für sie auszudrücken.«

»Komische Bezeichnung«, sagte Charbonneau.

»Seinen Namen hat das Syndrom von einer Geiselsituation in Stockholm im Jahr 1973. Drei Frauen und ein Mann wurden sechs Tage lang von Ex-Sträflingen, die eine Bank ausrauben wollten, gefangen gehalten. Die Geiseln kamen zu der Überzeugung, die Räuber würden sie vor der Polizei beschützen. Nach ihrer Befreiung verlobte sich eine der Frauen mit einem der Geiselnehmer, eine andere gründete einen Verteidigungsfonds.«

»Das bestimmende Merkmal ist die Reaktion auf eine bedrohliche Situation mit Passivität«, sagte Ryan.

»Leg dich hin und lass es passieren.« Charbonneau schüttelte den Kopf.

»Es geht noch darüber hinaus«, sagte ich. »Personen mit Stockholm-Syndrom neigen dazu, sich mit ihren Peinigern zu solidarisieren, ja sogar zu identifizieren. Sie können sich ihnen gegenüber dankbar oder sogar liebevoll verhalten.«

»Unter welchen Umständen entwickelt sich dieses Syndrom?«, fragte Claudel.

»Psychologen gehen übereinstimmend davon aus, dass vier Faktoren vorhanden sein müssen.« Ich zählte sie an den Fingern ab. »Erstens, das Opfer hat das Gefühl, dass sein Überleben vom Peiniger bedroht ist, und glaubt, dass der Peiniger diese Drohung in die Tat umsetzen wird. Zweitens, dem Opfer werden, nach Lust und Laune des Peinigers, kleine Freundlichkeiten gewährt.«

»Wie den armen Kerl am Leben zu lassen«, warf Charbonneau dazwischen.

»Könnte sein. Könnten aber auch kurze Erholungspausen bei Folterungen sei, kurze Zeiten der Freiheit, ein anständiges Essen, ein Bad.«

»Sacré bleu.« Charbonneau schüttelte noch einmal den Kopf.

»Drittens, die Opfer sind völlig isoliert von anderen Blickwinkeln als dem des Peinigers. Und viertens, das Opfer ist überzeugt, ob zu Recht oder zu Unrecht, dass es keine Möglichkeit zur Flucht gibt.«

Nun sagten weder Charbonneau noch Claudel ein Wort.

»Cameron Hooker war ein Meister dieses Spiels«, sagte ich. »Er hielt Stan in einem Sarg unter seinem Bett gefangen und holte sie für gewöhnlich nur heraus, um sie zu misshandeln. Hin und wieder gestattete er ihr Zeiten der Freiheit. Manchmal durfte sie joggen, im Garten arbeiten, in die Kirche gehen. Einmal fuhr Hooker sie sogar nach Riverside, damit sie ihre Familie besuchen konnte.«

»Warum hat sie sich da nicht einfach aus dem Staub gemacht?« Charbonneau fuhr sich mit der Hand durch die Haare, so dass der Schopf in die Höhe stand.

»Hooker hatte Stan darüber hinaus eingeredet, er besitze sie.«

»Besitze sie?«

»Er zeigte ihr einen gefälschten Vertrag und sagte ihr, er habe sie als Sklavin von einer Firma namens The Company gekauft. Er sagte ihr, sie stehe unter ständiger Überwachung, und dass die Company, falls sie zu fliehen versuche, sie aufspüren und töten werde, und dazu auch noch ihre Familie.«

»Cibole!« Charbonneau warf die Hände in die Höhe. »Hooker traumatisiert Stan, sie fühlt sich völlig isoliert, muss sich bei dem geringsten Bedürfnis an ihn wenden, und sie solidarisiert sich mit diesem Monster?«

»Genau«, sagte ich. »Eins der wirkungsvollsten Argumente der Verteidigung war ein Liebesbrief, den Stan an Hooker schrieb.«

Charbonneau machte ein entsetztes Gesicht.

»Elizabeth Smart wurde von Verrückten fast ein Jahr lang festgehalten«, sagte ich. »Manchmal konnte sie Leute, die sie suchten, nach ihr rufen hören, erkannte einmal sogar die Stimme ihres Onkels. Sie versuchte nie wirklich zu fliehen.«

»Smart war ein vierzehnjähriges Mädchen«, sagte Charbonneau.

»Erinnert ihr euch noch an Patty Hearst?«, fragte Ryan. »Die Symbionese Liberation Army entführte sie und hielt sie in einem Schrank eingesperrt. Letztendlich raubte sie mit ihren Peinigern eine Bank aus.«

»Das war politisch.« Charbonneau stand auf und ging im Zimmer auf und ab. »Dieser Hooker musste eine Art psychotischer Mutant gewesen sein. Ein normaler Mensch fährt doch nicht durch die Gegend, schnappt sich Mädchen und sperrt sie in Kisten.«

»Das Phänomen ist vielleicht häufiger, als wir wissen«, sagte ich.

Charbonneau blieb stehen. Er und Claudel schauten mich an.

»Im Jahr 2003 bekannte John Jamelske sich schuldig, fünf Frauen als Sexsklavinnen in einem unterirdischen Bunker in seinem Hinterhof gefangen gehalten zu haben.«

»Das war gleich ums Eck«, sagte Claudel nun auch auf Englisch. »In Syracuse, New York.«

»O Mann.« Charbonneau fuhr sich wieder durch die Haare. »Erinnert ihr euch noch an Lake und Ng?«

Leonard Lake und Charles Ng waren zwei pathologische Frauenhasser, die auf einer einsam gelegenen Ranch in Calaveras County, Kalifornien, eine Folterkammer eingerichtet hatten. Zumindest zwei Frauen wurden gefilmt, während sie von dem Paar gefoltert wurden. Das Videoband trug den Titel, *M Ladies*, wobei M für *murdered* – ermordet – stand.

»Was ist mit diesen Arschlöchern eigentlich passiert?« Claudels Stimme triefte vor Abscheu.

»Lake wurde wegen Ladendiebstahls verhaftet und brachte sich mit zwei Zyankalikapseln um. Ng wurde in Calgary geschnappt und kämpfte dann ungefähr zehn Jahre lang gegen seine Auslieferung an die Vereinigten Staaten, oder, Doc?«

»Der Rechtsstreit dauerte sechs Jahre, aber schließlich wurde Ng in Kalifornien vor Gericht gestellt. 1998 befand eine Jury ihn für schuldig, drei Frauen, sieben Männer und zwei Babys ermordet zu haben.«

»Das reicht.« Die Kälte war aus Claudels Stimme verschwunden. »Sie glauben, dass Menard seine Perversionen nach Montreal importiert hat?«

»Laut Rose Fisher rief Louise Parent mich an, um mir zu sagen, dass sie Menard zweimal mit jungen Mädchen gesehen habe. Und wir fanden drei vergraben in einem Keller unter einem Laden, den er gemietet hatte.«

»Sie glauben, dass Menard Angie Robinson von Corning, Kalifornien, nach Montreal transferiert hat?«

»Angie oder ihre Leiche.«

»Und dass er Anique Pomerleau verschleppt und sich unterworfen hat?«

»Ja.«

Claudel sprach aus, was ich befürchtete.

»Und dass er, falls er sich bedroht fühlt, Pomerleau töten könnte?«

»Ja.«

Claudel kniff die Augen zusammen. Er schaute seinen Partner an und erhob sich dann.

»Ein Richter sollte das als hinreichenden Tatverdacht betrachten.«

»Sie besorgen sich einen Durchsuchungsbefehl?«

»Gleich morgen früh.«

»Ich will mitkommen nach Pointe St. Charles.«

»Kommt gar nicht in Frage.«

»Warum nicht?«

»Wenn das alles zutrifft, ist Menard gefährlich.«

»Ich bin ein großes Mädchen.«

Claudel schaute mich so lange an, dass ich schon glaubte, er würde nicht mehr antworten. Dann deutete er mit einem Schulterzucken auf Ryan.

»Der Cowboy braucht noch eine Eskorte. Traut sich sonst eh keiner.«

Ich war verblüfft. Der humoristisch Unterprivilegierte hatte einen Witz versucht.

Der Rest des Sonntags war die reinste Qual. Während ich im Haus herumwerkelte, empfand ich Traurigkeit, die vermischt war mit tiefer Enttäuschung über mich selbst. Warum war ich nicht früher auf den Gedanken gekommen, dass die Knochen von Mädchen stammen konnten, die gefangen gehalten worden waren? Warum hatte ich nicht begriffen, warum meine Skelettprofile nicht zu den Beschreibungen auf den Vermisstenlisten passten? Wieder und wieder fragte ich mich: Hätte es einen Unterschied gemacht?

Verstörende Bilder zogen mir immer wieder durch den Kopf. Anique Pomerleau mit ihrem weißen Gesicht und dem langen schwarzen Zopf. Angie Robinson in einer Lederumhüllung in einem Keller.

Ich im Auto mit Ryan.

Anne. Wo zum Teufel war sie? Sollte ich mehr tun, um sie zu finden? Was?

Ich ging ins Fitnessstudio und lief drei Meilen auf dem Band mit einer CD alter Lieblingssongs im Kopfhörer.

The Lovin' Spoonful. Donovan. The Mamas and the Papas. The Supremes.

Als ich mich in dieser Nacht in meinem Bett herumwälzte, ging mir ein Refrain nicht mehr aus dem Kopf.

Monday, Monday …

Am vorletzten Montag hatte ich die Knochen von drei jungen Mädchen ausgegraben.

Am letzten Montag hatte ich mit der Pinzette Federn aus Louise Parents Mund gezogen.

Morgen würde ich das Haus des Grauens durchsuchen.

Can't trust that day…

Ich erschauderte bei dem Gedanken, was der nächste Montag bringen würde.

31

Um neun hatte Claudel den Durchsuchungsbefehl. Um Viertel nach war Ryan bei mir.

Als ich in seinen Jeep einstieg, gab Ryan mir einen Kaffee. Eigentlich war ich so schon aufgeregt genug.

Ich dankte ihm, zog meine Handschuhe aus, legte die Finger um das Styropor und versuchte, meinen Herzschlag zu verlangsamen, obwohl ich an dem Kaffee nippte.

Nach fünf Minuten machte Ryan sein Fenster einen Spalt auf und zündete sich eine Player's an. Normalerweise hätte er gefragt, ob ich etwas dagegen hätte. Heute tat er es nicht. Ich vermutete, er war so nervös wie ich.

Die Straßen waren noch verstopft von den Überbleibseln der montagmorgendlichen Stoßzeit. Eine Dekade und zwanzig Minuten später erreichten wir den Pointe.

Als wir auf die de Sébastopol einbogen, sah ich zwei Einsatzwagen und einen zivilen Impala in Abständen am Straßenrand stehen. Aus allen drei Auspuffrohren quoll Rauch.

Ryan stellte sich hinter den ersten Einsatzwagen. Er schaltete den Motor aus und drehte sich mir zu.

»Wenn Menard dir auch nur einen bösen Blick zuwirft, verduftest du. Ist das klar?«

»Wir wollen das Haus durchsuchen, nicht stürmen.«

»Die Sache könnte übel ausgehen.«

»Hier sind sieben Beamte, Ryan. Wenn Menard unkooperativ ist, dann leg ihm Handschellen an.«

»Die kleinste Drohung, und du gehst in Deckung.«

Ich salutierte zackig.

Ryans Stimme wurde hart. »Ich meine das ernst, verdammt noch mal. Wenn ich sage renn, dann bist du weg.«

Ich verdrehte die Augen.

»Das war's.« Ryans Hand bewegte sich in Richtung Zündschloss.

»Okay«, sagte ich und zog meine Handschuhe an. »Ich befolge die Befehle. *Sir.«*

»Keine Spielchen. Das ist eine gefährliche Arbeit.«

Ryan und ich stiegen aus und schlossen leise die Türen.

Über Nacht hatte das Wetter sich geändert. Die Luft war feucht und eisig, und schwere graue Wolken hingen tief am Himmel.

Als der Stallhund uns sah, fing er an zu bellen. Ansonsten war auf der de Sébastopol kein Lebenszeichen zu sehen. Keine Jungs, die mit Pucks und Schlägern spielten. Keine Hausfrauen mit Einkaufstüten. Keine Rentner, die auf Balkonen oder Haustreppen klatschten.

Ein typischer Wintertag in Montreal. Bleib im Haus, bleib in der Metro, bleib im Untergrund. Grab dich ein und versuche, bis zum Frühling nicht verrückt zu werden. In der herrschenden Stille klang das Bellen umso lauter.

Ryan und ich gingen schräg über die Straße. Als wir uns dem Impala näherten, stieg das Dynamische Duo aus.

Claudel trug einen hellbraunen Kaschmirmantel. Charbonneau hatte eine dicke, zottige Jacke an, deren Materialmix nur allzu offensichtlich war.

Wir nickten einander zu.

»Wie sieht der Plan aus?«, fragte Ryan auf Englisch.

Claudel spreizte die Füße. Charbonneau lehnte seinen Hintern an den Impala.

»Eine Einheit bleibt hier.« Claudel deutete mit dem Daumen auf den Einsatzwagen am anderen Ende des Blocks. »Die andere schicke ich hintenrum zur de la Congrégation.«

Charbonneau zog den Reißverschluss seiner Jacke auf, schob die Hände in die Hosentaschen und klimperte mit Kleingeld.

»Michel übernimmt die Hintertür.«

An Charbonneaus Hüfte kreischte ein Funkgerät. Charbonneau griff an den Apparat und drückte auf einen Knopf.

Claudel schaute zu mir, dann wieder zu Ryan.

»Brennan weiß, wie sie sich verhalten muss«, sagte Ryan.

Claudel kniff die Lippen zusammen, blieb aber stumm.

»Wir zeigen Menard die Weihnachtsgrüße des Richters, befehlen ihm sich hinzusetzen, und stellen dann das Haus auf den Kopf.«

Charbonneau legte die Hand auf den Griff seiner Pistole. »Würde mir die Festtage nicht verderben, wenn der Wichser beschließt, Schwarzenegger zu spielen.«

»Alles bereit?« Claudel nahm sein Funkgerät vom Gürtel und knöpfte den Mantel wieder zu.

Alle nickten.

»Allons-y«, sagte Claudel.

»Gehen wir«, wiederholte sein Partner.

Charbonneau stieß sich vom Impala ab und ging zum anderen Ende der de Sébastopol. Er sprach mit dem Fahrer, und dann verschwand der Einsatzwagen um die Ecke. Charbonneau drehte sich um und ging quer über die Brachfläche.

Dreißig Sekunden später kam Charbonneaus Stimme aus Claudels Funkgerät. Er sei an Menards Hintertür.

Claudel winkte dem anderen uniformierten Team. »Kommen.«

Während wir – Claudel vorneweg, Ryan und ich hinter ihm –

den vereisten Weg entlanggingen, fuhr der zweite Einsatzwagen hinter uns an den Bordstein.

Über die Eisplatten rutschend, spürte ich dieselbe unbestimmte Angst, die ich schon am Freitag empfunden hatte. Nur noch stärker. Mein Herz hämmerte jetzt wie eine Conga-Trommel.

An der Wegbiegung blieb Claudel stehen und sprach in sein Funkgerät.

Ich starrte Menards Haus an und fragte mich, wie es wohl ausgesehen hatte, als es noch den Großeltern des echten Menard, den Corneaus, gehört hatte. Das Anwesen wirkte so dunkel, so bedrohlich. Man konnte sich kaum vorstellen, dass in seinem düsteren Inneren Hähnchen gebraten wurden, Baseball geschaut wurde oder Kätzchen Wollknäuel jagten.

Claudels Funkgerät knisterte. Charbonneau war in Position.

Wir stiegen das Treppchen zur Tür hoch. Ryan drehte den Messingknopf. Die Klingel schrillte wie am Freitag.

Eine ganze Minute verging ohne Reaktion.

Ryan drehte den Knopf noch einmal.

Ich meinte, drinnen eine Bewegung zu hören. Ryan straffte sich, und die Hand wanderte zu seiner Glock.

Claudel knöpfte sich den Mantel auf.

Noch immer zeigte sich niemand.

Ryan drehte ein drittes Mal am Klingelknopf.

Absolute Stille.

Ryan hämmerte an die Tür.

»Aufmachen! Polizei!«

Ryan hob eben die Faust für die nächste Runde, als ein gedämpfter Schuss die Stille zerriss. Blauweißes Licht blitzte an den Vorhangrändern im Fenster rechts von mir auf.

Claudel und Ryan gingen mit gezogenen Waffen simultan in die Hocke. Ryan packte mich am Handgelenk und zog mich zu Boden.

Claudel schrie in sein Funkgerät.

»Michel! Es-tu là? Répète. Es-tu là?«

Einen Herzschlag später kam knisternd Charbonneaus Stimme. »Ich bin hier. War das ein Schuss?«

»Im Haus.«

»Wer schießt?«

»Kann ich nicht sagen. Rührt sich bei dir hinten irgendwas?«

»Nichts.«

»Bleib in Position. Wir gehen rein.«

»Bewegung.« Ryan scheuchte mich nach hinten.

Ich kroch zu der Stelle, auf die er gezeigt hatte.

Claudel und Ryan schnellten hoch und fingen gemeinsam an, die Tür zu bearbeiten, zuerst mit den Schultern, dann mit den Stiefeln. Sie hielt stand.

Das Bellen des Hundes in der Entfernung wurde zur Raserei.

Die Männer traten noch fester zu.

Splitter flogen. Flocken vergilbten Klarlacks platzten ab. Doch die verwitterten Bretter hielten.

Treten und Fluchen. Claudels Gesicht wurde himbeerrot. Ryans Haaransatz wurde feucht.

Schließlich sah ich eine Bewegung, wo die Schutzplatte des Schlosses mit dem Holz verschraubt war.

Ryan winkte Claudel zurück, knickte in der Taille ab, hob das rechte Bein und zog es an, ließ es dann in einem Karate-Tritt nach vorne schnellen. Seine Stiefel trafen auf Holz, das Schloss gab nach, und die Tür flog auf.

»Bleib, wo du bist«, keuchte Ryan in meine Richtung.

Schwer atmend, die Waffen beidhändig vors Gesicht gehoben, betraten Claudel und Ryan das Haus. Der eine bewegte sich nach links, der andere nach rechts.

Ich schlüpfte ebenfalls hinein und drückte mich mit dem Rücken an die Wand rechts der Tür.

Die Diele war düster und still und roch schwach nach Schießpulver.

Claudel und Ryan schlichen mit kreisenden Waffen, Augen und Körper synchron, den Korridor entlang.

Alles leer.

Sie betraten das Wohnzimmer.

Ich ging zur anderen Seite der Diele.

Sekunden später hatten meine Augen sich an das Dämmerlicht gewöhnt.

Die Hand flog mir zum Mund.

»Merde!« Claudel ließ die Waffe sinken.

Wortlos richtete Ryan seine Glock zur Decke.

Menard saß, wo er schon am Freitag gesessen hatte, der Körper war nach links gesackt, der Kopf lag komisch verdreht auf der Rückenlehne des Sofas. Die linke Hand hing über der Armlehne. Die rechte lag mit der Handfläche nach oben in seinem Schoß, die Finger locker um eine Neun-Millimeter Smith&Wesson.

Charbonneaus Stimme kam knisternd aus dem Funkgerät. Claudel antwortete.

Ryan und ich näherten uns Menard.

Claudel und Charbonneau unterhielten sich aufgeregt. Ich hörte »Selbstmord«, »SIJ«, »Coroner«. Den Rest verstand ich nicht. Ich starrte gebannt das Menard-Etwas auf dem Sofa an.

Menard hatte ein Loch von der Größe eines Zehn-Cent-Stücks in seiner rechten Schläfe. Blut tropfte von dem weißen, gekräuselten Rand.

Die Austrittswunde befand sich an Menards linker Schläfe. Der Großteil dieser Kopfseite war weg, sie hing an der Messinglampe, den baumelnden Glaskristallen, an der Blumentapete dieses entsetzlichen Zimmers. Vermischt mit Menards Schädelüberresten war ein makabrer Brei aus Blut und Hirnmasse.

Ich spürte ein Zittern unter meiner Zunge.

Ryan zog den Windsor-Stuhl soweit es ging von der Leiche weg, führte mich hin, legte mir die Hände auf die Schultern und drückte mich sanft auf den Stuhl. Ich setzte mich und senkte den Kopf.

Ich hörte die Uniformierten hereinstürmen.

Ich hörte Ryans Stimme, die Befehle rief.

Ich hörte Charbonneau. Das Wort »Krankenwagen«. Den Namen Pomerleau.

Ich hörte, wie Türen eingetreten wurden, als Ryan und die anderen das Haus durchsuchten.

Um der Gegenwart zu entkommen, versuchte ich mich auf das zu konzentrieren, was ich von nun an würde tun müssen. Die Vermisstenlisten mit neuen Kriterien durchsuchen. Neue Skelettbeschreibungen mit offenen Altersschätzungen eingeben. Mir DNS-Proben von Angie Robinsons Familie besorgen.

Es half alles nichts. Ich konnte nicht klar denken. Meine Aufmerksamkeit kehrte immer wieder zur anderen Zimmerecke zurück. Mein Blick wanderte über die Hände, die gespreizten Beine, die Waffe.

Das Gesicht.

Menards Sommersprossen hoben sich wie dunkle kleine Nieren von der bleichen Haut ab. Seine Augen waren offen, aber völlig ausdruckslos. Kein Schmerz. Keine Überraschung. Keine Angst. Nur das leere Starren des Todes.

In meinem Kopf herrschte das reinste Chaos. Erleichterung, dass Menard niemandem mehr etwas antun würde. Wut, weil er so einfach davongekommen war. Mitleid für ein so grotesk verdrehtes Leben. Angst um Anique Pomerleau.

Die Sorge, dass wir noch immer nicht alle Antworten hatten.

Das da war nicht Menard. Wer *war* dieser Kerl? Wo war Menard?

Finger strichen mir über die Haare.

Ich hob den Kopf.

»Alles in Ordnung mit dir?«

Ich nickte, gerührt von der Zärtlichkeit in Ryans Miene. »Habt ihr Pomerleau gefunden?«

»Das Haus ist leer.« Ryans Stimme war schwer wie ein Sargdeckel. »Aber es gibt einiges, das dich vielleicht interessiert.«

Ich folgte ihm einen Gang entlang in ein Hinterzimmer und eine Treppe hinunter in einen schlecht beleuchteten Keller. Die Wände waren aus Backstein und fensterlos, der Boden war betoniert. Die Luft war feucht und roch nach Moder, Staub und Trockenfäule.

Um mich herum sah ich die übliche Ansammlung von Kellergerümpel. Ein Waschzuber aus Metall. Gartengerät. Kartonstapel. Eine alte Nähmaschine.

Ich hörte Stimmen, dann rechts vor mir einen gedämpften Fluch.

Ryan führte mich durch eine offene Tür in einen zweiten Raum. Obwohl von der Konstruktion her dem äußeren Keller ähnlich, war dieser hier kleiner und heller erleuchtet. Wände und Decken waren mit Hartschaumplatten verkleidet.

Claudel und Charbonneau standen an einer Anrichte, die wohl früher einmal als Werkbank gedient hatte. Beide trugen Gummihandschuhe.

Charbonneau drehte sich um, als er uns eintreten hörte. Sein Gesicht hatte die Farbe von Rotwein.

Ryan ging los, um den Keller noch einmal zu durchsuchen.

»Der kleine Kobold hat sich hier ein ganz besonderes Kämmerchen eingerichtet.« Charbonneau deutete durch den Raum. »Schalldicht und alles.«

Mein Blick folgte dem Bogen von Charbonneaus Hand.

In einer Ecke hingen an zwei in die Decke eingelassenen Ringen zwei Handschellen. Ein grob gezimmerter Tisch stand daneben an der Wand. Als ich darauf zuging, kroch taube Kälte in mein Gedärm.

Der Tisch war stabil gebaut, aus Spanplatten und Kanthölzern. An jeder Ecke ragten Ösenschrauben aus der Platte heraus. An jeder dieser Schrauben war eine Ledermanschette befestigt, und neben den Manschetten lagen zusammengerollt vier Ketten.

»Dieser Tisch ist nicht alt«, sagte ich.

»Tisch?« Charbonneaus Stimme zitterte vor Wut. »Das ist eine gottverdammte Folterbank.«

Ich ging zu der Werkbank. Claudel schaute mich kurz an und wich dann ein Stück nach links aus. Sein Gesicht war eine undurchdringliche Maske der Selbstbeherrschung.

Die Taubheit machte die Runde durch meine sämtlichen Eingeweide.

Eine Bullenpeitsche. Eine neunschwänzige Katze. Eine Reitpeitsche. Ein mit Leder überzogenes Paddel. Eine Schlinge mit einem riesigen Henkerknoten.

»Alles, was man braucht, um seinem Sklaven zu zeigen, wer der Chef ist.« Auf Charbonneaus Schläfe pochte eine Ader. Ich sah Wut in seinen Augen.

»Calme-toi, Michel.« Claudels Stimme war eine flache Linie.

»Und dieses Arschloch war echt kreativ.«

Charbonneau deutete auf ein Pferdegebiss, einen Lockenstab, einen selbst gebauten Knebel mit einem Ball in der Mitte.

»Schauen Sie sich mal seine Lektüre an.«

Die Wut machte Charbonneau hyperaktiv. Er nahm ein Magazin zur Hand, warf es wieder auf den Tisch. »Porno. Bondage. S/M.« Er schnappte sich eine Videokassette. *Die Geschichte der O.*

Als die Kassette auf die Werkbank knallte, stürzte Ryan herein. Seine Kiefer- und Halsmuskulatur trat in dicken Strängen hervor.

»Ich habe was gefunden.«

Beinahe synchron setzten wir uns in Bewegung, zur Tür hinaus, durch den äußeren Keller, um einen alten Heizbrenner herum und hinein in eine Kammer ganz ähnlich der, die wir eben verlassen hatten.

Drei Seiten dieses Raums waren vom Boden bis zur Decke

mit Regalen gesäumt. Eine einzelne Glühbirne hing von der Decke.

Ryan ging zur entgegengesetzten Wand. Wir folgten. Hinter den Regalen konnte ich Hartschaumplatten ähnlich denen in der anderen Kammer entdecken. Die eine Seite einer Platte war ein Stück hochgestemmt worden.

»Diese Wand besteht nicht aus Ziegeln. Sondern aus Sperrholz.«

Ryan fuhr mit dem Finger senkrecht über das eben freigelegte Sperrholz direkt hinter den Regalbrettern.

»Hier ist ein Spalt.«

Claudel zog einen Handschuh aus, ahmte Ryans Bewegung nach und nickte.

Ryan deutete zur Tür, durch die wir hereingekommen waren.

»Schaut euch mal die Lichtschalter an.«

Wir drehten uns um. Ein Schalter war glänzend und neu, der andere schmuddelig und rissig.

»Der alte ist für die Deckenlampe.«

Den Rest ließ er ungesagt.

Claudel zog nun auch den zweiten Handschuh aus.

Wortlos begannen Ryan und er, den Hartschaum von der Wand zu reißen.

Charbonneau lief in den äußeren Keller. Ich hörte Scheppern und Scharren, dann kam er mit einem verrosteten Brecheisen zurück.

Binnen Minuten hatten Ryan und Claudel einen etwa fünfzehn Zentimeter breiten Streifen freigelegt. Darin konnte ich einen Spalt und zwei Scharniere erkennen. Durch den Spalt drang nicht der geringste Lichtschimmer.

Die beiden schätzten die Türbreite ab und nahmen dann die andere Seite an der Stelle in Angriff, wo zwei Hartschaumtafeln aneinander stießen. Bald zeigte sich ein weiterer haarfeiner Spalt zwischen zwei Sperrholzbrettern.

»Lasst mich mal ran.« Charbonneau trat vor.

Ryan und Claudel machten ihm Platz.

Charbonneau steckte die Spitze des Brecheisens in den Spalt und stemmte sich dagegen.

Ein Stück Wand wippte samt einem Regalteil nach vorne.

Charbonneau rammte das Brecheisen tiefer hinein und drückte mit Kraft dagegen.

Sperrholz, Hartschaumverkleidung und Regalfächer brachen auf.

Charbonneau packte ein Regalbrett und riss daran. Die Geheimtür schwang auf und enthüllte eine Öffnung von etwa eineinhalb Metern Höhe und sechzig Zentimetern Breite.

Die Deckenlampe erhellte nur die fünfzig Zentimeter des Hohlraums direkt hinter der Wand. Was dahinter lag, war pechschwarz.

Ich rannte zur Tür, drückte auf den neuen Lichtschalter und wirbelte herum.

Der Schrei blieb mir in der Kehle stecken. Ich biss mir auf die Unterlippe.

32

Der Raum war wohl ursprünglich ein Obstkeller oder ein Lagerverschlag gewesen. Er war ungefähr zweieinhalb auf drei Meter groß und, wie Menards kleine Spaßbude, völlig schallisoliert. Es roch nach Moder und alter Erde, überdeckt von Chemikalien und etwas Organischem.

Die Einrichtung war mehr als spartanisch. Eine nackte Glühbirne an einem ausgefransten Kabel. Eine tragbare Camping-Toilette. Eine grob zusammengezimmerte hölzerne Plattform. Zwei zerlumpte Decken.

Auf der Plattform saßen zwei Frauen, den Kopf gesenkt, den

krummen Rücken an die Hartschaumverkleidung gelehnt. Beide trugen ein Lederhalsband mit Nieten. Sonst nichts.

Die Haut der Frauen war kränklich weiß, die Schatten, die ihre Rippen und Wirbel definierten, waren dunkle Sicheln. Lange Zöpfe hingen schlaff herab.

Charbonneau stieß einen Fluch aus, der das gesamte Lexikon des Zorns und des Abscheus umfasste.

Ein Gesicht schnellte in die Höhe. Ausgezehrt. Augen wie die eines wilden Tieres in einem Scheinwerferkegel.

Anique Pomerleau.

Ihre Gefährtin rührte sich nicht, der Kopf blieb gesenkt, knochige Arme umfassten knochige Knie.

Claudel drehte sich um und verschwand in den äußeren Keller. Ich hörte Stiefel auf Zement und dann auf der Treppe nach oben.

»Alles okay, Anique«, sagte ich, so sanft, wie ich konnte.

Pomerleaus Lider zuckten. Die andere Frau drückte sich die Knie noch fester an die Brust.

»Wir sind hier, um euch zu helfen.«

Pomerleaus Blick zuckte zwischen Ryan und Charbonneau hin und her.

Ich winkte die Männer zurück und betrat die Kammer.

»Diese Männer sind Polizisten.«

Pomerleau starrte mich mit Augen wie runde schwarze Tümpel an.

»Es ist vorbei, Anique. Es ist alles vorbei.«

Mit langsamen Bewegungen ging ich zu der Plattform und legte Pomerleau eine Hand auf die Schulter. Sie schrak unter meiner Berührung zusammen.

»Er kann dir nichts mehr tun, Anique.«

»Je m'appelle Q.« Pomerleaus Stimme war flach und leblos.

Ich zog meinen Parka aus und legte ihn Pomerleau um die Schultern. Sie versuchte nicht einmal, ihn dort zu behalten.

»Ich bin Q. Sie ist D.« Englisch mit Akzent. Pomerleau war frankophon.

Ryan zog seine Jacke aus und gab sie mir.

Behutsam machte ich einen Schritt auf D zu und berührte sanft ihre Haare.

Die Frau zuckte zusammen, ihre Hände ballten sich zu Fäusten.

Ich legte ihr Ryans Jacke um und kauerte mich vor sie hin.

»Er ist tot«, sagte ich auf Französisch. »Er kann dir nie wieder etwas tun.«

Die Frau drehte den Kopf von einer Seite zur anderen, sie wollte mich nicht sehen, mich nicht hören.

Ich drängte sie nicht. Die Zeit zum Reden würde noch kommen.

»Ich bleibe bei euch.« Mir versagte beinahe die Stimme. »Ich gehe nicht weg.«

Ich strich ihr über den Fuß, stand auf und zog mich zurück.

Während Charbonneau im Vorraum blieb, ging ich in den äußeren Keller. Ryan folgte mir.

Die Wahrheit? Ich traute meinen eigenen trügerischen Gefühlen nicht. Mein Verstand war gelähmt vor Schock und Kummer wegen dieser Frauen. Und mir war übel vor Abscheu gegen das Monster, das ihnen dies angetan hatte.

»Bist du okay?«, fragte Ryan.

»Ja«, sagte ich so sachlich wie möglich. Es war gelogen. Ich musste all meine Kraft aufbringen, um nicht völlig zusammenzubrechen.

Ich verschränkte die Arme, um das Beben in meiner Brust zu verstecken, und wartete.

Eine Ewigkeit später zerrissen entfernte Sirenen die Stille und schwollen dann an zu einem allgegenwärtigen Schrei. Stiefel trampelten über mir und dann die Treppe herunter.

Pomerleau geriet in Panik, als sie die Sanitäter sah. Sie stürzte zur Toilette, sprang darauf, drückte sich in die Ecke und streckte die Hände aus. Weder die Sanitäter noch ich konnten sie herunterlocken. Je mehr wir besänftigend auf sie einredeten, desto sturer wurde sie. Am Ende war Zwang nötig.

Die andere Frau rollte sich in Fötalhaltung zusammen, als man sie auf eine Bahre legte, zudeckte und aus der Zelle trug.

Ryan und ich fuhren hinter dem Krankenwagen her ins Montreal General Hospital. Claudel und Charbonneau blieben im Haus, um auf LaManche und den Transporter des Coroner zu warten und die Arbeit der Spurensicherungstechniker zu überwachen.

Ryan rauchte beim Fahren. Ich schaute auf die Stadt hinaus, die an meinem Fenster vorbeizog.

In der Notaufnahme ging Ryan auf und ab, während ich einfach nur dasaß. Um uns herum lärmte eine Kakophonie von bronchitischem Husten, erschöpftem Stöhnen, Kolik-Jammern und verängstigten Gesprächen. In einer Ecke tadelte ein Fernsehpsychologe ein Paar, das seit Jahren keinen Sex mehr hatte.

Hin und wieder setzte Ryan sich neben mich, und wir wechselten flüsternd ein paar Worte.

»Diese Frauen kennen nicht einmal mehr ihre Namen.«

»Oder sie sind zu verängstigt, um sie zu benutzen.«

»Sie sehen halb verhungert aus.«

»Ja.«

»›D‹ sieht am schlimmsten aus.«

»Ich glaube, sie ist jünger.«

»Ich habe ihr Gesicht noch gar nicht gesehen.«

»Dieser Hurensohn.«

»Dieser Hurensohn.«

Wir waren eine Stunde dort, als Ryans Handy vibrierte. Er ging nach draußen. Wenige Minuten später war er wieder zurück.

»Das war Claudel. Dieses Schwein hat Heimvideos gedreht.«

Ich nickte benommen.

»Ich soll Charbonneau anrufen, wenn wir hier fertig sind.«

Zwanzig Minuten später kam eine Frau mit krausen Haaren durch die Tür, die zum Behandlungsraum führte. Sie trug einen weißen Labormantel und hatte zwei Klemmbretter und einen dieser Plastikbeutel, die für die Habseligkeiten von Patienten benutzt werden, in den Händen.

Eine korpulente Schwarze mit geschwollenen Brüsten und einem schreienden Neugeborenen stemmte sich hoch und stellte sich ihr in den Weg. Die Ärztin führte die Mutter zu ihrem Platz zurück, sah sich das Baby kurz an und sagte dann ein paar Worte. Die Frau legte sich das Kleinkind auf die Schulter und tätschelte ihm den Rücken.

Durch einen Hindernisparcours menschlichen Leids kam die Ärztin auf uns zu. Unzählige Blicke folgten ihr, einige verängstigt, einige wütend, alle nervös.

Wieder trat ihr jemand in den Weg, diesmal ein stämmiger Mann mit einer in ein Handtuch gewickelten Hand. Wie zuvor nahm sich die Ärztin Zeit, ihn zu besänftigen.

Ryan und ich standen auf.

»Ich bin Dr. Feldman.« Feldmans Augen waren blutunterlaufen. Sie wirkte erschöpft. »Ich behandle die beiden Frauen, die vor kurzem hier eingeliefert wurden.«

Ryan stellte uns vor.

»Die ältere …«

»Anique Pomerleau«, warf ich dazwischen.

Feldman notierte sich den Namen auf dem oberen Klemmbrett.

»Miss Pomerleau hat ein paar oberflächliche Quetschungen, sieht aber ansonsten ziemlich gut aus. Die Lunge ist frei. Die Röntgenaufnahmen sind ohne Befund. Auf die Ergebnisse der Blutuntersuchung warten wir noch. Nur um ganz sicherzugehen, schicken wir sie durch die Röhre, sobald die frei ist.«

»Redet sie?«

»Nein.« Kurz und knapp. Ich habe noch hundert andere, um die ich mich kümmern muss.

»Hinweise auf sexuellen Missbrauch?«, fragte Ryan.

»Nein. Aber die Kleine ist eine ganz andere Geschichte.«

»Die Kleine?« Es platzte einfach so aus mir heraus.

Feldman legte das untere Klemmbrett obenauf. »Haben Sie einen Namen?«

Ryan und ich schüttelten den Kopf.

»Ich würde sagen, die Jüngere ist fünfzehn, vielleicht sechzehn, allerdings ist sie so ausgehungert, dass sie auch älter sein könnte. Jemand hat dieses Mädchen für eine sehr lange Zeit als Punchingball missbraucht.«

Weiße Hitze schoss mir durchs Hirn.

Feldman blätterte eine Seite um und las von ihren Notizen ab. »Alte und neue Quetschungen. Schlecht verheilte Frakturen der rechten Elle und mehrerer Rippen. Vernarbungen an Anus und Genitalien. Brandwunden auf Brüsten und Gliedmaßen von einer Art ...«

»Lockenstab?«

»Das könnte sein.« Feldman klappte die Seite wieder zurück.

»Ist sie bei klarem Bewusstsein?«, fragte ich.

»Sie ist praktisch katatonisch. Ohne jede Reaktion. Völlig ausdruckslose Augen. Ich bin keine Psychiaterin.« Das erschöpfte Gesicht drehte sich von Ryan zu mir. »Aber es kann sein, dass dieses Mädchen nie mehr einen klaren Bewusstseinszustand erreicht.«

»Wo sind sie jetzt?«, fragte Ryan.

»Auf dem Weg nach oben.«

Ein Pfleger erschien an der Schiebetür. Er rief Feldman und wedelte mit einem Klemmbrett. Sie winkte ihm zu.

»Wann können wir mit ihnen reden?«, fragte Ryan.

»Das kann ich noch nicht sagen.« Der Pfleger warf die Hände in die Luft. Feldman machte eine Komme-gleich-Geste. »Was ist eigentlich mit Sicherheitsvorkehrungen? Wird da irgendein perverser Papa oder ein Ex-Gatte auftauchen und versuchen, sein Eigentum zurückzufordern?«

»Der Perverse in diesem Fall hat sich gerade das Hirn weggeblasen.«

»Schade.«

Wir gaben Feldman unsere Visitenkarten. Sie steckte sie in die Tasche.

»Ich rufe an.« Sie gab uns die Tüte. »Hier sind ihre Utensilien.«

Ich sah Metallnieten, die sich durch das Plastik drückten.

Ryan und ich trafen Charbonneau in Schwartz's Delicatessen am Boulevard St. Laurent. Ich hatte zwar keinen Hunger, Ryan meinte aber, etwas zu essen wäre gut für unsere Konzentration.

Wir bestellten alle drei dasselbe. Sandwich mit magerem Rinderschinken. Essiggurke. Pommes. Cott's Kirschlimonade.

Beim Essen brachten wir uns gegenseitig auf den neuesten Stand.

»Doc LaManche hat Fingerabdrücke von der Leiche genommen, die nicht Menards ist. Sie entsprechen denen auf dem Brieföffner. Luc ruft eben im Land der Früchte und Nüsse an.«

»Wann wurden die Abdrücke ins kalifornische System eingegeben?«, fragte Ryan.

»Am Freitagabend.« Charbonneau biss von seinem Sandwich ab, wischte sich Senf aus dem Mundwinkel. »Wenn aus Kalifornien nichts kommt, jagt er sie durch das kanadische System und die restlichen Bundesstaaten.«

Ryan erzählte Charbonneau, was Feldman herausgefunden hatte.

»Dieser Kerl war ein verdammter Sadist.« Charbonneau nahm seine Essiggurke in die Hand. »Hat Fotos von seinen Partys gemacht, damit sein Pimmel auch später noch prickelt.« Charbonneau aß die Gurke und trank seine Limonade aus. »Die Aufnahmen in seinem Album wirken wie aus der Amateurrubrik eines

Pornomagazins. Die perverse Sau versuchte, mit seiner Kunst das Leben nachzubilden.«

»Haben Sie auch Fotos von ›D‹ gefunden?« Meine Stimme klang, als würde sie nicht mir gehören.

Ein knappes Nicken. »Eine ziemlich gute Aufnahme des Gesichts. Luc gibt sie an alle Dienststellen in Kanada und südlich der Grenze weiter.«

»Wo waren die Heimvideos?«

»Bei den Pornokassetten.«

»Haben Sie sie dabei?«

Charbonneau nickte.

»Bei euch oder bei uns?«

»Unser Scheißrekorder ist mal wieder kaputt.« Charbonneau zerknüllte seine Serviette und warf sie auf den Teller.

»Wir haben einen Apparat in unserem Besprechungszimmer«, sagte ich.

»Dann schauen wir sie uns an.« Ryan schnappte sich die Rechnung.

»Das bringt doch etwas Sonne in den Tag.« Charbonneau schob seinen Stuhl zurück.

Mein Sandwich lag noch unberührt auf dem Teller.

Es war schlimmer, als ich es mir hätte vorstellen können. Mädchen, an den Armen aufgehängt. Die Hände an die Füße gefesselt. Mit gespreizten Beinen. Immer mit Kapuze. Immer passiv.

Ryan, Charbonneau und ich schauten stumm zu. Hin und wieder räusperte Charbonneau sich, bewegte die Füße, verschränkte die Arme neu. Hin und wieder griff Ryan nach einer Zigarette, erinnerte sich dann und trommelte mit den Fingern auf die Tischplatte.

Einige Szenen waren zitterig, wie mit einer Handkamera aufgenommen. Andere waren ruhig, wahrscheinlich von einem Stativ oder einer anderen festen Position aus aufgenommen.

Die Kassetten waren von eins bis sechs durchnummeriert. Wir hatten uns den Großteil der ersten angesehen, als Claudel hereinkam.

Drei Köpfe drehten sich.

»Tawny McGee.« Claudel sah aus, als hätte er in eine Zitrone gebissen.

Ich drückte auf PAUSE.

»›D‹?«, fragte ich.

Ein knappes Nicken. »Wurde neunundneunzig von den Eltern als vermisst gemeldet.«

»Wo?«

»Maniwaki.«

Claudel schob ein Fax über den Tisch. Charbonneau warf einen schnellen Blick darauf und reichte es dann Ryan, der es mir gab.

Meine Kopfhaut kribbelte.

Ich sah in das Gesicht eines Kindes. Runde Wangen. Zöpfe. Augen, die abenteuerlustig, neugierig, schelmisch schauten.

Ein Racker. Meine Mutter hätte dieses Kind einen Racker genannt.

Wie sie mich genannt hatte.

Wie ich Katy nannte.

Ich überflog die Beschreibungsmerkmale.

Tawny McGee verschwand, als sie zwölf Jahre alt war.

Ich schluckte.

»Sind Sie sicher, dass das ›D‹ ist?«

Claudel schob ein zweites Fax über den Tisch. Ich nahm es zur Hand. Es war die Anfrage, die er losgeschickt hatte.

Das Gesicht auf dem Foto war eine gespenstische Version dessen, das ich eben gesehen hatte. Älter. Dünner. Ein Ausdruck völliger Hoffnungslosigkeit.

Nein. Das stimmte nicht. Tawny McGees Gesicht drückte überhaupt nichts aus.

»Haben Sie irgendwas über den Mistkerl, der sie gefangen gehalten hat?«, fragte ich, die Stimme angespannt vor Wut.

»Ich arbeite daran.«

»Haben Sie die Familie McGee angerufen?«

»Darum kümmert sich Maniwaki.«

»Wo zum Teufel ist Stephen Menard?« Meine Stimme wurde mit jeder Frage schriller. »Könnte Menard an dieser Sache beteiligt gewesen sein? Könnten Menard und dieser Kerl im Team gearbeitet haben? Hat die SIJ in diesem Haus noch andere Fingerabdrücke gefunden?«

Claudel legte den Kopf zurück und schaute seine Nase entlang.

Charbonneau stand auf. »Ich kümmere mich um Menard.«

Als sie gegangen waren, drückte ich wieder auf PLAY und biss mir auf die Fingerknöchel, um nicht die Kontrolle zu verlieren.

Wir hatten zwanzig Minuten der zweiten Kassette hinter uns, als das Telefon klingelte. Die Empfangsdame kündigte Dr. Feldman an. Ich formte für Ryan den Namen stumm mit dem Mund, während ich auf die Verbindung wartete.

»Dr. Brennan.«

»Penny Feldman vom Montreal General.«

»Wie geht es den beiden?«

»Die Kleine ist wach und hysterisch. Lässt niemanden an sich ran. Sagt, dass jemand sie umbringen wird.«

»Anglophon oder frankophon?«

»Englisch. Sie fragt immer wieder nach der Frau aus dem Haus.«

»Anique Pomerleau?«

»Nein. Pomerleau liegt im Bett neben ihr. Ich glaube, sie meint Sie. Manchmal fragt sie nach der Frau mit dem Polizisten. Oder der Frau mit der Jacke. Ich gebe ihr nur ungern Beruhigungsmittel, bevor ein Psychia ...«

»Ich bin schon unterwegs.«

»Ich warte mit der Sedierung.«

»Übrigens, ihr Name ist Tawny McGee. Die Eltern sind informiert.«

Ryan fuhr mit Blaulicht und Sirene. Zwölf Minuten später waren wir im Krankenhaus.

Feldman war in der Notaufnahme. Gemeinsam fuhren wir in den vierten Stock. Bevor wir das Zimmer betraten, beobachtete ich die beiden durch die offene Tür.

Es war, als hätten Menards Opfer die Rollen vertauscht.

Anique Pomerleau lag still in ihrem Bett.

Tawny McGee saß aufrecht, das Gesicht war gerötet und nass. Der Blick flatterte hin und her wie eine Motte. Ihre Finger öffneten und schlossen sich um die Decke, die sie bis zum Kinn hochgezogen hatte.

Ryan und Feldman warteten im Gang, während ich das Zimmer betrat.

»Bonjour, Anique.«

Pomerleau drehte den Kopf. Ihr Blick war teilnahmslos, ihr Ausdruck so tot wie versteinertes Holz.

McGee ließ den Kopf sinken. Ihr Nachthemd verrutschte und zeigte eine fleischlose Schulter.

»Alles okay, Tawny. Jetzt wird alles besser.«

Ich ging zu ihrem Bett.

McGee warf den Kopf zurück. Knorpel stachen wie Dornen aus ihrer unmöglich weißen Haut.

»Du kommst wieder ganz in Ordnung.«

McGee öffnete den Mund, und Schluchzen drang heraus. Die Dornen hüpften unregelmäßig.

»Ich bin hier.« Ich streckte die Hand aus, um ihr das verrutschte Hemd wieder hochzuziehen.

McGee riss den Kopf wieder nach unten, und ihre Finger verkrampften sich um die Decke. Die Nägel waren schmutzverkrustete Splitter.

»Jetzt kann dir niemand mehr was tun.«

Das verwüstete Puppengesicht schnellte zu Pomerleau.

Pomerleau betrachtete uns mit glasigem Desinteresse.

McGee drehte den Kopf wieder zu mir, warf die Decke ab und riss an der Infusionsnadel, die mit Klebeband an ihrem Unterarm befestigt war.

»Ich muss weg!«

»Hier bist du sicher.« Ich legte meine Hand auf ihre.

McGee versteifte sich.

»Die Ärzte werden dir helfen«, tröstete ich sie.

»Nein! Nein!«

»Du und Anique, ihr kommt wieder ganz in Ordnung.«

»Nehmen Sie mich mit!«

»Das kann ich nicht tun, Tawny.«

McGee riss ihre Hand los, und ihre Finger zerrten hektisch an dem Klebeband. Ihre Atmung war abgehackt. Tränen liefen ihr die Wangen hinunter.

Ich fasste ihre Handgelenke. Sie wehrte sich heftig, und die Verzweiflung gab ihr eine Kraft, die ich nicht für möglich gehalten hätte.

Feldman kam hereingelaufen, gefolgt von einer Schwester.

McGee packte mich am Arm.

»Nehmen Sie mich mit!« Verzweiflung im Blick. »Bitte! Nehmen Sie mich mit!«

Feldman nickte. Die Schwester gab ihr eine Spritze.

»Bitte! Bitte! Nehmen Sie mich mit!«

Feldman löste sanft Tawnys Finger von meinem Arm und bedeutete mir, vom Bett zurückzutreten. Zitternd tat ich es.

Was konnte ich denn tun?

Mit einem Gefühl der Nutzlosigkeit und Unfähigkeit zog ich eine Visitenkarte aus der Tasche, schrieb meine Handy-Nummer darauf und legte sie aufs Nachtkästchen.

Augenblicke später stand ich, die Lippen fest zusammengepresst, die Fäuste geballt, im Gang und hörte zu, wie McGees Flehen in der Wirkung des Beruhigungsmittels unterging.

Wenn ich an diesen Augenblick zurückdenke, wünsche ich mir

nur, ich hätte getan, worum Tawny mich gebeten hatte. Dann wünsche ich mir, ich hätte zugehört und verstanden.

33

Es war wieder eine unruhige Nacht. Ständig wachte ich auf, jedes Mal noch in den Fängen eines kaum erinnerten Traums.

Als mein Radiowecker ansprang, stöhnte ich und schaute auf die Anzeige. Fünf Uhr fünfzehn. Warum hatte ich den Wecker auf fünf Uhr fünfzehn gestellt?

Ich drückte auf den Knopf.

Die Musik lief weiter.

Langsam dämmerte es mir.

Ich hatte den Wecker gar nicht gestellt.

Es war nicht der Wecker.

Ich warf die Decke zurück und stürzte zu meiner Handtasche.

Sonnenbrille. Brieftasche. Make-up. Scheckbuch. Kalender.

»Verdammt!«

Frustriert kippte ich die Tasche einfach um und zog mein Handy aus dem Haufen.

Die Musik brach ab. Das Display zeigte mir, dass ich einen Anruf verpasst hatte.

Wer zum Teufel rief um fünf Uhr morgens an?

Katy!

Mit pochendem Herzen drückte ich ANRUFERLISTE.

Annes Handynummer.

Omeingott!

Ich drückte OPTIONEN, dann RÜCKRUF.

»Es tut uns Leid. Der Teilnehmer, den Sie angewählt haben, ist nicht …«

Es war dieselbe Nachricht, die ich seit Freitag immer wieder hörte.

Ich schaltete ab und schaute mir die Anrufdetails an. Das Datum von heute – 5:14:44.

Der Anruf war von Annes Handy gekommen. Aber Annes Handy war nicht eingeschaltet.

Was hatte das zu bedeuten?

Anne hatte gewählt und dann den Apparat ausgeschaltet? Die Batterie hatte ihren Dienst versagt? Sie war plötzlich in ein Funkloch geraten?

Hatte jemand anderes Annes Handy benutzt? Wer? Warum?

Ich tippte noch einmal auf OPTIONEN, wählte NACHRICHT SENDEN, schrieb »Ruf mich an!« und drückte SENDEN.

Ich wählte eine andere Nummer. Tom antwortete nach dem vierten Klingeln mit verschlafener Stimme.

Anne war nicht bei ihm. Er hatte noch nichts von ihr gehört, und auch keiner der Freunde, die er angerufen hatte.

Ich warf das Handy aufs Kissen. Normalerweise lege ich den Apparat nachts auf das Nachtkästchen, aber im Stress der Ereignisse hatte ich es vergessen. Ich hatte das verdammte Ding in meiner Handtasche gelassen. Ein kleiner Fehler, und man ist erledigt.

Schlaf stand jetzt außer Frage. Ich duschte, fütterte Birdie und fuhr ins Institut.

Kurz nach acht betrat Ryan mein Büro.

»Claudel hat das große Los gezogen.«

Ich hob den Kopf.

»Die Fingerabdrücke des falschen Stephen Menard gehören einem Verlierer namens Neal Wesley Catts.«

»Wer ist das?«

»Kleingangster. Rumtreiber. Saß einmal ein, weil er Gras verhökerte. Deshalb sind seine Abdrücke im System. Kalifornien faxt uns seine Daten.«

»Claudel bleibt dran?«

»Er hat vor, jede Toilette zu finden, die der Mistkerl je gespült hat.«

»Schau dir mal das an.« Ich klopfte mit dem Bleistift auf Claudels Vermisstenliste.

Ryan kam um den Tisch herum.

»Ich habe die markiert, die in Frage kommen.«

Ryan überflog die Namen, die ich angekreuzt hatte. Es war die Mehrzahl der Namen.

»Die Nichtweißen sind draußen.«

»Und diejenigen, die zum Zeitpunkt ihres Verschwindens schon zu groß oder zu alt waren.«

Ryan sah mich an.

»Ich weiß. Ohne engere Grenzen bei Alter und Größe kann ich den Kreis nicht allzu sehr einschränken.« Ich deutete zu den Skeletten in meinem Labor. »Diese Mädchen könnten Jahre in Gefangenschaft gelebt haben.«

Wie Angela Robinson, Anique Pomerleau und Tawny McGee.

»Ich habe DNS-Proben für einen Test bezüglich Angie Robinson genommen.«

»Das Mädchen in der Lederumhüllung?«

Ich nickte. »Ich bin mir sicher, dass sie es ist.«

»Ich glaube, du hast Recht.«

»Das Büro des Coroner setzt sich mit der Familie Robinson in Verbindung. Wir brauchen eine Verwandte mütterlicherseits, um einen Mitochondrien-Vergleich durchführen zu können.«

Ich lehnte mich zurück.

»Anne hat heute Morgen angerufen.«

»Ist ja toll.« Ein riesiges Grinsen breitete sich auf Ryans Gesicht aus.

»Nein, ist es nicht.«

Als ich ihm erzählte, was passiert war, fiel das Grinsen in sich zusammen.

»Ich habe die Taxigesellschaften angerufen. Sie überprüfen ihre

Daten nach einer Abholfahrt zu deiner Adresse am Freitag. Soll ich die Autoverleihfirmen anrufen?«

»Wir sollten wohl nicht länger warten«, sagte ich.

»Es ist doch erst vier Tage her.«

»Ja.«

»Wenn sie ...« Ryan zögerte. »Wenn ihr etwas passiert ist, dann erfahren wir es als Erste.«

»Ja.«

Ryans Handy klingelte. Er schaute aufs Display, runzelte die Stirn und zeigte mir dann sein jungenhaftestes Grinsen.

»Tut mir Leid ...«

»Ich weiß. Du musst dran.«

Ryan war kaum durch die Tür, als mein Tischapparat klingelte. Auf meine Anfrage hin hatte die Bibliothekarin Material über sexuellen Sadismus und das Stockholm-Syndrom herausgesucht.

Ich las eben einen Artikel im *Journal of Forensic Sciences,* als Claudel auftauchte.

»Der Tote ist Neal Wesley Catts.«

»S'il vous plaît.« Ich deutete auf den Stuhl vor meinem Schreibtisch. *»Asseyez-vous.«* Setzen Sie sich.

Claudel zog die Mundwinkel nach unten und setzte sich.

»Catts wurde 1963 in Stockton, Kalifornien, geboren. Die übliche Tränendrüsengeschichte, kaputte Familie, Mutter Alkoholikerin.«

Claudel sprach Englisch. Was hatte das zu bedeuten?

»Neunundsiebzig brach Catts die High School ab, hing eine Weile mit den Banditos rum, bekam aber keinen Stammplatz. Saß eine Zeit wegen Drogen in Soledad.«

»Hatte er irgendwelche Jobs?«

»Hat Burger gewendet, Bier gezapft, in einer Fensterrahmenfirma gearbeitet. Aber jetzt kommt was, das wird Ihnen gefallen. Der kleine Perversling spitzte gern, wo er nicht durfte.«

Ich hörte zu, ohne ihn zu unterbrechen.

»Catts wurde mehrmals wegen Spannens verhaftet.«

»Das überrascht mich nicht.«

»Es reichte jedoch nie für eine Anklage.«

»Voyeurismus ist ein typischer erster Schritt für Sexualstraftäter.«

»Ein altes Mütterchen beschuldigte ihn, ihren Pudel abgemurkst zu haben. Wieder keine Beweise, keine Anklage.«

»Wo war das?«

»Yuba City, Kalifornien.«

Der Name traf mich wie ein Schlag auf die Brust.

»Yuba City liegt ganz in der Nähe von Chico.«

Claudels Lippen machten etwas, das fast wie ein Lächeln aussah. »Und Red Bluff.«

»Wann war Catts dort?«

»Ende der Siebziger, Anfang der Achtziger. Verschwand Mitte der Achtziger von dort.«

»Musste er sich nicht bei einem Bewährungshelfer melden oder Ähnliches?«

»Ab vierundachtzig war er von allen Auflagen befreit.«

Claudel ging LaManche suchen, und ich wandte mich wieder meiner Lektüre zu. Ich war zum zweiten Mal unterwegs in die Bibliothek, als mir der Chef über den Weg lief.

»Ein großer Tag gestern, was, Temperance?«

»*Carnaval.* Haben Sie schon mit Claudel gesprochen?«

»Ich habe ihm eben eine vorläufige Beurteilung von Monsieur Catts gegeben.«

»Irgendwelche Überraschungen?«

LaManche spitzte die Lippen und wedelte mit den Fingern. Vielleicht ja. Vielleicht nein.

»Was?«

»Ich habe auf den Händen keine Schmauchspuren gefunden.«

»Waren sie in Tüten verpackt?«

»Waren sie.«

»Aber sollte denn nicht Schießpulver vorhanden sein, wenn er eine Waffe abgefeuert hat?«

»Ja.«

»Wie kann das sein?«

LaManche hob eine Schulter und beide Brauen.

Charbonneau rundete den Reigen meiner morgendlichen Besucher ab.

»Menard und Catts kannten sich«, sagte er ohne Einleitung.

»Wirklich.«

»Ich hab's geschafft, einen von Menards ehemaligen Profs an der Cal State in Chico aufzutreiben. Der Kerl unterrichtet dort, seit Truman das Weiße Haus neu eingerichtet hat, aber sein Gedächtnis ist noch erstklassig. Er hat mir den Namen einer von Menards Ex-Freundinnen genannt. Eine Frau namens Carla Greenberg.«

Das sagte mir nichts.

»Greenberg unterrichtet jetzt an einem kleinen College in Pennsylvania. Sie sagt, sie und Menard hätten in ihrem ersten Jahr an der Uni etwas miteinander gehabt, aber dann sei sie nach Belize gegangen. Er habe keinen Job bei dieser Ausgrabung bekommen und auch bei keinem anderen Projekt und sei deshalb in diesem Sommer in Chico geblieben. Als Greenberg zurückkam, verbrachte Menard fast seine ganze Zeit mit einem Kerl aus Yuba City.«

»Catts.«

»Unserem Helden.«

»Wie entstand die Beziehung zwischen Catts und Menard?«

»Sie sehen gleich aus.«

»Ach, kommen Sie.«

Charbonneau hob die Hand. »Das ist nicht auf meinem Mist gewachsen, Doc. Laut Greenberg sagten die Leute Menard immer wieder, irgendein Pfandleiher in Yuba City sei sein perfekter Doppelgänger. Die Archäologiestudenten stöberten gern im Laden dieses Kerls, weil er es mit den Gesetzen in Bezug auf Antiquitäten nicht allzu genau nahm, wenn Sie wissen, was ich meine.«

»Und?«

»Menard schaute sich den Laden ebenfalls an, und die beiden wurden Kumpel. Zumindest ist das die Geschichte, die Menard Greenberg erzählt hatte.«

»Das klingt absolut lachhaft.«

»Greenberg hat mir das hier gemailt.«

Charbonneau gab mir den Computerausdruck eines Farbfotos auf Normalpapier. Die Aufnahme zeigte drei Personen, die auf einem Pier standen.

Die Frau war untersetzt und muskulös und hatte glatte, braune Haare und weit auseinander stehende Augen. Die Männer links und rechts von ihr sahen aus wie identische Buchstützen. Beide waren lang und dünn und hatten wilde rote Haare und Unmengen von Sommersprossen.

»O Mann.«

»Laut Greenberg hielt Menard sich immer weniger in Chico auf und ließ schließlich das Studium ganz sein. Sie war mit ihrer Doktorarbeit beschäftigt und dachte nicht mehr groß an ihn.«

»Haben Sie in Yuba City jemanden gefunden, der sich noch an Catts erinnert?«

»Ein altes Paar. Sie wohnen noch immer in einem Wohnwagen neben dem, den Catts gemietet hatte.«

»Lassen Sie mich raten. Netter junger Mann. Still. Eher verschlossen.«

»Auf den Punkt.«

Charbonneau nahm Greenbergs Foto wieder zur Hand und betrachtete es, wie man einen Kothaufen auf dem Rasen anschaut.

»Luc und ich fahren runter nach Vermont und zeigen das Bild herum. Mal sehen, ob wir nicht ein paar Erinnerungen wachrütteln können.«

Nachdem Charbonneau gegangen war, wählte ich Annes Handynummer. *»Es tut uns Leid. Der Teilnehmer…«*

Ich arbeitete mich durch die Zeitschriften, die die Bibliothekarin für mich herausgesucht hatte. *British Journal of Psychiatry. Behavioral Sciences and the Law. Medicine and Law. Bulletin of the American Academy of Science and the Law.*

Es brachte nichts. Meine Gedanken schweiften immer wieder ab.

Ich rief Anne noch einmal an. Ihr Handy war noch immer ausgeschaltet.

Ich rief Tom an. Er hatte nichts von seiner Frau gehört.

Ich rief Annes Brüder in Mississippi an. Keine Anne. Kein Anruf.

Ich zwang mich wieder zur Lektüre zurück.

Ein Artikel beschäftigte sich mit Leonard Lake und Charles Ng, den kalifornischen Genies, die unterirdische Bunker gebaut hatten, um Sexsklavinnen darin gefangen zu halten.

Vor Gericht argumentierten Ngs Anwälte, ihr Mandant sei nichts als ein Zuschauer gewesen, eine abhängige Persönlichkeit, die sich danach sehnte, geführt zu werden. Die Verteidigung behauptete, Lakes Ex-Frau sei die eigentlich treibende Kraft gewesen.

Genau, Charlie. Du warst ein Opfer. Wie die arme kleine Karla Homolka.

1991 wurde die vierzehnjährige Leslie Mahaffy zerstückelt und in einem Betonmantel in einem See in Ontario gefunden. Im Jahr darauf tauchte die fünfzehnjährige Kristin French nackt und tot in einem Graben auf. Beiden waren misshandelt, vergewaltigt und ermordet worden.

Paul Bernardo und seine Frau Karla Homolka wurden daraufhin verhaftet. Da sie beide jung und blond und gut aussehend waren, nannte die Presse sie die Ken-und-Barbie-Mörder.

Als Gegenleistung für eine Aussage gegen ihren Mann gestattete man Homolka, sich des Totschlags für schuldig zu bekennen. Bernardo wurde verurteilt wegen heimtückischen Mordes, Vergewaltigung, Freiheitsberaubung, Entführung und Unzucht mit einer menschlichen Leiche.

Wie Lake und Ng hatten auch die Bernardos ihre kleinen Orgien gefilmt. Als die Kassetten schließlich auftauchten, zeigte sich, dass Gatte und Gattin mit identischem Enthusiasmus gequält und gemordet hatten. Aber Karla hatte ihren Deal bereits in der Tasche.

Ich wandte mich eben dem nächsten Artikel zu, als das Telefon klingelte.

»Sie sind verschwunden«.« Ryan klang, als würde er vom Uranus anrufen.

»Wer ist verschwunden?«

»Anique Pomerleau und Tawny McGee.«

34

»Wie können sie verschwunden sein?«

»Als die Schwester der Tagschicht nachschaute, waren ihre Betten leer.«

»Gab's denn keinen Wachposten?«

»Wir haben Feldman gesagt, eine Bewachung sei nicht nötig.«

»Hatte man sie entlassen?«

»Nein.«

»Waren sie allein?«

»Niemand hat sie weggehen sehen.«

»Hatten sie Besucher?« Meine Stimme war zu laut. »Familienangehörige vielleicht?«

»Pomerleaus Verwandte müssen wir erst noch aufspüren. McGees Schwester flog gestern von Alberta nach Osten. Sie und ihre Mutter sind jetzt auf dem Weg von Maniwaki hierher.«

Ein Adrenalinstoß.

»Menard!«

»Ich bin mit seiner Beschreibung auf der Etage hausieren gegangen. Kein Mensch hat jemanden gesehen, der ihm ähnelte.«

»Tawny McGee war gestern hysterisch. Und diese Eierköpfe meinen jetzt, dass sie und Pomerleau einfach ihre Schlüpfer angezogen und sich aus dem Staub gemacht haben?«

»Die Oberschwester glaubt, dass sie vielleicht während eines Schichtwechsels verschwunden sind. Oder irgendwann in der Nacht.«

»Sie hatten doch nichts zum Anziehen.«

»Aus dem Schwesternzimmer sind zwei Mäntel und zwei Paar Stiefel verschwunden. Zusammen mit siebzehn Dollar aus der Kaffeekasse.«

»Wohin sollen zwei desorientierte, obdachlose Frauen denn gehen?«

»Jetzt beruhige dich erst mal.«

Ich schloss die Augen und bemühte mich, meinen Adrenalinpegel unter Kontrolle zu bekommen.

»Vielleicht sind sie nirgendwohin. Das General ist ein Labyrinth aus Tunnels und Kammern, der Keller ist fast wie ein mittelalterlicher Irrgarten. Ich bin jetzt gerade im Krankenhaus. Wenn wir sie hier drinnen nicht finden, dann suchen wir die Nachbarschaft ab.«

»Und dann?«

»Wenn die McGees ankommen, finde ich heraus, ob Tawny in Montreal irgendjemanden kennt.«

»Gütiger Gott, Ryan. Diese arme Frau verliert ihr Kind, hält es wahrscheinlich für tot, und dann erfährt sie, dass ihre Tochter noch am Leben ist. Und jetzt müssen wir ihr sagen, dass ihre Kleine schon wieder verschwunden ist?«

»Wir finden sie.« Ryans Stimme war gehärteter Stahl.

»Ich rufe die Frauenhäuser an«, sagte ich.

»Ist einen Versuch wert.«

Es war eine Sackgasse. Niemand hatte Frauen, auf die unsere Beschreibung passte, gesehen oder aufgenommen.

Ich wandte mich wieder meiner Recherche zu, aber es war noch schlimmer als zuvor. Ich konnte nicht stillsitzen. Ich konnte nicht lesen. In mir war genug Energie gebündelt, um Granit zu sprengen.

Diese Frauen waren vor Jahren entführt worden, Angela Robinson 1985, Anique Pomerleau 1990, Tawny McGee 1999. Ihr Entführer war jetzt tot.

Warum dann diese immer stärker werdende Angst?

Hatten wir es vermasselt? War Catts der einzige Entführer? War Stephen Menard der Komplize von Neal Wesley Catts in seinem perversen kleinen Spiel gewesen oder andersherum? War Menard noch irgendwo da draußen?

Waren Pomerleau und McGee in Menards Händen? Hatte er sie mit Gewalt aus dem Krankenhaus verschleppt? Waren die Frauen freiwillig mitgegangen, weil sie noch immer in seinem Bann standen?

Hatte Catts Menard umgebracht? Wann? Warum?

Catts hätte Schmauchspuren an seinen Händen haben müssen. LaManche hatte keine gefunden. War es andersherum? Hatte Menard Catts umgebracht?

McGees Flehen, ich solle sie aus dem Krankenhaus mitnehmen, fiel mir wieder ein.

Hatte McGee Pomerleau zum Weglaufen überredet? Waren die Frauen einfach nur geflohen? Hatte die ungewohnte Umgebung sie so eingeschüchtert, dass sie nur in der Flucht einen Ausweg sahen? Aber wohin waren sie geflohen?

Warum dieses intensive Gefühl, dass McGee und Pomerleau in Gefahr waren? Dass ich sie retten konnte, wenn ich nur schlau genug wäre, dieser ganzen Geschichte auf den Grund zu gehen?

Warum rief Ryan nicht an?

Ich hatte diesen Knochen jedes kleinste Detail abgequetscht. Immer und immer wieder war ich die Vermisstenlisten durchgegangen. Was konnte ich sonst noch tun?

Die Videos.

Ich schob meinen Stuhl zurück, eilte über den Korridor und schloss den Konferenzraum auf. Die Bänder lagen noch dort, wo Ryan und ich sie am vergangenen Nachmittag abgelegt hatten. Ich drückte auf PLAY und sah mir Szene um Szene der kapuzenverhüllten jungen Frauen mit den grellweißen Körpern an.

Indem ich immer wieder zurückspulte und in Zeitlupe abspielte, glaubte ich schließlich, drei Opfer unterscheiden zu können. Eine Frau hatte größere Brüste. Eine andere hatte einen Leberfleck links des Nabels. Eine dritte schien im Vergleich zu den Gegenständen im Hintergrund größer als die anderen zu sein.

Der Schauplatz änderte sich nie, nur die Requisiten kamen und gingen. Eine Peitsche. Ein Elektrostab. Eine Glasröhre. Hin und wieder war Catts zu sehen, wie er dieses oder jenes Opfer misshandelte oder bedrohte.

Ich war abgestoßen und angewidert. Diese Mädchen hätten sich eigentlich den Kopf zerbrechen sollen über Algebra, die erste Liebe und die Auswahl von Porzellan. Sie hätten nicht in einem stinkenden Keller an ihren Handgelenken von der Decke hängen sollen. Wir befanden uns in Kanada, nicht im Transsilvanien des sechzehnten Jahrhunderts.

Eine so überwältigende Wut hatte ich nur selten erlebt.

Sei objektiv, Brennan. Suche nach Assoziationen. Trends.

Ich fing wieder mit der Kassette mit der Bezeichnung »1« an. Ich notierte mir Muster, sobald ich sie erkannte.

Die Frauen erschienen hintereinander. Die Größere der drei war nur in der ersten Hälfte der ersten Kassette zu sehen. Die Großbusige tauchte in den späteren Szenen dieser Kassette auf und auch auf der Kassette »2«. In »3« war die Frau mit dem Leberfleck an die Stelle der Großbusigen getreten.

Keine einzige Szene war mit Ton unterlegt.

Jede Szene hatte einen abrupten Anfang und einen ebensolchen Schluss.

Einige Szenen waren flüssig, aufgenommen mit der Kamera in fixierter Position. Andere waren ruckartig, aufgenommen mit bewegter Kamera.

Plötzlich traf es mich.

War Catts je im Bild, wenn eine Szene ruckartig war? Wenn ja, wer filmte dann?

Fast drei Stunden sichtete ich schon das Material, als ich die Szene fand, die ich suchte.

Die Kamera ging an und schwenkte mit hüpfender Bewegung durch den Raum.

Ein Mädchen lag ausgestreckt auf Catts' Tisch, Hände und Füße mit Ledermanschetten gefesselt. Hinter ihr hatte jemand einen Spiegel aufgestellt, rechteckig, ungefähr dreißig mal sechzig Zentimeter.

Catts war im Bild, mit dem Rücken zur Kamera.

Meine Kopfhaut kribbelte.

Ich sprang auf, drückte REWIND und PLAY.

Bei einer Kamerafahrt konnte ich im Spiegel eine verschwommene Figur erkennen.

Menard?

Ich spulte noch einmal zurück, spielte in Zeitlupe ab und drückte auf Standbild.

Meine Hoffnungen sanken in den Keller.

»Scheiße!«

Obwohl körnig und teilweise verdeckt, war das Spiegelbild des Gesichts, das durch den Sucher spähte, zu erkennen.

Anique Pomerleau.

»Sehr effektiv, du kranker Mistkerl.« Meine Stimme hallte bitter durch den leeren Raum. »Du zwingst eine Gefangene zu filmen, während du eine andere quälst.«

Ich versuchte, mir noch mehr Szenen anzusehen, aber ich konnte nicht stillsitzen. Als hätte ich zu viel Koffein in mir, sprang ich immer wieder auf, kontrollierte das Telefon in meinem Büro, schaute den Korridor auf und ab.

Als ich nach zwanzig Minuten in mein Büro zurückkehrte, war mir beinahe schlecht vor Wut und Besorgnis.

Ich fing einen Artikel über das Stockholm-Syndrom an, aber ungebeten aufblitzende Bilder lenkten mich von dem Text ab.

Anique Pomerleau in der Tür zu Neal Catts' Wohnzimmer. Tawny McGee, die flehte, ich solle sie aus dem Krankenhaus mitnehmen. Colleen Stan in einem Sarg unter einem Bett.

Ich dachte über diese Frauen nach, wie sie eingeschlossen waren in klaustrophobischer Schwärze, zu Tode verängstigt, nackt, allein. Cameron Hooker hatte Colleen Stan aufgehängt und gestreckt, sie ausgepeitscht und mit Elektroschocks gequält, bis ihre Haut Blasen warf. Neal Catts hatte seine Opfer mit denselben Mitteln kontrolliert, hatte sensorische Deprivation, Terror und Schmerz benutzt, um sie zu brechen.

Ich versuchte, mir die Qualen vorzustellen, die diese Frauen durchlitten hatten. Hatten sie in der Dunkelheit gelegen und dem Geräusch ihres eigenen Atems gelauscht? Dem Pochen ihres Herzens? Hatten sie Tag und Nacht unterscheiden können? Hatten sie bei jedem Klicken des Schlosses Entsetzen empfunden? Hatten sie alle Hoffnung aufgegeben? War ihnen die Erinnerung an ihr früheres Leben im Lauf der Zeit abhanden gekommen, wie Nebel aufgelöst?

Etwas in mir verhärtete sich. Ich zwang mich zur Konzentration.

Wie zuvor bei den Bändern machte ich mir jetzt auch bei der Lektüre Notizen.

Fesselung. Intensivierung der sexuellen Spannung durch physische Einschränkung der Bewegungsfreiheit.

Sadomasochismus. Erzeugung von sexueller Erregung durch

Beifügung und/oder Erleidung von Schmerz. Im pathologischen Extremfall Entführung, Einkerkerung, Erzwingung unfreiwilliger Unterwürfigkeit.

Das Stockholm-Syndrom.

Ich begann mit einem Abriss des Verlaufs und fügte Details hinzu, während ich von einem Artikel zum nächsten wechselte.

Eins. Entführung gefolgt von Isolation. Das Opfer wird eingesperrt, ausgezogen, gedemütigt, erniedrigt.

Zwei. Anwendung von körperlichen oder sexuellen Misshandlungen. Das Opfer wird dazu gebracht, sich verletzlich zu fühlen.

Drei. Beseitigung des normalen Tagesrhythmus. Das Opfer wird in beständiger Dunkelheit oder Helligkeit gehalten. Benutzung von Augenbinden, Kisten, Kapuzen.

Vier. Zerstörung der Privatsphäre. Stuhlgang, Wasserlassen, Menstruation wird vom Peiniger kontrolliert oder beobachtet.

Fünf. Kontrolle und Reduktion von Nahrung und Wasser. Ausbildung eines Abhängigkeitsverhältnisses zum Peiniger.

Um drei rief Ryan an. Sie hatten jeden Zentimeter des Krankenhauses durchsucht. Die Frauen waren nicht dort.

Ich wandte mich wieder meiner Recherche zu.

Sechs. Verhängung von sinnlosen Strafen. Dem Opfer wird eine Erklärung oder Begründung verweigert.

Sieben. Erfordernis einer Erlaubnis. Das Opfer muss darum bitten, essen, sprechen, aufstehen usw. zu dürfen.

Acht. Fortdauerndes Muster sexueller oder körperlicher Misshandlungen. Das Opfer kommt zu der Überzeugung, dass dieses Schicksal dauerhaft ist.

Neun. Fortgesetzte Isolation. Der Peiniger ist des Opfers einzige Quelle des Kontakts und der Information.

Um vier rief Ryan noch einmal an.

»McGees Mutter und ihre Schwester Sandra sind da.«

»Hast du mit ihnen gesprochen?«

»Ja.«

»Wie haben sie es aufgenommen?«

»Die Mutter war verzweifelt. Die Schwester war wütend.«

»Wo sind sie jetzt?«

»Ich habe sie im Delta Hotel untergebracht.«

»Kennt Tawny irgendjemanden in Montreal?«

»Laut Sandra hatte Tawnys beste Freundin Cousins in einer der Vorstädte auf der Westinsel. Ich gehe dem eben nach.«

Eine Idee.

»McGee und Pomerleau wussten, dass Catts tot ist. Vielleicht ist das Haus der einzige Ort, wo sie sich sicher fühlen.«

»Kluger Gedanke, Brennan. Aber kein Treffer. Ich habe das Haus überprüfen lassen. Es war leer. Ich rufe an, wenn sich was Neues ergibt.«

Ich kehrte zu den Zeitschriften zurück.

Zehn. Androhung von Gewalt gegen die engste Familie und andere Angehörige.

Elf. Androhung der Überstellung an einen noch grausameren Peiniger.

Zwölf. Unerklärliche Milde. Dem Opfer werden grundlos Privilegien gewährt, Geschenke, Zeiten der Freiheit.

Dreizehn. Unerwartetes Auftauchen. Dem Opfer wird ein Gefühl der Allgegenwart des Peinigers eingepflanzt.

Um halb sieben klingelte mein Handy.

Als ich die Stimme hörte, machte mein Herz das, was es normalerweise bei einer Achterbahnfahrt macht.

»›D‹ braucht Sie.« Weiblich. Englisch mit starkem Akzent.

»Anique?«

»Sie braucht Hilfe.«

»Ich bin froh, dass du anrufst.« Ich versuchte, so beiläufig wie möglich zu klingen. »Wir machen uns große Sorgen um euch.«

»›D‹ wollte nicht im Krankenhaus bleiben.«

»Seid ihr in Ordnung?«

»Es kann sein, dass ›D‹ sich etwas antut.«

»Wo seid ihr?«

»Zu Hause.«

Wo war für Pomerleau ihr Zuhause? Mascouche? Pointe St. Charles?«

»Seid ihr in Sicherheit?«

»›D‹ braucht Sie.«

»Sag mir, wo.« Ich griff nach einem Stift.

»De Sébastopol.«

»Aber wir haben das Haus überprüft«, plapperte ich, ohne nachzudenken.

Eisiges Schweigen.

Du blöder Trottel.

»Wir haben uns Sorgen um euch gemacht«, sagte ich noch einmal.

»Kommen Sie allein.«

»Ich bringe Detective Ryan mit.«

»Nein!«

»Ryan könnt ihr vertrauen. Er ist ein netter Mann.«

»Keine Männer.« Verkniffen.

»Ich bin unterwegs.«

Ich fing an, Ryans Nummer zu wählen, ließ es dann aber sein.

35

Ich drückte die Unterbrechungstaste und starrte den Apparat an. Mein Hirn raste durch unzählige Was-wenns.

Was, wenn ich Ryan anriefe? Claudel? Charbonneau? Feldman? Ich wollte Unterstützung.

Was, wenn ich zur de Sébastopol raste? Diese Frauen mussten gerettet werden.

Pomerleau hatte verlangt, dass ich alleine komme. Keine Männer. Nach allem, was ich gelesen hatte, war das durchaus einleuchtend. Sie und McGee hatten Jahre des Missbrauchs durch Männerhände erlitten.

In mir stritten die Gefühle. Wut. Abscheu. Mitleid. Und das Gefühl, dass schnellstens etwas passieren musste.

Alle drei Detectives wären stinksauer, wenn ich allein gehen würde.

Er konnte draußen warten.

Wieder fing ich an, Ryans Nummer zu wählen. Wieder ließ ich es sein.

Was, wenn Ryan darauf bestand, mich ins Haus zu begleiten?

McGee und Pomerleau hatten in diesem Haus ganz offensichtlich ein Versteck. Es konnte sein, dass Ryans Anwesenheit sie wieder dort hineintrieb. Und ihr Vertrauen in mich erschütterte. Vielleicht waren sie gar nicht dort, gaben mir aber weitere Instruktionen nur, wenn ich allein auftauchte. Ein Polizeikordon um die ganze Nachbarschaft wäre zu offensichtlich.

Noch einmal hörte ich McGees entsetztes Flehen, spürte den Griff ihrer Hand auf meinem Arm, sah die verzweifelte Hoffnung in ihren Augen.

Ein schlechtes Gewissen und Selbstbeschuldigungen schlichen sich in meine Gedanken.

Ich hatte es nicht geschafft, McGee im Krankenhaus zu beruhigen. Wenn überhaupt, dann hatte ich ihre Angst noch verstärkt.

Was, wenn Ryans Anwesenheit noch einmal Panik in ihr auslöste?

Ich sprang auf. Riss meine Jacke vom Haken.

Diesmal würde ich tun, was sie verlangte. Das war ich ihr schuldig. Ihnen beiden.

Doch ein neuer Gedanke ließ mich unvermittelt innehalten.

Was, wenn McGee und Pomerleau nicht allein waren? Was, wenn Menard noch immer ihre Köpfe beherrschte? Was, wenn der Anruf eine Falle war? Würde er es wirklich wagen, mir etwas anzutun? Warum nicht? Ihm drohte bereits ein Leben im Gefängnis, und er war ein bösartiger Soziopath.

»Verdammt! Verdammt! Verdammt!«

Wen anrufen?

Ryan würde mich sofort bevormunden. Und das konnte ich jetzt nicht gebrauchen.

Claudel kam nicht in Frage.

Mit rasendem Puls wählte ich Charbonneaus Nummer, nur damit jemand wusste, wohin ich gefahren war. Eine mechanische Stimme sagte mir, dass der Teilnehmer im Augenblick nicht zu erreichen sei, und unterbrach die Verbindung, ohne mir die Möglichkeit zu geben, eine Nachricht zu hinterlassen.

Ich sah auf die Uhr.

18 Uhr 42. Ich wählte die CUM-Zentrale und hinterließ eine Nachricht für Charbonneau. Er und Claudel waren vermutlich noch in Vermont, aber wenigstens wüssten sie so, wohin ich gefahren war.

Stille umgab mich.

Noch mehr Was-wenns.

Was, wenn McGee sich etwas antat?

Was, wenn Menard nur trickste, um mich in seine Spaßbude zu locken?

Was, wenn Menard vorhatte, mir eine Kugel in den Schädel zu jagen?

Ich ging eben jedes hässliche Szenario durch, als das Handy in meiner Hand losging.

Ich zuckte zusammen, als hätte es mich verbrannt. Das Gerät flog mir aus der Hand, traf die Wand und schlitterte unter den Schreibtisch. Ich kniete mich hin, kroch über die Fliesen, packte es und schaltete es ein.

Noch ein Schock.

Ohne jede Einleitung setzte Anne zu einer weitschweifigen Entschuldigung an.

Erleichterung und Verärgerung gesellten sich zu dem Chaos in meinem Kopf.

Ich schnitt ihr das Wort ab.

»Wo bist du?«

Anne missverstand das hektische Timbre meiner Stimme.

»Ich kann's dir nicht verdenken, dass du sauer bist, Tempe. Mein Verhalten war mehr als egoistisch, aber versuche zu versteh ... «

Sekunden verstrichen. Sekunden, in denen Tawny McGee sich vielleicht die Pulsadern aufschnitt.

»Wo bist du?« Mit mehr Nachdruck.

»Es tut mir so Leid, Tempe ... «

»Wo *bist* du?«

»Bei den Sisters of Providence.«

Annes Stimme öffnete eine kleine Lücke in meinem Hirn. Klares Denken zwängte sich wieder hinein.

»In dem Kloster an der Ecke Ste. Catherine und Fullum?«

»Ja.«

Anne war weniger als fünf Minuten entfernt.

Anne war eine Frau.

Ich traf eine schnelle Entscheidung.

»Ich brauche deine Hilfe.«

»Was immer du willst.«

»Ich hol dich ab.«

»Wann?«

»Jetzt gleich.«

»Ich warte vor der Tür.«

Halb gehend, halb rennend eilte ich zu meinem Auto, mit einem Herzschlag wie bei einem Marathon.

War es ein Fehler, Anne mit hineinzuziehen? War sie emotional schon zu sehr belastet? Brachte ich sie in Gefahr?

Ich beschloss, Anne alles zu erzählen, und dann sie entscheiden zu lassen.

Schwere Abendkälte hüllte die Stadt ein. Der Wind war feucht, die Wolken tief hängend und träge, als wüssten sie nicht so recht, ob sie es regnen oder schneien lassen sollten.

Anne stand zitternd, das Gepäck in einem Haufen zu ihren Füßen, vor dem alten Mutterhaus.

Noch bevölkerten Nachzügler der Stoßzeit Bürgersteige und Straßen. Das Fahren war schwierig, weil Ampeln und Weihnachtsbeleuchtung Schlieren auf meine Windschutzscheibe warfen. Unterwegs berichtete ich Anne alles, was sich in ihrer Abwesenheit ereignet hatte. Sie hörte zu, ohne mich zu unterbrechen, ihr Gesicht war angespannt, die Finger spielten mit den Enden ihres gelockerten Schals.

Nachdem ich fertig war, verging eine volle Minute. Ich war mir sicher, dass Anne mich bitten würde, sie zu mir nach Haus zu bringen.

»Ich bin die Spitzenkandidatin für den Posten des größten Arschlochs der Welt.«

»So etwas darfst du nicht sagen.«

»Während ich mir den Kopf zerbreche, warum ich nicht den Vorsitz in Gottes Planungsstab bekomme, haben diese Mädchen einen Albtraum durchlebt.« Sie wandte sich mir zu. »Was für ein testosteronbesessener Scheißkerl findet seinen Spaß daran, kleine Mädchen zu quälen?«

»Fühl dich nicht gezwungen, mit mir zu fahren. Ich kann verstehen, wenn du damit nichts zu tun haben willst.«

»Nichts da, meine Kleine. Da will ich dabei sein.«

»Genau das wirst du nicht.« Ich klang wie Ryan. »Hast du dein Handy?«

»Das Scheißding funktionierte plötzlich nicht mehr, als ich dich heute Vormittag anrufen wollte.« Anne klopfte auf ihre Schultertasche. »Aber ich habe die Chemische Keule.«

Ich deutete auf meine Handtasche. »Such dir meins raus.«

Während ich in die de Sébastopol einbog, tat Anne genau das.

Ich parkte gegenüber dem Pferdestall. Bevor ich die Scheinwerfer ausschaltete, sah ich, wie der Köter sich aufrichtete und mit funkelnden Augen und schnuppernd erhobener Schnauze über den Hof geschlichen kam.

Anne und ich spähten die Straße entlang. Rechts von uns warf eine einzelne Birne einen gelben Lichtkegel auf das Stalltor. Das Eisenbahngelände links von uns gähnte dunkel und leer.

»Bleib im Auto«, flüsterte ich und öffnete die Tür.

»Auf keinen Fall.«

»Doch.«

»Nein.«

»Doch«, zischte ich. Ich hörte ein Rascheln, als Anne die Arme vor der Brust verschränkte. Ich drehte mich zu ihr um. Ich sah Annes Gesicht als Silhouette im Licht der Stalllaterne, ihre oberen Schneidezähne gruben sich in die Unterlippe.

Ich nahm Annes Hand und zwang mich zu einem vergeudeten Lächeln.

»Ich brauche deine Hilfe, Anne. Aber sie muss aus einer gewissen Entfernung kommen. Diese Frauen waren jahrelang isoliert. Die Welt macht ihnen Angst.« Ich drückte ihre Hand leicht und flüsterte noch sanfter. »Sie kennen dich nicht.«

»Sie kennen dich auch nicht«, murmelte sie.

»Sie haben mich um Hilfe gebeten.«

»Was, wenn dieser Menard noch da drin ist?«

»Im Haus gibt's ein Telefon. Wenn ich binnen zehn Minuten nicht anrufe oder mich irgendwie melde, ruf Ryan an. Seine Nummer ist eingespeichert.«

»Wenn Ryan nicht erreichbar ist?«

»Dann ruf 911 an.«

Als ich ausstieg, kam der Stallhund zum Zaun getrottet. Er folgte mir, während ich die Straße entlangging, stemmte sich dann am Zaun hoch und knurrte, als er das Ende seiner Einfriedung erreichte. Aus Gründen, die nur er kannte, beschloss er, nicht zu bellen.

Die Nachtluft roch nach Pferd und Fluss und drohendem Schnee. Über mir ächzte ein Stromkabel, ein nackter Ast stieß an einen anderen.

An der Abzweigung hörte ich ein metallisches Knirschen und tauchte in den zurückgesetzten Eingang des letzten Reihenhauses. Starr stand ich im Schatten und spitzte die Ohren, um auch noch das leiseste menschliche Geräusch zu hören.

Nichts.

Ich kroch aus der Nische wieder hervor und lugte um die Ecke.

Auf dem Fußweg lag eine braune Flasche.

Budweiser, informierte mich eine irrationale Hirnzelle.

Eine Bö erfasste die Flasche. Sie rollte ein Stück und schabte dabei über Kiesel und Eis.

Ich zog die Schultern hoch, wich der Flasche aus und ging den Fußweg entlang, wobei ich darauf achtete, nicht zu stolpern oder mir den Fuß zu vertreten. Die Bäume und Sträucher waren wie Formwandler, sie schwankten und waberten in der Dunkelheit um mich herum.

Ich bog auf den Zuweg ein. Das Haus ragte schwarz und still vor mir auf, kein Pixel an Licht drang heraus.

Ich betrat die Veranda, drehte den Klingelknopf und wartete. Dann drehte ich noch einmal, den Körper angespannt für einen schnellen Rückzug.

Die Kette klirrte, das Schloss knackte. Die Tür ging einen Spalt auf. Ich machte einen Schritt nach vorne, adrenalinbefeuert wie ein Soldat in der Schlacht.

Ein Gesicht wie eine Totenmaske. Weit aufgerissene, blinzelnde Augen.

Ich spürte, wie ich atmete.

»Anique, ich bin's, Dr. Brennan.«

Pomerleau schaute über meine Schulter.

»Ich bin allein.«

Pomerleau trat zurück, und die Tür ging nach innen auf. Ich trat ein. Die Luft stank noch immer nach Mottenkugeln und Moder.

Pomerleau schloss und verriegelte die Tür. Sie trug schwarze Jeans und ein dunkelblaues Sweatshirt.

»Ist Tawny okay?«, fragte ich.

Pomerleau drehte sich mit zombiehafter Langsamkeit um. Die Türkette hinter ihr schwang wie ein Pendel.

»Ist ›D‹ okay?«, verbesserte ich mich.

»Sie hat Angst.« Ein heiseres Flüstern.

»Darf ich?« Ich zog meinen Reißverschluss auf.

Pomerleau umkreiste mich, während ich meinen Parka auszog. Als sie den Kopf in Richtung Gang drehte, hängte ich ihn an den Knauf und öffnete heimlich die Türverriegelung.

Pomerleau führte mich in das Wohnzimmer, das Catts mit seinem Hirn getauft hatte. Ich folgte ihr.

Catts' Couch war jetzt mit einem Tuch verhüllt und an den Sekretär geschoben. Eine einzelne Messinglampe tauchte den Raum in ein blass bernsteinfarbenes Licht.

Tawny McGee saß in einem der Lehnsessel, die Knie an die Brust gezogen, den Kopf gesenkt, so wie ich sie in dem Verlies gesehen hatte. Jetzt war sie in eine Decke eingehüllt.

»Tawny?«

Sie rührte sich nicht.

»Tawny?«

Der ausgezehrte Körper krümmte sich noch mehr zusammen.

Ich machte einen Schritt auf sie zu, mit allen Sinnen nach dem geringsten Hinweis auf die Anwesenheit einer dritten Person suchend. Das Haus war unheimlich still.

»Tawny, ich bin es, Dr. Brennan.«

McGee zuckte zusammen und stieß dabei an das Beistelltischchen. Die Glaskristalle der Lampe erzitterten, und winzige gelbe Punkte tanzten auf ihren Haaren.

Ich kniete mich hin und legte ihr die Hand auf den Fuß. Ihre Muskeln verkrampften sich.

»Es wird alles wieder gut.«

Sie rührte sich nicht.

Ich griff nach ihrer Hand. Durch die Wolle hindurch spürten meine Finger etwas Hartes und Sehniges.

In diesem Augenblick zerriss heftiges Hämmern die Stille.

McGee erschrak.

Pomerleau erstarrte.

Die Haustür knarzte, dann kam eine Stimme aus der Diele.

»Hallo?«, rief Anne. *»Bonjour?«*

Pomerleau entblößte die Zähne. »Sie haben gelogen«, zischte sie.

Bevor ich etwas erwidern konnte, erschien Anne in der Tür, das Handy in der einen, die Autoschlüssel in der anderen Hand.

»Was tust du denn hier?« Ich sprang auf.

»Du hattest einen Anruf. Ich dachte, du wolltest es wissen.« Anne schaute von mir zu Pomerleau und zu dem katatonischen Umriss, der unter der Decke kauerte. »Ich dachte, ihr alle wolltet das wissen.«

»Das hätte auch warten können«, sagte ich, so verärgert, dass ich mich nicht mehr um Höflichkeit bemühte.

Anne spürte, dass sie einen Fehler gemacht hatte, und jetzt plapperte sie weiter, um ihn wieder auszubügeln. »Charbonneau hat in der CUM-Zentrale eine Nachricht hinterlassen.« Sie hielt das Handy in die Höhe. »Die Vermittlung dort hat dein Handy angerufen.«

Ich bemerkte, wie Pomerleau in die Dunkelheit am Ende des Gangs zurückwich.

»Stephen Menard ist tot«, fuhr Anne fort. »Seit Jahren schon. Catts hat ihn umgebracht.«

Ein Geräusch kam von der zusammengekauerten Gestalt hinter mir. Halb Stöhnen, halb Wimmern.

»Tut mir Leid«, murmelte Anne. »Ich dachte, du wolltest das wissen. Ich gehe jetzt zum Auto zurück.« Anne eilte wieder in Richtung Diele.

Ich kauerte mich hin und legte McGee die Hand auf den Fuß.

McGees Rücken hob und senkte sich. Die Decke verrutschte, und ihr Gesicht kam hervor wie ein blasser Wintermond.

McGees Lippen bebten.

»Du bist in Sicherheit, Tawny. Du und Anique, ihr seid beide in Sicherheit.«

McGee verzog eine Schulter. Die Decke öffnete sich vor ihrem Schoß.

Ein Seil war um ihre Handgelenke gewickelt.

Das Bild passte nicht. Ein Seil? Warum ein Seil? War es verknotet?

Ich hörte die Haustür aufgehen.

Ich hob den Kopf. McGees Augen waren vor Entsetzen geweitet. Ich folgte ihrem Blick.

Er war auf Pomerleaus entschwindenden Rücken gerichtet.

Mir stockte der Atem. Das Herz setzte aus. Ich spürte, wie mir das Blut aus dem Gesicht wich.

Das Entsetzen im Krankenhaus.

Ein Gesicht hinter einem Camcorder.

Hände ohne Schmauchspuren.

Homolka, die bereitwillig bei den Perversitäten ihres Gatten mitgemacht hatte.

Ich wusste Bescheid!

Ich sprang auf.

Pomerleau bewegte sich wie unter Strom durch den Gang. Ich hörte ein grässliches Krachen, dann einen dumpfen Schlag.

Ich rannte zur Diele. Die Haustür war offen.

Anne lag mit dem Gesicht nach unten auf dem Boden, den Kopf auf der Schwelle, die Beine verdreht auf dem Linoleum.

Ich spähte in die Nacht. Von Pomerleau keine Spur.

»Annie!« Ich kauerte mich hin und taste an ihrem Hals nach dem Puls.

Zu spät hörte ich hinter mir eine Bewegung. Die Tür schwang nach innen und knallte gegen den Absatz von Annes Stiefel.

Bevor ich mich umdrehen konnte, explodierte Licht in meinem Kopf.

Ich stürzte in Schwärze.

36

Sekunden später, so kam es mir zumindest vor, spürte ich, wie mein Hirn gegen den Schädel drückte und aggressiv mehr Platz verlangte. Ich öffnete die Augen und bewegte den Kopf. Glassplitter flatterten durch mein Gesichtsfeld. Ich schloss die Augen wieder und versuchte, mich zu orientieren.

Meine Brust brannte. Ich lag auf der linken Seite. Ich schluckte, versuchte, mich aufzusetzen. Meine Arme und Beine gehorchten mir nicht. Ich merkte, dass sie unter und hinter mir waren.

Langsam wurde mein Bewusstsein wieder klar. Ich spürte meine Hände nicht. Meine Füße nicht. Ich musste mich bewegen.

Ich spannte die Bauchmuskeln an und versuchte noch einmal, mich aufzurichten.

Übelkeit stieg in mir auf. Ich übergab mich.

Mit Hüften und Fußgelenken versuchte ich, mich von der Lache wegzuschieben. Doch die Anstrengung ließ mich wieder und wieder würgen, bis aus meinem Bauch nichts mehr kam außer Galle.

Einen Augenblick lag ich still da, atmete tief durch und suchte nach Erklärungen. Wo war ich? Wie lange war ich schon hier?

Behutsam drehte ich den Kopf. Der Schmerz war so heftig, dass ich beinahe aufgeschrien hätte.

Denk nach!, kreischte ein malträtiertes Neuron.

Ich versuchte es. Doch meine Gedanken verfestigten sich nicht zu wiedererkennbaren Bildern.

Konzentriere dich auf den Augenblick!

Rieche!

Moder. Schmuddeliges Gewebe. Holz. Noch etwas anderes. Ein Reinigungsmittel? Kerosin?

Fühle!

Derbe Fasern an meiner Wange. Körnchen im Mund. Staub in der Nase. Ein Teppich?

Horche!

Wind. Ein Ast, der an Glas schabt. Das Knarzen und Atmen im Inneren eines Hauses.

Mein Puls pochte mir in den Ohren.

Gedämpfte Schritte. Ein hohler Schlag.

Entfernt. Jemand bewegte sich. In einem anderen Zimmer.

Wieder öffnete ich die Augen.

Ich lag auf einem sehr schmutzigen Teppich. Ich sah ein geschnitztes hölzernes Tischbein, dunkelrote Polsterung und den Rand einer fadenscheinigen Decke.

Wiedererkennen! Ich war in Catts' Wohnzimmer. Die Lampe war jetzt ausgeschaltet.

Eine Tür knallte, dann Stille.

Vor mir ein Sessel. Noch ein Knallen in größerer Entfernung hinter mir. Mein Hirn verarbeitete Informationen mit dem Tempo der Kontinentalverschiebung.

Hatte jemand einen Hintereingang benutzt? In die Küche? In Catts' Küche.

Ich versuchte, mir den Grundriss des Hauses von meinen früheren Besuchen her in Erinnerung zu rufen. Es gelang mir nicht.

Ich hielt den Atem an, lauschte. Kein einziges Geräusch im Haus. Das Blut in meinem Kopf pochte weiter. Ein Herzschlag. Ein Dutzend. Tausend.

Die Hintertür knallte wieder. Schnelle Schritte näherten sich. Ich schloss die Augen und lag still da. Jeder Muskel brannte.

Ich hörte ein Ächzen, dann Gluckern.

Der Geruch weckte alle meine Sinne. Meine Finger verkrampften sich in den Fesseln.

Benzin!

Als ich die Augen aufriss, erkannte ich zwei Gestalten.

Tawny McGee saß eingehüllt in dem Lehnsessel.

Anique Pomerleau verspritzte Flüssigkeit aus einer großen Dose im Zimmer.

Angst schloss das wenige an klarem Denken kurz, was ich aufbringen konnte. Was sollte ich tun? Mit Pomerleau reden? Mit McGee reden? Mich tot stellen?

Ich schloss die Augen wieder. Lauschte dem flüssigen Geräusch eines schrecklichen Todes.

Sekunden später hörte ich noch einen dumpfen Schlag, sich entfernende Schritte und dann das Knallen der Tür.

Ich öffnete die Augen. An der Fußleiste lag eine leere Kaffeedose.

War Pomerleau mehr Benzin holen gegangen? Wo? Aus einem Schuppen? Wie lange hatte es beim letzten Mal gedauert? Eine Minute? Zwei?

Mein Verstand konzentrierte sich auf einen einzigen Gedanken.

Raus hier.

Stroboskop-Bilder. Anne. Pomerleau. Ein Seil um Tawny McGees Handgelenke.

War McGee gefesselt? Auch an den Füßen? Ich hatte ihr über einen Fuß gestrichen und nichts gespürt. Ein Funken Hoffnung.

»Tawny.«

Schweigen.

»Tawny.«

Eine Bewegung im Sessel?

Ich hob den Kopf. Das Zimmer war ein schattiger Tümpel, die Möbel zackige Umrisse in der Dunkelheit.

»›Q‹ will das Haus anzünden. Wir müssen hier raus.«

Ein tiefer Atemzug?

»Ich weiß, was ›Q‹ dir angetan hat.«

Die Hintertür knallte. Schritte kamen auf uns zu. Ich senkte den Kopf.

Mit zusammengekniffenen Augen beobachtete ich, wie Pomerleau mit einer neuen Dose hereinkam und Sekretär und Couch bespritzte. Als die Dose leer war, warf sie sie auf den Boden und verschwand, um eine andere zu holen.

»Niemand weiß, dass wir hier sind, Tawny.«

Das Schweigen ließ das Zimmer noch dunkler, tödlicher wirken.

»Niemand kommt, um uns zu retten. Wir müssen uns selber helfen.«

Keine Antwort.

»Wenn ich zu dir rutsche, kannst du mich dann losbinden?«

Schweigen.

»Kannst du gehen?«

Es war, als würde ich mit den Toten reden.

Verzweifelt zerrte ich an meinen Fesseln, drehte und beugte Hand- und Fußgelenke, bis die Haut sich wund anfühlte. Die Knoten hielten.

Die Hintertür knallte wieder.

Ich erschlaffte, schloss die Augen.

Pomerleau kam mit neuem Brandbeschleuniger zurück.

O Gott. Wo war Anne? Sie war nicht in diesem Zimmer. Konnte ich Anne und McGee aus dem Haus schaffen? Würden wir sterben, bevor die Feuerwehr eingreifen konnte?

Sollte ich mit Pomerleau reden? Konnte ich Argumente formulieren, einem Gedanken Ausdruck geben, der uns Zeit verschaffen würde?

Hatte es irgendeine Bedeutung? Das Haus war durchsucht und als leer eingestuft worden. Ich hatte Ryan nicht gesagt, dass ich hierher wollte. Würde Charbonneau meine Nachricht erhalten?

Tränen stiegen mir die Kehle hoch. Alles in mir drängte danach, meine Fesseln zu zerreißen, aufzuspringen und Pomerleau zu packen, diese Perversion eines menschlichen Wesens zu überwältigen.

Ich lag still da und wartete.

Der Geruch nach Benzin war jetzt sehr stark. Ich schmeckte Galle, spürte Zuckungen unter meiner Zunge.

Die nächste Dose schepperte auf den Boden. Ich sah Pomerleaus Füße um die Ecke verschwinden.

Diesmal knallte die Hintertür nicht.

Ich lauschte den Schritten. Gang. Hinterzimmer.

»Tawny, wir müssen etwas tun!«, zischte ich.

Es war sinnlos. Ich musste mir selbst helfen.

Ich drückte den Rücken durch und krümmte ihn, versuchte mit jeder Faser meines Körpers, die Füße von den Handgelenken loszubekommen. Die Knoten hielten. Am liebsten hätte ich geweint vor Schmerz und Enttäuschung.

Wieder hallten Pomerleaus Schritte durch den Gang und verschwanden dann in einem Nebenzimmer. Sekunden später näherten sie sich wieder dem Wohnzimmer.

Ich sank wieder zu Boden.

Zu spät.

Die Schritte hielten inne, eilten dann auf den Sessel zu. Ich hörte ein Miauen, das kaum etwas Menschliches hatte, dann kamen die Schritte auf mich zu.

»Meine beiden Schlafmäuschen sind also wach.«

Es brachte jetzt nichts mehr, passiv zu bleiben. Ich nahm all meine adrenalininduzierte Kraft zusammen, drehte mich auf die Knie und hob den Kopf.

Pomerleau war ein ebenholzfarbener Scherenschnitt in dem

dämmerigen Zimmer. Ein Scherenschnitt mit einer Kaffeedose in der Hand. Das Zimmer stank nach Benzin.

Angst schoss von Nervenendung zu Nervenendung.

Verständnis zeigen? Schmeicheln? Beschuldigen? Flehen?

»Wo ist meine Freundin?« Hatte Anne irgendwie fliehen können?

Ein grässliches höhnisches Grinsen. »Sie hat nicht durchgehalten. Sie ist durch den Spiegel gefallen.«

Voller Verzweiflung gellte ich: »Catts hat diese Mädchen nicht ermordet. Du hast es getan.«

Als Pomerleau zu mir kam, erhellte ein einzelner grauer Lichtstrahl ihr Gesicht. »Ermorden?« Düstere Stimme. »Das macht doch keinen Spaß.«

»Du hast sie gequält und verhungern lassen.«

»Sie sind durch meinen Spiegel gefallen.«

»Angie Robinson.«

Ich spürte eher, als dass ich sah, wie Pomerleau sich anspannte.

»Sag mir, warum«, drängte ich.

»Wahrheit oder Wagnis?« Herausfordernd.

»Was hast du mit meiner Freundin gemacht?«

»Wahrheit oder Wagnis?«

Mein Gott. Dieser Frau machte das Spaß.

»Du hast Tawny misshandelt.«

»Noch eine Alice in meinem Wunderland.« Reptilisches Grinsen.

»Du hast Kinder umgebracht.«

»Einige haben durchgehalten. Einige nicht.«

»Sag mir ihre Namen.«

»Warum?«

»Ihre Familien haben das Recht, Bescheid zu wissen.«

»Ihre Familien können in der Hölle verfaulen, und du wirst ihnen gar nichts sagen. Du blöde Kuh. Du wirst keinem Menschen mehr irgendwas sagen.«

»Deine Eltern haben dich gesucht.« Flehender Tonfall.

»Nicht intensiv genug.« Verbittert.

»Du fehlst ihnen.« Das war eine Lüge. »Sie wollen dich wiederhaben.«

»Es gibt kein Zurück.«

»Es gibt Menschen, die dir helfen können.«

»Der Spiegel zerbricht.«

Ein Bild blitzte auf. Meine Wohnung. Zertrümmerte Scheiben und Spiegel.

»All die Pferde des Königs und all die Männer des Königs können das Ding nicht mehr kitten.« Singsang.

»Was ist mit Angie Robinson passiert?«

»Nur ein verlorenes Mädchen.«

»Verloren? Oder vernichtet?«

»Wen interessiert's?«

Halt sie am Reden!

»Wann starb Angie?«

»Vor meiner Zeit.«

»Ich weiß, was passiert ist, Anique. Ich verstehe. Catts hat dir wehgetan und dich dann gezwungen, anderen wehzutun.«

»Wer ist Catts?«

»Menard. Catts hat Menard getötet und seinen Namen angenommen.«

»Menard. Catts.« Sie blies Luft durch die Lippen. »Die Stunde der Amateure.«

»Er war böse. Er hat dich gequält. Er hat Angie Robinson gequält. Du musstest mitmachen, weil er es so wollte.«

»Ich habe nicht nur mitgemacht.« Sie deutete mit dem Zeigefinger auf ihre Brust. »Ich habe geherrscht. Ich war Königin.«

»Q«. *Queen of Hearts*. Die Herzkönigin.

»Du hast getan, was nötig war, um zu überleben.«

»Du kapierst das nicht. Ich war die Königin, nicht das Kaninchen.«

Spiel mit.

»Ich weiß. Du bist die Starke, Anique. Du hast Catts erschossen.«

»Er wurde schwach.«

»Du hast Louise Parent erstickt.«

»Ein Gnadentod.«

Ihre schnodderige Gleichgültigkeit schürte in mir einen hilflosen, wilden Zorn. Plötzlich hatte ich mich nicht mehr in der Gewalt. Ohne nachzudenken, ließ ich all meine Bemühungen um ein Gespräch sein und krümmte und wand mich. Schweiß trat mir aufs Gesicht und lief das Rückgrat hinab.

»Du gefühllose Hexe.«

Pomerleau lachte und wippte auf den Fußballen wie ein aufgeregtes Kind, bis ich schwer atmend und erschöpft wieder zu Boden sank.

»Die Polizei wird dich finden«, keuchte ich. »Du kommst nicht davon.«

Pomerleau hakte einen Finger in das Nietenband um ihren Hals. Ein gehässiges Grinsen kroch über ihr totenbleiches Gesicht.

»Drei Leichen wurden aus der Asche geborgen«, säuselte sie. »Aber, dem Herrn sei Dank, ein Opfer konnte den Flammen entkommen.«

Pomerleau kippte die Dose und goss Benzin auf meine Kleidung.

Mein Magen hob sich. Das Herz schlug mir bis zur Kehle.

Ruhig. Ruhig bleiben.

Pomerleau warf die Dose weg und verließ das Wohnzimmer. Ich hörte sie den Gang durchqueren, dann in der Küche herumgehen, im hinteren Schlafzimmer, im Zimmer neben uns. In jedem blieb sie nur kurz. Meine Gedanken wanderten zu Annie. Es tut mir ja so Leid, Annie. Ich war dumm, und das tut mir Leid. Ich hätte dich nie mit hineinziehen dürfen.

Ein beißender Gestank erfüllte die Luft.

O Gott!

»Lauf, Tawny!«, schrie ich. »Raus hier!«

Ich krümmte und wand mich, die Brust brannte, Schmerz schoss mir ins Hirn.

Minuten später kam Pomerleau zurück, im Gesicht ein Ausdruck von, was? Stolz? Freude?

»Die Nachbarn werden 911 anrufen«, kreischte ich. »Du kommst nicht weit.«

»Bis dahin seid ihr schon tot vom Rauch.«

Pomerleau riss ein Streichholz an und sah zu, wie die kleine Flamme flackerte und wuchs.

»Bis dann im Zuckerwatteland.«

Sie drehte das Handgelenk.

Ich hörte einen lauten Knall, spürte hinter mir Hitze, sah dann den Raum in flackerndem, orangefarbenem Licht tanzen.

37

Die grell auflodernden Flammen fielen schnell in sich zusammen, aber jetzt füllte schwarzer Rauch das Zimmer.

Ich kam einfach nicht auf die Füße. Die Handgelenke waren an die Knöchel gefesselt, so dass mein Körper nach hinten durchgedrückt wurde. Ich drehte mich wieder auf die Knie.

Meine Augen brannten. Die Kehle wurde wund. Obwohl die Hitze immer stärker wurde, zitterte ich. Dieses Feuer würde nicht von selbst ausgehen. Ich musste raus hier, oder ich würde sterben.

Ich versuchte nachzudenken, aber mein Geist schweifte ab und brachte schreckliche Bilder von anderen Orten, anderen Tagen hervor.

Kalkweiße Knochen in einem Holzofen. Ein verkohltes Skelett in einem ausgebrannten Keller. Zwei geschwärzte Leichen in einer verbrannten Cessna.

»Lass den Mist, Brennan!«, schrie ich laut. »Denk nach!«

Ich atmete ein paarmal flach, hustete und wiederholte die Litanei.

»Denk nach!«, schrie ich noch einmal.

Mein Magen hob sich. Ich schluckte und redete noch einmal laut, aber diesmal zu Tawny.

»Tawny! Kannst du mich verstehen?«

Hinter mir knisterte und knallte Feuer. In Tawnys Richtung nur immer dicker werdender Rauch.

»Tawny!«, schrie ich wieder.

Ich ließ mich verzweifelt auf die Seite fallen und rutschte über den Teppich, indem ich Knie und Hüfte streckte und beugte. Jede Bewegung stauchte meine Schulter und schürfte mir das Gesicht ab.

Ich war bei meinem dritten Stoß, als ein markerschütterndes Kreischen aus dem Lehnsessel aufstieg.

Ich erstarrte, Gänsehaut im Nacken und auf den Armen.

»Tawny!«

Das Schreien ging weiter, ein einziger schriller Ton der Panik.

Mein Gott! Brannte sie?

»Tawny, kannst du gehen?«, rief ich.

Das Jaulen erstarb, ging in Husten über.

»Ganz ruhig, Soldat«, sagte ich, mehr zu mir als zu Tawny. »Ich komme.«

Noch drei Ruckelbewegungen, und mein Körper stieß gegen den Sessel. Benzin und Staub legten sich klebrig auf meine Haut.

»Bedeck den Mund«, keuchte ich so laut, wie ich konnte. »Wenn du kannst, lass dich zu Boden sinken.«

Das Husten wurde immer verzweifelter.

Ich stemmte die Schulter gegen den Sessel, drehte mich wieder auf die Knie und stieß immer und immer wieder gegen den Sessel.

»Tawny! Runter!«, schrie ich. »Sofort!«

Hinter uns zischte etwas. Eine Wand brach in Flammen aus, die zur Decke hochrasten und das Zimmer in flirrendes gelbes Licht tauchten.

Ich spürte eine Bewegung, dann sank Tawny auf die Knie, zog Arme und Beine an und fiel als Knäuel neben mich.

Übelkeit, Schmerz und Angst forderten ihren Tribut. Ich konnte kaum atmen, kaum denken. Aber mein träges Hirn errechnete, was meine Augen nicht sehen konnten.

Ein Seil hing von einem Hundehalsband um Tawnys Hals. Hände und Füße waren nicht gefesselt!

Ich drehte mich zu ihr.

»Tawny«, hustete ich. »Du musst mir helfen. Du kannst uns retten, Tawny. Du kannst uns retten.«

Der menschliche Knoten zog sich zusammen.

Denk nach, Brennan, denk nach. Hatte das sich ausbreitende Feuer sie zum Handeln gezwungen? Oder hatte ein gebellter Befehl mehr bewirkt als Freundlichkeit? War sie noch immer darauf programmiert, Befehle auszuführen?

Nichts zu verlieren.

»Tawny, binde mich los!«, schrie ich.

Der dünne Hals reckte sich.

»Sofort, Tawny, sofort!«

Tawnys Gesicht drehte sich mir zu. Als unsere Blicke sich trafen, warf Mitleid meine Entschlossenheit, hart zu bleiben, um.

»Du kommst wieder nach Hause, meine Kleine. Nach Maniwaki. Zu deiner Mutter.«

Meine Brust brannte. Ich hustete unkontrolliert.

»Zu Sandra«, würgte ich hervor.

Etwas flackerte in den hohlen Augen.

»Zu Sandra«, wiederholte ich.

Tawnys Gesicht erschlaffte, als eine Welt, die sie für tot gehalten hatte, durch ihr Bewusstsein zuckte. Der Mund öffnete sich, zitterte und rundete sich dann zu einem O.

»Sandra«, wiederholte ich.

Wortlos wirbelte Tawny herum und kroch unter dem Rauch hindurch zum hinteren Teil des Hauses.

Ich versuchte, sie zu packen. Aber die Fesseln ließen es nicht zu.

»Tawny!« Die Stimme versagte mir. Ich hustete, bis mein Bauch kreischte und ich Blut schmeckte.

Als der Anfall vorüber war, drehte ich mich und spähte in die Richtung, in die Tawny verschwunden war.

Nichts als dicker, schwarzer Rauch.

Eine kalte Hand umfasste mein Herz. Sie würde mich hier sterben lassen.

O Gott? War ich wirklich allein? War Anne bereits tot?

»Tawny!«, rief ich. »Bitte!«

Nichts.

Wie zuvor wand ich mich und strampelte. Wie zuvor fiel ich schließlich, die Haut aufgeschürft und mit gepeinigter Lunge, auf den schmutzigen Teppich.

Das Zimmer wich langsam zurück. Wie hypnotisiert dachte ich: Ich werde sterben. Ich werde sterben. Ich werde sterben.

Dann hörte ich Scheppern und Schlagen, als würden hastig Schubladen geöffnet und zugeknallt. Sekunden später schälte sich eine dunkle Gestalt aus dem Rauch und kroch auf mich zu.

Tawnys Haut glänzte wie Alabaster. Eine Hand bedeckte ihren Mund. Die andere hielt einen Gegenstand umklammert.

Was?

Sie bewegte sich ruckartig. Feuer funkelte auf einer Klinge.

Ein Messer!

Tawnys Fingerknöchel waren weiß und blutleer. Einen Augenblick lang starrte sie ihre Hand an, als versuchte sie herauszufinden, warum das Messer dort war.

Dann warf sie sich auf mich und drehte mich um, so dass mein Gesicht in den Teppich gedrückt wurde.

Ich spürte Atem auf meinem Hals, Gewicht auf meinem Rücken.

Mein Gott, sie will mich erstechen. »Q« kontrolliert sie noch immer.

Ich wartete auf den Stich.

Stattdessen spürte ich Druck an meinen Handgelenken. Schaben.

Tawny durchtrennte meine Fesseln.

Ich drehte den Kopf zur Seite und schnappte nach Luft.

»Schneller, Tawny. Beeil dich!«

Ich drückte die Handgelenke nach außen und spannte die Fesseln, während Tawny an ihnen säbelte. Obwohl meine Arme taub waren, spürte ich eine Lockerung, während Faser um Faser zertrennt wurde.

Eine Ewigkeit später waren meine Hände frei. Ich streckte die Beine aus und drehte mich auf den Rücken.

Schmerz schoss mir das Rückgrat hoch und in Schultern und Hüfte. Die Sicht verschwamm.

»Das Messer!«, keuchte ich.

Zwei Tawnys streckten die Hand aus, kippten hustend nach hinten. Ich packte das Messer, ließ es fallen.

Ich klatschte in die Hände, schüttelte sie, klatschte sie auf den Boden. Als ich es dann noch einmal versuchte, hatte ich genug Gefühl, um den Messergriff zu umklammern.

Binnen Sekunden waren meine Füße frei.

Ich versuchte aufzustehen, kippte wieder um. Neben mir hustete und würgte Tawny.

Ich tastete mit einer Hand herum und fand ein Kissen. Mit zwei Schnitten trennte ich den Überzug auf, teilte ihn in zwei Hälften, legte die eine Tawny über Mund und Nase und drückte ihre Hand darauf. Die andere hielt ich mir vors Gesicht.

Ein eisiges Kribbeln wanderte von meinen Zehenspitzen zu den Füßen. Ich stieß mich hoch, schob ein Knie vor. Bewegte eine Hand. Zog das andere Knie nach. Meine Glieder funktionierten.

Ich hakte meinen Arm unter Tawnys und zog sie auf alle viere. Gemeinsam krochen wir dreibeinig aus dem Wohnzimmer in den vorderen Teil des Hauses, wo weniger Rauch war.

Nach zwei Metern im Gang kitzelte ein Hauch von Nachtluft meine Nase. Ich stand auf, taumelte tief geduckt in Richtung Diele, riss die Tür auf, stolperte über meinen Parka, trat ihn beiseite, schoss nach draußen und rannte, Tawny im Schlepptau, den Gartenweg entlang.

Die Nacht roch nach Frost und Pferd und köstlichem Leben. Wind kühlte mein schweißnasses Gesicht. Eiskügelchen stachen mir in die Wangen und prallten von Schultern und Kopf ab.

Ich wischte mir Tränen aus den Augen und schaute zu Tawny hinunter. Sie saß mit überkreuzten Beinen auf dem Eis, nackt, weinend und schaukelnd wie ein verängstigtes Kind.

Ich drehte mich zum Haus um.

Rauch quoll aus einigen Fenstern und stieg in einer Säule aus der eben geöffneten Haustür. Durch den Zufluss frischer Luft breiteten die Flammen sich jetzt sehr schnell aus. Ansonsten kein Hinweis auf den Albtraum, der sich da drinnen abgespielt hatte.

Meine Brust erstarrte mitten im Atemholen.

Ich lauschte.

Keine Sirenen.

Es kam niemand! Anne hatte nicht angerufen! Niemand hatte es!

Ich riss mir die Hand vor den Mund.

Anne! Konnte sie noch am Leben sein? »Q« hatte von drei Leichen in der Asche gesprochen. War Anne noch drinnen?

Ich rannte zur Veranda, packte meine Jacke, lief zurück, kauerte mich hin und wickelte Tawny ein. Graupel rieselte über das Nylon.

»Hast du noch eine andere Frau im Haus gesehen?«

Tawny schaukelte und schluchzte weiter.

Ich packte sie an den Schultern und wiederholte die Frage.

Tawny nickte.

»Wo?«

Die Schultern zitterten.

»Wo?«, schrie ich.

»B-boden.«

»In welchem Zimmer?«

Sie schaute mich stumm an.

»Das Zimmer, Tawny. Welches Zimmer?«

Ich schüttelte sie, wiederholte die Frage.

»H-hinten. Keller. Ich w-weiß es nicht.« Asche sprenkelte ihr Gesicht. Schweiß durchnässte ihre Haare.

Während ich bewegungslos und unentschlossen dastand, stieß mir beißender Brandgeruch in die Nase, und der orangefarbene Schein wurde immer heller.

Anne konnte nicht auf die Feuerwehr warten! Ich musste zurück!

Aber ich war mit Benzin durchtränkt.

Mit zitternden Fingern band ich meine Stiefel auf und streifte sie ab, zog mich bis auf die Unterwäsche aus und dann die Stiefel wieder an. Nachdem ich den Kissenbezug mit Schnee befeuchtet hatte, stürzte ich, obwohl mein Kopf raste vor Schmerz, zum Haus zurück. An der offenen Tür duckte ich mich tief und kroch in den Rauch.

Ich stolperte zu dem Lehnsessel, schnappte mir Tawnys Decke, legte sie mir um die Schultern und tastete mich in den hinteren Teil des Hauses.

Wieder versuchte ich, mir den Grundriss in Erinnerung zu rufen. Und dieses Mal gelang es meinem gemarterten Hirn sogar. Küche links. Wohnzimmer rechts, Arbeits- oder Schlafzimmer dahinter. Eine Treppe, die von einem Schlafzimmer direkt vor mir in den Keller führte.

Noch brannte der Korridor nicht, aber er war voller Rauch. Mit Höllenqualen in Brust und Kehle tastete ich mich blindlings vorwärts.

Meine Kniesehnen protestierten. Hin und wieder stieß ich mir einen Ellbogen oder ein Schienbein an. Eine Hand ausgestreckt, die andere vor dem Mund, taumelte ich vorwärts. Ich dachte nur an Anne.

Dann stieß meine ausgestreckte Hand gegen etwas Hartes. Mein Magen hob sich. Ich schmeckte Galle.

Ich legte die Handfläche an die Tür. Das Holz fühlte sich warm an. Ich tastete aufwärts. Wärmer.

Bitte! Nein!

Ich berührte den Knauf. Heiß. Ich drehte ihn, öffnete die Tür einen Spalt.

Flammen loderten auf dem Bett und an den Vorhängen an der Rückwand. In den tanzenden Schatten sah ich auf dem Boden eine Gestalt.

Ich stieß die Tür ganz auf.

»Anne!«

Die Gestalt rührte sich nicht.

»Anne!«

Nichts.

Ich warf den Überzugfetzen weg, kroch zu Anne, zog mir die Decke von den Schultern, faltete sie längs in Schichten zusammen und legte sie neben Anne.

Als ich mich hinsetzte, explodierte Schmerz in meinem Kopf. Ich verbannte das Pochen in den Keller meines Schädels.

Ich nahm all meine schwindenden Kräfte zusammen, rollte Anne auf die Decke, griff unter sie und zog an einer Ecke. Die Decke faltete sich auf und glitt zwischen ihren Körper und den Boden. Ich tastete mich zum Ende der Decke, wickelte mir die Zipfel um die Hände und ging rückwärts aus dem Zimmer und den Gang entlang.

Anne wog tausend Pfund. Ich versuchte, sie zu trösten, hustete.

Ich hatte mir nicht die Zeit genommen, ihr den Puls zu fühlen. War sie noch am Leben?

Gott, bitte!

Ich zerrte an meiner selbst gebastelten Schleppbahre, doch jeder Ruck brachte mir nur Zentimeter. Arme und Beine wurden zu Gummi.

Keuchend und hustend schleppte ich mich weiter, und jede Zelle schrie nach Luft. Hin und wieder zuckte ich zusammen, wenn im Haus etwas explodierte oder einstürzte. Im Wohnzimmer hob ich kurz den Kopf, um mich umzuschauen. Durch den Rauch sah ich, dass alle Wände bereits in Flammen standen. Nur ein schmaler Pfad durch die Mitte war noch feuerfrei.

Stunden, nachdem ich aufgebrochen war, erreichte ich den vorderen Gang. Meine Augen brannten. Meine Brust brannte. Mein Magen brannte.

Ich lehnte mich an einen Türrahmen, bückte mich und erbrach Galle. Ich wollte mich hinsetzen, mich zusammenrollen und einschlafen.

Als mein Magen sich wieder beruhigt hatte, packte ich die Decke wieder. Arme und Beine zitterten, als ich rücklings lostaumelte und blind mit aller Kraft zog.

Das Wohnzimmer war jetzt ein Inferno. Flammen krochen über Holz, verschlangen den Sekretär, hüllten die Couch ein. Dinge platzten auf und schleuderten Funken in Gang und Diele. Ich fühlte überhaupt nichts mehr. Dachte nichts mehr. Mein Hirn befahl mir nur noch, zu ziehen, einen oder zwei Schritte rückwärts zu gehen, wieder zu ziehen.

Noch fünf Meter bis zur Haustür.

Drei.

Zwei.

Mein Hirn sang ein Mantra, befahl meinem Körper, nicht aufzugeben.

Geh durch die Diele.

Über die Schwelle.

Auf die Veranda.

Als Annes Beine über der Schwelle waren, kniete ich mich hin und hielt die Fingerspitzen an ihren Hals.

Kein tastbarer Puls.

Ich ließ mich auf Anne fallen.

»Du wirst schon wieder, meine alte Freundin.«

Schwarze Punkte tanzten hinter meinen Lidern.

Graupel prasselte mir auf den Rücken. Der Boden unter meinen Knien war eisig.

Um mich herum eine Kakophonie aus Geräuschen. Ich versuchte, sie zu unterscheiden.

Schluchzen.

War das Anne? Katy?

Das Tosen und Zischen von Flammen.

Prasseln.

Regen auf den Magnolien? Nein. Montreal. De Sébastopol. Graupel auf den Tankwaggons auf dem Eisenbahngelände.

Was für ein Eisenbahngelände?

Das Brummen entfernter Motoren.

Leises Jaulen.

Kojoten, die weit draußen in der Wüste heulten.

Keine Kojoten. Sirenen.

Die Punkte verdichteten sich zu undurchdringlicher Schwärze.

38

Ich bin der Überzeugung, dass man Krankenhäuser meiden sollte. Menschen sterben dort.

Zehn Stunden, nachdem der Krankenwagen mich eingeliefert hatte, zog ich den Trainingsanzug an, den Charbonneau mir in der vergangenen Nacht in Catts' Haus gegeben hatte, und verließ das General Hospital.

Wie? Ich marschierte einfach hinaus. Wie McGee und Pomerleau. Kinderspiel.

Im Gegensatz zu McGee und Pomerleau schrieb ich eine Notiz, mit der ich Ärzte und Pflegepersonal von jeder Verantwortung entband. Was mit eingefetteten und bandagierten Händen allerdings ziemlich schwierig war.

Ein Taxi brachte mich in zehn Minuten nach Hause.

Ryan rief mich zwanzig Minuten später an.

»Bist du verrückt?«

»Ich habe nur ein paar Verbrennungen und eine kleine Beule. Kanadier, die in den Süden fahren, haben sich von der Sonne schon viel schlimmer verbrennen lassen.«

»Du musst dich erholen.«

»Hier schlafe ich besser.«

»Hat deine Komplizin sich auch verdünnisiert?«

Das Grinsen fühlte sich an wie ein Schrapnell, das mein Gesicht zerfetzte. »Anne hat eine Gehirnerschütterung. Bei der besteht keine Fluchtgefahr.«

»Anne ist offensichtlich das Hirn der Truppe.«

»Sie wird morgen entlassen. Am Freitag fliegen wir nach Charlotte.«

»Wo man den Winter als vorübergehende Unannehmlichkeit betrachtet.«

»Keine Handschuhe. Keine Schneeschaufeln.«

»Ist sie tatsächlich ins Kloster gegangen?«

»Anne wollte Abgeschiedenheit. Und zwar billig. Der Konvent bietet saubere Zimmer, anständige Mahlzeiten und so viel Abgeschiedenheit, wie man will.«

Erinnerungen. Graupel auf meinem Rücken. Eis unter dem Bauch, Feuer. Charbonneau, der Befehle bellt. Claudel, der mich mit etwas Warmem und Weichem zudeckt.

»Was ist mit Pomerleau?«

»Sie kommt nicht weit.«

»Sie könnte inzwischen schon in Ontario sein oder über die Grenze.«

»Wir haben in Catts' Schuppen einen alten Motorroller gefunden. Das war offensichtlich ihr Haupttransportmittel.«

»Was meinst du, wie sie McGee vom General zum Pointe gebracht hat?«

»Taxi. Metro. Bus. Daumen.«

»Wo ist McGee jetzt?«

»Wieder im General.«

»Was läuft in der de Sébastopol?«

»Die SIJ hat im Keller eine zweite falsche Wand gefunden.«

»Wo Pomerleau sich und McGee während der zweiten Durchsuchung versteckte.«

»Wahrscheinlich. Annes Laptop und die Kamera waren dort versteckt.«

»Pomerleau hat meine Wohnung verwüstet.«

»Sieht so aus. Vielleicht hat Catts ihr geholfen.«

»Um mich so einzuschüchtern, dass ich die Finger von dem Pizzakeller-Fall lasse?«

»Das würde ich mal vermuten. Vielleicht hat sie den Computer und die Kamera entdeckt, als sie in deiner Wohnung herumschnüffelte, und gedacht, dass sie dir gehören und Beweismittel in Bezug auf die Skelette enthalten. Sie wird uns schon alles erzählen, wenn wir sie erst einmal haben.«

»Woher wusste sie, wo ich wohne?«

»Dank *la presse* ist es kein Geheimnis, wie du aussiehst oder wo du arbeitest. Pomerleau hatte den Roller. Vielleicht hat sie vor dem Wilfrid-Derome auf dich gewartet, ist dir bis zu deinem Haus gefolgt und hat dann geschaut, in welcher Wohnung das Licht angeht.«

»Ich glaube, Pomerleau hat eine Spiegelphobie.«

»Diese Dame hat schwerwiegendere Probleme als Glas.«

»Ziemlich raffiniert, wie sie uns in die Irre geführt hat.«

»Bindet sich ein Halsband um, zieht sich aus und spielt das Opfer.«

»Ich habe es geglaubt, Ryan. Als ich sie in diesem Verlies sah, hätte ich am liebsten geweint.«

»Wir sind alle darauf reingefallen. Hast du den Strauß bekommen?«

Ich drehte mich um und schaute zum Esstisch. Der »Strauß« war so groß wie Laramie, Wyoming.

»Er ist wunderschön. Ich lasse mir von Hydro-Quebec eine extra Wasserleitung legen.«

Ich spürte, wie meine Kräfte mich verließen. Ryan hörte die Erschöpfung in meiner Stimme.

»Claudel und Charbonneau haben dir viel zu erzählen, wenn du erst wieder auf der Höhe bist. Aber jetzt iss was, schalt das Telefon ab und leg dich ins Bett, Superfrau.«

Das tat ich auch. Und schlief bis zum nächsten Nachmittag.

Das Aufwachen war, als würde ich einen Ereignishorizont überschreiten. Ich fühlte mich voller Energie. Gestärkt. Geladen mit einer allmächtigen Vitalität, fast so, als könnte ich auf dem Wasser gehen.

Bis ich in den Spiegel schaute.

Mein Gesicht war zerkratzt und fleckig. Die Haare waren angesengt. Von Brauen und Wimpern waren nur noch gekräuselte kleine Stoppel übrig.

Duschen half wenig, Make-up noch weniger.

Ich stellte mir Katys Reaktion am Freitag vor. Ich stellte mir Claudel mit seinem rasiermesserscharfen Styling und seinen perfekten Bügelfalten vor.

»Verdammter Mist.«

Ich verband mir meine Hände neu und fuhr in die CUM-Zentrale.

»Sergeant-détective Charbonneau ou Claudel, s'il vous plaît«, sagte ich zu der Empfangsdame in der Eingangshalle.

»Ereignisreicher Abend?«, erwiderte sie auf Englisch und mit Pokerface.

»Ein echter Knaller.«

Ich sah mich selbst, wie ich dem Winterhimmel meine Unterhose entgegenstrecke. Klasse. Natürlich hatte die Nachricht bereits die Runde gemacht. Meine per E-Mail informierten Kollegen würden ihren Spaß haben.

Charbonneau kam nach unten, um mich durch die Sicherheitskontrollen zu schleusen. Er fragte mich, wie es mir gehe, und führte mich dann, den Blick stur geradeaus gerichtet, in den Bereitschaftsraum.

Ich betrat ihn unter Pfeifen und Applaus.

Sergeant-détective Alain Tibo holte eine Tüte aus seinem Schreibtisch, stand auf und kam zu mir. Er sah aus wie die Idealbesetzung für die Bulldogge in einem Disney-Film.

»Wir sind hier nicht in Dixie, Doc. In Quebec wird's richtig kalt.« Ich kannte Tibos Humor. Wenn die Truppe einen Clown brauchte, würde man ihn nehmen. »Wir haben gesammelt und Ihnen was Anständiges gekauft.«

Mit feierlichem Zeremoniell überreichte Tibo mir die Tüte.

Das Sweatshirt war blau, die Aufschrift leuchtend rot.

Es gibt kein schlechtes Wetter, nur unpassende Kleidung.
Altes Sprichwort der schottischen Fischer

Unter dem Sprichwort baute eine Frau in einem Blizzard einen Schneemann. Die Haare waren orange, die Haut rosa. Der Schneemann trug einen Hut. Die Frau trug nichts als Stilettos, BH und Slip.

Ich verdrehte die Augen und stopfte das Sweatshirt wieder in die Tüte. Dann bahnten Charbonneau und ich uns zwischen den

Schreibtischen hindurch einen Weg zu Claudel, wobei wir Papierkörben und ausgestreckten Füßen ausweichen mussten.

»Claudel stellt Ihnen den Mantel in Rechnung«, sagte eine Stimme hinter uns. »Geben Sie sie an den Captain als Spesenquittung weiter.«

»Ist das Leopardenmuster Ihr Dienstagsmotiv, Doc?« fragte Tibo.

»Ich habe gehört, Mittwoch ist Zirkustag«, entgegnete ein anderer.

Ich schaute Charbonneau an und hob den Überrest meiner linken Augenbraue.

Er wollte etwas sagen, aber Tibo fiel ihm ins Wort.

»Denken Sie sich nichts, Doc. Claudel hat einen ganzen Satz Boxershorts mit Smileys hinten drauf. Damit sein Arsch strahlt, während der Rest von ihm schmollt.«

Claudel nahm eine Akte aus seinem Eingangskorb, stand auf, und zu dritt marschierten wir in ein Befragungszimmer.

»Wie ich sehe, wurde mein Slip als Beweismittel requiriert.« Meine Stimme hätte Eiscreme eine Woche lang gefroren halten können.

»So was spricht sich herum«, sagte Claudel.

»Allerdings.«

»Wir waren das nicht, Doc«, fügte Charbonneau hinzu. »Ehrlich.«

Irgendwie glaubte ich ihm das sogar.

Wir setzten uns an einen abgenutzten Behördentisch.

»Ich hoffe, es geht Ihnen wieder besser«, sagte Claudel.

»Ja.« Hatte Claudel wirklich seinen teuren Kaschmirmantel geopfert, um mich zu wärmen? »Vielen Dank für Ihren Mantel.«

Claudel nickte.

Einen Herzschlag lang herrschte Schweigen.

»Menard ist tot?«, fragte ich.

Claudel nickte noch einmal.

»Wie können Sie da sicher sein?«

Claudel öffnete seine Akte und schob ein Foto über den Tisch. »Das da haben wir in Menards Haus in Vermont entdeckt.«

Das Foto war schwarzweiß, das Bild stand schief auf dem Abzug, wie bei einem Amateurschnappschuss. Obwohl schon etwas verblasst, war das Motiv noch deutlich zu erkennen. Ein großer, dünner Mann in einem flachen Grab, die Knie angezogen, die Handgelenke an die Füße gefesselt. Das Gesicht war zwar im Tod entstellt, aber unverkennbar Menards.

Ich drehte den Abzug um. Auf die Rückseite hatte jemand die Initialen S. M. und das Datum 26. 9. 85 geschrieben.

»Catts hat Menard in Kalifornien im September 1985 umgebracht? Und das Foto der Leiche aufgehoben?«

»Der Sheriff wird in der Umgebung von Catts' altem Trailer ein wenig buddeln«, sagte Claudel.

»Angela Robinson verschwand im Oktober fünfundachtzig«, sagte ich. »Laut den Nachbarn kehrte Menard im folgenden Januar nach Vermont zurück.«

»Nur dass es nicht Menard war.« Charbonneau legte die Unterarme auf den Tisch und beugte sich vor. »Wir glauben, dass Catts die Inspiration für seine kleine Horror-Show bekam, als er die Medienberichte über die Cameron Hooker/Colleen Stan-Sache verfolgte. Der Scheißkerl war in Yuba City, ganz in der Nähe von Red Bluff. Die Presse triefte doch vor Schauergeschichten über ›das Mädchen in der Kiste‹.«

»Ungefähr zu dieser Zeit freundete Catts sich mit Stephen Menard an«, ergänzte Claudel. »Catts wollte Hookers Fehler, in der Nähe des Entführungsorts zu bleiben, nicht wiederholen, und deshalb war Menards Farm die perfekte Lösung für das Ausleben seiner Phantasien. Catts brachte Menard um und wartete dann auf sein Opfer.«

»Angie Robinson«, sagte ich.

»Catts verschleppte Robinson und brachte sie nach Vermont«,

fuhr Claudel fort. »Dort nutzte er dann seine Ähnlichkeit mit dem Menard-Jungen aus.«

»Ließ sich leuchtend orangene Dreadlocks und einen Bart wachsen und hielt sich von den Einheimischen fern«, sagte ich.

»Genau.« Charbonneau stach mit dem Finger in die Luft und lehnte sich dann wieder zurück.

»Warum hat er Vermont verlassen?«, fragte ich.

»Vielleicht wurde Catts nervös. Es musste doch einige Leute gegeben haben, die den echten Menard tatsächlich gekannt hatten«, bemerkte Claudel. »Vielleicht starb aber auch Angie.«

»Nach meiner Einschätzung lebte Angie ungefähr bis zu ihrem achtzehnten Lebensjahr. Das würde uns ins Jahr 1988 bringen, das Jahr, in dem Oma und Opa Corneau getötet wurden.«

»Ja«, schnaubte Charbonneau. »Wir werden uns diese Ruine noch einmal ganz genau anschauen.«

»Vielleicht gefiel Catts der Gedanke eines Landes ohne Todesstrafe. Vielleicht glaubte er, ein Grenzübertritt würde seine Spuren verwischen. Vielleicht dachte er sich auch, dass Menard in Montreal niemand kannte. Aus welchem Grund auch immer, er hat seine Zelte abgebrochen und ist nach Norden gezogen.« Claudel.

»Mit Angie oder ihrer Leiche.«

»Der Mistkerl täuscht die Testamentsvollstrecker mit seiner angenommenen Identität, wird frankophon, nennt sich Stéphane Ménard, mietet den Laden von Cyr und eröffnet ein Geschäft wie das in Yuba City.« Charbonneau.

»Sammlerstücke«, sagte ich.

»Das perverse Schwein war wirklich ein Sammler.«

Claudel schob ein zweites Foto über den Tisch.

Ein SIJ-Stempel identifizierte den Schnappschuss als Tatortfoto. Das Hauptmotiv war ein mit Filz bespanntes Brett. Auf dem Brett lagen drei menschliche Ohren, zwei vollständig, eines nur als Teilstück. Die Ohren waren mit Nadeln befestigt wie Schmetterlinge.

Mir wurde schlecht.

»Dieser kranke Spinner hat Körperteile seiner Opfer aufbewahrt.« Charbonneau.

Ich erinnerte mich an die Schnittspuren an den Schädeln in meinem Labor.

»Das Souvenirsammeln könnte Pomerleaus Idee gewesen sein.«

»Ja?«

Ich deutete auf das Teilstück. »Angie Robinsons Ohr wurde erst lange nach ihrem Tod entfernt, als der Knochen schon ausgetrocknet war, also hatte Catts das ursprünglich nicht getan. Die anderen wurden abgeschnitten, als der Knochen noch frisch war.«

»Das können Sie aus den Schnittspuren herauslesen?«

Ich nickte und schluckte.

»Zwischen den Entführungen von Pomerleau und McGee lagen neun Jahre. Ich glaube, dass sich in dieser Zeit die Machtverhältnisse zwischen Peiniger und Gefangener umkehrten.«

»Stockholm andersherum.« Charbonneau strich sich mit einer Hand die Haare nach hinten.

»Patty Hearst war acht Wochen lang in einem Wandschrank eingesperrt«, sagte ich. »Colleen Stan war sieben Jahre lang in einer Kiste eingesperrt. Anique Pomerleau wurde 1990 verschleppt. Sie war damals erst fünfzehn.«

Wir verstummten und dachten alle über die unaussprechlichen Schädigungen nach, die in dieser Zeitspanne möglich waren.

Claudel meldete sich als Erster wieder zu Wort.

»Pomerleau wurde gequält, versuchte, Catts gefällig zu sein, und schlug vielleicht ein neues Opfer vor.«

»Oder das Frischfleisch war Catts' Idee. Vielleicht wurde er gierig und beschloss, seine Sammlung zu erweitern.« Charbonneau nahm den Faden auf. »Pomerleau sah in der Neuen einen Schritt nach oben in der Nahrungskette: Indem sie McGee misshandelte, war sie Catts gefällig. Und schließlich kam sie selber auf den Geschmack.«

»Die Kontrollierte wurde zur Kontrollierenden«, sagte ich. »Oder Pomerleau und Catts wurden gleichberechtigt.«

Wie Homolka und Bernardo, dachte ich.

»Catts beschaffte sich zwischen Pomerleau und McGee mindestens noch zwei weitere Gefangene«, bemerkte ich. »Mädchen aus der Gegend, zumindest nach der Strontiumisotopen-Analyse.«

»Wir finden heraus, wer diese Mädchen waren.« Claudel spannte die Kiefermuskeln an, entspannte sie wieder. »Darauf können Sie Gift nehmen.«

»Ich habe noch eine Frage, Doc.« Charbonneau stützte sich auf den Tisch. »Angie Robinson war Catts' erste Gefangene. Warum waren ihre Knochen die einzigen mit diesem Leichenwachszeug?«

Diese Frage hatte ich mir selbst schon gestellt.

»Die Gerbsäure im Leder wirkte wie ein Konservierungsmittel und veränderte das Verwesungstempo. Und Angie war vielleicht zuvor woanders begraben, an einem Ort mit mehr Feuchtigkeit als dieser Pizzakeller.«

»Das denken wir auch.« Charbonneau deutete mit dem Kopf zu Claudel. »Wir glauben, dass das Mädchen in Vermont starb, Catts sie dort vergrub und dann später zurückkam, um ihre Leiche zu holen. Aber wir haben uns vergeblich den Kopf darüber zerbrochen, warum er sich die Mühe gemacht hat. Vielleicht ist diese Ohrgeschichte das fehlende Glied.«

»Catts wollte nur das Ohr holen, brachte aber schließlich die ganze Leiche nach Montreal? Warum?«

»Vielleicht fühlte er sich sicherer, wenn er sie direkt unter seinen Füßen hatte.«

»Aber Cyr warf Catts achtundneunzig raus. Wenn er Angie Robinson bereits einmal wieder ausgegraben und verlegt hatte, warum ließ er dann sie und die beiden anderen zurück?«

Charbonneau zuckte die Achseln. »Catts bewegte sich auf dünnem Eis, seit er fünfundachtzig Robinson verschleppte. Vielleicht kam er sich inzwischen unbesiegbar vor. Außerdem, wo sollte er die Leichen denn sonst vergraben? Er konnte ja schlecht im Garten der Corneaus Gräber schaufeln.«

»Und der Keller dort diente ja anderen Zwecken«, sagte ich bitter.

Ein kurzes Schweigen entstand, während wir darüber nachdachten. Ich brach es wieder.

»Wen, meinen Sie, hat Louise Parent gesehen?«

»Vielleicht Pomerleau. Vielleicht eine der anderen. Vielleicht hat Catts Mädchen unter seiner Pfandleihe versteckt gehalten, während er auf dem Pointe sein trautes Heim herrichtete«, sagte Charbonneau.

»Pomerleau hat zugegeben, dass sie Parent umgebracht hat«, sagte ich.

»Sie steckte auf jeden Fall bis zum Hals mit drin. Die Spurensicherung hat in dem Keller an der de Sébastopol Rose Fishers Adresse gefunden. Es kann aber auch sein, dass Catts sie zu dem Mord angestiftet hat. Wahrscheinlich hat er Pomerleau gesagt, die alte Dame habe ihn mit Gefangenen vor der Pfandleihe gesehen. Anscheinend hielten sie sich über Parent auf dem Laufenden, und als die Leichen entdeckt wurden, meinten sie, reagieren zu müssen, bevor sie es tat.« Charbonneau schüttelte den Kopf. »Ironisch, nicht? Sie versuchten, alles in dem Keller an der Sébastopol zu verstecken, und das ist das Einzige, was das Feuer überstanden hat.«

»Das könnte auch der Grund sein, warum Ihre Freundin nicht da unten war«, sagte Claudel. »Wahrscheinlich hatte Pomerleau vor, Madame Turnip in den Keller zu schleifen, überlegte es sich dann aber anders, weil sie befürchtete, dass Feuer würde nicht bis da unten durchdringen.«

»Vielleicht wurde es ihr aber einfach zu viel, und sie legte sie in dem Schlafzimmer ab.« Ich merkte, wie meine Hände sich zu Fäusten ballten.

»Sie hatten übrigens Recht mit den Knöpfen.« Claudel schaute mir direkt in die Augen. »Mit Sicherheit verlor Catts sie in dem Pizzakeller. Mit den Leichen hatten sie nichts zu tun.«

Es befriedigte mich nicht, dass ich Recht hatte, ich empfand nur einen tiefen, schmerzenden Kummer.

Und Erschöpfung. Meine Kraft franste aus wie der Rand eines alten Sockens.

Ich öffnete die Hände wieder und faltete sie. Eine letzte Antwort brauchte ich noch.

»Wann haben Sie erfahren, dass ich in der de Sébastopol war?«

»Ich erhielt Ihre Nachricht auf der Rückfahrt aus Vermont«, sagte Charbonneau. »Anhand des Fotos wussten wir, dass Menard tot war und Catts ihn umgebracht hatte. Wir wussten, dass Pomerleau und McGee verduftet waren. Wir wussten, dass Catts tot war. Luc und ich fuhren direkt in die Zentrale und fanden dort einen Bericht, in dem stand, dass Pomerleaus Fingerabdrücke auf der Waffe waren, mit der Catts getötet wurde.«

»Und keine Abdrücke von Catts«, vermutete ich.

»*Nada*. Und Doc LaManche hatte doch gesagt, dass auf Catts' Händen keine Schmauchspuren waren. Dann fiel uns das ein, was Sie uns über Gehirnwäsche gesagt haben, wir zählten zwei und zwei zusammen, und dann nichts wie hin zur de Sébastopol, in der Hoffnung, dass wir dort ankommen, bevor Sie Pomerleau finden und zu Schaden kommen.«

»Vielen Dank.«

»Wir haben nur unsere Pflicht getan, Ma'am.« Charbonneau grinste.

Ich wandte mich an Claudel.

»Vielen Dank, Detective. Und wegen Ihres Mantels tut es mir wirklich Leid.«

Claudel nickte. »Sie haben großen Einfallsreichtum und Mut bewiesen.«

»Noch einmal vielen Dank. Ihnen beiden.« Wir standen auf und gingen zur Tür.

»Dr. Brennan.«

Ich drehte mich noch einmal zu Claudel um.

»Ich war noch nie ein großer Fan von solchen Sachen.« Claudels Mundwinkel zuckten, als wollte sich ein Grinsen andeuten. »Aber Sie haben mich das Leopardenmuster in einem ganz neuen Licht sehen lassen.«

39

Ich wachte kaum auf, als Ryan am Mittwochabend anrief. Ich murmelte ein paar »Mms« und »Ahas« und schlief dann sofort wieder ein.

Als ich das nächste Mal zu mir kam, schien die Sonne durch mein Fenster, der Wecker zeigte zehn Uhr dreißig, und Birdies Gesicht war nur Zentimeter von meinem entfernt.

Und meine Türglocke zwitscherte.

Ich schnappte mir meinen Bademantel und ging zur Kontrolltafel meiner Überwachungsanlage. Auf dem Monitor war Ryan zu sehen, er trug eine Weihnachtsmann-Mütze mit der Aufschrift *»La Père Noël«* auf dem Fellbesatz.

Ich strich mir mit beiden Händen die Haare zurück und grinste wie das Gesicht auf Claudels Unterhosen.

Auf dem Bildschirm sah ich, wie eine junge Frau das Foyer betrat. Schwarze Korkenzieherlocken. Hoch aufgeschossen. Ohrringe so groß wie Crocket-Tore.

Ryan drückte die Frau an sich. Sie nahm ihm die Mütze ab.

Meine Hand erstarrte auf halbem Weg zum Summer. Mein Lächeln zerbröselte.

Die College-Göre.

In meiner Brust wuchs ein Eisberg.

Die College-Göre drehte sich um. Haut wie Milchkaffee. Ein Ausdruck, der darauf schließen ließ, dass sie lieber woanders wäre. In Tikrit. Oder Kabul. Überall, nur nicht in diesem Foyer.

Ryan lächelte und drückte sie noch einmal. Die Frau entwand sich ihm und gab ihm die Mütze.

Gott im Himmel! Hatte der egoistische Mistkerl vielleicht vor, uns einander vorzustellen?

Ich warf einen kurzen Blick in den Dielenspiegel. Fadenscheiniges rosa Frottee. Ein Gesicht wie ausgekocht. Haare, die aussahen wie etwas, das sich von Plankton ernährte.

»Okay, Freundchen.« Ich drückte auf den Knopf. »Dann bring sie hoch.«

Ryan war allein, als ich die Tür öffnete. Der Gang hinter ihm war leer.

Er hatte sein Püppchen versteckt. Gut. Besser.

»Ja?« Tiefgekühlt.

Grinsend musterte Ryan mich von Kopf bis Fuß.

»Hast du DiCaprio bei dir?«

Ich lächelte nicht.

Ryan betrachtete mein Gesicht.

»Ist schon komisch mit den Augenbrauen. Man beachtet sie erst, wenn sie sich verflüchtigt haben.«

Ryan streckte die Hand aus, um mir über die Stirn zu streichen. Ich wich zurück.

»Oder flüchten.«

»Bist du hier, um meine Brauen zu kritisieren?«

»Was für Brauen?«

Nicht einmal die Andeutung eines Lächelns.

Ryan verschränkte die Arme. »Ich möchte gern reden.«

»Kein guter Zeitpunkt.«

»Du bist wunderschön.«

Ich verkniff mir eine Erwiderung, die das Wort »Schlampe« beinhaltete.

»Feurig.«

Meine nicht vorhandenen Brauen zogen sich zusammen.

»Voll glühender Leidenschaft.«

Jetzt legte sich meine ganze Stirn in Falten.

»Wenn ich verspreche, keine Feuerwitze mehr zu machen, darf ich dann in zehn Minuten wiederkommen? Dann hast du mehr als genug Zeit, um dich schön zu machen.«

Ich wollte schon ablehnen.

»Bitte?« Voller Ernsthaftigkeit.

Meine Libido setzte sich auf. Ich verscheuchte sie.

»Sicher, Ryan. Warum nicht?«

Kaffee. Jeans und Pullover. Frische Verbände.

Haare? Make-up?

Vergiss es.

Fünfzehn Minuten später klingelte es erneut.

Als ich die Tür öffnete, war sie bei ihm.

Ich erstarrte.

Ryan sah mir tief in die Augen. »Ich möchte dir Lily vorstellen.«

»Ryan«, sagte ich. »Tu's nicht.«

»Meine Tochter.«

Der Mund klappte mir auf, als mir die Bedeutung dieser Worte klar wurde.

»Lily, das ist Tempe.«

Lily scharrte mit den Füßen.

»Hi.« Genuschelt.

»Es freut mich sehr, dich kennen zu lernen, Lily.«

Tochter? O mein Gott.

Ich schaute Ryan fragend an.

»Lily lebt in Halifax.«

Ich wandte mich wieder an Lily.

»Nova Scotia?« Du Trottel. Natürlich Nova Scotia.

»Ja.« Lily musterte meine krausen Haare und die Blasen, sagte aber nichts.

»Lily ist seit dem Dritten in Montreal«, sagte Ryan.

Der Tag meiner Aussage im Pétit-Prozess.

»Lily und ich, wir haben uns erst in den letzten Monaten näher kennen gelernt.«

Lily zog eine Schulter hoch, schob sich den Riemen ihrer Handtasche zurecht.

»Ich habe das Gefühl, die Frauen in meinem Leben sollten sich ebenfalls kennen lernen.«

Die Frauen in seinem Leben?

»Ich bin hoch erfreut, Lily.« Mein Gott, ich klang wie ein wandelndes Klischeelexikon.

Lily warf Ryan einen kurzen Blick zu. Er nickte fast unmerklich.

»'tschuldigung wegen diesem Anruf. Ich… ich hätte nicht sagen sollen, dass Sie blöd sind.«

Die Frau in Ryans Wohnung am letzten Donnerstag war Lily gewesen.

»Ich kann dich gut verstehen.« Ich lächelte. »Es muss ziemlich schwer für dich sein, deinen Vater mit einer anderen zu teilen.«

Noch ein Achselzucken, dann wandte Lily sich an Ryan. »Kann ich jetzt gehen?«

Ryan nickte. »Hast du deine Schlüssel?«

Lily klopfte auf ihre Handtasche und ging dann den Korridor hinunter.

»Komm rein.« Ich trat zurück und machte dir Tür ganz auf. »Dad.«

Ryan folgte mir ins Wohnzimmer, zog seine Jacke aus und ließ sich auf die Couch fallen.

»Das ist peinlich«, sagte ich und setzte mich in einen Sessel.

»Ja, ist es«, sagte Ryan.

»Ich wusste gar nicht, dass du eine Tochter hast.«

»Ich auch nicht. Bis letzten August.«

Der außerplanmäßige Flug von Charlotte nach Halifax.

»Das Problem war nicht deine Nichte.«

»Angefangen hat es mit meiner Nichte. Nach der Überdosis bin ich nach Nova Scotia geflogen, um meiner Schwester zu helfen, Danielle in einer Drogentherapie unterzubringen. Eine der Hilfsschwestern erwies sich als eine Frau, die ich als Student kannte.«

»Student am St. Francis Xavier?«

Ryan schüttelte den Kopf. »Ich war da. Sie nicht. In den ersten beiden Jahren am St. F.-X. habe ich es ziemlich krachen lassen. Lutetia war Stammgast in einer der Kneipen, die ich damals frequentierte, sie hing dort mit einer ziemlich wilden Truppe junger Damen rum. Sie nannten sich die Heiligen Schwestern der käuflichen Liebe.«

Ich zog mir die Füße unter den Hintern.

»Du kennst die Geschichte. Meine wilde Zeit endete mit einer durchtrennten Arterie, einer Weile im Krankenhaus und einem neuen Blickwinkel auf mein Studium. Lutetias und meine Wege trennten sich. Ich sah sie noch einmal, vielleicht fünf Jahre nach meinem College-Abschluss, als ich nach Nova Scotia zurückkehrte, um meine Familie zu besuchen. Es endete damit« – Ryan zögerte – »dass Lutetia und ich noch eine letzte gemeinsame religiöse Erfahrung teilten. Ich ging nach Montreal zurück, Lutetia kehrte in ihre Heimat auf den Bahamas zurück, und wir verloren einander aus den Augen.«

»Lily ist Lutetias Tochter«, vermutete ich.

Ein Nicken.

»Lutetia hat dir nie gesagt, dass sie schwanger war?«

»Sie hatte irgendwie Angst, dass ich sie zwingen würde, in Kanada zu bleiben.«

»Hat sie geheiratet?«

»In den Abacos. Die Ehe ging in die Brüche, als Lily zwölf war. Lutetia kam dann mit ihr nach Halifax zurück.«

Birdie kam herein und rieb sich an meinem Bein. Ich kraulte ihm abwesend den Kopf.

»Warum hat sie es dir gerade jetzt gesagt?«

»Lily hatte angefangen, sie nach ihrem biologischen Vater auszufragen. Außerdem war sie auf eine ähnliche Schiene wie Danielle geraten. Als ich dort auftauchte ...« Ryan breitete die Hände aus.

»Du hast sie also in Montreal nicht erwartet?«

»Als ich die Tür aufmachte, stand sie da. Die kleine Idiotin war getrampt.«

Birdie stieß mich noch einmal an. Ich streichelte ihn und empfand, was? Erleichterung, dass die College-Göre keine Liebschaft war? Enttäuschung, dass Ryan sich mir nicht anvertraut hatte?

»Warum hast du mir nichts gesagt?«

»Zwischen uns lief es in letzter Zeit nicht besonders, Tempe.« Das Ryan-Grinsen. »Wahrscheinlich lag's an mir. Ich hatte ziemlich viel Stress in letzter Zeit. Lily. Die Drogenoperation.«

Ryan klopfte sich auf die Hemdtasche, erinnerte sich dann, dass ich Rauchen in meiner Wohnung verboten hatte, und ließ die Hände in den Schoß sinken.

»Vor allem aber wollte ich nichts sagen, bevor ich mir ganz sicher war.«

»Du hast einen Vaterschaftsnachweis verlangt?«

Ryan nickte.

»Wie hat Lily darauf reagiert?«

»Sie drehte völlig durch, hat sich total aufgeführt.«

Der Rückfall ins Rauchen. Die sorgenvolle Miene. Ryan hatte in letzter Zeit noch mehr Stress gehabt als ich.

»Letzte Woche habe ich die DNS-Ergebnisse bekommen.«

Ich wartete.

»Lily ist meine Tochter.«

»Das ist wunderbar, Ryan.«

»Ja. Aber die Kleine ist eine geladene Pistole, und ich habe vom Vatersein keine Ahnung.«

»Wie soll's jetzt weitergehen?«

»Lutetia scheint ihr den Kopf wieder zurechtgesetzt zu haben. Lily liebt ihre Mutter und will weiter bei ihr wohnen. Wenn sie irgendwann einmal zu der Überzeugung kommt, dass sie in ihrem Leben noch einen zweiten Elternteil braucht, bin ich für sie da, was es auch kostet.«

Ich ging zur Couch und setzte mich neben Ryan. Er schaute mich mit Augen wie ein Junge an. Ich nahm seine Hand.

»Du wirst ein wunderbarer Vater sein.«

»Ich werde viel Hilfe brauchen.«

»Die bekommst du, Cowboy.«

Ich drückte mein Gesicht an Ryans, spürte seine Stoppeln rau an meiner Wange.

Ryan drückte mich kurz, schob mich dann auf Armeslänge weg und stand auf. »Bleib sitzen.«

Ich wartete und wusste nicht so recht, was jetzt passierte. Die Wohnungstür ging auf, Sekunden vergingen. Die Tür ging wieder zu. Ich hörte Klappern. Das Bimmeln eines Glöckchens.

Mit seiner Weihnachtsmann-Mütze und einem Käfig von der Größe einer Turnhalle tauchte Ryan wieder auf. In dem Käfig saß ein Sittich auf einer schwankenden Schaukel.

Ryan stellte den Käfig auf den Couchtisch, setzte sich neben mich und legte mir den Arm um die Schultern. Der Sittich auf seiner langsam ausschwingenden Schaukel schaute uns zu.

»Frohe Weihnachten«, sagte Ryan. »Charlie, darf ich dir Tempe vorstellen?«

Die Schaukel kam zum Stillstand. Charlie musterte mich, zuerst mit dem linken Auge, dann mit dem rechten.

»Ich kann doch keinen Vogel halten. Ich bin viel zu oft nicht da.«

Charlie hüpfte von seiner Schaukel zum Futterschälchen.

Birdie am anderen Ende des Zimmers stand auf, streckte den Schwanz in die Höhe und fixierte den Sittich.

»Birdie, darf ich dir Charlie vorstellen?«, sagte Ryan zu meiner Katze.

Birdie schlich über den Teppich, ein kleiner weißer Leopard auf Beutejagd im Morgengrauen. Er legte die Vorderpfoten auf den Couchtisch und drehte den Kopf zum Käfig. Sein Schwanz wedelte nur an der Spitze.

Charlie stellte seinen Kamm auf, schaute Birdie mit schief gelegtem Kopf an und konzentrierte sich dann wieder auf sein Futter.

»Er ist wunderschön, Ryan.« Das war er wirklich. Hellgelber Kopf, perlgrauer Körper.

Birdie sprang auf den Tisch, stellte sich breitbeinig hin, setzte sich dann und betrachtete den Sittich.

»Eine tolle Idee, Ryan, aber das funktioniert nie.«

Leuchtend orangefarbene Wangenflecken.

Birdie nahm seine Sphinxhaltung ein und ließ den Vogel nicht aus den Augen.

Elfenbeinfarbene Streifen auf den Flügeln.

Birdie fing an zu schnurren. Ich sah ihn erstaunt an.

»Bird mag ihn«, sagte Ryan.

»Ich kann mich doch nicht mit einer Katze und einem Vogel in den Flieger setzen.«

»Ich habe einen Plan.«

Ich schaute Ryan an.

»Wohn bei mir.«

»Was?«

»Zieh bei mir ein.«

Ich war schockiert. Der Gedanke eines Zusammenlebens war mir noch nie gekommen.

Wollte ich mit Ryan zusammenleben?

Ja. Nein. Ich hatte keine Ahnung.

Ich suchte nach einer passenden Antwort. »Vielleicht« war etwas stillos, »Nein« dagegen klang ziemlich endgültig.

Ryan drängte mich nicht.

»Plan B. Gemeinsames Sorgerecht. Wenn du unten im Süden bist, kommt Charlie zu mir.«

Ich schaute den Sittich an.

Er war wirklich wunderschön.

Und Birdie mochte ihn.

Ich streckte die Hand aus. »Abgemacht.«

Wir schüttelten uns die Hände.

»Plan A bleibt aber auf dem Tisch.«

Mit Ryan zusammenleben?

Vielleicht, dachte ich.

Nur vielleicht.

An diesem Nachmittag beschloss ich, mein Büro zu besuchen. Ich war etwa eine Stunde dort, als das Telefon klingelte.

»Dr. Brennan?«

»Ja.«

»Mein Name ist Pamela Lindahl. Ich bin Psychiaterin und vom Sozialdienst Tawny McGee zugewiesen, um sicherzustellen, dass sie eine angemessene Diagnose und Behandlung erhält. Sind Sie in fünfundvierzig Minuten noch in Ihrem Büro?«

»Ja.«

»Ich würde gern auf einen kurzen Besuch vorbeischauen. Könnten Sie den Sicherheitsdienst bitten, mich durchzulassen?«

»Natürlich.«

Kaum hatte ich aufgelegt, wünschte ich mir, ich hätte nicht zugestimmt. Obwohl ich natürlich wusste, wie wichtig es war, dass die behandelnden Spezialisten alle verfügbaren Informationen erhielten, fühlte ich mich noch nicht stark genug, um mir all die Verderbtheit und das Böse dessen, was ich gesehen hatte, wieder in Erinnerung zu rufen und darüber zu berichten. Ich dachte kurz daran, Dr. Lindahl anzurufen und sie zu bitten, nicht zu kommen, doch dann siegte mein Pflichtgefühl, ich rief den Sicherheitsdienst an und machte mir im Geist eine Liste der Dinge, die ich der Ärztin erzählen konnte.

Vierzig Minuten später klopfte es an meiner Tür.

»Entrez.«

Ein kleines, dunkelhaariges Mädchen in einem Trenchcoat und einer braunen Baskenmütze betrat mein Büro, gefolgt von einer älteren Frau in Wolle und ohne Kopfbedeckung. Ein Augenblick der Verwirrung, dann das Wiedererkennen.

»Hallo, Tawny«, sagte ich zu dem Mädchen, ging um meinen Schreibtisch herum und streckte beide Arme aus.

Tawny schrak leicht zurück und ließ ihre Hände unten.

Ich faltete die Hände vor dem Bauch und sagte: »Ich bin sehr froh, dich zu sehen. Ich wollte dir dafür danken, dass du mir das Leben gerettet hast.«

Zuerst keine Reaktion, dann: »Sie haben *mir* das Leben gerettet.« Noch ein Zögern. Dann, langsam und stockend: »Ich habe um diesen Besuch gebeten, weil ich will, dass Sie mich sehen. Ich will, dass Sie sehen, dass ich ein Mensch bin und nicht nur eine Kreatur in einem Käfig.«

Als ich nun auf Tawny zuging, wich sie nicht zurück. Ich umarmte sie und drückte meinen Kopf an ihren. Gefühle für Tawny und Katy und junge Frauen überall auf der Welt, ob geliebt oder misshandelt, überwältigten mich, und ich fing an zu weinen. Tawny weinte nicht, aber sie wehrte sich auch nicht gegen die Umarmung.

Ich ließ sie los, trat einen Schritt zurück und fasste ihre Hände.

»Ich habe dich nie anders denn als einen Menschen gesehen, Tawny, und das tun auch die Leute, die dir jetzt helfen. Und ich bin mir sicher, deine Familie freut sich schon sehr darauf, dich wiederzuhaben.«

Sie schaute mich an, ließ die Hände sinken und trat zurück.

»Auf Wiedersehen, Dr. Brennan.« Ihr Gesicht war ausdruckslos, aber in ihren Augen war eine Tiefe, die ganz anders war als das leere Starren, das ich vor wenigen Tagen gesehen hatte.

»Auf Wiedersehen, Tawny. Es hat mich sehr gefreut, dass du gekommen bist.«

Dr. Lindahl lächelte mich an, und die zwei Frauen wandten sich zum Gehen.

Ich ließ mich wieder auf meinen Stuhl fallen, erschöpft, aber auch froh.

40

Die Ferien kamen und gingen. Die Sonne ging auf und unter in einem Winter voller Montage.

In einer der Dutzenden von Kisten, die man im Keller an der de Sébastopol sichergestellt hatte, fanden die Ermittler ein Tagebuch. Das Tagebuch enthielt Namen. Angela Robinson, Kimberley Hamilton, Anique Pomerleau, Mariel-Joëlle Bastien, Manon Violette, Tawny McGee.

LSJML-38 427 wurde identifiziert als Marie-Joëlle Bastien, ein sechzehnjähriges Mädchen aus Bouctouche, New Brunswick in Nova Scotia, das im Frühjahr 1994 verschwunden war. Im Lauf der Jahre war ihre Akte verlegt und ihr Name aus der Vermisstenliste gestrichen worden. Meine Alters- und Größenschätzung deutete darauf hin, dass Marie-Joëlle kurz nach ihrer Verschleppung gestorben war.

Das Mädchen aus der Dr.-Energy's-Kiste wurde als Manon Violette identifiziert, eine fünfzehnjährige Montrealerin, die im Herbst 1994 verschwand, sechs Monate nach Marie-Joëlle Bastien. Meine Alters- und Größenschätzung anhand ihres Skeletts deutete darauf hin, dass sie mehrere Jahre in Gefangenschaft gelebt hatte.

Anfang März wurden die Knochen von Angie Robinson, Marie-Joëlle Bastien und Manon Violette ihren Familien zurückgegeben. Alle drei wurden in stillen Zeremonien zur letzten Ruhe gebettet.

Kimberley Hamilton wurde nie gefunden.

Anne und Tom-Ted stürzten sich mit Feuereifer in eine Partnertherapie. Sie nahm Golfstunden. Er kaufte sich Gartenbücher. Zusammen pflanzten sie Myriaden von Azaleen.

Mit Tawny McGee hatte ich keinen weiteren Kontakt. Sie verbrachte einige Wochen in intensiver stationärer Therapie und kehrte schließlich zu ihrer Familie nach Maniwaki zurück. Sie hatte noch einen weiten Weg vor sich, aber die Ärzte waren optimistisch.

Anique Pomerleaus Foto ging über den ganzen Kontinent. CUM und SQ erhielten Dutzende von Hinweisen. Pomerleau wurde in Sherbrooke gesehen. In Albany. Tampa. Thunder Bay.

Die Suche geht weiter.

Nach Anique Pomerleau.

Nach Kimberley Hamilton.

Nach all den verschwundenen Mädchen.

Aus den forensischen Akten von Dr. Kathy Reichs

Aus juristischen und moralischen Gründen kann ich über keinen der realen Fälle sprechen, die mich zu *Totenmontag* inspiriert haben, aber ich kann Ihnen von einigen Erfahrungen berichten, die in diese Geschichte eingeflossen sind.

Das Wetter in diesem September in Montreal war sonnig und T-shirt-warm. Ein Schluckauf des Altweibersommers vor der neunmonatigen Eiseskälte.

Freitag, der 14. Dezember, war wie geschaffen für Bergwandern, Tennisspielen oder Radfahren am Canal Lachine. Stattdessen erhielt ich die Nachricht, ich solle mich im Institut melden.

LSJML-Nummer. Leichenschauhaus-Nummer. Polizeiliche Fallnummer. Ermittelnder Beamter. Coroner. Pathologe. Beschreibung der Proben: fragmentarische Skelettüberreste. Angefordertes Gutachten: biologisches Profil, Todesart, postmortales Intervall.

Ich starrte auf drei braune, mit rotem Beweismittelband zugeklebte Papiertüten.

Okay.

Nach den Angaben in der Zusammenfassung bekannter Tatsachen begann die Geschichte mit einer verstopften Toilette in einer Pizzabude. Da mit Saugglocke und Spirale nichts auszurichten war, rief der frustrierte Besitzer einen Klempner an. Beim Abklopfen der Rohre entdeckte der eine Falltür hinter der Toilettenschüssel.

Neugierig geworden, stemmte der forsche *plombier* die Tür auf, spähte in das Loch und stieg dann hinab. Als im Strahl seiner Taschenlampe ein halb vergrabener langer Knochen auftauchte, stieg der Mann wieder an die Oberfläche, informierte den Besitzer, und die beiden machten sich auf in die örtliche Bibliothek. Ein Exemplar von *L'anatomie pour les artistes* bestätigte ihnen, dass ihr Fundstück ein menschlicher Oberschenkelknochen war.

Die beiden riefen die Polizei. Die Polizei durchsuchte den Keller, fand eine Flasche, eine Münze und zwei Dutzend Knochen und schickte die Überreste ins Leichenschauhaus. Der Coroner informierte das Laboratoire de Sciences Judiciaires et de Médecine Légale. Der Pathologe warf einen kurzen Blick auf die Knochen und torpedierte meinen Tag in der Sonne.

Die Sortierung und Untersuchung der Knochen beschäftigte mich mehrere Stunden. Schließlich lagen drei Individuen auf meinem Tisch: ein junger Erwachsener zwischen achtzehn und vierundzwanzig Jahren, ein Erwachsener mittleren Alters und ein älterer Erwachsener mit fortgeschrittener Arthritis. Der jüngste der drei wies Verletzungen von einem scharfen Gegenstand an Schädel, Unterkiefer, Kreuzbein, Oberschenkelknochen und Schienbein auf.

Ich rief die Detectives an. Von ihnen erfuhr ich, dass die Flasche neu sei, die Münze aber alt und wohl aus dem neunzehnten Jahrhundert stamme. Eine Verbindung zwischen der Münze und den Skeletten konnten sie nicht bestätigen. Ich sagte ihnen, sie müssten noch einmal in den Keller hinunter. Ich brauchte noch mehr Knochen.

Eine Woche verging.

Schlechte Nachrichten. Die Detectives berichteten, dass sich auf dem Grundstück, auf dem das Gebäude mit der Pizzabude stand, nie ein Friedhof befunden habe. Noch schlechtere Nachrichten. Die Detectives berichteten von möglichen Mafiaverbindungen eines Mieters des Anwesens gut vierzig Jahre zuvor.

Ich wiederholte meine Bitte um eine nochmalige Durchsuchung des Kellers und bot an, das Spurensicherungsteam zu begleiten. Wieder verging eine Woche. Zwei.

Warum dieser Widerwillen, noch einmal in den Keller hinunterzusteigen?

Als ich die Jungs zur Rede stellte, bestand ihre Antwort aus genau einem Wort.

Ratten!

Ein Kompromiss. Wenn Sie nachweisen können, dass diese Personen innerhalb der letzten fünfzig Jahre ums Leben gekommen sind, dann graben wir den ganzen Keller um, Ratten hin oder her.

Meine Untersuchung konzentrierte sich auf die Frage des Zeitraums nach dem Tod. Jeder Knochen und jedes Knochenfragment war trocken und völlig fleisch- und geruchlos. Nur eine einzige Technik versprach noch Ergebnisse.

Nachdem ich die Verwendung von künstlichem oder »Bomben«-C-14 bei der Bestimmung des postmortalen Intervalls bei modernem organischem Material erläutert hatte, genehmigte das Bureau du Coroner die Mittel für eine solche Untersuchung. Ich präparierte Proben aus zwei der Individuen und schickte sie an Beta Analytic Inc., ein Institut für Radiokarbon-Datierung in Miami, Florida. Eine Woche später hatten wir unsere Antwort.

Obwohl die Ergebnisse kompliziert waren, war eine Sache doch klar. Die Opfer in der Pizzabude waren vor 1955 gestorben.

Kein Showdown mit *Rattus rattus.* Ein Anruf bei den Archäologen.

Obwohl die Akte geschlossen ist, gehen mir die Knochen nicht aus dem Kopf. Mich rührt der Gedanke, dass diese Toten in anonymen Kellergräbern liegen, während einen Stock höher die Lebenden ihren Geschäften nachgehen.

Eine Pepsi bitte, und eine Salami-und-Käse zum Mitnehmen.

Was würden sie denken?

Danksagungen

Dank an Darden Hood, den Direktor von Beta Analytic Inc., für seinen Rat in Bezug auf die Radiokarbon-Datierung. W. Alan Gorman und James K. W. Lee vom Department of Geological Sciences an der Queens University in Kingston, Ontario, und Brian Beard vom Department of Geology an der University of Wisconsin haben mich an ihrem Wissen über Muttergesteingeologie und die Strontium-Isotopen-Analyse teilhaben lassen.

Michael Finnegan vom Department of Anthropology an der Kansas State University lieferte mir Details über die Altersbestimmung von Knochen unter UV-Licht. Robert B. J. Dorion vom Laboratoire de Sciences Judiciaires et de Médecine Légale half mir mit Informationen über Grundbesitzrecherche in Montreal. Sergeant Pierre Marineau, Special Constable bei der Sécurité Publique, führte mich durch das Gerichtsgebäude von Montreal. Claude Pothel vom Laboratoire de Sciences Judiciaires et de Médecine Légale beantwortete mir Fragen zur Pathologie und zu Autopsien. Michael Abel teilte mit mir sein Wissen über alles Jüdische. Jim Junot überprüfte zahllose Details.

Paul Reichs beriet mich in Fragen der Qualifikation von Expertengutachtern vor Gericht. Wie immer waren seine Kommentare zum Manuskript sehr willkommen.

Meine Freundin Michelle Phillips war so freundlich, mir die Verwendung der Textzeilen aus »Monday, Monday« zu gestatten.

Ein großer Dank geht an James Woodward, Chancellor der University of North Carolina, für seine unermüdliche Unterstützung. *Merci an* André Lauzon, Chef de Service, und an alle meine Kollegen am Laboratoire de Sciences Judiciaires et de Médecine Légale.

Meine Lektorin Susanne Kirk und meine Agentin Jennifer Walsh waren wie immer geduldig, verständnisvoll und mehr als unterstützend.